# VICTORIA AVEYARD

# TRONO DESTRUÍDO

COLETÂNEA DEFINITIVA DA SÉRIE
A RAINHA VERMELHA

Tradução
CRISTIAN CLEMENTE
GUILHERME MIRANDA

*9ª reimpressão*

O selo jovem da Companhia das Letras

Copyright © 2019 by Victoria Aveyard

O selo Seguinte pertence à Editora Schwarcz S.A.

*Grafia atualizada segundo o Acordo Ortográfico da Língua Portuguesa de 1990, que entrou em vigor no Brasil em 2009.*

TÍTULO ORIGINAL Broken Throne: A Red Queen Collection
CAPA Sarah Nichole Kaufman
ARTE DE CAPA © 2019 by John Dismukes
ILUSTRAÇÕES DE GUARDAS E MAPAS Amanda Persky © & TM 2019 by Victoria Aveyard. Todos os direitos reservados.
ÁRVORE GENEALÓGICA Virginia Allyn
PREPARAÇÃO Lígia Azevedo
REVISÃO Adriana Bairrada e Adriana Moreira Pedro

---

Dados Internacionais de Catalogação na Publicação (CIP)
(Câmara Brasileira do Livro, SP, Brasil)

Aveyard, Victoria
   Trono destruído : coletânea definitiva da série A Rainha Vermelha / Victoria Aveyard ; tradução Cristian Clemente, Guilherme Miranda. — 1ª ed. — São Paulo : Seguinte, 2019.

   Título original: Broken Throne : A Red Queen Collection.
   ISBN 978-85-5534-087-1

   1. Ficção – Literatura juvenil 2. Ficção norte-americana I. Título.

19-25634                         CDD-028.5

---

Índice para catálogo sistemático:
1. Ficção : Literatura juvenil  028.5

Maria Paula C. Riyuzo – Bibliotecária – CRB-8/7639

Todos os direitos desta edição reservados à
EDITORA SCHWARCZ S.A.
Rua Bandeira Paulista, 702, cj. 32
04532-002 — São Paulo — SP
Telefone: (11) 3707-3500
www.seguinte.com.br
contato@seguinte.com.br

/editoraseguinte
@editoraseguinte
Editora Seguinte
editoraseguinteoficial

*Mal posso acreditar que vocês estão comigo há tanto tempo. Obrigada.*

Em todos os meus estudos em Norta, meu trabalho sempre se desenvolveu às margens dos acontecimentos conhecidos apenas como Calamidades. Sempre fui fascinado pelas histórias do nosso passado distante, bem como pelas lições contidas nele. Infelizmente, porém, os tempos pré-prateados mostraram-se sempre repletos de lacunas e difíceis de verificar, visto que as fontes primárias estão, em sua maioria, perdidas. Só acontecimentos relativamente recentes (por "recentes" entenda-se "dos últimos 1500 anos") podem ser considerados marcos seguros. Apesar de serem registros já bastante conhecidos, ainda são vitais por terem aberto o caminho.

Assim, devo basear toda a minha pesquisa nessa relevante linha do tempo, relacionando-a tanto com o que está nos arquivos de Delphie como com o que está nas caixas-fortes da Montanha do Chifre (nota: datas baseadas no calendário de Norta; minhas desculpas à República):

- EA = Era Antiga, antes da formação de Norta
- NE = Nova Era, depois da formação de Norta

Antes de 1500 EA: Civilização espalhada pelo continente, ainda em fluxos migratórios depois das Calamidades

1500 EA: Início da Reforma, quando as civilizações do continente começam a se assentar e a se reconstruir

950 EA: Julgamento de Barr Rambler, registro mais antigo de um indivíduo prateado (um forçador demonstra seus poderes ao ser julgado por roubo)

~900 EA: Fundação da dinastia Finix, formação do reino de Ciron, o mais antigo do continente a ser governado por prateados (segundo as tradições cironianas)

202 EA: Depois de uma guerra civil, o reino de Tiraxes se reestrutura na triarquia atual

180 EA: Formação de Tetonia, um dos vários pequenos reinos que brotam nas montanhas, o qual virá a se tornar Montfort

72 EA: Formação do reino de Lakeland por meio das conquistas da linhagem Cygnet

0 NE: Formação da Norta moderna sob a dinastia Calore, com a fusão de pequenos reinos e cidades-Estado da região

2 NE: Piedmont e Norta estabelecem uma aliança através do casamento, o que lança

as bases de um vínculo duradouro entre as duas nações

170-195 NE: Guerras de Fronteira entre Lakeland e vários chefes militares de Prairie

200 NE: Início da guerra entre Norta e Lakeland

296 NE: Dane Davidson, futuro primeiro--ministro da República Livre de Montfort, foge de Norta

321 NE: Guerra Civil de Norta, secessão de Rift, abdicação do rei Tiberias VII de Norta, queda do reino de Norta, abdicação do rei Ptolemus de Rift, abdicação da rainha Evangeline de Rift, formação dos Estados de Norta.

A lista acima é uma seleção dos fatos históricos mais marcantes que podem ser encontrados em quase qualquer texto aceitável, de Ascendant a Harbor Bay. Nem eu nem os estudiosos da Montanha do Chifre estamos interessados no que já sabemos. Para tristeza de Sara, depois de semanas de estudo tentei compilar uma espécie de panorama do tempo antes da Reforma. É preciso ter em conta que as informações são pouco científicas e, por ora, impossíveis de verificar. Boa parte do que encontrei contradiz diretamente outras fontes, então tentei traçar um esboço das informações em comum.

De grande ajuda foi uma coleção de publicações em papel, preservada meticulosamente numa sala com controle de temperatura e pressão nas profundezas da Montanha do Chifre. Registros indicam que tais documentos, que se assemelham a anais ou panfletos, foram lacrados nas caixas-fortes antes da existência de Montfort, há mais de mil anos. Por isso, parto do princípio de que as caixas-fortes, construídas originalmente para sobreviver às Calamidades, receberam documentos que deveriam sobreviver a seus proprietários. Vários desses documentos parecem fazer parte de um mesmo conjunto e contêm o que deviam ser belas fotografias. Tem sido difícil traduzi-los, mas não impossível. Um conjunto talvez fosse chamado de _Geografia da nação_ ou algo assim, enquanto outro traz apenas o título _Tempo_.

Primeiramente, devemos explorar o passado a partir de um ponto fixo da história — para nós, será o ano de 1500 EA, quando teve início a Reforma. Tudo o que aconteceu antes e durante as Calamidades está envolto numa névoa histórica, de modo que mitos com frequência se sobrepõem aos fatos. Sabemos que as Calamidades em si destruíram ou pelo menos abalaram severamente as civilizações anteriores à nossa, a ponto de ainda

*Gostei particularmente dos livros ilustrados em que se detalhavam as aventuras de um irascível combatente do crime vestido de morcego.*

hoje precisarmos juntar fragmentos para ter uma ideia daqueles tempos.

Segundo as fontes na Montanha do Chifre, a primeira das Calamidades — a mais destrutiva e duradoura — foi uma mudança catastrófica no clima devido à poluição em escala global. A situação piorou ano a ano, ao longo de décadas. As secas devastaram boa parte do planeta, até terras para além dos oceanos que circundam nosso continente, lugares que não consigo sequer começar a compreender.

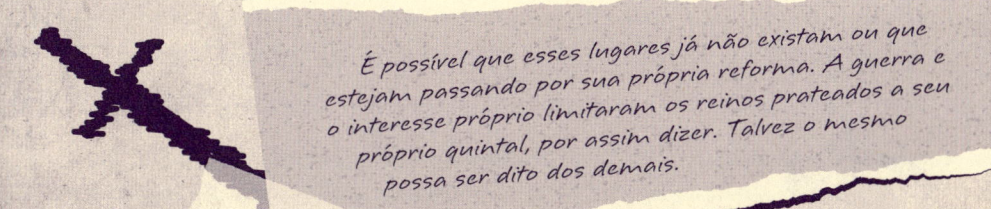

> É possível que esses lugares já não existam ou que estejam passando por sua própria reforma. A guerra e o interesse próprio limitaram os reinos prateados a seu próprio quintal, por assim dizer. Talvez o mesmo possa ser dito dos demais.

A seca, com o tempo, acarretou um colapso da agricultura, escassez de alimentos, migrações, revoltas e guerras nas áreas afetadas. Muitos tentavam fugir para as regiões que ainda produziam alimentos. Guerras por recursos — água, combustível, território etc. — passaram a eclodir com frequência por toda parte. Esses confrontos ocorriam entre organizações, ou entre organizações e povos nativos. Poucos dos grandes governos entraram em conflito direto nos primeiros anos.

A mudança climática gerou tempestades mortíferas, tanto na terra como no mar; muitos habitantes do litoral foram forçados a ir para o interior, onde tinham de enfrentar nevascas, tempestades de gelo, tornados e contínuas tempestades de areia causadas pela seca. A velocidade da mudança dos padrões de temperatura levou a humanidade ao limite, causando a extinção de muitas plantas e animais. A subida do nível do mar também contribuiu para um enclausuramento, forçando as populações a se concentrarem em áreas habitáveis cada vez menores. Havia ainda enchentes extremas, que transformaram o delta do Grande Rio e a região ao redor, submergindo centenas de quilômetros de terra para formar os contornos da costa que conhecemos hoje.

Além das enchentes, uma série de terremotos transformou a costa oeste, criando um mar onde antes havia um enorme vale. Vulcões há muito adormecidos entraram em erupção na região noroeste, lançando milhões de toneladas de fuligem no ar.

É interessante notar que, embora múltiplos terremotos e desastres naturais tenham arrasado o continente, o cataclisma mais temido nunca chegou a acontecer. Segundo os textos preservados, tanto cientistas como civis estavam extremamente preocupados com a possível erupção da caldeira vulcânica sob o que hoje é o Vale do Paraíso. Essa erupção teria mudado o clima mundial e destruído quase todo o continente em que vivemos. À época dos textos preservados, cientistas postularam que a erupção já devia ter ocorrido havia muito tempo. Hoje, passamos ainda mais desse prazo. Vou enviar ao primeiro-ministro e à Assembleia do Povo uma solicitação para organizar uma equipe de análise a fim de observar o Vale do Paraíso e o gigante adormecido sob ele.

Não é surpresa que, em meio a tamanha turbulência, doenças tenham aparecido em muitas regiões e se espalhado cada vez mais, afetando até mesmo grupos considerados seguros. Muitas eram mutações de enfermidades de menor risco ou males antes erradicados que encontraram novas vítimas em populações outrora protegidas. Milhões de pessoas por todo o mundo sucumbiram a doenças antes consideradas curáveis, e a maioria das civilizações começou a ruir.

Tudo isso foram ações da natureza ou, como diriam alguns, dos deuses. O mesmo não vale para a última das Calamidades, um ato voluntário dos homens. Dispomos hoje de poderio militar, bombas e mísseis de tamanho e qualidade variados, mas nada que se compare às armas monstruosas que nossos antepassados criaram. De alguma maneira, pela divisão da partícula mais minúscula da existência, os cientistas do velho mundo descobriram que poderiam criar a mais destrutiva das armas, a bomba nuclear. Em meio aos diversos desastres já mencionados, ela foi usada por todo o mundo conhecido, com graus variados de destruição. Ainda antes do início da guerra nuclear, governos e cidadãos temiam essas armas. Por isso, muitos planos foram feitos. As próprias caixas-fortes da Montanha do Chifre foram projetadas para resistir a um ataque nuclear, motivo pelo qual foram cavadas nas profundezas das rochas. De acordo com os textos encontrados lá, nosso continente foi poupado da pior parte do bombardeio nuclear. Do outro lado do oceano alguns territórios já não existem; encontram-se hoje completamente congelados ou cobertos de areia, destruídos pela ira de alguns e pela ignorância de muitos. Bem pior do que as bombas em si, aparentemente, foram as consequências delas. Doenças causadas pela radiação se espalharam com a fumaça e as cinzas. Países inteiros foram arrasados, civilizações caíram. É o caso do nosso continente, como demonstram as ruínas de Wash e Cog. Tais territórios ainda não podem ser repovoados, dado o excesso de radiação, permanecendo envenenados por ações de milhares de anos atrás.

Apesar dos resultados da minha pesquisa, me parece inconcebível a vasta destruição alcançada por meio da tecnologia militar, e vou trabalhar mais para corroborar essas descobertas. Não é possível. Mesmo o mais forte dos prateados não consegue demolir uma cidade, e nossas bombas são incapazes de cruzar um oceano para incinerar dezenas de milhares de pessoas. Talvez seja ignorância minha, mas não consigo conceber a morte de milhões por ordem de um só.

Há alguns marcos históricos estabelecidos para o período das Calamidades, sobretudo no caso dos acontecimentos duradouros, como a mudança climática, que ainda impactam nosso mundo.

Os cientistas de Montfort têm feito escavações no gelo que não compreendo de todo, mas ouço dizer que o trabalho deles no norte é inestimável para a cronologia anterior à Reforma e mesmo durante as Calamidades. Vou registrar o que conseguir de suas descobertas, mas por ora relatórios preliminares parecem indicar que houve uma precipitação de cinzas radioativas sobre o extremo norte por volta de 2 mil anos atrás. Isso situa pelo menos um ato de guerra nuclear (AGN) por volta do ano 2000 EA, quinhentos anos antes da Reforma. Podemos, assim, determinar que o verdadeiro colapso, pelo menos no caso do nosso continente, ocorreu meio milênio antes de as civilizações começarem a se reformar.

Ligar a Reforma e o AGN a uma cronologia pré-prateada, pré-Calamidades, mostrou-se uma tarefa elusiva, e mais uma vez precisamos buscar pontos de intersecção. Há diversas menções de secas catastróficas nos textos preservados a partir do ano de 2015 EC (às vezes escrito d.C., mas pode ser um erro de tradução — preciso verificar). Outros eventos calamitosos — como a subida do nível do mar, furacões e afins — são mencionados ao longo de sessenta anos de textos preservados, mas sua frequência cresce rapidamente em quantidade e alcance no fim da coleção. São eventos menores, porém, em comparação com o terremoto que atingiu a costa oeste e o dilúvio que transformou o delta do rio Grande.

De novo, a tradução pode não ser confiável. Alguns textos variam quanto à qualidade de sua preservação, e para minha dor e surpresa muitos parecem discordar quanto à gravidade e à magnitude dos acontecimentos, sobretudo os que dizem respeito ao clima. Enquanto uma fonte considera as temperaturas mais quentes do inverno um prenúncio de uma mudança catastrófica, outra menospreza o mesmo período ou enfatiza o clima mais frio de outro lugar. Esse padrão é bastante preocupante, embora eu imagine que a maioria dos consumidores desses documentos fosse capaz de identificar o viés, bem como as mentiras e manipulações apresentadas neles.

Consegui encontrar uma menção a um pequeno ataque nuclear no ano de 2022 EC. Não consegui discernir os combatentes envolvidos no conflito, apenas que o ataque ocorreu em outro continente, distante dos grandes centros populacionais, em meio ao clima frio. Isso me faz pensar que se tratava mais de uma demonstração de força do que de um ato de guerra, se é possível crer numa coisa tão tola. Contudo, significa, quando analisado em conjunto com as cinzas radioativas, que no mínimo o ano

2000 EA do nosso calendário pode corresponder ao ano 2022 EC no calendário pré-Calamidades. Mas, se me perguntassem, eu diria que algum tempo separa os dois, talvez uma década ou mesmo um século. A pesquisa avança lentamente, mas tenho a forte sensação de que esses passos vão na direção certa, e de que essas informações serão vitais para nosso futuro.

Se algo acontecesse às caixas-fortes da Montanha do Chifre, nossa civilização perderia qualquer vínculo com o passado e com os alertas que nos foram deixados. Por isso, vou liderar um esforço conjunto para traduzir, o melhor que pudermos, a maior quantidade possível dos volumes mais recentes de textos preservados. No mínimo, os líderes mundiais devem saber o que se abateu sobre nossos antepassados, a fim de que possam evitar um desastre semelhante no futuro. Preocupa-me bastante a mudança climática provocada pelo homem, uma armadilha em que se cai com facilidade, especialmente quando pensamos nas sociedades em desenvolvimento. Especulo que isso já tenha começado em partes, mas estou esperançoso de que nossas nações consigam evitar o que nossos antepassados não conseguiram.

Incluí uma tradução a seguir, embora incompleta. Pinta um retrato sombrio da espada que pende sobre todos nós.

Novos estudos <NÃO TRADUZIDO> a seca no Oriente Médio (?) é a pior na região <NÃO TRADUZIDO> nos últimos novecentos anos <NÃO TRADUZIDO> Agravada pelo aquecimento global <NÃO TRADUZIDO> Precipitação 40% menor <NÃO TRADUZIDO> Poços profundos drenam aquíferos <NÃO TRADUZIDO> perda de colheitas <NÃO TRADUZIDO> milhões fogem para cidades já sobrecarregadas <NÃO TRADUZIDO> instabilidade política <NÃO TRADUZIDO> guerra civil <NÃO TRADUZIDO> crise de refugiados em toda a região <NÃO TRADUZIDO> até nações vizinhas <NÃO TRADUZIDO> consequências políticas no mundo todo

*Esta é uma peça crucial do quebra-cabeça que precisamos montar se quisermos compreender o mundo que veio antes do nosso e como viemos a existir no mundo de agora.*

*Sou apenas um homem curioso, mas talvez possa dar ao menos um passo à frente em meio à névoa que nos rodeia, para que outros venham depois. Você tem algo da sua mãe dentro de si, Cal, o bastante para desfrutar do conhecimento de como as coisas funcionam. Espero que essas cópias dos meus estudos tenham algum interesse para você. Espero que se junte a mim na tarefa de afastar a névoa.*

*Tio Julian*

*Sei que você é bem versado na história da sua Casa, já que parte dela fui eu mesmo que lhe ensinei. Mas pensei que talvez quisesse ficar com isto, em vez de contar com a sobrevivência das bibliotecas de Norta ou com sua memória fraca. Sim, eu disse fraca. Peço desculpas pelo registro da família da sua mãe (e de minha própria Casa) não ser tão extenso, mas na juventude eu tinha um lamentável desinteresse pela minha ascendência. E minha linhagem, por algum motivo, não é tão bem documentada como as dos reis. Muito estranho.*

*Tio Julian*

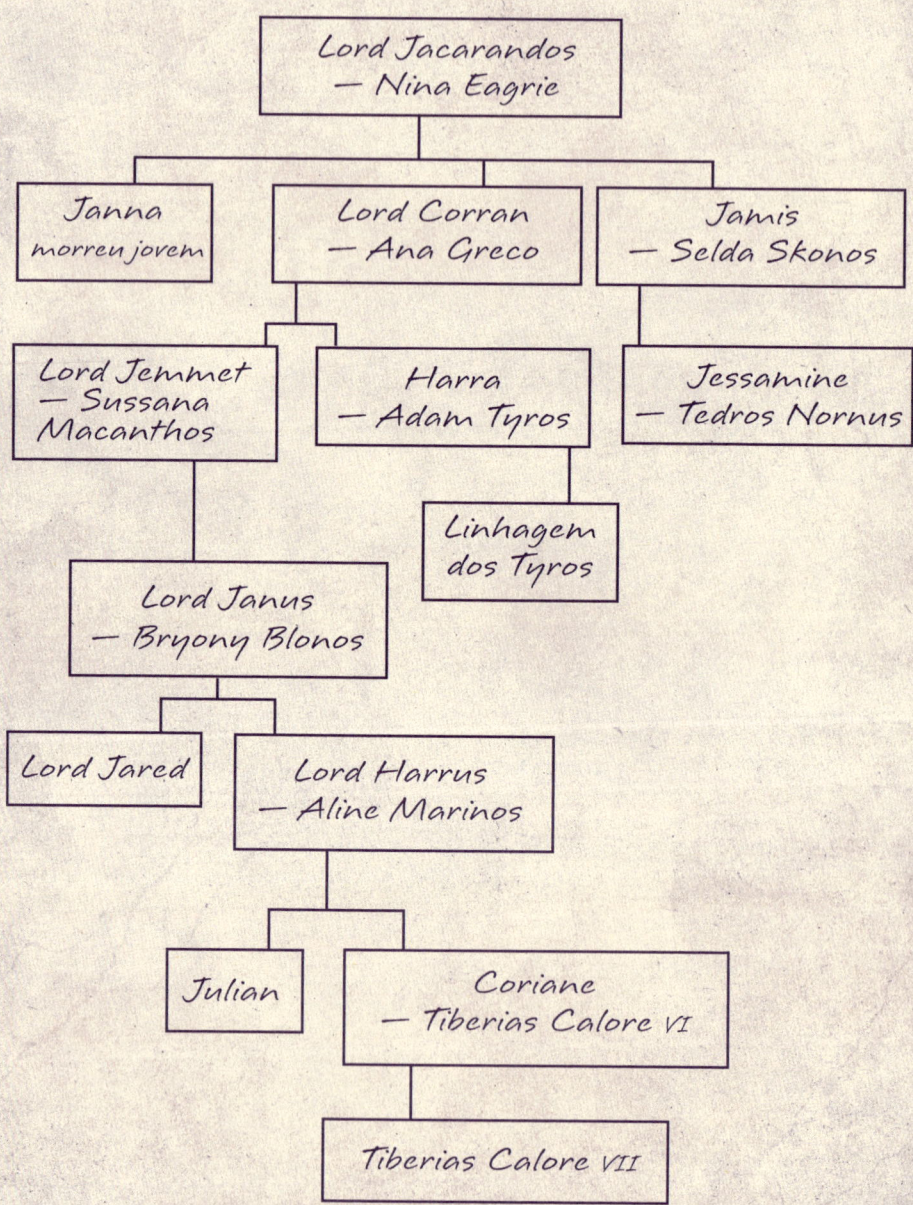

> Os livros de história nunca chegaram a você, apesar de eu duvidar que se importe.
> JJ

# MONARCAS
## *da*
# CASA CALORE

## CÉSAR I
### 1º DE JANEIRO DE 0 — 3 DE OUTUBRO DE 37 NE

Alexandrus César Calore era tão dedicado à nova dinastia, à nação que se formava e à sua própria imagem que esperou dois meses inteiros depois de conquistar Norta para se autocoroar ao toque da meia-noite na virada do ano. Ele declarou que uma nova era começava com seu reinado, por isso o calendário de Norta tem início no exato momento em que a coroa tocou a cabeça de Calore. Embora fosse acima de tudo um guerreiro, o rei César também era um diplomata habilidoso. Casou sua filha Juliana com o príncipe-mor de Piedmont, cimentando as bases de uma aliança duradoura para proteger a fronteira sul de Norta. Também criou a Prova Real. Apenas circunstâncias extraordinárias ou um casamento com alguém de fora do reino dispensariam a união de um herdeiro da Casa Calore com aquele — ou aquela — que demonstrasse ser mais forte. O rei César também fundou a nova capital, Archeon, onde construiu o Palácio de Whitefire e a sede do governo. Morreu "acidentalmente" durante um duelo, com um golpe no coração. A espada cega usada nos treinos tinha sido substituída por outra, de lâmina afiada. Diz a lenda que a última palavra que pronunciou foi "Fyrias", o nome de seu filho mais novo, morto num conflito na fronteira com as Terras Disputadas. Depois de uma investigação, o parceiro de duelo do rei foi executado, mas historiadores afirmam que foi o próprio filho de César quem tramou seu assassinato.

## CESARION
### 3 DE OUTUBRO DE 37 — 20 DE JULHO DE 44 NE

Seguir os passos de um pai grandioso se provou uma tarefa difícil para Cesarion, que cresceu sem muito conhecimento de guerra e sem as habilidades militares do pai. Ele estava mais preocupado com os luxos da monarquia e começou a construir o Palacete do Sol, residência de verão. Morreu antes de completá-lo, quando seu iate de passeio afundou perto das ilhas Bahrn. Testemunhas dizem que o rei se afogou devido ao peso da coroa e de suas joias, embora também existam relatos de um ataque de tubarões. É possível que o naufrágio tenha sido orquestrado por aqueles leais a seu pai, o rei assassinado.

## JULIAS I
### 20 DE JULHO DE 44 — 1º DE AGOSTO DE 60 NE

Em gritante contraste com o pai, Julias I era um guerreiro da cabeça aos pés, às vezes até demais. Lutava constantemente contra os lordes do norte, na região que se tornaria o reino de Lakeland. Seu primogênito e herdeiro, Julias, morreu numa dessas batalhas, aos dezessete anos. Sua perda mergulhou o pai em luto profundo, que morreu silenciosamente, depois de recusar tratamento de curandeiros.

## TIBERIAS, O GRANDE
### 1º DE AGOSTO DE 60 — 10 DE NOVEMBRO DE 105 NE

O bisneto de César é considerado seu verdadeiro sucessor, e até hoje é o monarca da dinastia Calore que ocupou o trono por mais tempo. Ao longo dos seus 45 anos de reinado, Tiberias I concluiu o Palacete do Sol, reforçou as relações com o recém-formado reino de Lakeland e expandiu as fronteiras de Norta até absorver toda a região de Rift. Perante algumas áreas de território dos Samos que ainda resistiam ao governo Calore, o próprio Tiberias conduziu seu exército rumo às colinas de Rift, subjugando os rebeldes que restavam. Contrariamente à sugestão de seus conselheiros, Tiberias não erradicou a dinastia Samos. Em vez disso, concedeu-lhes clemência em troca de sua lealdade e de suas terras. O governo de Rift foi entregue à Casa Laris, embora os Samos tenham permanecido uma das famílias mais fortes de Norta. Tiberias também foi pioneiro no uso de mão de obra vermelha, criando diversas cidades de técnicos por todo o reino. Os prateados colheriam os frutos de seu governo por muitos séculos, crescendo em poder econômico e tecnológico. Depois de muitos anos sem produzir herdeiros, Tiberias I se divorciou de sua esposa nortana para se casar com uma princesa de Lakeland que lhe deu três filhos. Morreu pacificamente durante o sono.

## TIBERIAS II
1º DE AGOSTO DE 105 — 30 DE MAIO DE 107 NE

Tiberias II sucedeu o pai no trono quando já era um homem maduro e reinou por menos de dois anos. Morreu de um problema de saúde a que se referem apenas como "sobrecarga emocional". Mesmo nesse período tão curto, deixou claro que era inápto para o trono e que teria sido facilmente manipulado pelos conselheiros e lordes caso tivesse vivido mais.

## CÉSAR II
30 DE MAIO DE 107 — 9 DE DEZEMBRO DE 118 NE

Como o rei César ainda não era maior de idade quando ascendeu ao trono, sua avó, a princesa Iranne de Lakeland, e sua mãe, Irina Calore, governaram como regentes. Seu tio, o príncipe Fyrion Calore, opôs-se à presença de uma estrangeira no poder e declarou que ele mesmo deveria governar. Fyrion e sua esposa, apoiados pela família dela, os Titanos, deram início a uma guerra civil contra César II. Acabaram sendo derrotados pelas forças da rainha regente e da princesa Cesara, filha de Tiberias, o Grande.

Ela havia se casado com um membro da Casa Samos, e seu apoio foi fundamental para a manutenção de César II no poder. O príncipe Fyrion foi executado pela tentativa de usurpar o trono e seu filho recém-nascido, o príncipe Crest Calore, foi enviado para o exílio. Ele gerou um novo ramo da Casa Calore no oeste, mas os registros dessa linhagem foram perdidos ou destruídos. A linhagem de Fyrion permanece na árvore genealógica dos Calore.

César II era um garoto de saúde frágil que vivia sob a vigilância constante de guardas Skonos e sempre necessitava dos serviços dos curandeiros de sangue. Sua morte aos 25 anos é descrita como um "apodrecimento". Não teve filhos, e há boatos de que sua doença era consequência do fato de seus pais, Tiberias II e a rainha Irina, serem primos em primeiro grau.

## JULIAS II
### 9 DE DEZEMBRO DE 118 — 22 DE MARÇO DE 140 NE

Como César II não teve filhos, a coroa passou para seu irmão mais novo. Julias II se casou com Serena Skonos, uma das guardiãs constantes do irmão, e não demonstrava qualquer traço das mesmas doenças genéticas. Por esse motivo, alguns historiadores acreditam que seu pai não era Tiberias II e que sua mãe, a rainha Irina, teve um caso com algum membro da corte de Norta. Julias II não se incomodava nem um pouco com tais boatos, pois sua mãe também era Calore de nascença, de modo que ele continuava a ser um descendente direto de César I. Além disso, ele era um ardente, como todos os reis Calore que o haviam antecedido. Seria extremamente raro que ele herdasse os poderes da mãe, e não do pai. Seu reinado foi, em geral, bastante tranquilo, já que os reinos de Norta, Piedmont e Lakeland estavam em paz. Durante seu governo de 32 anos, levou a cabo uma campanha de construção de arenas, expandindo a prática da Primeira Sexta por todo o reino. Casou duas filhas com príncipes de Piedmont, o que aprofundou os laços entre os dois reinos.

## JULIAS III
22 DE MARÇO DE 140 — 28 DE DEZEMBRO DE 151 NE

Apesar dos apelos do pai, Julias III ignorou a tradição da Prova Real para casar com Helena, da Casa Merandus. Os historiadores lançam abertamente a hipótese de o jovem príncipe ter cedido aos poderes dela em vez de à paixão. Depois da coroação de Julias III, seu filho e herdeiro embarcou numa viagem pelo reino. Durante uma visita à fronteira em Maiden Falls, a caravana sofreu um ataque de bandidos vermelhos, e o príncipe foi morto. Em retaliação, Julias III decretou que as cidades vermelhas ao longo da fronteira seriam arrasadas e evacuadas para abrir espaço para uma cidade-fortaleza. O rei ordenou que os vermelhos construíssem Corvium e em seguida recrutou a maior parte deles para as Forças Armadas de Norta. O restante foi enviado para as cidades de técnicos espalhadas pelo reino a fim de aumentar a população operária. Nenhum Calore jamais voltou a chamar um filho de Julias, pois se passou a acreditar que o nome trazia má sorte.

## MARCAS
### 28 DE DEZEMBRO DE 151 — 12 DE DEZEMBRO DE 159 NE

Como o pai, o rei Marcas renunciou à Prova Real, mas em nome de uma aliança ainda mais forte com Piedmont. Casou-se com Elisabeta, uma das princesas de Tidewater. Embora só tenha reinado por oito anos, foi uma época de prosperidade para Norta, graças principalmente à sua mãe, Merandus, e à sua esposa. O rei era ineficiente e pouco inteligente, por isso o poder ficou com as duas rainhas, que empreenderam uma campanha para melhorar a economia e a infraestrutura de Norta. Elisabeta, originária de Piedmont, liderou a construção da Via Verde, um sistema de estradas ligando Norta a seu país natal. A rainha-mãe voltou suas atenções à expansão da malha elétrica de Norta, fazendo-a chegar até comunidades vermelhas mais remotas. Quando Marcas morreu, após uma queda por embriaguez, as duas continuaram seu trabalho em conjunto com o único filho e herdeiro do rei, Aerion.

## AERION
### 12 DE DEZEMBRO DE 159 — 2 DE FEVEREIRO DE 188 NE

O rei Aerion tinha herdado da mãe o gosto por arquitetura, e juntos construíram a icônica ponte de Archeon. Durante o período, espiões de Norta encabeçados pelas Casas Merandus e Iral ajudaram os chefes militares de Prairie em sua guerra contra Lakeland por questões de fronteira. Sustentados pelo dinheiro do tesouro de Norta e do próprio rei, o Exército de Prairie conquistou valiosas terras férteis na região de Minnowan e fez a fronteira de Lakeland recuar para o outro lado do Grande Rio. O rei Aerion se valeu dessa tática para enfraquecer o vizinho mais próximo de Norta, consciente de que os dois reinos acabariam por entrar em guerra no futuro. Por influência da mãe e da avó, Aerion decretou que sua linha de sucessão seria definida pela habilidade, e não pelo gênero. Assim, sua filha Andura se tornou a herdeira do trono, seguida por seu irmão mais novo.

## ANDURA
2 DE FEVEREIRO DE 188 — 27 DE SETEMBRO DE 199 NE

Por ser a primeira rainha a governar Norta oficialmente, Andura enfrentou bastante oposição por parte da nobreza e dos membros do governo. Depois da primeira Prova Real masculina da história, ela se casou com um filho da Casa Blonos, que se tornou seu príncipe-consorte. A rainha Andura conquistou fama de guerreira e diplomata, e foi capaz de esconder o envolvimento de Norta nas guerras entre Prairie e Lakeland. Manteve uma paz instável com o norte enquanto fortalecia o Exército de seu país, estendendo o recrutamento de vermelhos às mulheres e abrindo as portas das Forças Armadas para qualquer mulher prateada que desejasse se alistar. O único filho de Andura não herdou seu poder ardente, de modo que para preservar a paz no reino ela teve de se valer do decreto de sucessão de seu pai. O irmão dela foi seu herdeiro até morrer num levante vermelho em Harbor Bay. Revoltas similares ganhavam força em outras partes de Norta, em Lakeland e em Piedmont, e os lordes prateados mantinham a duras penas o controle sob uma população maior de vermelhos. O filho de Andura, Ambrosin, deixou Norta após a morte da mãe a fim de buscar sua sorte no oeste. É um curandeiro poderosíssimo, quase imortal tamanha sua habilidade, e ainda governa como rei triarca em Tiraxes. Tem mais de cem anos de idade.

## TIBERIAS III
27 DE SETEMBRO DE 199 — 30 DE MARÇO DE 222 NE

Primogênito do irmão da rainha Andura, Tiberias se tornou herdeiro do trono depois da morte do pai. Ascendeu ao poder em um momento caótico de rebeliões vermelhas e deterioração das relações com Lakeland. Um de seus primeiros atos como rei foi convocar uma reunião com a monarquia de Lakeland, mas as negociações logo ruíram e veio a declaração de guerra, que duraria mais de um século e custaria a vida de milhões de pessoas, vermelhas e prateadas. Já sugeriram que a guerra não só era motivada pelo ódio entre as nações, mas também por necessidade, no intuito de reduzir a população de vermelhos tanto em Norta como em Lakeland.

## LEONORA
30 DE MARÇO DE 222 — 3 DE JANEIRO DE 237 NE

Como a avó, Leonora era primogênita de um monarca Calore e herdou o trono no lugar do irmão mais novo. Recusou a Prova Real e jamais se casou, mas Mariane Nolle foi sua consorte até a morte e recebeu o título de princesa. Leonora foi a primeira entre todos os governantes Calore a deixar Norta durante o reinado, embarcando numa viagem por Piedmont para visitar primos e diversos dignitários. Também visitou Corvium diversas vezes para inspecionar o Gargalo, uma terra arrasada que se expandia cada vez mais rápido e que separava as trincheiras de Lakeland das de Norta. Por um decreto de Leonora, seus sobrinhos foram parcialmente educados na frente de batalha, a fim de aprenderem as questões militares ao vivo.

## TIBERIAS IV
### 3 DE JANEIRO DE 237 — 2 DE SETEMBRO DE 270 NE

Em continuidade com a tradição militar iniciada por seus ancestrais, Tiberias IV foi general das Forças Armadas de Norta antes de suceder a irmã. Supervisionou mais de trinta anos de guerra como rei, e já próximo do fim do reinado deu início a uma campanha clandestina contra Lakeland. Ele se serviu de uma vasta rede de espiões, liderada pela Casa Iral, para se infiltrar em fortalezas, rastrear movimentações de tropas, sabotar a distribuição de suprimentos e assassinar figuras-chave do governo e do Exército inimigo. O segundo filho do rei, Aerik, foi assassinado em retaliação a uma das mortes causadas por espiões de Norta. Ele caiu numa emboscada armada por prateados inimigos disfarçados de vermelhos durante uma revista de tropas na fronteira de Lakeland. Depois da morte do filho, Tiberias IV passou a maior parte do seu tempo na frente de guerra, enquanto seu herdeiro governava na capital e aprendia em primeira mão a arte da política.

## TIBERIAS V
### 2 DE SETEMBRO DE 270 — 1º DE AGOSTO DE 296 NE

Depois de cumprir a tradição da Prova Real, Tiberias se casou com Anabel, da Casa Lerolan, tradicionais governadores de Delphie. Ele também tinha um consorte, Robert Iral, a quem coroou príncipe. A rainha Anabel e o príncipe Robert foram ambos grandes mecenas das artes durante o reinado de Tiberias v. Embora sua inclinação à vida militar fosse menor que a do pai, o rei criou o filho por algum tempo na frente de batalha, a fim de prepará-lo para liderar a guerra. Apesar do conflito com Lakeland, seu governo foi considerado pacífico e próspero para os prateados de Norta. Morreu de um tumor devastador, apesar dos esforços de seus curandeiros pessoais.

## TIBERIAS VI
### 1º DE AGOSTO DE 296 NE — HOJE

Antes de subir ao trono, Tiberias vi abriu mão da Prova Real e chocou a corte ao se casar com Coriane Jacos, dama de uma Casa prateada relativamente pobre e inferior.

# CANÇÃO DA RAINHA

Como sempre, Julian deu um livro a ela.

Igual ao ano anterior, e a um ano antes, e a toda festa ou ocasião especial que ele podia encontrar entre os aniversários da irmã. Ela tinha prateleiras cheias dos supostos presentes dele. Alguns dados de coração, outros apenas para liberar espaço na biblioteca que ele chamava de quarto, onde altas pilhas de livros se amontoavam de maneira tão precária que até os gatos tinham dificuldade para se orientar naquele labirinto. Os temas eram variados, desde aventuras dos desbravadores de Prairie até antologias de poemas entediantes sobre a corte real insípida que ambos tentavam evitar. *Mais combustível para a fogueira*, Coriane sempre dizia quando ele lhe entregava outra obra sem graça. Certa vez, no aniversário de doze anos da irmã, Julian deu a ela um texto antigo escrito num idioma que ela não sabia ler — e ele provavelmente só fingia compreender.

Apesar de não gostar da maioria das histórias do irmão, ela guardava a crescente coleção em prateleiras limpas, em ordem alfabética rigorosa, com as lombadas de couro voltadas para fora a fim de exibir os títulos. Quase nenhum seria tocado, aberto, lido — uma tragédia que nem Julian era capaz de encontrar palavras para lamentar. Não existe nada tão horrível quanto uma história não contada. Mas Coriane guardava os livros mesmo assim, bem espanados, limpos, com as letras douradas brilhando sob a claridade turva do verão ou sob a luz cinzenta do inverno. Todos vinham com "De: Julian" rabiscado na primeira página, e era isso que ela mais valorizava. Só os verdadeiros presentes dele conseguiam ser mais amados: os guias e manuais encapados em plástico, inseridos entre as páginas de uma enciclopédia ou de um livro de genealogia. Alguns ganhavam a honra de ficar enfiados debaixo do colchão, de onde eram arrancados à noite para que ela pudesse devorar os esquemas técnicos e os estudos sobre maquinário. Como construir, destruir e conservar motores de veículos, jatos, telégrafos e até mesmo lâmpadas e fogões de cozinha.

O pai dela não aprovava, como sempre. Uma prateada nobre e filha de uma Grande Casa não deveria manchar os dedos com óleo de motor, quebrar as unhas com ferramentas "emprestadas", ou ficar com olheiras por causa de noites mal dormidas devido a leituras inadequadas. Mas Harrus Jacos esquecia as apreensões sempre que a tela de vídeo na sala de estar entrava em curto e chiava entre fagulhas e imagens distorcidas. *Conserte, Cori, conserte.* Ela obedecia às ordens dele, sempre na esperança de que daquela vez fosse convencê-lo. Mas depois as caras fechadas diante de seus experimentos voltavam, e todo o bom trabalho era esquecido.

Ela estava contente com a viagem do pai à capital para ajudar o tio deles, o senhor da Casa Jacos. Assim ela poderia passar o aniversário com as pessoas que amava. No caso, Julian e Sara Skonos, que viera especialmente para a ocasião. *Cada dia mais linda*, Coriane pensou ao ver a melhor amiga. Fazia meses que elas não se viam, desde que Sara completara quinze anos e se mudara definitivamente para a corte. Na verdade, não era tanto tempo assim, mas a amiga já parecia diferente, mais afiada. As maçãs do rosto destacavam-se cruéis por baixo da pele aparentemente mais pálida do que antes, como se tivesse sido drenada. E os olhos azul-cinzentos, antes estrelas brilhantes, pareciam escuros, repletos de sombras. Mas o sorriso ainda saía fácil quando estava com os Jacos. *Com Julian, na verdade,* Coriane sabia. E seu irmão era a mesma coisa, cheio de sorrisos, mantendo uma distância que nenhum rapaz sem interesse pensaria em manter. Ele tinha uma consciência precisa dos próprios movimentos, e Coriane tinha uma consciência precisa da presença do irmão. Com dezessete anos, ele já tinha idade suficiente para pedir alguém em casamento, e ela suspeitava que um pedido viria nos próximos meses.

Julian não se dera ao trabalho de embrulhar o presente, que já era belo por si só. Encadernação de couro, com faixas em tom de ouro envelhecido, cor da Casa Jacos, e a coroa flamejante de Norta gravada na capa. Não havia título na frente nem na lombada, e Coriane percebeu que as páginas não traziam nenhum manual técnico, o que a fez torcer um pouco o nariz.

— Abra, Cori — Julian disse, interrompendo-a antes que ela pudesse atirar o livro na modesta pilha com os outros presentes. Todos eram insultos velados: luvas para esconder as mãos "comuns", vestidos desconfortáveis para uma corte que ela se recusava a visitar, e uma caixa já aberta de doces que o pai não queria que ela comesse. Acabariam antes da hora do jantar.

Coriane fez o que o irmão pediu e abriu o livro, encontrando-o em branco. Suas páginas creme estavam vazias. Ela fechou a cara, sem se dar ao trabalho de bancar a irmã agradecida. Julian não precisava desse tipo de encenação, e enxergaria seus sentimentos verdadeiros de qualquer jeito. E o que era melhor: não havia ninguém para lhe dar uma bronca por se comportar assim. *Minha mãe morreu, meu pai está fora, e a prima Jessamine felizmente ainda está dormindo.* Julian, Coriane e Sara estavam sozinhos no solário do jardim, como três pedrinhas se agitando em meio à poeira velha da mansão Jacos. Era um lugar entediante, que combinava com a dor vazia e constante no peito de Coriane. Janelas arqueadas davam para um canteiro de rosas que não via as mãos de um verde fazia anos. O chão precisava de uma boa varrida e as cortinas douradas estavam cinza de tanta poeira — e provavelmente teias de aranha. Mesmo a pintura pendurada acima da lareira de mármore manchada de fuligem estava sem a moldura de ouro, vendida anos antes. O homem de olhar sério na tela era o avô de Coriane e Julian, Janus Jacos, que certamente ficaria incomodado com a situação da propriedade da família. Nobres empobrecidos, se beneficiando do nome antigo e das tradições, sobrevivendo com pouco e cada vez menos.

A risada de Julian soou como sempre. *Irritação afetuosa*, Coriane sabia. Era essa a melhor expressão para descrever a atitude dele com a irmã mais nova. Tinham dois anos de diferença, e ele sempre fazia questão de lembrá-la de sua inteligência e idade superiores. Com delicadeza, claro. Como se fizesse alguma diferença.

— É para você escrever nele — ele continuou, deslizando os dedos longos e finos pelas páginas. — Ideias, o que você fez no dia.

— Eu sei o que é um diário — ela replicou, fechando o livro com força. Ele não se importou, não se deu ao trabalho de ficar ofendido. Julian a conhecia melhor do que ninguém. *Mesmo quando entendo as coisas errado.* — Os meus dias não merecem muito registro.

— Besteira. Você é bem interessante quando quer.

Coriane sorriu, maliciosa.

— Julian, suas piadas estão melhorando. Será que finalmente encontrou um livro que ensina a ser engraçado? — Ela lançou um rápido olhar para Sara. — Ou alguém?

Enquanto Julian corava, as bochechas ficando azuladas com o sangue prateado, Sara levou na esportiva.

— Sou curandeira, mas não faço milagres — ela disse.

Os três gargalharam, preenchendo o vazio da mansão com um instante de ternura. O velho relógio soou num canto, indicando que a desgraça de Coriane se aproximava: a prima Jessamine chegaria a qualquer momento.

Julian levantou rápido e alongou o corpo esguio, ainda em transição para o de homem adulto. Ele precisava crescer um pouco, tanto em altura como em largura. Coriane, por outro lado, tinha a mesma altura havia anos, e não dava qualquer sinal de mudança. Ela era comum em todos os sentidos, desde os olhos azuis quase sem cor até o frágil cabelo castanho que teimava em não crescer além dos ombros.

— Você não quer esses, né? — ele perguntou ao estender o braço por cima da irmã. Roubou um punhado de doces açucarados da caixa na pilha de presentes e ganhou um tapinha na mão em resposta. *Que se dane a etiqueta. Os doces são meus.* — Cuidado. Vou contar para Jessamine — ele avisou.

— Não precisa — o sopro débil da voz da prima idosa vinha das colunas da entrada do solário.

Bufando aborrecida, Coriane fechou os olhos desejando que Jessamine Jacos deixasse de existir. *Não adianta fazer isso, claro. Não sou uma murmuradora. Sou apenas uma cantora.* E embora pudesse tentar usar seu exíguo poder contra Jessamine, no fim com certeza se daria mal. Por mais velha que a prima fosse, a voz e o poder dela ainda eram bem afiados, muito mais rápidos que os de Coriane. *Vou acabar esfregando o chão com um sorriso no rosto se a provocar.*

Coriane tentou parecer educada e se voltou para a prima, que se apoiava numa bengala coberta de joias, um dos últimos itens bonitos da casa que pertencia à pessoa mais feia. Jessamine tinha parado de frequentar os prateados curandeiros de pele havia muito tempo, para "envelhecer naturalmente", como costumava dizer. Mas a verdade era que a família não podia mais pagar o tratamento feito pelos mais talentosos da Casa Skonos, nem mesmo pelos curandeiros aprendizes que não pertenciam à nobreza. A pele dela estava murcha, cinza de tão pálida, com manchas roxas de velhice nas mãos enrugadas e no pescoço. Naquele dia, usava um turbante de seda cor de limão para esconder o pouco cabelo branco que lhe restava, e um vestido esvoaçante combinando. A barra roída por traças estava bem escondida, claro. Jessamine era uma mestra da ilusão.

— Julian, seja um bom rapaz e leve isso para a cozinha, por favor — ela pediu, apontando a unha comprida para os doces. — A criadagem ficará muito agradecida.

Coriane precisou se segurar para não caçoar da prima. "A criadagem" consistia em um mordomo vermelho mais velho que Jessamine que sequer tinha *dentes*, a cozinheira, e duas jovens criadas de quem se esperava a conservação da mansão inteira. Eles deviam gostar dos doces, mas claro que Jessamine não tinha a menor intenção de lhes dar nada. *O mais provável é que os doces acabem na lata de lixo ou guardados em algum esconderijo no quarto dela.*

Julian teve a mesma desconfiança, a julgar pela sua expressão. Mas discutir com Jessamine era tão inútil quanto esperar frutos das árvores na estufa velha e em ruínas.

— Claro, prima — ele disse num tom mais adequado a um funeral. O olhar dele indicava um pedido de desculpas; o de Coriane, um monte de rancor. Com um sorriso sarcástico quase evidente, ela observou o irmão oferecer um braço a Sara e, com o outro, pegar o presente inadequado. Ambos estavam ansiosos para escapar das garras de Jessamine, mas odiavam ter que deixar Coriane para trás. Ainda assim, seguiram em frente e deixaram o solário.

*Ótimo, me deixem aqui. É sempre assim.* Abandonada com Jessamine, que tomara sobre si a função de transformar Coriane numa filha decente da Casa Jacos. Em outras palavras, uma filha *calada*.

Coriane também era sempre abandonada com o pai, quando ele voltava da corte depois de longos dias à espera de que tio Jared morresse. O chefe da Casa Jacos e governador da região de Aderonack não tinha mais filhos, então seus títulos passariam ao irmão e então a Julian. Os gêmeos, Jenna e Caspian, foram mortos nas Guerras de Lakeland, deixando o pai sem herdeiros diretos — e sem vontade de viver. Era apenas uma questão de tempo até o pai de Coriane assumir o posto, e ele não queria perder tempo. Coriane achava esse comportamento, na melhor das hipóteses, perverso. Não se imaginava fazendo algo assim com Julian, por mais que sentisse raiva dele de vez em quando. Ficar de braços cruzados, observando-o definhar de tanto sofrimento. *Mas não tenho qualquer desejo de chefiar a família, e nosso pai é um homem muito ambicioso, apesar de não ter nenhum tato.*

Coriane não sabia o que o pai planejava fazer depois da ascensão. A Casa Jacos era pequena e insignificante; governava um fim de mundo e tinha pouco mais que o sangue nobre para mantê-los aquecidos à noite. E, claro, Jessamine estava lá para garantir que todos fingissem que não estavam arruinados.

Ela sentou com a elegância de alguém com metade da sua idade, batendo a bengala contra o piso sujo.

— Que absurdo — ela resmungou enquanto observava uma nuvem de pó agitar-se contra um feixe de luz do sol. — É tão difícil encontrar bons empregados nos dias de hoje.

*Principalmente quando você não tem condições de pagar*, Coriane desdenhou mentalmente.

— Sim, prima, é muito difícil.

— Bom, passe-os pra cá. Quero ver o que Jared mandou — Jessamine disse.

Ela estendeu a mão curvada e começou a abrir e fechar várias vezes, num gesto que fazia a pele de Coriane arrepiar. A jovem mordeu o lábio para não dizer nada de errado. Depois pegou os dois vestidos dados pelo tio e os estendeu sobre o sofá onde Jessamine estava acomodada.

Fungando, a idosa examinou os vestidos dourados como Julian examinava textos antigos. Ela apertou os olhos para reparar bem na costura e no bordado, e passou a mão pelo tecido para arrancar fios soltos invisíveis.

— Dignos — ela disse depois de um longo tempo —, embora ultrapassados. Nenhum é da última moda.

— Que surpresa — Coriane não conseguiu conter as palavras. Um baque: a bengala golpeia o chão.

— Nada de sarcasmo. Não convém a uma dama.

*Bom, todas as damas que conheço parecem bem versadas nele, incluindo você. Se é que posso chamá-la de "dama".* Na verdade, já fazia pelo menos uma década que Jessamine não ia à corte real. Ela não tinha ideia de qual era a última moda e, quando bebia muito gin, não conseguia nem lembrar quem estava no trono. "Tiberias VI? Ou Tiberias V? Não, ainda estamos no Tiberias IV, com certeza. Aquele velho insiste em não morrer." Coriane enfim lembrava a prima delicadamente de que o país era governado por Tiberias V.

O filho dele, o príncipe herdeiro, se tornaria Tiberias VI quando o pai morresse, embora seu famoso gosto pela guerra fizesse Coriane se perguntar se ele viveria o bastante para usar a coroa. A história de Norta estava marcada por ardentes da Casa Calore morrendo em batalha, sobretudo primos e príncipes não herdeiros. Coriane desejava secretamente que o príncipe morresse, só para saber o que aconteceria. Ele não tinha irmãos, e os primos Calore eram poucos, para não dizer fracos, se as aulas de Jessamine eram confiáveis. Havia um século que Norta lutava contra Lakeland, mas com certeza uma guerra interna estava no horizonte. Uma guerra entre as Grandes Casas, para que outra família tomasse o trono. Não que a Casa Jacos fosse ter algum envolvimento nisso. A insignificância deles era uma constante, assim como a prima Jessamine.

— Bom, pelas mensagens do seu pai, esses vestidos vão ser usados logo — Jessamine prosseguiu enquanto deixava os presentes de lado. Sem se preocupar com o horário ou com a presença de Coriane, ela sacou uma garrafa de gin do vestido e tomou um gole generoso. O aroma se espalhou pelo ar.

Franzindo a testa, Coriane levantou os olhos das mãos, ocupadas em apalpar as luvas novas.

— O tio não está bem? — ela perguntou. Outro baque da bengala.

— Que pergunta idiota. Ele está mal há anos, como você sabe muito bem.

O rosto da jovem corou num tom prata intenso.

— Quis dizer "pior". Ele está *pior*?

— Harrus acha que sim. Jared se enfurnou em seus aposentos na corte e raramente participa dos banquetes sociais, muito menos das reuniões administrativas ou do conselho dos governadores. Ultimamente seu pai desempenha as funções dele cada vez mais. Isso sem falar da aparente determinação que seu tio tem em sugar todo o cofre da Casa Jacos. — Outro gole de gin. Coriane quase riu da ironia. — Quanto egoísmo.

— É muito egoísmo mesmo — a jovem balbuciou. *Você não me desejou feliz aniversário, prima.* Mas ela não insistiu no assunto. Doía ser chamada de ingrata, mesmo que por uma sanguessuga.

— Vejo que ganhou mais um livro de Julian. Ah, e luvas! Ótimo, Harrus aceitou minha sugestão. E Skonos, o que ela trouxe para você?

— Nada.

*Ainda.* Sara tinha dito que o presente dela era algo que não podia ser amontoado com os outros.

— Nenhum presente? E mesmo assim ela vem aqui, come nossa comida, ocupa nosso espaço...

Coriane se esforçou para deixar as palavras de Jessamine voarem pelos ares para bem longe, como nuvens num dia de ventania. Para isso, concentrou-se no manual que tinha lido na noite anterior. *Baterias. Cátodos e ânodos. Os de uso primário são descartados, os secundários podem ser recarregados...*

Baque.

— Sim, Jessamine?

A velha encarava Coriane de olhos arregalados, a irritação estampada em cada uma de suas rugas.

— Não faço isso em benefício próprio, Coriane.

— Bom, com certeza também não é em benefício *meu* — ela sibilou, sem poder se segurar.

A resposta de Jessamine foi uma gargalhada tão seca que a saliva podia sair em pó.

— Bem que você gostaria, não é? Acha que sento aqui com você, aturando suas gozações e sua amargura por diversão? Ponha-se no seu lugar, Coriane. Faço isso única e exclusivamente pela Casa Jacos, por todos nós. Sei que somos melhores do que você. E lembro como éramos antes, quando morávamos na corte e negociávamos tratados, tão indispensáveis para os reis Calore quanto a chama que eles sempre levam consigo. *Eu lembro.* Não existe dor ou castigo maior do que a memória.

Ela virou a bengala na mão, contando as joias que polia todas as noites. Safiras, rubis, esmeraldas e um único diamante. Dadas por pretendentes, amigos ou parentes; Coriane não sabia. Mas eram o tesouro de Jessamine, e os olhos dela reluziam como aquelas pedras.

— Seu pai vai ser o senhor da Casa Jacos, e seu irmão depois dele. Por isso você precisa arranjar seu próprio senhor. A não ser que queira ficar aqui para sempre.

*Como você.* A conclusão era clara e, por algum motivo, Coriane foi incapaz de superar o súbito nó na garganta e responder. Só conseguiu balançar a cabeça. *Não, Jessamine, não quero ficar aqui. Não quero ser como você.*

— Muito bem — Jessamine disse. Mais um baque da bengala.

— Vamos começar o dia.

★

Mais tarde, já à noite, Coriane sentou para escrever. A pena corria pelas páginas do presente de Julian, jorrando tinta como uma faca espirra sangue. Coriane escreveu sobre tudo. Jessamine, o pai, Julian. A sensação terrível de que o irmão a abandonaria para enfrentar sozinho o furacão que estava por vir. Ele tinha Sara agora. Ela tinha flagrado os dois se beijando antes do jantar, e apesar de sorrir, de fingir um riso, de fingir achar graça ao ver os dois envergonhados, gaguejando explicações, no fundo Coriane tinha ficado desesperada. *Sara é minha melhor amiga. Sara é a única coisa que pertence a mim.* Só que não era mais. Assim como Julian, Sara ia se afastar, até que só restasse a Coriane a poeira de uma casa e de uma vida esquecidas.

Porque não importava o que Jessamine dissesse, o quanto ela se envaidecesse e mentisse sobre as supostas perspectivas de Coriane. Não havia o que fazer. *Ninguém vai casar comigo. Pelo menos ninguém com quem eu queira casar.* Ela já havia perdido as esperanças e aceitado a situação. *Jamais sairei daqui*, escreveu. *Estas paredes douradas serão meu túmulo.*

Jared Jacos teve dois funerais.

O primeiro foi na corte, em Archeon, num dia de primavera chuvoso e nublado. O segundo, uma semana depois, foi na mansão em Aderonack. O corpo dele se juntaria aos outros Jacos no mausoléu da família, onde descansaria num sepulcro de mármore pago com uma das joias da bengala de Jessamine. A esmeralda tinha acabado de ser vendida a um mercador de pedras preciosas em Archeon Leste, sob os olhares de Coriane, Julian e da prima idosa. Jessamine parecia desapegada; nem quis ver a pedra verde passar das mãos do novo Lord Jacos para as do joalheiro prateado. *Um homem comum*, Coriane reconheceu. Não vestia as cores de nenhuma Casa conhecida, mas era mais rico que eles, com roupas finas e uma boa quantidade de joias. *Podemos ser nobres, mas este homem poderia comprar todos nós se quisesse.*

A família trajava preto, como era costume. Coriane precisou pegar um vestido emprestado para a ocasião, uma das muitas túnicas de luto de Jessamine — a prima tinha participado e supervisionado mais de uma dúzia de funerais da Casa Jacos. O tecido dava coceira, mas Coriane se conteve durante o trajeto, desde o bairro comercial até a grande ponte que atravessava o rio Capital ligando os dois lados da cidade. *Jessamine me daria uma bronca ou um tapa se eu começasse a me coçar.*

Aquela não foi a primeira visita de Coriane à capital. Não foi nem mesmo a décima. Ela já estivera ali muitas vezes, geralmente convocada pelo tio, para mostrar a suposta força da Casa Jacos. Uma ideia tola. Além de ser pobre, a família era pequena e decadente, ainda mais depois da morte dos gêmeos. Não era páreo para as árvores genealógicas florescentes, como as das Casas Iral, Samos, Rhambos e outras. Linhagens ricas, capazes de aguentar o imenso peso de seus muitos membros. O lugar deles entre as Grandes Casas estava cimentado na hierarquia tanto da nobreza como do governo. Não era o mesmo com os Jacos, a não ser que o pai de Coriane, Harrus, encontrasse uma maneira de provar o valor da família para seus pares e para o rei. Na opinião de Coriane, isso parecia impossível. Aderonack ficava na fronteira com Lakeland e era uma terra com população pequena e uma floresta densa de que ninguém precisava. Os Jacos não podiam se gabar de suas minas, usinas ou mesmo de suas terras férteis. Não havia nada de útil naquele canto do mundo.

Coriane estava usando uma faixa dourada para acinturar o vestido desajustado de gola alta a fim de parecer um pouco mais apresentável, já que estaria fora de moda. Coriane disse a si mesma que não se importava com os sussurros da corte, as expressões de desprezo das outras jovens que a encaravam como se fosse um inseto, ou pior, uma *vermelha*. Eram garotas cruéis, bobas, que prendiam o fôlego à espera de qualquer notícia da Prova Real. Mas isso não era verdade. Sara era uma delas, não era? Filha de Lord Skonos, que treinava para se tornar curandeira e mostrava poderes muito promissores. Era o suficiente para que ela servisse à família real no futuro.

"Não quero isso", Sara confessou a Coriane meses antes, durante uma visita. "É um desperdício passar a vida curando cortes de papel e pés de galinha. Meus poderes seriam mais úteis nas trincheiras do Gargalo ou nos hospitais de Corvium. Soldados morrem lá todos os dias, sabia? Vermelhos e prateados, mortos por bombas e tiros de Lakeland. Eles sangram até a morte porque pessoas como eu ficam aqui."

Ela jamais diria algo assim a outra pessoa, muito menos ao pai, o chefe da Casa. Esse tipo de conversa é mais adequado à meia-noite, quando duas garotas podem cochichar seus sonhos sem medo das consequências. "Quero construir coisas", Coriane dissera à melhor amiga na mesma ocasião.

"Construir o quê, Coriane?"

"Jatos, aeronaves, veículos, telas de vídeo, lâmpadas, torradeiras! Sei lá, Sara, sei lá. Só quero... fazer alguma coisa."

Então Sara sorriu, seus dentes refletindo um raio fraco de luar. "Fazer alguma coisa da sua vida, você quer dizer. É isso, não é, Cori?"

"Não foi isso que eu disse."

"Não precisava dizer com todas as letras."

"Dá pra entender por que Julian gosta tanto de você."

Esse comentário fez Sara se calar na hora, e a garota adormeceu pouco depois. Mas Coriane manteve os olhos abertos, observando as sombras nas paredes, pensativa.

Agora, na ponte, no meio daquele caos de cores vivas, ela fazia o mesmo. Nobres, cidadãos, comerciantes prateados: todos pareciam flutuar diante dela, com pele fria, passos lentos, olhares severos e escuros, independentemente da cor. Bebiam cada manhã com ambição, como um homem saciado que ainda ingeria água a goles generosos enquanto os outros morriam de sede. Os outros eram vermelhos, claro, como indicavam as fitas em seus pulsos. Os criados vestiam uniformes, alguns listrados com as cores da Grande Casa a que serviam. Seus movimentos eram precisos, seus olhos miravam sempre adiante, e se apressavam para cumprir tarefas e ordens. *Pelo menos têm um propósito*, Coriane pensou. *Diferente de mim.*

De repente, ela sentiu o ímpeto de se agarrar ao poste mais próximo para não ser arrastada como uma folha ao vento ou uma pedra que cai na água. Voar ou afundar ou ambas as coisas. Ir aonde outra força maior a obrigava. Fora do seu próprio controle.

A mão de Julian se fechou ao redor do punho dela e a forçou a segurar o braço dele. *Esse vai ser meu apoio*, ela pensou, e seu corpo relaxou um pouco. *Julian vai me manter aqui.*

Mais tarde, ela registrou um pouco do funeral oficial em seu diário, já todo salpicado de borrões de tinta e rasuras. A ortografia melhorava, contudo, e a caligrafia também. Ela não escreveu nada a respeito do corpo do tio Jared, cuja pele tinha ficado mais branca que a lua depois de drenarem o sangue para o embalsamento. Ela não escreveu sobre os lábios trêmulos do pai que revelavam a dor que ele realmente sentia pela morte do irmão. Os escritos de Coriane não contavam como a chuva parou durante o período exato da cerimônia, ou como uma multidão de lordes veio manifestar seus pêsames. Ela nem se deu ao trabalho de mencionar a presença do rei, ou de seu filho, Tiberias, com uma expressão sombria e fechada por trás das sobrancelhas escuras.

*Meu tio morreu*, ela escreveu. *E, de alguma forma, sinto inveja dele.* Como sempre, ao terminar escondeu o diário debaixo do colchão da cama junto com seu outro tesouro: um pequeno conjunto de ferramentas. Guardadas com extremo zelo, tinham sido encontradas em casa, no armário de jardinagem abandonado. Duas chaves de fenda, um martelo pequeno, um alicate de bico e um grifo tão enferrujado que quase não servia para nada. *Quase.* Havia ainda um carretel de fio bem fino, cuidadosamente tirado de uma lâmpada velha do corredor de que ninguém sentiria falta. Como a propriedade em Aderonack, a casa dos Jacos em Archeon Oeste estava em ruínas. E era úmida durante a tempestade, o que dava às velhas paredes a aparência de uma caverna derretendo.

Coriane ainda trajava o vestido preto com a faixa dourada, e dizia a si mesma que as gotas em seus olhos eram da chuva quando

Jessamine irrompeu pela porta. Queria causar rebuliço, claro. Era impensável um banquete sem uma Jessamine em polvorosa, especialmente um banquete na corte. Ela fez o máximo para deixar Coriane o mais apresentável possível apesar da falta de tempo e de recursos, como se sua vida dependesse disso. *Talvez dependa. Seja qual for o tipo de vida que ela deseja. Talvez a corte esteja precisando de mais uma instrutora de etiqueta para os filhos dos nobres e ela ache que fazer milagres comigo vai fazer com que conquiste o cargo.*

*Até Jessamine quer sair de casa.*

— Chega, não faça isso — Jessamine balbuciou ao secar as lágrimas de Coriane com um lenço. Em seguida, passou um lápis preto e macio para destacar os olhos da garota. Um blush azul arroxeado nas bochechas para ressaltar os ossos. Nada nos lábios, pois Coriane jamais conseguiu dominar a arte de não manchar dentes ou copos d'água com batom. — Acho que é suficiente.

— Sim, Jessamine.

Por mais que a velha adorasse a obediência, a atitude de Coriane a fez parar para pensar. A garota estava triste por causa do funeral, era óbvio.

— O que houve, filha? É o vestido?

*Não me importo com vestidos de seda preta desbotada nem com banquetes nem com esta corte maldita. Não me importo com nada disso.*

— Nada, prima. Só estou com fome, acho — Coriane disse, escolhendo a opção mais fácil: revelar um problema a fim de esconder o outro.

— Cuidado com o apetite — a idosa respondeu, revirando os olhos. — Lembre-se: você tem que fazer uma refeição simples, comer como um passarinho. Deve sempre haver comida no seu prato. Pegue sempre de pouquinho, pouquinho, *pouquinho...*

*Pouquinho, pouquinho, pouquinho.* As palavras eram como unhas afiadas batucando na cabeça de Coriane. Mas a jovem forçou um sorriso mesmo assim. Os cantos da sua boca arderam, doendo tanto quanto as palavras e a chuva e a angústia que a acompanhavam desde a ponte.

No andar de baixo, Julian e o pai já estavam à espera, um ao lado do outro, perto do fogo fumacento da lareira. Os ternos eram idênticos: pretos com uma faixa dourada clara atravessando o peito, da cintura ao ombro. Lord Jacos hesitava com a mão sobre o broche recém-adquirido preso à faixa: um quadrado de ouro surrado, tão velho quanto a família. Nada comparado às joias, aos medalhões e às insígnias dos outros governadores, mas bastaria para o momento.

Julian reparou no olhar de Coriane e deu uma piscadela para animá-la, mas o jeito deprimido da garota desanimou o irmão. Ainda assim, ele se manteve por perto durante todo o trajeto para o banquete, segurando a mão dela no veículo alugado e, mais tarde, seu braço, quando cruzaram os grandes portões da Praça de César. O Palácio de Whitefire ficava à esquerda, dominando o sul da praça que formigava de nobres.

Apesar da idade, Jessamine mal continha sua empolgação. Ela fazia questão de sorrir e inclinar a cabeça para todos que passavam. Chegava até a acenar, deixando as mangas esvoaçantes do vestido preto e dourado balançarem pelo ar.

*Comunicação pela roupa*, Coriane identificou. *Mas que idiotice. Igual ao resto desta dança que vai acabar numa desgraça ainda maior para a Casa Jacos. Por que adiar o inevitável? Por que entrar num jogo que não temos a menor chance de ganhar?* Ela não fazia ideia. Sua mente conhecia melhor circuitos elétricos do que a alta sociedade, e a garota não tinha esperanças de entender esta última. A corte de Norta não fazia sentido, assim como sua própria família. Nem mesmo Julian.

— Sei o que você pediu para o papai — ela sussurrou com cuidado para manter o queixo bem firme contra o ombro do irmão. O paletó abafou a voz dela, mas não o suficiente para que não pudesse ser ouvida.

Os músculos dele ficaram tensos.

— Cori...

— Preciso admitir que não entendi direito. Pensei... — A voz dela engasgou. — Pensei que você ia querer ficar com Sara agora que vamos ter que nos mudar para a corte.

*Você pediu para ir a Delphie, para trabalhar com os pesquisadores e escavar ruínas em vez de aprender a governar sendo o braço direito do nosso pai. Por que você faria isso? Por que, Julian?* E a pior pergunta de todas, aquela que Coriane não tinha forças para fazer: *como você é capaz de me abandonar também?*

O irmão soltou um longo suspiro e a apertou mais forte.

— Eu queria... *Quero.* Mas...

— Mas...? Aconteceu alguma coisa?

— Não, nada. Nada de bom, nada de ruim — Julian acrescentou, e Coriane pôde perceber a ponta de um sorriso na voz dele.

— Só sei que Sara não vai sair da corte se eu estiver aqui com o papai. Não posso fazer isso com ela. Este lugar... Não vou prender Sara neste ninho de cobras.

Coriane sentiu uma pontada de pena do irmão e de seu coração nobre, generoso e tolo.

— Então vai deixá-la ir para o campo de batalha?

— Não tenho que *deixar*. É ela que tem que tomar as próprias decisões.

— E se o pai dela, Lord Skonos, discordar?

*Com certeza ele vai*, Coriane pensou.

— Então me caso com ela conforme planejado e a levo para Delphie comigo.

— Você sempre tem um plano.

— Pelo menos tento.

Apesar da onda de felicidade — o irmão e a melhor amiga *iam se casar* —, aquela dor de sempre latejou dentro de Coriane. *Eles vão ficar juntos, e eu, sozinha.*

De repente, os dedos de Julian apertaram os dela com mais força; estavam quentes, apesar da garoa.

— E, claro, vou dar um jeito para que você venha também. Acha que eu deixaria você enfrentar a corte sem ninguém além do papai e de Jessamine? — ele disse, dando um beijo na bochecha dela e piscando em seguida. — Não sou tão ruim assim, Cori.

Por consideração a ele, Coriane forçou um sorriso largo que brilhou às luzes do palácio. Mas não sentia nada daquele otimismo. *Como Julian pode ser tão inteligente e tão burro ao mesmo tempo?* Isso a deixava confusa e triste. Mesmo se o pai deles concordasse com os estudos do filho em Delphie, Coriane jamais receberia autorização para fazer o mesmo. Ela não era muito inteligente, charmosa, bonita ou forte. Sua utilidade consistia no casamento, na aliança, e nada disso podia ser encontrado nos livros ou na proteção do irmão.

O Palácio de Whitefire ostentava as cores da Casa Calore — preto, vermelho e prateado — em tudo, até nas colunas de alabastro. As luzes nas janelas cintilavam, e os sons da grande festa ressoavam pela entrada principal, vigiada pela própria guarda de sentinelas do rei, de uniforme flamejante e máscara. Ao passar por eles, ainda segurando a mão de Julian, Coriane se sentiu menos como uma dama e mais como uma prisioneira conduzida à cela.

CORIANE SE ESFORÇOU AO MÁXIMO para comer pouquinho, pouquinho, pouquinho na refeição.

Também considerou a possibilidade de embolsar alguns garfos folheados a ouro. Se pelo menos a Casa Merandus — toda composta de murmuradores — não estivesse do outro lado da mesa, nem conhecesse suas intenções tão bem quanto ela mesma... Sara tinha dito que dava para perceber quando um deles se metia dentro da sua cabeça, por isso Coriane mantinha a compostura, com os nervos à flor da pele, tentando focar em seus próprios pensamentos. Isso a deixou pálida e quieta, com os olhos fixos no prato cheio de comida espalhada.

Julian tentava distrair, assim como Jessamine, embora ela o fizesse sem querer. Desmanchou-se em elogios ao Lord e à Lady Merandus, desde a combinação de roupas (um terno para o cavalheiro e um vestido para a dama, ambos de um intenso azul-escuro cheio de estrelas) até os lucros das terras da família (a maioria em Haven, incluindo a Cidade Alegre, a favela dos técnicos, um lugar que Coriane sabia que estava longe de ser feliz). Os Merandus pareciam firmes na meta de ignorar a Casa Jacos o máximo possível, mantendo as atenções sobre si e sobre a mesa elevada onde a realeza comia. Coriane não pôde conter um olhar furtivo para lá também. Tiberias v, rei de Norta, naturalmente estava no centro, altivo e esguio, em sua cadeira ornamentada. Seu uniforme militar de gala preto tinha faixas de seda vermelha e tranças prateadas, todas meticulosamente perfeitas e no lugar certo. Ele era um homem muito bonito, com olhos dourados e um rosto capaz de fazer poetas chorarem. Mesmo a barba grisalha tinha sido aparada em ângulos perfeitos. De acordo com Jessamine, a Prova Real dele tinha sido um banho de sangue entre as garotas que competiam para ser rainha ao lado daquele homem. Nenhuma parecia se importar com o fato de que o rei jamais a amaria. Só queriam ser a mãe dos filhos dele, ganhar sua confiança e conquistar a coroa. A rainha Anabel, uma oblívia da Casa Lerolan, conseguiu exatamente isso. Estava sentada à esquerda do rei, sorrindo, os olhos fixos no único filho. O uniforme militar dela estava aberto no pescoço, revelando uma explosão de joias vermelhas, laranja e amarelas, poderosas como ela. A coroa era pequena, mas difícil de ignorar: pedras preciosas pretas encaixadas numa tira grossa de ouro rosado reluziam a cada movimento da rainha.

O amante do rei usava uma coroa parecida, mas sem as joias. Ele não parecia se importar, sorrindo orgulhoso e radiante enquanto enlaçava os dedos com os do rei. Príncipe Robert da Casa Iral. Não tinha sequer uma gota de sangue nobre, mas detinha o título havia décadas por ordens do rei. Como a rainha, usava um monte de joias azuis e vermelhas, as cores da sua Casa, que saltavam ainda mais aos olhos por causa do uniforme preto, o longo cabelo escuro e a pele perfeitamente bronzeada. Sua risada era musical e sobressaía às muitas vozes que ecoavam no salão de banquetes. Coriane achou o olhar dele meigo — algo estranho para alguém que vivia na corte havia tanto tempo. Aquilo a confortou um pouco, até ela notar a família dele sentada logo ao lado, todos sérios, com olhares aguçados e sorrisos selvagens. Coriane tentou lembrar o nome deles, mas só conhecia uma pessoa ali: a irmã do príncipe Robert, Lady Ara, claramente a chefe da Casa Iral. Como se sentisse a jovem a observando, os olhos de Ara se viraram para Coriane, que precisou desviar o olhar.

Para o príncipe. Seria Tiberias VI um dia, mas por enquanto era apenas Tiberias. Um adolescente da idade de Julian, com uma sombra da barba do pai cobrindo o rosto de maneira desigual. Apreciava o vinho, a julgar pela taça vazia que era enchida às pressas e pela cor prateada tomando conta de suas bochechas. Ela se lembrava dele no funeral do tio, um filho obediente e resignado de pé ao lado da cova. Agora ele sorria fácil, trocando piadas com a mãe.

O olhar dele cruzou com o de Coriane por um momento, passando por cima do ombro da rainha Anabel para se fixar na garota da Casa Jacos vestida com roupas velhas. Ele deu um aceno curto com a cabeça para Coriane antes de voltar às palhaçadas e ao vinho.

— Não acredito que ela tolera isso — disse uma voz do outro lado da mesa.

Coriane virou na direção dela e se deparou com Elara Merandus, cujos olhos afiados e delineados observavam a família real com desgosto. Como o dos pais, o traje dela era cintilante, feito de seda azul-marinho e decorado com pedrinhas de cristal branco, ainda que ela usasse uma blusa transpassada com mangas morcego curtas em vez de um vestido. Cabelo longo, extremamente liso, jogado de lado como uma cortina loira, revelando uma orelha cravejada de cristais brilhantes. Sua aparência era meticulosamente perfeita. Cílios longos e escuros, a pele mais pálida e perfeita que porcelana, com a elegância de algo polido e esculpido especialmente para a corte real. Envergonhada com a própria condição, Coriane mexeu na faixa dourada na cintura. Não desejava nada além de sair do salão e voltar para a casa na cidade.

— Estou falando com você, Jacos.

— Perdoe-me a surpresa — Coriane disse, se esforçando para manter a voz estável. Elara não era conhecida pela simpatia, nem por muita coisa, aliás. Apesar de ser a filha de um dos chefes do governo, Coriane se deu conta de que sabia pouco sobre a murmuradora. — De quem você está falando?

Elara revirou os olhos azuis e brilhantes com a graça de um cisne.

— Da rainha, claro. Não sei como ela suporta dividir a mesa com o amante do marido, muito menos com a família dele. É um insulto tão claro quanto o dia.

Mais uma vez, Coriane lançou um olhar para o príncipe Robert. A presença dele parecia acalmar o rei, e se a rainha se incomodava, não demonstrava. Naquele momento, os três membros da realeza com coroa cochichavam entre si agradavelmente. Mas o príncipe herdeiro e sua taça de vinho não estavam mais lá.

— *Eu* não permitiria uma coisa dessas — Elara continuou, afastando o prato. Estava vazio, limpo. *Pelo menos ela tem coragem suficiente para comer tudo.* — E seria a minha Casa sentada ali, não a dele. É direito da rainha e de mais ninguém.

*Então ela vai competir na Prova Real.*

— Claro que vou.

O medo percorreu o corpo de Coriane e a deixou gelada. *Será que ela...*

— Sim — Elara confirmou, abrindo um sorriso maldoso.

Aquilo fez Coriane queimar por dentro, e ela quase caiu para trás, chocada. Não sentia nada, nem mesmo um sopro dentro da cabeça, nenhum indício de que Elara ouvia seus pensamentos.

— Eu... — balbuciou. — Com licença.

Coriane levantou e suas pernas vacilaram, dormentes depois de ficar sentada durante os treze pratos do banquete. Mas felizmente conseguiu controlá-las. *Nada nada nada nada,* ela pensava, imaginando paredes brancas e papel branco e tudo branco na cabeça. Elara apenas observava, escondendo a risada com a mão.

— Cori...? — Ela ouviu Julian dizer, mas isso não a parou. Nem

Jessamine, que não queria causar escândalo. O pai dela não percebeu nada; estava mais interessado em algo que Lord Provos tinha a dizer.

*Nada nada nada nada.*

Os passos de Coriane eram comedidos, nem rápidos nem lentos demais. *A que distância preciso estar?*

*Mais longe*, soou a voz sibilante de Elara na sua cabeça. Ela quase tropeçou ao sentir aquilo. As palavras ecoaram dentro dela e ao seu redor, das janelas até os ossos, dos lustres no teto até o sangue pulsando nos ouvidos. *Mais longe, Jacos.*

*Nada nada nada nada.*

Ela não percebeu que estava murmurando as palavras para si mesma com o fervor de uma oração até sair do salão de banquetes, percorrer um corredor e atravessar uma porta de vidro. Um pequeno pátio surgiu diante dela, com o aroma de chuva e flores doces.

— Nada nada nada nada — ela sussurrou de novo, adentrando o jardim. Magnólias agitavam-se em arcos, formando uma coroa de pétalas brancas e folhagem verde. Praticamente não chovia mais, e Coriane se aproximou das árvores para se proteger dos últimos pingos da tempestade. Estava mais frio do que ela esperava, mas a jovem agradecia. Elara já não ressoava mais na sua cabeça.

Suspirando, ela jogou o corpo sobre um banco de pedra sob o arvoredo. A superfície estava ainda mais fria e Coriane precisou abraçar o próprio corpo.

— Posso dar uma ajuda — disse uma voz grave, as palavras lentas e pesadas.

Coriane virou o rosto de imediato, arregalando os olhos. Esperava que fosse Elara caçando-a, ou Julian, ou então Jessamine para lhe dar uma bronca por ter saído de repente. A pessoa de pé a alguns metros de distância claramente não era nenhum deles.

— Alteza — Coriane disse, levantando para poder se curvar de maneira apropriada.

O príncipe herdeiro Tiberias se aproximou dela, confortável no escuro, com uma taça numa mão e uma garrafa pela metade na outra. Ele deixou a jovem fazer todas as reverências e, por delicadeza, não comentou nada sobre os modos atrapalhados dela.

— Já está bom — ele disse por fim, gesticulando para que ela levantasse.

Ela cumpriu a ordem imediatamente e levantou para encarar o príncipe.

— Sim, alteza.

— A senhorita aceitaria um pouco? — ele perguntou, embora já tivesse enchido a taça. Ninguém era idiota a ponto de recusar uma oferta do príncipe de Norta. — Não é um casaco, mas vai aquecê-la bem. É uma pena não servirem uísque nesses eventos.

Coriane forçou um aceno com a cabeça.

— É, uma pena — repetiu, sem nunca ter provado um gole da bebida.

Com as mãos trêmulas, ela pegou a taça cheia. Seus dedos encostaram nos dele por um instante. A pele do príncipe era quente como uma pedra no sol, e ela de repente teve vontade de segurá-lo. Em vez disso, porém, tomou um longo gole do vinho tinto.

Ele fez o mesmo, mas bebendo direto da garrafa. *Que falta de educação*, ela pensou enquanto observava a garganta dele vibrar a cada gole. *Jessamine me esfolaria se eu fizesse isso.*

O príncipe não sentou perto dela. Preferiu manter distância, então Coriane sentia apenas um resquício do calor dele. Era o bastante para saber que o sangue dele corria quente mesmo na chuva. Ela começou a imaginar como ele aguentava usar um terno justo sem encharcar o tecido de suor. Parte da jovem desejava que ele sentasse, só para desfrutar um pouco mais do calor dele. Mas não seria adequado para nenhum dos dois.

— A senhorita é sobrinha de Jared Jacos, não é? — ele perguntou com a voz polida e bem treinada. Um instrutor de etiqueta provavelmente o acompanhara desde o berço. De novo, ele não esperou resposta. — Meus pêsames, claro.

— Obrigada. Meu nome é Coriane — ela disse ao perceber que ele não ia perguntar. *Ele só faz as perguntas de que já sabe a resposta.*

O príncipe inclinou levemente a cabeça para sinalizar que tinha ouvido.

— Não vou fazer nós dois parecermos bobos e me apresentar.

Embora fosse contrário à etiqueta, Coriane sentiu os lábios sorrirem. Ela deu outro gole no vinho, sem saber o que fazer. Jessamine não tinha lhe dado muitas instruções sobre como conversar com a realeza da Casa Calore, muito menos com o futuro rei. "Fale quando falarem com você" era tudo de que a jovem conseguia se lembrar, então apertou os lábios com tanta força que formaram uma linha fina.

Tiberias caiu na gargalhada ao ver aquilo. Talvez estivesse um pouco bêbado e maravilhado.

— Você sabe o quanto é chato ter de conduzir *toda* e *qualquer* conversa? — Ele riu. — Falo mais com Robert e com meus pais simplesmente porque é mais fácil do que extrair qualquer palavra das outras pessoas.

*Coitadinho,* Coriane ironizou mentalmente.

— Isso me parece terrível — ela disse da maneira mais recatada que encontrou. — Talvez quando o senhor for rei possa mudar algumas regras de etiqueta da corte, não?

— Parece cansativo — ele murmurou entre mais alguns goles de vinho. — E pouco importante no contexto geral. Está havendo uma guerra, caso você não tenha percebido.

Ele tinha razão. O vinho a esquentou um pouco.

— Guerra? — ela perguntou. — Onde? Quando? Não ouvi nada sobre isso.

O príncipe lançou um olhar para Coriane, mas a encontrou com um sorrisinho no rosto. Ele riu de novo e inclinou a garrafa na direção dela.

— Por um segundo, você conseguiu me fazer de bobo, Lady Jacos.

Ainda sorrindo, ele foi até o banco e sentou ao lado dela. Não perto o suficiente para tocá-la, mas ainda assim Coriane se transformou numa estátua, perdendo completamente o ar brincalhão. Ele fingiu não notar enquanto ela se esforçava para manter a calma e a compostura.

— Então, vim beber aqui fora na chuva porque meus pais torceriam o nariz se eu ficasse alterado diante da corte. — O calor do corpo aumentou, pulsando com sua chateação. Coriane se deleitou ao sentir o frio ir embora de seus ossos. — Qual foi a sua desculpa? Não, espere. Vou adivinhar. Você estava sentada com a Casa Merandus, certo?

— Quem fez a disposição das mesas com certeza me odeia — a jovem confirmou, rangendo os dentes de raiva.

— Os organizadores não odeiam ninguém a não ser minha mãe. Ela não é muito chegada em flores, decorações ou mapas de assentos, por isso acham que ela negligencia seus deveres de rainha. Claro que é besteira — ele acrescentou rápido. Mais um gole. — Ela participa mais dos conselhos de guerra do que meu pai e treina o bastante para os dois.

Coriane lembrou da rainha de uniforme, com um esplendor de medalhas no peito.

— Ela é uma mulher impressionante — ela falou, sem saber mais o que dizer. Lembrou de Elara Merandus fulminando a realeza com o olhar, enojada pela suposta rendição da rainha.

— É mesmo.

Os olhos dele vagaram por um momento até pousarem sobre a taça vazia.

— Quer o resto? — o príncipe perguntou, e dessa vez esperava realmente uma resposta.

— Melhor não — ela respondeu, colocando a taça de vinho sobre o banco. — Na verdade, eu devia voltar para dentro. Minha prima Jessamine já deve estar furiosa comigo.

*Espero que ela não fique a noite inteira me passando sermão*, Coriane completou mentalmente.

No alto, a escuridão do céu ficava mais intensa e as nuvens começavam a se afastar, dando lugar a estrelas brilhantes. O calor do corpo do príncipe, sustentado por seu poder flamejante, criava um ambiente agradável em torno dos dois, um espaço que Coriane detestava ter de abandonar. Ela respirou fundo, contemplou as magnólias pela última vez, e se forçou a levantar.

Tiberias a acompanhou, ainda de maneira comedida.

— Quer que eu a acompanhe de volta? — perguntou, como competia a todo cavalheiro. Mas Coriane percebeu a relutância em seu olhar e o dispensou.

— Não, não quero punir nós dois.

Os olhos dele brilharam com essas palavras.

— Por falar em punição, se Elara algum dia voltar a murmurar na sua cabeça, pague na mesma moeda.

— Como... como o senhor sabe que ela fez isso?

Uma tempestade de emoções apareceu no rosto dele. A maioria delas era desconhecida para Coriane, mas a jovem com certeza sabia identificar a raiva.

— Ela sabe, como todo mundo, que meu pai vai convocar a Prova Real logo. Não duvido que tenha invadido a cabeça de cada uma das garotas para conhecer as inimigas e as vítimas.

Com uma rapidez quase compulsiva, ele tragou o último gole de vinho e esvaziou a garrafa. Mas o vazio não duraria muito. Algo no punho dele cintilou como uma faísca amarela e branca. A chama ardeu dentro do vidro e consumiu as últimas gotas de álcool presas na jaula verde.

— Ouvi dizer que a técnica dela é precisa, quase perfeita. Você não percebe a não ser que ela queira — ele completou.

Coriane sentiu um gosto amargo no fundo da boca. Concentrou-se na chama dentro da garrafa para evitar o olhar de Tiberias. Então ela viu o calor rachar o vidro, que não estilhaçou.

— É — ela disse em tom áspero. — Não dá pra sentir nada.

— Você é cantora, não é? — a voz dele de repente soou tão brutal quanto a chama, que agora assumia um tom amarelo doentio atrás do vidro verde. — Faça Elara provar do próprio veneno.

— Eu jamais poderia. Não tenho capacidade. E, além disso, existem leis. Não usamos nossos poderes contra nossos pares a não ser em situações específicas...

Dessa vez, a gargalhada dele ecoou grave.

— E por acaso Elara Merandus segue essa lei? Ela te ataca, você revida, Coriane. É assim que as coisas funcionam no meu reino.

— Ainda não é o seu reino — ela resmungou.

Mas Tiberias não se importou. Na verdade, abriu um sorriso sombrio.

— Sabia que você era corajosa, Coriane Jacos. Em algum lugar lá no fundo.

*Coragem nenhuma.* A raiva cresceu dentro dela, mas a jovem era incapaz de lhe dar voz. Ele era o príncipe, o futuro rei. E ela não era ninguém, uma tentativa fracassada de dama prateada das Grandes Casas. Em vez de endireitar o corpo, como desejava, ela se curvou em mais uma reverência.

— Alteza — ela disse, deixando o olhar cair para as botas de Tiberias.

Ele não se mexeu, não diminuiu a distância entre eles como fariam os heróis dos livros que Coriane lia. Tiberias Calore ficou para trás e a deixou retornar sozinha para aquele covil de lobos sem qualquer escudo a não ser o próprio coração.

Depois de dar alguns passos, ela ouviu a garrafa se estilhaçar, espalhando cacos pelas magnólias.

*Um príncipe estranho, uma noite ainda mais estranha,* ela escreveu mais tarde no diário. *Não sei se quero vê-lo de novo. Mas ele também parecia solitário. Será que não deveríamos ser solitários juntos?*

*Pelo menos Jessamine ficou bêbada demais para brigar por eu ter fugido.*

A VIDA NA CORTE NÃO ERA NEM MELHOR nem pior do que a vida na província.

O cargo de governador era acompanhado de uma renda maior, mas ainda assim não acima dos custos das amenidades básicas. Coriane ainda não tinha a própria criada, e nem queria uma, embora Jessamine continuasse a reclamar que precisava de ajuda. Pelo menos a casa em Archeon era bem mais fácil de conservar que a propriedade em Aderonack, agora fechada devido à mudança da família para a capital.

*Sinto saudades de lá de certa forma*, Coriane escreveu. *A poeira, os jardins emaranhados, o vazio e o silêncio. Eu tinha tantos cantinhos só para mim, longe de meu pai e de Jessamine e mesmo de Julian.* A perda que mais sentia era a da garagem e dos anexos. Fazia anos que a família não dispunha de um veículo funcional, muito menos de um motorista contratado, mas os restos permaneciam. Havia o esqueleto de um veículo particular de seis assentos, com o motor caído no chão como um órgão. Aquecedores de água furados, caldeiras velhas despidas por gente atrás de peças, sem falar na tralha e na sucata que a equipe de jardinagem, dispensada havia anos, tinha deixado espalhada nos armários e pelos terrenos. *Deixo para trás quebra-cabeças incompletos, peças que jamais voltarão a se juntar. É uma sensação de desperdício. Não por causa dos objetos, mas por minha causa. Tanto tempo gasto em desencapar fios e contar parafusos. Para quê? Por um conhecimen-*

*to que jamais usarei? Um conhecimento que é desprezado, que é considerado inferior e imbecil por todos os outros? O que fiz nesses últimos quinze anos? Uma grande construção de nada. Acho que sinto falta da casa antiga porque ali eu podia ficar no meu vazio, no meu silêncio. Pensei que odiasse aquelas terras, mas acho que odeio a capital ainda mais.*

O Lord Jacos negou a solicitação do filho, claro. O herdeiro dele não iria para Delphie traduzir registros em decomposição e arquivar artefatos inúteis.

— Não faz o menor sentido — ele disse. Assim como não via sentido na maioria das coisas que Coriane fazia, e sempre deixava sua opinião clara.

Ambos os filhos estavam desolados, com a sensação de que haviam perdido a oportunidade de escapar. Até Jessamine reparou na tristeza dos dois, embora não comentasse nada com nenhum deles. Mas Coriane sabia que a velha prima estava pegando mais leve com eles nos primeiros meses de corte. Ou melhor: estava pegando pesado na bebida. Por mais que Jessamine falasse de Archeon e Summerton, ela não parecia gostar muito de nenhuma das duas, a julgar por seu consumo de gin.

Quase sempre Coriane conseguia escapar durante a "soneca" diária de Jessamine. Andou pela cidade várias vezes, na esperança de encontrar um lugar que lhe agradasse, um lugar para se ancorar em meio ao mar revolto de sua nova vida.

Ela não encontrou um lugar. Encontrou uma pessoa.

Ele pediu que ela o chamasse de Tibe depois de algumas semanas. Um apelido familiar, usado pelos membros da realeza e por um punhado de amigos preciosos.

— Tudo bem — Coriane concordou. — Dizer "alteza" já estava começando a incomodar.

Eles se encontraram pela primeira vez por acaso, na ponte gigantesca sobre o rio Capital que unia os dois lados de Archeon. Uma estrutura maravilhosa de aço retorcido e ferro em treliça que suportava três níveis de pistas, praças e centros comerciais. Coriane não se deslumbrou tanto com as lojas de seda ou com os bares que se estendiam acima da superfície da água, mas com a construção da ponte em si. Tentava imaginar quantas toneladas de metal estavam debaixo de seus pés, uma agitação de equações na cabeça. No começo, não notou os guardas caminhando em sua direção, nem o príncipe que seguiam. Daquela vez, Tiberias estava com a cabeça limpa, sem a garrafa na mão, e a jovem pensou que ele passaria reto.

Em vez disso, ele parou ao lado dela, seu calor agradável como o toque do sol de verão.

— Lady Jacos — ele disse, acompanhando seu olhar pela ponte de ferro. — Alguma coisa interessante?

Ela inclinou a cabeça, mas não quis passar vergonha com outra reverência desajeitada.

— Acho que sim — respondeu. — Só estou pensando em quantas toneladas de metal estamos pisando. Espero que sejam capazes de nos aguentar.

O príncipe soltou uma risada, levemente nervoso. Ele mexeu os pés, como se de repente percebesse o quão acima da água eles estavam.

— Farei meu melhor para não pensar sobre o assunto — ele murmurou. — Gostaria de compartilhar mais alguma ideia assustadora?

— Quanto tempo você tem? — ela perguntou com um meio sorriso. Alguma coisa puxava a outra metade para baixo. A capital não era um lugar feliz para Coriane.

Nem para Tiberias Calore.

— Você me concederia um passeio? — ele disse, estendendo o braço. Dessa vez, Coriane não viu nenhuma hesitação nele, nem a expectativa que antecede a resposta a uma pergunta. Ele já sabia a resposta.

— Claro. — E enroscou seu braço no dele.

*Esta é a última vez que dou o braço para um príncipe*, pensou enquanto caminhavam pela ponte. Pensava isso toda vez, e sempre errava.

No começo de junho, uma semana antes de a corte fugir de Archeon para o palácio de verão — menor, mas de igual grandiosidade —, Tibe levou uma pessoa para conhecê-la. Tinham marcado de se encontrar em Archeon Leste, no jardim de esculturas do lado de fora do Teatro Hexaprin. Coriane chegou cedo porque Jessamine começou a beber já no café da manhã, e ela não via a hora de fugir. Pela primeira vez, sua relativa pobreza foi uma vantagem. As roupas simples não chamavam atenção, embora fossem claramente de uma prateada, já que tinha faixas das cores de sua família: dourado e branco. Nenhuma joia indicava que ela era uma dama de uma das Grandes Casas ou uma pessoa digna de ser notada. Não tinha sequer um servo uniformizado para segui-la uns passos atrás. As outras prateadas que passeavam pela coleção de mármores esculpidos mal a viam, e pela primeira vez Coriane gostou disso.

A cúpula verde do Hexaprin se erguia no alto, oferecendo sua sombra como proteção contra o sol. Um cisne negro de granito liso e impecável estava empoleirado no topo, com o pescoço comprido arqueado e as asas abertas; cada pena meticulosamente cinzelada. Um belo monumento à opulência prateada. *E provavelmente feito por um vermelho*, Coriane pensou enquanto observava ao redor. Não havia vermelhos por perto, mas eles corriam de um lado para o outro na rua. Uns poucos paravam para espiar o teatro, observando o lugar que jamais poderiam frequentar. *Talvez eu traga Eliza e Melanie aqui um dia.* Coriane começou a pensar se as criadas gostariam da ideia ou se sentiriam vergonha desse tipo de caridade. Jamais descobriu. A chegada de Tibe apagou todos os pensamentos a respeito das criadas vermelhas e quase todas as outras coisas também.

Ele não tinha nada da beleza do pai, mas era bonito à sua maneira. Tibe tinha um maxilar marcante (ainda teimava em deixar crescer a barba), olhos dourados e expressivos e um sorriso travesso. Quando bebia, as bochechas coravam e o riso era mais intenso, bem como as batidas do coração; mas no momento ele estava frio como o gelo e inquieto. *Está nervoso*, Coriane percebeu quando foi ao encontro dele e do seu séquito.

Tibe estava vestido com simplicidade. *Mas não com a minha pobreza*, Coriane pensou. Sem uniforme, sem medalhas, nada que caracterizasse o evento como algo oficial. Usava um paletó cinza-escuro simples sobre uma camisa branca, calça vinho e botas tão lustradas que pareciam espelhos. Os guardas não estavam tão informais. As máscaras e as roupas flamejantes indicavam bem o berço do príncipe.

— Bom dia — ele cumprimentou. Coriane notou que os dedos dele batucavam a coxa rápido. — Pensei que talvez pudéssemos ver *A queda do inverno*. É um espetáculo novo, de Piedmont.

O coração dela pulou com o convite. O teatro era uma extravagância que sua família mal podia bancar e, a julgar pelo brilho nos olhos de Tibe, ele sabia disso.

— Claro — ela aceitou. — Parece maravilhoso.

— Ótimo — ele retomou, passando o braço dela pelo dele.

O gesto já era praticamente natural para eles, mas ainda assim o braço de Coriane se arrepiou ao toque do príncipe. Fazia tempo que ela tinha decidido que a relação entre eles era apenas de amizade — *ele era o príncipe, passaria pela Prova Real* —, mas podia ao menos desfrutar daquela presença.

Deixaram o jardim rumo aos degraus de azulejos do teatro e da fonte diante da entrada. A maioria das pessoas parou para dar passagem e observar o príncipe e uma dama da nobreza adentrarem o teatro. Alguns tiraram fotos; os flashes brilhantes cegavam Coriane, mas Tibe sorria o tempo todo. Estava acostumado a esse tipo de coisa. Ela também não se importou, não muito. Na verdade, ficou pensando se havia alguma maneira de regular a intensidade das lâmpadas do flash para prevenir que não ofuscassem quem estivesse perto. Os pensamentos sobre lâmpadas, fios e vidros foscos ocuparam sua mente até Tibe falar.

— Robert vai se juntar a nós, aliás — ele soltou enquanto passavam pela porta, pisando num mosaico de cisnes negros levantando voo.

A princípio, Coriane mal escutou; estava impressionada demais com a beleza do Hexaprin, com suas paredes em mármore, escadarias clássicas, explosões de flores e teto espelhado de onde pendia uma dúzia de lustres dourados. Mas depois de um segundo, ela fechou a boca e se virou para Tibe. Ele corava intensamente, de um jeito que ela nunca tinha visto.

Ela arregalou os olhos, preocupada. A imagem do amante do rei, do príncipe que não era da realeza, passou pela cabeça dela.

— Por mim, tudo bem — ela disse, com o cuidado de manter a voz baixa. Uma multidão começava a se formar, ansiosa para entrar na matinê. — A não ser que seja um problema para você.

— Não, não é. Estou muito contente por ele vir. Eu... pedi para ele nos acompanhar. — Por algum motivo, o príncipe se atropelava nas palavras. Coriane não conseguia entender o porquê. — Queria que te conhecesse.

— Ah... — Foi tudo o que ela disse. Coriane não sabia como reagir. Então deu uma olhada no vestido comum e fora de moda e franziu a testa. — Queria ter vestido outra roupa. Não é todo dia que você conhece um príncipe — finalizou, com uma leve piscadela.

Ele caiu numa gargalhada divertida e aliviada.

— Muito engraçado, espertinha.

Eles passaram direto pela bilheteria e pela entrada principal do teatro. Tibe conduziu a garota pelas escadarias sinuosas para lhe oferecer uma vista melhor do saguão magnífico. Como na ponte, ela se perguntava quem teria construído aquele lugar, mas lá no fundo já sabia a resposta. Mão de obra vermelha, artesãos vermelhos, talvez com a ajuda de um punhado de magnetrons no processo. Coriane sentiu a habitual pontada de descrença. *Como servos podem criar tamanha beleza e ainda serem considerados inferiores? Eles são capazes de fazer maravilhas diferentes das nossas.*

Eles ganhavam habilidades por meio do trabalho duro e da prática, não nasciam com elas. *Isso não é equivalente à força dos prateados, se não ainda maior?* Mas Coriane não se deteve muito nesses pensamentos. Nunca se detinha demais. *O mundo é assim mesmo.*

O camarote real era no fim de um longo corredor acarpetado decorado com pinturas. Muitas eram do príncipe Robert e da rainha Anabel, ambos grandes mecenas na capital. Tibe os apontava orgulhoso, detendo-se um pouco mais num retrato da mãe e de Robert, ambos de coroa e vestes oficiais.

— Anabel *odeia* essa pintura — disse uma voz no fundo do corredor. Como seu riso, a voz do príncipe Robert era melodiosa, e Coriane se perguntou se ele não teria sangue cantor na família.

O príncipe se aproximou, deslizando em silêncio pelo carpete com passos largos e elegantes. *Silfo*, Coriane logo percebeu, lembrando que ele era da Casa Iral. Seu poder era a agilidade, o equilíbrio, o que lhe permitia movimentos rápidos e capacidade acrobática. O cabelo longo lhe caía sobre um dos ombros, reluzindo em ondas escuras de azul-marinho. Quando a distância entre eles diminuiu, Coriane notou o tom grisalho nas têmporas, bem como pequenas rugas ao redor da boca e dos olhos.

— Ela acha que o quadro não é fiel à nossa imagem. Considera-o bonito demais, você conhece sua mãe — Robert prosseguiu, parando diante da pintura. Apontou para o rosto de Anabel e depois para o próprio na pintura. Ambos pareciam brilhar de juventude e vitalidade, com traços belos e olhares iluminados. — Mas eu acho que está bom. Afinal, quem não precisa de uma ajudinha de vez em quando? — acrescentou com uma piscadela. — Você logo vai descobrir, Tibe.

— Não se eu puder evitar — Tibe disparou. — Posar para quadros deve ser a atividade mais chata do reino.

Coriane lançou um olhar para ele.

— Mas é um preço baixo a se pagar. Por uma coroa.

— Palavras perfeitas, Lady Jacos, perfeitas! — Robert riu, jogando o cabelo para trás. — Vá com calma com essa garota, Tibe. Apesar de parecer que você já esqueceu os bons modos, não é?

— Claro, claro — o rapaz disse e acenou para que Coriane se aproximasse. — Tio Robert, esta é Coriane da Casa Jacos, filha de Lord Harrus, governador de Aderonack. E Coriane, este é Robert da Casa Iral, príncipe consorte de sua majestade real, rei Tiberias v. As reverências de Coriane tinham melhorado nos últimos meses, mas não muito. Ainda assim, ela esboçou uma, mas Robert a puxou para um abraço. Ele cheirava a lavanda e... *pão quente*?

— É um prazer finalmente te conhecer — ele disse, segurando-a pelos ombros.

Pela primeira vez, Coriane não se sentiu sob análise. Não parecia existir qualquer maldade no corpo e na alma de Robert, que sorria com carinho.

— Vamos — ele disse. — O espetáculo vai começar daqui a pouco.

Assim como Tibe fizera antes, Robert tomou o braço da jovem, dando-lhe tapinhas na mão como um avô coruja.

— Você vai sentar ao meu lado, claro.

Coriane sentiu um aperto no peito, uma sensação desconhecida. Seria felicidade? Ela achava que sim.

Com o sorriso mais largo que conseguia dar, ela lançou um olhar por cima do ombro e viu Tibe logo atrás, com os olhos nos dela e um sorriso alegre e aliviado.

★

No dia seguinte, Tibe partiu com o pai para um reconhecimento de tropas no forte de Delphie, deixando Coriane livre para visitar Sara. A família Skonos tinha uma casa opulenta na cidade, nas colinas de Archeon Oeste, mas eles também contavam com apartamentos no próprio Palácio de Whitefire, para o caso de a família real precisar de um curandeiro de pele de emergência. Sara a esperava no portão, sozinha, com um sorriso perfeito para os guardas, mas que servia de alerta a Coriane.

— O que foi? O que aconteceu? — Coriane sussurrou assim que as duas chegaram aos jardins dos aposentos dos Skonos.

Sara a conduziu por entre as árvores até ficarem a centímetros de um muro coberto de plantas, com roseiras imensas de cada lado, de maneira que as duas não podiam ser vistas. Ondas de pânico atravessaram o corpo de Coriane. *Será que algo aconteceu? Com os pais de Sara? Será que Julian se enganou e Sara partirá para a guerra?* Coriane egoistamente esperava que não fosse esse o caso. Amava Sara tanto quanto Julian, mas não queria vê-la ir embora, mesmo se fosse o desejo da amiga. Só a ideia já a enchia de temor, e ela sentiu lágrimas brotarem nos olhos.

— Sara, você... você vai...? — ela começou, gaguejando, mas Sara a interrompeu com um gesto.

— Ah, Cori, não tem nada a ver comigo. Nem ouse chorar — ela disse, forçando uma risadinha e abraçando a amiga. — Sinto muito. Não queria deixar você nervosa. Só não queria ser ouvida.

Um alívio percorreu o corpo de Coriane.

— Graças às minhas cores — ela balbuciou. — E o que exige tanto segredo? A sua vó veio pedir para você levantar as sobrancelhas dela de novo?

— Espero que isso não aconteça.

— Então o que é?

— Você conheceu o príncipe Robert.

— E? Aqui é a corte. Todo mundo conhece Robert... — Coriane desdenhou.

— Todo mundo o *conhece*, mas ninguém teve encontros privados com o amante do rei. Na verdade, ele está bem longe de ser querido por aqui.

— Não sei por quê. Talvez ele seja a pessoa mais bondosa do palácio.

— Por inveja, normalmente. E algumas Casas mais tradicionais acham errado colocá-lo numa posição tão alta. "Prostituto coroado" é o termo mais usado, acho.

Coriane corou, tanto de raiva como de vergonha por Robert.

— Bom, se é um escândalo conhecê-lo e gostar dele, não me importo nem um pouco. Nem Jessamine, que ficou toda empolgada quando expliquei...

— O escândalo não é conhecer Robert, Coriane.

Sara tomou-a pelas mãos e Coriane sentiu uma fração do poder da amiga se infiltrar em sua pele. Um toque frio que significava que o corte feito com papel no dia anterior cicatrizaria num piscar de olhos.

— O escândalo tem a ver com você e o príncipe herdeiro. A proximidade entre vocês dois — Sara continuou. — Todo mundo sabe como a família real é unida, especialmente no que diz respeito a Robert. Eles o valorizam e protegem acima de qualquer coisa. Se Tiberias quis que vocês se conhecessem, então...

Apesar da sensação agradável, Coriane soltou as mãos de Sara.

— Somos amigos. E isso é tudo o que podemos ser. — Ela forçou uma risadinha que não combinava nada com ela. — Você não está pensando seriamente que Tibe me vê como algo mais, que ele *quer* ou pode *vir a querer* algo mais de mim, está?

Ela esperava que a amiga risse com ela, que deixasse a história toda de lado como uma piada. Contudo, Sara nunca pareceu tão séria.

— Tudo indica que sim, Coriane.

— Bom, você está errada. Não sou algo mais, e ele não quer que eu seja. Além disso, a Prova Real está chegando. Deve ser logo, porque ele já tem idade. Ninguém jamais me escolheria.

De novo, Sara tomou as mãos de Coriane e as apertou com delicadeza.

— Eu acho que ele escolheria.

— Não me diga isso — Coriane sussurrou.

Ela encarou as rosas, mas o que via era o rosto de Tibe. Já lhe era familiar, depois de meses de amizade. Ela conhecia o nariz dele, os lábios, o queixo, e especialmente os olhos. Os traços faziam algo se agitar dentro dela, criavam um vínculo que ela não sabia se seria capaz de estabelecer com outra pessoa. Ela via a si mesma nele, a própria dor, a própria alegria. *Somos iguais*, ela chegou a pensar. *Dois solitários num salão cheio em busca de um porto seguro.*

— É impossível — Coriane continuou. — E ao dizer isso, você me dá um pouco de esperança em relação a ele. — Ela suspirou e mordeu os lábios. — Não preciso de um coração partido além de todo o resto. Ele é meu amigo e sou amiga dele. Nada mais.

Sara não era de fantasiar ou sonhar acordada. Se importava mais em curar ossos do que corações partidos. Assim, Coriane não teve como não acreditar nas palavras da amiga, apesar de irem contra suas próprias desconfianças.

— Amiga ou não, Tibe te favorece. E só isso já é motivo para você tomar cuidado. Ele acabou de pintar um alvo nas suas costas, e cada uma das garotas da corte sabe.

— As garotas da corte mal sabem quem eu sou, Sara.

Ainda assim, ela voltou para casa atenta.

Naquela noite, sonhou com facas cravadas na seda, cortando seu corpo em pedaços.

Não ia haver Prova Real.

Dois meses se passaram no Palacete do Sol e a corte continuava à espera de algum anúncio. Homens e mulheres da nobreza infernizavam o rei, perguntando quando o príncipe escolheria uma noiva entre as filhas das Grandes Casas. Ele encarou todas as solicitações com seus belos olhos, mas permaneceu firme. A rainha Anabel fazia praticamente o mesmo e não dava qualquer indício de quando o filho cumpriria seu dever mais importante. Apenas o príncipe Robert tinha a ousadia de sorrir, sabendo precisamente o tipo de tempestade que se armava no horizonte. As fofocas aumentavam com o passar dos dias. Houve quem começou a se perguntar se Tiberias era como o pai e também preferia homens a mulheres. Mesmo assim, tinha o compromisso de escolher uma rainha para dar à luz seus filhos. Outros eram mais astutos e pegavam as migalhas que Robert lhes deixava. Eram como placas de sinalização, que ele dava bondosamente, para ajudar. *O príncipe já deixou bem clara sua escolha, e nenhuma arena o fará mudar de ideia.*

Coriane Jacos jantava regularmente com Robert, e também com a rainha Anabel. Ambos não perdiam oportunidades de elogiar a jovem, tanto que as pessoas começaram a questionar se a Casa Jacos era mesmo tão fraca quanto aparentava. "Um truque?", se perguntavam. "Uma máscara pobre para esconder um rosto poderoso?" Os nobres mais cínicos encontravam outras explicações. "Ela é cantora, uma manipuladora. Encarou o príncipe nos olhos e o forçou a amá-la. Não seria a primeira vez que alguém quebra as nossas leis pela coroa."

Lord Harrus se deleitava com a atenção recém-conquistada. Usou-a em benefício próprio, tirando vantagem do futuro da filha para conseguir moedas tetrarcas e empréstimos. Só que ele era um jogador fraco num jogo grande e complicado. Perdeu tudo o que tomou emprestado, apostando tanto em cartas quanto em ações do Tesouro ou realizando empreendimentos custosos para "melhorar" a região que governava. Fundou duas minas por incentivo de Lord Samos, que lhe assegurou a existência de ricos veios de ferro nas colinas de Aderonack. Ambas fracassaram em questão de semanas; o retorno foi apenas pó.

Apenas Julian sabia daqueles fracassos, e tomava cuidado para escondê-los da irmã. Tibe, Robert e Anabel faziam o mesmo, protegendo-a das piores fofocas, trabalhando em conjunto com Julian e Sara para manter Coriane numa alegre ignorância. Mas Coriane ouvia tudo, apesar da proteção. E para evitar preocupações à família e aos amigos, para mantê-los felizes, fingia que ela própria estava feliz. Apenas seu diário testemunhava o custo das mentiras.

*Meu pai está cavando nossa cova. Gaba-se de mim para os supostos amigos, dizendo que serei a próxima rainha de Norta. Acho que ele nunca tinha prestado tanta atenção em mim antes. Mesmo agora, ela é minúscula e não é exatamente dirigida a mim. Ele finge que me ama por causa de outra pessoa, por causa de Tibe. Apenas quando os outros enxergam algum valor em mim é que ele resolve fazer o mesmo.*

Por causa do pai, Coriane tinha pesadelos com uma Prova Real em que era derrotada, posta de lado e enviada de volta à casa na província. Lá, era forçada a dormir no túmulo da família, ao lado do corpo rígido do tio. Quando o cadáver se contorcia e agarrava sua garganta, Coriane acordava, encharcada de suor, incapaz de voltar a dormir.

*Julian e Sara pensam que sou fraca, frágil, uma boneca de porcelana que se quebrará ao primeiro toque*, escreveu. *Pior de tudo: estou começando a acreditar neles. Será que sou realmente tão frágil? Tão inútil? Com certeza posso servir para alguma coisa. Se ao menos Julian pedisse minha ajuda... Será que as aulas de Jessamine são o mais longe que posso chegar? No que estou me tornando aqui? Chego até a duvidar que ainda consiga trocar uma lâmpada. Não sou sequer capaz de reconhecer a mim mesma. É esse o significado de crescer?*

Por causa de Julian, Coriane tinha pesadelos em que estava num quarto bonito, mas com todas as portas trancadas e todas as janelas fechadas, sem qualquer coisa ou pessoa para lhe fazer companhia. Nem mesmo livros. Nada que a irritasse. E o quarto sempre se tornava uma gaiola com grades de ouro. Então as grades encolhiam, encolhiam e encolhiam até cortar a pele de Coriane, o que a fazia acordar.

*Não sou o monstro que as fofocas dizem. Não fiz nada, não manipulei ninguém. Faz meses que sequer tento usar meu poder, já que Julian não tem mais tempo para me ensinar. Mas eles não acreditam. Percebo como me encaram. Até os murmuradores da Casa Merandus. Até Elara. Não a ouço dentro da minha cabeça desde o banquete, quando suas provocações me levaram até Tibe. Talvez isso a tenha ensinado a não se meter na mente dos outros. Ou talvez ela esteja com medo de me encarar nos olhos e ouvir a minha voz, como se eu fosse páreo para seus murmúrios afiados. Não sou, claro. Sou completamente indefesa contra gente como ela. Talvez eu devesse agradecer quem começou os rumores. Evita que predadores como ela me transformem em presa.*

Por causa de Elara, Coriane tinha pesadelos com olhos azuis gélidos seguindo cada um de seus movimentos, observando-a pôr a coroa. As pessoas curvavam-se sob o olhar dela e caçoavam quando virava as costas, tramando contra a rainha recém-escolhida. Temiam-na e a odiavam igualmente. Cada um deles era um lobo esperando Coriane se revelar um cordeiro. Ela cantava no sonho, uma canção sem palavras que não fazia nada além de aumentar a sede de sangue dos outros. Às vezes as pessoas a matavam, às vezes a ignoravam, às vezes a jogavam numa cela. As três situações arrancavam-na do sono.

*Hoje Tibe disse que me ama, que quer casar comigo. Não acredito nele. Por que ele ia querer isso? Não sou importante. Não tenho beleza, inteligência, força nem poder grandiosos para ajudar o reino. Não lhe ofereço nada além de preocupações e peso. Ele precisa de alguém forte ao lado dele, uma pessoa que ri das fofocas e supera as próprias inseguranças. Tibe é tão fraco quanto eu, um garoto solitário sem um caminho próprio. Só vou piorar as coisas. Só vou lhe trazer dor. Como posso fazer isso?*

Por causa de Tibe, Coriane sonhava que deixava a corte para sempre. Como Julian queria fazer, para evitar que Sara ficasse presa a ele. Os destinos variavam a cada noite. Ela fugia para Delphie ou Harbor Bay ou Piedmont ou mesmo para Lakeland. Cada um desses lugares aparecia pintado em tons de cinza. Cidades sombrias que a engoliam e a escondiam do príncipe e da coroa. E também a assustavam. Elas estavam sempre vazias, não tinham sequer fantasmas. Nesses sonhos, ela acabava sozinha, machucada. Ela acordava em silêncio pela manhã, com lágrimas secas e um aperto no peito.

Ainda assim, ela não tinha forças para dizer não a ele.

Quando Tiberias Calore, herdeiro do trono de Norta, se pôs de joelhos com um anel na mão, ela aceitou. Sorriu. Beijou. Disse sim.

— Você me faz mais feliz do que jamais pensei que seria — Tibe disse.

— Sei como se sente — ela disse, verdadeiramente. Ela estava feliz à sua própria maneira, o máximo que conseguia.

Mas há diferenças entre uma vela solitária na escuridão e o clarão do sol.

Houve oposição entre as Grandes Casas. A Prova Real era direito delas, afinal. Unir em casamento o filho mais nobre com a filha mais talentosa. As Casas Merandus, Samos e Osanos estavam na frente; suas garotas tinham sido criadas para serem rainhas. Até que a sua chance de conquistar a coroa fosse roubada por uma qualquer. Mas o rei se manteve firme. E havia precedentes. Pelo menos dois reis Calore tinham se casado sem o compromisso da Prova Real. Tibe seria o terceiro.

Como que para se desculpar pelo desrespeito à Prova Real, o resto do casamento foi rigidamente tradicional. Esperaram até Coriane completar dezesseis anos, na primavera seguinte, prolongando o noivado a fim de que a família real pudesse convencer, ameaçar e comprar a aceitação das Grandes Casas. Por fim, todos concordaram com os termos. Coriane Jacos seria a rainha, mas todos os seus filhos estariam sujeitos a casamentos políticos. Uma concessão que ela não queria fazer, mas Tibe estava disposto, então ela não pôde dizer não. Claro, Jessamine tomou todo o mérito para si. Mesmo no momento em que Coriane era vestida para a cerimônia, uma hora antes de casar com o príncipe, a velha prima veio grasnar atrás do copo cheio até a borda.

— Cuidado com a postura. Seus ossos são de Jacos. Ágeis e graciosos como os de um pássaro.

Coriane não achava nada disso. *Se eu fosse um pássaro, poderia voar para longe com Tibe.* A tiara em sua cabeça, a primeira de muitas, espetava o couro cabeludo. Não era um bom presságio.

— Depois fica mais fácil — a rainha Anabel sussurrou no ouvido dela. Coriane quis acreditar nela.

Como não tinha mãe, Coriane aceitou de bom grado Anabel e Robert como seus pais substitutos. Num mundo ideal, Robert até entraria com ela no lugar do pai, que continuava a ser um cretino. Como presente de casamento, Harrus tinha pedido cinco mil tetrarcas de pensão. Ele parecia não entender que os presentes costumavam ser *dados* à noiva, não *pedidos* a ela. Apesar da iminente elevação à realeza, ele tinha perdido o governo por má administração. Já pisando em ovos por causa do noivado fora do padrão de Tibe, a família real não pôde fazer nada para ajudar e a Casa Provos assumiu com alegria o governo de Aderonack.

Depois da cerimônia, do banquete, e até de Tibe adormecer nos novos aposentos dos dois, Coriane debruçou-se sobre o diário. A caligrafia saiu apressada, borrada, com manchas de tinta que vazavam para o outro lado da página. Ela não escrevia mais com tanta frequência.

*Casei com um príncipe que um dia será rei. Geralmente é aqui que os contos de fada terminam. As histórias não vão muito além deste momento, e receio que exista uma boa razão para isso. Uma sensação de tristeza pairava sobre o dia de hoje, uma nuvem negra da qual ainda não consigo me livrar. É um desconforto bem no fundo do coração, que suga minha força. Ou talvez eu esteja ficando doente. É totalmente possível. Sara saberá.*

*Não paro de sonhar com os olhos dela. De Elara. Será possível? Será que ela está me mandando esses pesadelos? Os murmuradores são capazes de algo assim? Preciso saber. Preciso. Preciso. PRECISO.*

No seu primeiro ato como princesa de Norta, Coriane contratou Julian e um tutor decente. Tanto para aperfeiçoar o próprio poder como para ajudá-la a se defender do que ela chamava de "incômodos". Uma palavra escolhida com cuidado. Mais uma vez, tinha decidido guardar os problemas para si, para evitar que o irmão e o marido se preocupassem.

Ambos viviam distraídos. Julian, por causa de Sara, e Tibe por outro segredo bem guardado.

O rei estava doente. E Robert também.

Levaram dois longos anos para a corte descobrir que algo não corria bem.

— Já faz um tempo que isso está acontecendo — Robert disse, segurando a mão de Coriane. Ela estava sentada na beira da cama dele, com uma expressão de tristeza. O príncipe ainda era belo, ainda sorria, mas seu vigor tinha acabado, sua pele estava cinzenta e escura, drenada de vida. Parecia que estava morrendo junto com o rei. Mas a doença de Robert era no coração, não no sangue e nos ossos, como os curandeiros disseram que era a doença do rei. Um câncer, uma doença dolorosa que consumia Tiberias com podridão e tumores.

Tinha calafrios apesar do sol, sem falar do ar quente do verão.

— Isto é tudo que os curandeiros de pele podem fazer. Se ao menos ele tivesse quebrado a coluna, não haveria nenhum problema. — A risada de Robert soou oca, como uma canção sem notas musicais. O rei ainda não tinha morrido, mas o príncipe consorte já parecia vazio. Coriane temia por seu sogro, sabendo que uma morte dolorida o aguardava, mas também tinha muito medo de perder Robert. *Ele não pode sucumbir. Não vou deixar.*

— Tudo bem, não precisa explicar — Coriane sussurrou. Ela fazia o máximo para não chorar, embora cada milímetro de seu corpo desejasse isso. *Como isto pode estar acontecendo? Não somos prateados? Não somos deuses?* — Ele precisa de alguma coisa? Você precisa?

Robert abriu um sorriso vazio. Seus olhos saltaram para o abdome dela, ainda sem as formas arredondadas da vida que estava lá dentro. Um príncipe ou uma princesa, ela ainda não sabia.

— Ele ia gostar de ver esse pequeno.

A Casa Skonos tentou de tudo, até transfusão total de sangue. Mas a doença, fosse qual fosse, nunca desaparecia. Destruía o rei mais rápido do que podiam curá-lo. Geralmente Robert ficava com ele no quarto médico, mas naquele dia tinha deixado Tiberias a sós com o filho, e Coriane sabia o porquê. O fim estava próximo. A coroa passaria para outra cabeça, e havia coisas de que só Tibe podia saber.

No dia em que o rei morreu, Coriane marcou a data no diário e pintou toda a página de preto. Fez o mesmo quando Robert se foi, alguns meses depois. A determinação dele tinha partido, seu coração se recusava a bater. Alguma coisa o consumia também, e, no final, o consumiu por inteiro. Nada podia ser feito. Ninguém conseguiu impedi-lo de alçar o voo das sombras. Coriane chorou amargamente enquanto pintava o dia do fim de Robert em seu diário.

Ela manteve a tradição. Páginas escuras para mortes sombrias. Uma para Jessamine, seu corpo simplesmente velho demais para continuar vivendo. Uma para seu pai, que encontrou seu fim no fundo de uma garrafa.

E três para os abortos espontâneos pelos quais passou ao longo dos anos. Cada um deles aconteceu durante a noite, logo depois de um pesadelo violento.

Coriane estava com vinte e um anos e grávida pela quarta vez. Não contou a ninguém, nem mesmo a Tibe. Não queria magoá-lo. Sobretudo, não queria que ninguém soubesse. Se Elara Merandus realmente ainda a infernizava e fazia seu corpo se voltar contra os filhos durante a gestação, Coriane não queria qualquer anúncio a respeito de outro bebê real.

Os medos de uma rainha frágil não podiam servir de base para o banimento de uma Grande Casa, ainda mais uma tão poderosa quanto a Merandus. Assim, Elara continuava na corte, a única das três favoritas para a Prova Real que não tinha se casado. Não se insinuava para Tibe. Pelo contrário, sempre solicitava para fazer parte das damas de companhia da rainha, e sempre tinha o pedido negado. *Será um choque quando eu for atrás dela*, Coriane pensou enquanto repassava seu plano breve, mas necessário. *Estará com a guarda baixa, surpresa o bastante para me deixar agir.* Ela tinha praticado com Julian, Sara e até mesmo com Tibe. Seus poderes estavam melhores do que nunca. *Vou conseguir.*

O Baile de Despedida que marcava o fim da temporada no palácio de verão era a ocasião perfeita. Tantos convidados, tantas mentes... Seria fácil chegar perto de Elara. Ela não esperaria que a rainha Coriane viesse conversar com ela, muito menos *cantar* para ela. Mas Coriane faria as duas coisas.

Ela fez questão de se vestir para o evento. Mesmo naquele momento, com a fortuna da coroa, se sentia deslocada em suas sedas douradas e vermelhas, como uma garotinha que brincava de se enfeitar com todos aqueles nobres ao redor. Tibe assobiou, como sempre, dizendo que ela estava linda, assegurando que era a única mulher para ele naquele ou em qualquer outro mundo. No geral, isso a acalmava, mas dessa vez ela continuou nervosa, concentrada na missão à frente.

Tudo caminhava ao mesmo tempo devagar e rápido demais para o gosto dela. A refeição, a dança, os encontros com tantos sorrisos largos e olhos apertados. Para muitos, Coriane ainda era a rainha cantora, a mulher que chegou ao trono graças aos seus poderes. *Se ao menos fosse verdade. Se ao menos eu fosse aquilo que os outros pensam, Elara não teria a menor importância, e eu não passaria todas as noites em claro, com medo de dormir, com medo de sonhar.*

A oportunidade veio tarde da noite, quando o vinho começava a acabar e Tibe ia atrás de seu precioso uísque. Ela se esgueirou para longe dele, deixando que Julian cuidasse do rei. Nem Sara notou a saída discreta da rainha para cruzar o caminho de Elara Merandus, que estava parada, distraída, às portas da sacada.

— Não quer ir lá fora comigo, Lady Elara? — Coriane convidou com os olhos arregalados e cravados nos de Elara. Para qualquer um que passasse por perto, a voz soaria como uma canção: elegante, comovente, perigosa. Uma arma tão devastadora como as chamas do marido.

Os olhos de Elara não vacilaram, fixos nos de Coriane, e a rainha sentiu seu coração se agitar. *Foco*, disse a si mesma. *Foco, droga.* Se a Merandus não pudesse ser encantada, Coriane teria se metido numa situação pior que a de seus pesadelos.

Mas, devagar como uma lesma, Elara deu um passo para trás, sem jamais desviar os olhos.

— Sim — disse mecanicamente, abrindo a porta da sacada.

As duas saíram juntas. Coriane segurava Elara pelos ombros, evitando que ela vacilasse. Lá fora, a noite estava quente e úmida; eram os últimos suspiros do verão no vale norte do rio. Coriane nem sentia o clima. Os olhos de Elara eram a única coisa que tinha em mente.

— Você andou brincando com a minha cabeça? — perguntou, indo direto ao assunto.

— Faz tempo que não — Elara respondeu com um olhar distante.

— Quando foi a última vez?

— No dia do seu casamento.

Coriane piscou, surpresa. *Há tanto tempo...*

— O quê? O que você fez?

— Fiz você tropeçar — Elara disse com um sorriso sonâmbulo nos lábios. — Fiz você tropeçar no vestido.

— Só... Só isso?

— Sim.

— E os sonhos? Os pesadelos?

Elara não disse nada. *Porque não há o que dizer*, Coriane entendeu. Respirou fundo e desviou o olhar, lutando contra a vontade de chorar. *Os medos são meus. Sempre foram. Sempre vão ser. Estava errada antes de chegar à corte, e continuo errada tanto tempo depois.*

— Volte para dentro e não se lembre de nada disto — ela disse, ríspida, para em seguida virar o rosto e quebrar o contato visual de que precisava para manter Elara sob seu domínio.

Como uma pessoa recém-desperta, Elara piscou várias vezes. Lançou um olhar confuso para a rainha e se apressou para voltar à festa.

Coriane andou na direção oposta, rumo ao parapeito de pedra que rodeava a sacada, onde se apoiou para recuperar o fôlego, para não gritar. O verde estendia-se sob si, um jardim com fontes e pedras mais de dez metros abaixo. Por um breve segundo, ela lutou contra o ímpeto de pular.

No dia seguinte, escolheu um guarda para servi-la, para defendê-la de qualquer poder prateado que pudessem usar contra ela. Se não de Elara, com certeza de outra pessoa da Casa Merandus. Coriane era simplesmente incapaz de acreditar como sua mente parecia sair dos eixos, passando de alegria para perturbação em um segundo, pairando entre uma emoção e outra como uma folha ao vento.

O guarda era da Casa Arven, a dos silenciadores. Seu nome era Rane, um salvador em trajes brancos que jurou defender a rainha contra tudo.

O bebê recebeu o nome de Tiberias conforme o costume. Coriane não gostava tanto do nome, mas cedeu ao pedido de Tibe, que garantiu que o nome do próximo filho seria uma homenagem a Julian. O bebê era gordinho, aprendeu a sorrir cedo e gargalhava com frequência. Crescia incrivelmente rápido. A mãe lhe deu o apelido de Cal para distingui-lo do pai e do avô. Pegou.

O menino era o sol no céu de Coriane. Nos dias difíceis, ele acabava com as trevas. Nos bons, iluminava o mundo. Quando Tibe partia para a frente de batalha, muitas vezes durante semanas, já que a guerra tinha voltado a esquentar, Cal a mantinha segura. Com apenas poucos meses de idade ele já era melhor do que qualquer escudo do reino.

Julian mimava o garoto, lendo para ele, lhe trazendo brinquedos. Brinquedos que Cal era capaz de quebrar e depois remontar do jeito errado, para a alegria de Coriane. Ela passava horas e mais horas consertando os presentes destroçados, o que entretinha tanto ela quanto o filho.

— Ele vai ser maior do que o pai — Sara disse. A amiga não era apenas a principal dama de companhia de Coriane, mas também sua médica. — É um garoto forte.

Qualquer mãe ficaria feliz ao ouvir essas palavras, mas Coriane as temia. *Maior do que o pai, um garoto forte.* Ela sabia o que isso significava para um príncipe Calore, um herdeiro da coroa flamejante. *Ele não será um soldado,* escreveu no seu mais novo diário. *Pelo menos isso tenho que fazer por ele. Há muito tempo filhos e filhas da Casa Calore são combatentes. Há muito tempo este país tem apenas reis guerreiros. Há muito tempo estamos em guerra, nas fronteiras e também aqui dentro. Talvez seja um crime escrever coisas assim, mas sou rainha. Sou a rainha. Posso dizer e escrever o que penso.*

Com o passar dos meses, Coriane pensava cada vez mais na casa de sua infância. A propriedade não existia mais, tinha sido demolida pelos governadores da Casa Provos, esvaziada das lembranças e dos fantasmas dela. Era perto demais da fronteira com Lakeland para prateados de respeito morarem, embora as batalhas se concentrassem nos territórios bombardeados do Gargalo. Embora poucos prateados morressem, enquanto os vermelhos morriam aos milhares. Recrutados de cada canto do reino, forçados a servir e a lutar. *Meu reino,* Coriane se deu conta. *Meu marido assina a renovação do recrutamento todos os anos. Nunca quebra o ciclo, só reclama da cãibra nas mãos.*

Ela observava o filho no chão, sorrindo com um único dente, batendo dois blocos de madeira. *Com ele não vai ser assim,* disse a si mesma.

Os pesadelos voltaram com tudo. Dessa vez, eram com seu bebê crescido, vestindo armadura, liderando soldados, fazendo as tropas adentrarem uma cortina de fumaça. Ele ia atrás e não voltava mais.

Com círculos escuros ao redor dos olhos, ela escreveu o que seria o antepenúltimo registro de seu diário. As palavras pareciam cravadas na página. Havia três dias que Coriane não dormia, incapaz de enfrentar outro pesadelo com o filho morrendo.

*Os Calore são filhos do fogo, tão fortes e destrutivos quanto suas chamas. Mas Cal não será como os que vieram antes dele. O fogo pode destruir, pode matar, mas também pode criar. A floresta queimada no verão estará verde na primavera, melhor e mais forte do que antes. As chamas de Cal vão construir, vão criar raízes sobre as cinzas da guerra. As armas silenciarão, a fumaça esvanecerá, e os soldados, tanto vermelhos como prateados, voltarão para casa. Cem anos de guerra, e meu filho trará a paz. Ele não morrerá lutando. Não morrerá. NÃO MORRERÁ.*

Tibe estava fora, no Forte Patriota, em Harbor Bay. Mas Rane Arven estava de pé bem em frente à porta, e aquela presença transformava o quarto numa bolha de alívio. *Nada pode me tocar enquanto ele estiver aqui*, ela pensou enquanto ajeitava o cabelo de Cal. *A única pessoa na minha cabeça sou eu.*

A babá que veio pegar o bebê notou o comportamento agitado da rainha, as mãos tensas, os olhos opacos, mas não disse nada. Não era da sua alçada.

Outra noite chegou e passou. Sem dormir, Coriane acrescentou mais um registro em seu diário. Ela desenhou flores em volta de cada uma das palavras — magnólias.

*A única pessoa na minha cabeça sou eu.*

*Tibe não é o mesmo. A coroa o mudou, como você pensou que aconteceria. O fogo está dentro dele, o fogo que queimará o mundo inteiro. E está no seu filho, no príncipe que nunca vai mudar o próprio sangue e nunca vai sentar num trono.*

*A única pessoa na minha cabeça sou eu.*

*A única pessoa que não mudou é você. Você ainda é a menininha numa sala empoeirada, esquecida, indesejada, deslocada. Você é a rainha de tudo, mãe de um filho lindo, esposa de um rei amoroso, e ainda assim não consegue ter forças para sorrir.*

*Ainda assim não faz nada. Ainda assim está vazia.*

*A única pessoa na sua cabeça é você.*

*E ela não tem a menor importância. Ela não é nada.*

Na manhã seguinte, uma criada encontrou a coroa nupcial da rainha quebrada no chão, uma explosão de pérolas e ouro retorcido. Havia prata sobre ela, sangue escurecido com o passar das horas.

A água do banho tinha escurecido junto.

O diário ficou inacabado. Não foi visto por muitos que mereciam lê-lo.

Apenas Elara viu suas páginas e a lenta revelação da mulher presente ali.

Ela destruiu o livro como destruiu Coriane.

E não sonhou com nada.

Enquanto os arquivos de Delphie e as bibliotecas de Norta estão abarrotados com a versão prateada da nossa história recente, é muito mais difícil encontrar uma perspectiva vermelha dos mesmos eventos. Naturalmente, esses registros não foram feitos de maneira científica nem foram bem preservados, e fiz o que pude para começar a reunir algum tipo de ponto de vista vermelho. As caixas-fortes da Montanha do Chifre complementaram minha pesquisa, mas, embora úteis, os registros ali também têm lacunas. Bem mais proveitosos foram meus contatos dentro da Guarda Escarlate, que me mantêm informado o máximo que conseguem. Diferente dos prateados, muitas comunidades vermelhas se apoiaram na tradição oral para transmitir suas histórias. Infelizmente, muitas vezes a informação pode não ser confiável, e fiz o possível para corroborar as evidências com outros registros históricos mais concretos. Apesar da dificuldade dessa empreitada, considero mais do que necessário fazer o possível para preservar outro ângulo da nossa história, para que não esqueçamos do passado e de todo o mal que aconteceu com os vermelhos deste mundo. Assim, compilei o que tenho até agora de fontes especificamente vermelhas, unindo documentos e transcrições de entrevistas.

Embora eu seja tão culpado quanto os outros prateados pelo tratamento abominável dispensado aos vermelhos e não mereça piedade, espero que isto seja útil no futuro.

JJ

(O SR. ELLDON mostra um RUBI pequeno e brilhante)

**ELLDON:** Está na família há uns trezentos anos. A gente trabalhava para os reis, os primeiros reis dessa terra. Os velhos Calore, César e seus herdeiros. Ele era bom para os criados, dizem. O filho não. Foi assim que o avô do avô do meu avô, ou seja lá quem for, acabou com isto aqui nas mãos. Antes tinha mais. Um colar inteiro cheio deles. Mas sumiram com os anos, vendidos, trocados ou perdidos mesmo. Este é o único que sobrou.

**JACOS:** Ele roubou isso?

**ELLDON:** Pegou. O barco de passeio do rei estava afundando. Cesarion berrava ordens, jogava vermelhos na água para tentar se salvar. Meu velho avô não gostou nada daquilo. No meio da confusão, arrancou os rubis do pescoço do rei e o jogou no mar.

**JACOS:** Entendo.

**ELLDON:** O rei não era parente seu, era?

**JACOS:** É bem provável que sim.

(O sr. Elldon estende a mão com o rubi.)

**ELLDON:** Quer de volta?

**JACOS:** De jeito nenhum.

---

*O sr. Tem Elldon, do setor vermelho de Archeon, alega que seu antepassado foi responsável pela morte do rei Cesarion, que se afogou num acidente de barco em 44 NE.*

removidos da periferia de Archeon a fim de abrir espaço para a barreira de árvores. Por um decreto do rei Tiberias I, os vermelhos tinham a opção de se mudar para uma comunidade de técnicos recém-construída, a Cidade Grandiosa. Receberam promessa de emprego garantido e isenção do recrutamento. A maioria deles agarrou sem pensar a oportunidade de viver na nova cidade, [...]

---

~SEM~ MORADIA   ~SEM~ ÁGUA ENCANADA   ~SEM~ ELETRICIDADE   ~SEM~ ALIMENTAÇÃO

# MUDE-SE HOJE

CIDADE GRA~~NDIOSA~~ **CINZENTA**
CIDADE NOVA
CIDADE ALEGRE

~ por DECRETO REAL do REI TIBERIAS ~

TODOS OS VERMELHOS que migrarem para uma cidade tecnológica receberão empregos ~SEM~ SALÁRIOS JUSTOS e ISENÇÃO do SERVIÇO MILITAR extensiva à família.

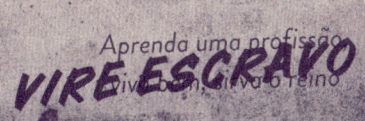

Aprenda uma profissão ~~sirva ao reino~~ **VIRE ESCRAVO**

*Embora a sede em si fosse supervisionada por prateados, os funcionários eram todos vermelhos: os que haviam caído nas graças dos supervisores ou os que chegavam a postos menos desgastantes pelo suborno. Suas anotações diárias eram arquivadas e ignoradas com outros documentos oficiais.*

**Dos arquivos da sede administrativa da Cidade Nova:**

**1º de junho de 144 NE:** Sobrecarga permanece com os deportados que vieram do norte. Incorporar indivíduos sem qualquer formação é mais perigoso do que difícil. Dois foram moídos pelas engrenagens ontem, e outro quase incendiou um armazém no setor de armas. Enviamos aos supervisores solicitações para aprovar o treinamento acelerado para os vermelhos de Maiden Falls — para que aprendam o suficiente para não se matarem nem matarem os outros no chão de fábrica —, mas foram indeferidas. Qualquer treinamento deve ser feito fora do horário de expediente, quando determinarmos. A sede está agora organizando um grupo de voluntários para deixar os duzentos sobreviventes aptos a trabalhar. Quase todos têm menos de dezoito anos e foram separados da família, já que são jovens demais para serem recrutados com os outros membros da sua comunidade no norte. Ainda estamos tentando melhorar as moradias, especialmente para as crianças pequenas.

*O que é relatado acima corresponde com as medidas repressivas que Julias III tomou em relação à comunidade vermelha em Maiden Falls depois da morte de seu filho pelas mãos de bandidos. Ele os obrigou a destruir seus vilarejos e construir a cidade-fortaleza de Corvium na fronteira. Como punição, milhares de vermelhos acabaram ou recrutados pelas Forças Armadas de Norta ou deportados para as favelas de técnicos.*

Dos arquivos da
Ronda Vermelha em Harbor Bay:

. . . o que for possível para esconder nossa gente espalhada pela cidade agora que os prateados estão à caça. Não sabem quem matou o irmão da rainha, só que era um vermelho da União. Pelo que sabemos, membros da União estão sendo presos. Um murmurador pôs as mãos num deles e dilacerou a cabeça do coitado. Todos os esconderijos e rotas de fuga. Arrancou tudo como se fosse um dente podre. Estamos tentando cooperar, ou pelo menos aparentar cooperação. Temos que manter os nossos a salvo. Não podemos fazer muito pela União. Eles não foram espertos nessa história. Não foram nem um pouco espertos, e vamos sofrer as consequências . . .

*O relato desse oficial da Ronda Vermelha faz referência ao assassinato do príncipe Marcas, irmão e herdeiro da rainha Andura, em 197 NE. Ele foi morto durante um levante vermelho em Harbor Bay. Presumo que a "União" mencionada era uma precursora da Guarda Escarlate.*

Mais movimento vindo de Lakeland pelo rio. Parecem soldados vermelhos. Estranho. Não vão para o sul. Viram à esquerda e seguem rio acima na Encruzilhada. Todos pagam o valor integral adiantado. Atravessei esse mesmo grupo na balsa duas vezes este ano. Os outros balseiros dizem que fizeram o mesmo. ~~Esse pessoal me dá uma sensação estranha~~. Esse pessoal me dá uma sensação estranha. Eles não têm pressa, isso é certeza. E não estão cumprindo ordens dos prateados. Pagam muito bem pela nossa ~~descrição~~ discrição.

Os soldados vermelhos me deram grana suficiente para comprar duas vezes a minha balsa, só para atravessá-los mais rápido. Pagaram de novo na fronteira. Não consegui resistir. Eu os levei até o Ohius, perto de Norta. Lugar ~~~~ perigoso. Não vou me arriscar de novo. Ainda não sei o nome deles, ~~~~ mas estão indo para o norte, a julgar pelo equipamento. Bem, bem para o norte.

Os contrabandistas de Lakeland alertaram os balseiros da Encruzilhada. Os ~~prateados~~ prateados vão reforçar as batidas na fronteira, e receberam ordens de destruir nossas balsas se aportarmos no território deles. Houve algum problema com os vermelhos nos lagos. Grande o bastante para ficarem de olho na fronteira. Estão à caça.

**CEL. FARLEY:** Tudo começou devagar, pequeno. O bastante para passar despercebido. Uma ponte caída atrasa o transporte e os comboios por uns dias. Uma fortaleza não recebe as remessas de armas a tempo. Um pelotão não consegue sair. Precisam dobrar as horas de serviço para manter o cronograma, e os oficiais ficam frustrados, desgastados. Talvez um deles dê um passo em falso e bata a cabeça. Talvez seus filhos apareçam para visitar e acabem perdidos na floresta. Esse tipo de coisa.

**JACOS:** Esse tipo de coisa.

**CEL. FARLEY:** Você parece abatido, Jacos. Nunca estudou isso? Pensei que tivesse visto coisa pior.

**JACOS:** Ver palavras numa página é bem diferente de ouvir um relato em primeira mão, coronel. Você diz que isso começou no Exército, então?

**CEL. FARLEY:** Sim. Minha unidade não era destinada para uma fortaleza ou legião específica. Variava. Éramos bons de guerra, bons em matar. Os prateados nos mandavam para onde era necessário. Para a frente de batalha... ou para outro lugar.

**JACOS:** Sempre dentro de Lakeland?

**CEL. FARLEY:** Na fronteira, na maioria das vezes, mas sim. Enviavam a gente para toda parte.

**JACOS:** Parece que agora é sua vez de ficar abatido, coronel.

**CEL. FARLEY:** Foi isso que causou tudo, no fim das contas. Nos mandarem atrás da nossa própria gente. Nos obrigar a acabar com uma rebelião a qualquer preço. Arrancar dos braços da mãe um filho recrutado. Não dá pra aceitar.

**JACOS:** Consigo imaginar.

**CEL. FARLEY:** Havia um oficial prateado que nos mantinha na linha, mas ele gostava de beber. Gostava de comer. Gostava da vida com os figurões das Cidadelas. Por isso, desde que a gente aparecesse quando devia, ele não ligava para o que a gente fazia no meio-tempo.

**JACOS:** Como explodir pontes e matar oficiais.

**CEL. FARLEY:** Isso. Não deixávamos o círculo crescer muito. Era só a minha unidade no começo. Vínhamos do Hud, no norte, um lugar frio e desolado. Lá se aprende a caçar logo que se aprende a andar. Sentinela estava comigo desde o começo, Carmim também. Ele era nosso melhor contato com os homens do rio.

**JACOS:** Homens do rio?

**CEL. FARLEY:** Era como a gente chamava os balseiros e contrabandistas que trabalhavam nas Terras Disputadas. Não havia ninguém melhor para levar ao outro lado da fronteira ou a outro ponto do rio. Não tínhamos autorização para viajar com armamento, mas com eles era possível.

**JACOS:** Então os generais do Comando de codinome Carmim e Sentinela faziam parte da sua unidade. E como você conheceu os outros?

**CEL. FARLEY:** A gente foi se cruzando ao longo dos anos. A maioria fazia o mesmo que nós. Sabotava prateados, sem planejamento para mais de uma ou duas semanas. Palácio e Cisne nos juntaram de verdade, nos deram um objetivo. Conheciam os prateados melhor do que nós. Sabiam como pensavam, como agiam. E sabiam que, se realmente quiséssemos fazer a diferença, a coisa tinha que ser maior do que nós.

**JACOS:** E com certeza é. Você gostaria de falar sobre o incidente no Hud? Sobre o Afogamento de Northland?

(O cel. Farley passa um bom tempo olhando para o nada)

**CEL. FARLEY:** Não, nem fodendo.

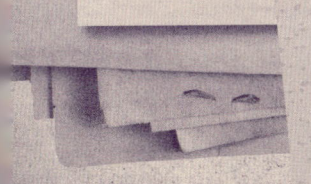

*Apesar de as Terras Disputadas seguirem um calendário diferente do de Norta, e de o balseiro estar longe de ser um acadêmico, consigo fazer uma triangulação e datar os registros de pouco depois de 300 NE. Com base na minha conversa com o coronel Farley, desconfio que esses soldados vermelhos em movimentação na fronteira eram ele, a general Vigia, o general Carmim e o início da Guarda Escarlate.*

JACOS: Antes de Caçadora, qual era o seu codinome na Guarda Escarlate?

GEN. FARLEY: Ovelha. E meu pai era o Carneiro.

JACOS: Você era bem jovem quando entrou, não?

GEN. FARLEY: Era.

JACOS: E você ajudou seu pai nas missões dele por toda a região de Lakeland. Plantou agentes em posições estratégicas, sabotou o comércio e os transportes dos prateados, contrabandeou, colheu informações, assassinou gente etc.

GEN. FARLEY: As missões eram minhas também.

JACOS: Claro. E você foi escolhida a dedo para a infiltração em Norta.

GEN. FARLEY: Fui.

JACOS: Que idade você tinha quando sua mãe e sua irmã morreram?

(A general Farley não responde)

JACOS: Você gostaria de falar sobre o incidente no Hud?

GEN. FARLEY: Nem fodendo.

## DOS REGISTROS MILITARES DA MONTANHA DO CHIFRE E DO CENTRO DE DEFESA DE MONTFORT:

Nossos espiões em Lakeland relatam um acontecimento de grandes proporções no norte, às margens da baía do Hud. Com base nas informações coletadas, diversos ataques e sabotagens por todo o reino foram rastreados até um pequeno grupo com sede num vilarejo remoto. O rei de Lakeland retaliou com força e moveu as águas da baía para extinguir — literalmente — as primeiras faíscas de rebelião. Ainda estamos à espera da contagem de mortos, mas relatórios preliminares estimam algo na casa das centenas. Anexo uma solicitação para enviar um agente a fim de investigar tudo adequadamente e nos informar. Tenho grande interesse nesse grupo, na sua organização e no seu tamanho. Parecem ser bem coordenados e ter capacidade de movimentação. E muito inteligentes. Vários foram capturados, mas não soltaram nada nos interrogatórios. Parece que cada membro age apenas com base em informações estritamente necessárias, de maneira muito militar. Ninguém tem uma visão do todo. Vamos ver como reagem.

*Afogamento de Northland, data mais provável: começo da primavera de 315 NE.*

**JACOS:** Parece que seu papel não foi pequeno nos acontecimentos mais recentes, sobretudo os relacionados a Mare Barrow.

**SR. WHISTLE:** Não foi muita coisa. A menina tem a mão leve. Eu vendia o que ela roubava, tirando uma comissão.

**JACOS:** Você também a apresentou para a general Diana Farley e para a Guarda Escarlate.

(O sr. Whistle estreita os olhos e dá de ombros.)

**JACOS:** Está tudo bem, você pode me contar o quanto quiser. Só estou aqui para registrar todos os lados da história.

**SR. WHISTLE:** Você sabe que Whistle não é meu sobrenome de verdade, certo? É um código. Não é só o pessoal da Guarda que anda por aí com codinome.

**JACOS:** Entendo.

**SR. WHISTLE:** Faço parte de um esquema maior. A rede dos assobiadores. Receptadores e contrabandistas no país inteiro, apoiando uns aos outros. Alguém no sul passa açúcar, temos baterias elétricas no norte, e por aí vai. É necessário, sabe? Quando gente que nem você está no poder. De que outro jeito íamos sobreviver à margem?

**JACOS:** Concordo totalmente com você. E a Guarda Escarlate se infiltrou na rede de assobiadores logo no começo, não foi?

**SR. WHISTLE:** Infiltrou? Não. Eles fizeram uma parceria. Nós os ajudávamos a se movimentar, levávamos informações, contrabandeávamos suprimentos, pessoas. Mas tínhamos autonomia. Ninguém aceitava um trabalho que não quisesse. Esse era o acordo, e a Guarda cumpriu.

**JACOS:** Por quanto tempo você trabalhou com a Guarda?

**SR. WHISTLE:** Eu? Não muito. Menos de dois anos, acho. Eles agem depressa, os membros da guarda. Quando tomam essa decisão.

**JACOS:** E antes da Guarda? Como era a vida na época? Acho que você já viu bastante coisa.

**SR. WHISTLE:** Está me chamando de velho? (risos) É, vi minha cota. De coisas boas, de coisas ruins. Palafitas é melhor do que a maioria dos lugares. Não somos uma cidade de técnicos e nunca precisei passar por uma, ainda bem. Mas ainda se viam jovens arrancados de casa e levados para a guerra. Ainda se viam cartas chegarem e os pais caírem de joelhos. Tenho sorte. Não tenho filhos. Nem família. E tinha um bom disfarce. Varria as ruas para me manter ocupado aos olhos de qualquer prateado. Pelo menos ninguém mais precisa fazer isso. Não precisam mais se preocupar com o Exército, ainda que se preocupem com a próxima refeição ou com o próximo prateado que vai entrar quebrando tudo na cidade. Não que eu esteja reclamando. As coisas eram piores antes da Guarda, da guerra. Não sabíamos que podiam melhorar. Não tínhamos esperança. Sabíamos o que acontecia com os vermelhos que se levantavam. Revoltas fracassadas. Revolucionários mortos por causa de um discurso ou de uma carta secreta. Não adiantava tentar mudar o mundo. O sistema era grande demais, forte demais. Os prateados eram melhores do que a gente. Agora não mais.

**JACOS:** Não mais.

**SR. WHISTLE:** Vamos nos levantar, vermelhos como a aurora.

# CICATRIZES DE AÇO

A MENSAGEM DECODIFICADA A SEGUIR
É CONFIDENCIAL
ACESSO RESTRITO AO COMANDO

Dia 61 da OPERAÇÃO LAGOA, fase 3
Responsável: Coronel **CENSURADO**
Designação: CARNEIRO
Origem: Solmary, LL
Destinatário: COMANDO em **CENSURADO**

- OPERAÇÃO LAGOA concluída antes do cronograma, considerada bem-sucedida. Canais e eclusas nos LAGOS PERIUS, MISKIN e NERON sob o controle da Guarda Escarlate.
- Agentes CHICOTE e ÓPTICO controlarão os desdobramentos da operação, mantendo contato estreito, canais abertos para a BASE MÓVEL e o COMANDO. Protocolo de parar e perguntar implementado, à espera de ordens de ação.
- Voltando para TRIAL com OVELHA no momento.
- Resumo da operação:

Mortos em ação: D. FERRON, T. MILLS,
M. PERCHER (3).
Feridos: LIGEIRO, COSTELA (2).
3 PRATEADOS mortos: verde (1), forçador (1),
curandeiro de pele? (1).
Número de baixas civis: desconhecido.

VAMOS NOS LEVANTAR, VERMELHOS COMO A AURORA.

—Vem tempestade aí.

O coronel fala para quebrar o silêncio. Ele encosta o olho bom numa rachadura na parede do compartimento, observando o horizonte. O outro também está aberto, embora mal consiga enxergar através da película de sangue vermelho. Nenhuma novidade. Há anos que o olho esquerdo está assim.

Sigo seu olhar, espiando entre as ripas frouxas de madeira. Nuvens escuras se agrupam quilômetros adiante, tentando se esconder atrás dos morros cobertos de vegetação. Ao longe, uma série de trovões. Não dou a mínima. Só espero que a tempestade não atrase o trem e não nos force a passar um segundo a mais escondidos debaixo do assoalho falso de um veículo de carga.

Não temos tempo para tempestades ou conversa fiada. Faz dois dias que não durmo e meu rosto é a prova disso. Não quero nada além de sossego e algumas poucas horas de descanso antes de voltarmos à base em Trial. Por sorte, não há muito o que fazer por aqui além de deitar. Assim como o coronel, sou alta demais para ficar de pé neste espaço. Ambos temos que ficar jogados pelo compartimento pouco iluminado, com as costas encostadas onde der. Logo virá a noite e apenas a escuridão para nos fazer companhia.

Não posso reclamar do meio de transporte. Na viagem para Solmary, passamos metade do caminho numa balsa carregada de frutas. Depois de uma parada longa demais no lago Neron, grande parte da carga apodreceu. Passei a primeira semana de operações lavando roupa para tirar o fedor. E jamais me esquecerei da confusão antes de iniciarmos a Operação Lagoa, em Detraon. Três dias num caminhão de gado, para então descobrir que a capital de Lakeland estava definitivamente fora do nosso alcance. Perto demais do Gargalo e da frente de guerra para ter defesas fracas, uma realidade que menosprezei conscientemente. Mas eu não era oficial na época, e não cabia a mim a decisão de tentar infiltrar uma capital prateada sem ter informações ou apoio adequados. Cabia ao coronel. Naquela época, ele era apenas um capitão com o codinome Carneiro e muito para provar, muito pelo que lutar. Eu, pouco mais que uma soldada recém-juramentada, apenas o seguia. Também tinha coisas para provar.

Ele mantém os olhos fixos na paisagem. Não para observar o horizonte, mas para não me encarar. *Tudo bem.* Também não gosto de olhar para ele.

Com ou sem afinidade, formamos uma boa equipe. O Comando sabe, nós sabemos, e é por isso que continuam nos mandando juntos para as missões. Detraon foi nosso único passo em falso numa marcha infinita pela causa. E por eles, pela Guarda Escarlate, deixamos nossas diferenças de lado sempre.

— Alguma ideia do nosso próximo destino? — Assim como o coronel, não vou aguentar o silêncio pesado.

Ele se afasta da parede, franzindo a testa, ainda sem me encarar.

—Você sabe que não é assim que funciona.

Já sou oficial há dois anos, além de outros dois como soldada da Guarda e uma vida inteira à sombra dela. Sinto vontade de cuspir um "É claro que sei como funciona".

Ninguém sabe mais do que o necessário. Ninguém sabe nada além de sua operação, seu esquadrão e seus superiores imediatos. A informação é mais perigosa do que qualquer arma que possuímos. Aprendemos isso depois de décadas de rebeliões fracassadas, todas reveladas por um prisioneiro vermelho nas mãos de um murmurador prateado. Nem o mais bem treinado dos soldados é capaz de resistir a um ataque à sua mente. São sempre descobertos, e os segredos, revelados. Assim, meus agentes e soldados se reportam a mim, sua capitã. Eu me reporto ao coronel, e ele ao Comando, seja lá quem forem. Só sabemos que precisamos continuar em frente. Esse é o único motivo para a Guarda ter durado tanto tempo, para ter sobrevivido enquanto todas as organizações clandestinas pereceram.

Mas nenhum sistema é perfeito.

— O fato de você ainda não ter recebido novas ordens não significa que *não faça ideia* de qual vai ser o próximo passo — digo.

Um músculo se retrai no rosto dele. Não sei se ele queria fechar a cara ou abrir um sorriso, mas duvido que fosse a segunda opção. O coronel não sorri há muitos anos, não de verdade.

— Tenho minhas suspeitas — ele responde depois de um longo momento.

— Que são?

— Minhas.

Cerro os dentes, bufando. *Típico*. Mas, sendo sincera comigo mesma, provavelmente é melhor assim. O número de vezes em que quase fui descoberta pelos cães de caça dos prateados serviu para me conscientizar de como o sigilo é vital para a Guarda. Só a minha mente já contém nomes, datas, operações e informações suficientes para desfazer os dois últimos anos de trabalho em Lakeland.

— Capitã Farley.

Não usamos títulos e nomes na correspondência oficial. Meu nome é Ovelha em tudo que pode ser interceptado. Mais uma defesa. Se uma das nossas mensagens cair em mãos erradas, se os prateados decifrarem nossos códigos, vão ter bastante trabalho para nos rastrear e descobrir nosso vasto e dedicado sistema de comunicações.

— Coronel — respondo, e ele finalmente me encara.

Um brilho de arrependimento aparece no seu olho bom, que ainda conserva um tom azulado familiar. O resto dele mudou muito ao longo dos anos. Dá pra notar que ele ficou mais duro, uma massa rija de músculos debaixo de roupas esfarrapadas. O cabelo loiro, mais claro que o meu, começou a rarear. Há algumas mechas brancas nas têmporas. Não acredito que não notei isso antes. Ele está ficando velho. Mas não lento. Nem burro. O coronel continua rápido e perigoso como sempre.

Fico imóvel sob seu olhar silencioso e breve. Tudo é um teste. Quando ele abre a boca, sei que passei.

— O que você sabe sobre Norta?

Abro um sorriso.

— Então finalmente decidiram expandir.

— Eu fiz uma pergunta, Ovelhinha.

O apelido é risível, já que tenho quase dois metros.

— Outra monarquia, igual a Lakeland — disparo. — Os vermelhos têm que trabalhar ou são recrutados. A maior concentração populacional é no litoral, e a capital é Archeon. Está em guerra com Lakeland há quase um século. Mantém uma aliança com Piedmont. O rei é Tiberias, Tiberias...

— Tiberias VI — ele completa como um professor. Não que eu tenha passado muito tempo na escola para saber como um professor se comporta. Culpa dele. — Da Casa Calore.

*Idiotas. Não têm cérebro suficiente nem para dar nomes diferentes aos filhos.*

— Ardentes — acrescento. — Reclamam para si a chamada coroa flamejante. Uma oposição conveniente aos reis ninfoides de Lakeland.

Lakeland é uma monarquia que conheço bem demais, depois de viver muito tempo sob seu domínio. A dinastia é tão interminável e invencível como as águas do seu reino.

— De fato. Estão em lados opostos, mas são terrivelmente semelhantes.

— Se é assim, vai ser fácil nos infiltrarmos lá.

Ele arqueia a sobrancelha e gesticula para o espaço sufocante em que estamos. Parece querer rir.

—Você chama *isto* de fácil?

— Não levei nenhum tiro hoje, então, sim, chamo de fácil — respondo. — Além disso, Norta tem o quê? Metade do tamanho de Lakeland?

— Populações comparáveis. Cidades densas, infraestrutura mais avançada…

— Melhor ainda para nós. É mais fácil se esconder nas multidões.

Ele range os dentes, irritado.

—Você tem resposta para tudo?

— Sou boa no que faço.

Lá fora, outro estrondo de trovão, mais perto desta vez.

— Então o próximo destino é Norta. Para fazer o que fizemos aqui — insisto.

Meu corpo já começa a vibrar de ansiedade. Era o que eu esperava. Lakeland é apenas uma engrenagem da máquina, uma nação em meio a um continente. Uma rebelião limitada por suas fronteiras fracassaria, esmagada pelos outros reinos. Mas uma união maior, que estivesse em dois reinos, que fizesse desmoronar mais um apoio dos malditos prateados, teria uma chance. E uma chance é só o que peço por cumprir meu dever.

A pistola ilegal na minha cintura nunca pareceu tão confortável.

—Você não pode esquecer, capitã — ele começa, fixando os

olhos nos meus. Preferiria que desviasse o olhar. *Ele é tão parecido com ela.* — Não pode esquecer nossas verdadeiras habilidades. Quem éramos quando começamos, de onde viemos.

Sem aviso prévio, bato o pé contra as tábuas sob nós. Ele não se move. Minha raiva não é surpreendente.

— Como posso esquecer? — rebato. Resisto à vontade de mexer na longa trança loira sobre meu ombro. — Meu espelho me lembra todo dia.

Nunca ganho discussões com o coronel. Mas desta vez parece que empatamos, pelo menos.

Ele desvia o olhar para a parede. Os últimos raios de sol penetram pela madeira e iluminam o sangue do seu olho ferido. Um brilho vermelho sob a luz fraca.

Seu suspiro vem carregado de lembranças.

— O meu também.

A MENSAGEM DECODIFICADA A SEGUIR
É CONFIDENCIAL
ACESSO RESTRITO AO COMANDO

Responsável: Coronel **CENSURADO**
Designação: CARNEIRO
Origem: Trial, LL
Destinatário: COMANDO em **CENSURADO**

- De volta a TRIAL com OVELHA.
- Relatos de contra-ataque prateado em ADELA, LL, confirmados.
- Solicito autorização para enviar FERIADO e equipe para observar/ responder.

- Solicito autorização para iniciar a análise de possíveis contatos em NRT.

VAMOS NOS LEVANTAR, VERMELHOS COMO A AURORA.

**A MENSAGEM DECODIFICADA A SEGUIR
É CONFIDENCIAL
ACESSO RESTRITO A OFICIAIS**

Responsável: General **CENSURADO**
Designação: BATEDOR
Origem: **CENSURADO**
Destinatário: CARNEIRO em Trial, LL

- Permissão para o envio de FERIADO concedida. Apenas observação. OPERAÇÃO OLHO VIVO.
- Permissão para a análise de possíveis contatos em NRT concedida.
- OVELHA assumirá a frente da OPERAÇÃO TEIA VERMELHA, entrando em contato com redes de contrabando e agentes clandestinos em NRT, focando o mercado negro em torno dos ASSOBIADORES. As ordens anexas devem ser lidas apenas por ela. Partir para NRT ainda esta semana.
- CARNEIRO assumirá a frente da OPERAÇÃO MURALHA. As ordens anexas devem ser lidas apenas por você. Partir para Ronto ainda esta semana.

VAMOS NOS LEVANTAR, VERMELHOS COMO A AURORA.

Trial é a única cidade grande na fronteira de Lakeland. Suas muralhas e torres detalhadamente esculpidas dão vista para o lago Redbone e para o coração rural de Norta adiante. Sob o lago há uma cidade perdida, que foi arrasada e saqueada por mergulhadores ninfoides. Enquanto isso acontecia, os escravos de Lakeland construíram Trial nas margens, como se zombassem das ruínas alagadas e da terra desolada de Norta.

Costumava imaginar quem seria idiota para lutar nessa guerra prateada, já que eles insistem em restringir o campo de batalha à área abandonada do Gargalo. A fronteira ao norte é longa, sinuosa, segue o curso do rio e é quase toda coberta de florestas, mas apesar de estar sempre bem defendida, nunca é atacada. Claro, no inverno se torna uma região de frio e neve brutais, mas e no final da primavera e no verão? *E agora?* Se Norta e Lakeland não estivessem lutando há um século, eu esperaria que a cidade fosse atacada a qualquer momento. Mas não aconteceu, nem vai acontecer.

Porque, afinal, a guerra não é uma guerra.

É um extermínio.

Soldados vermelhos são recrutados, lutam e morrem aos milhares, ano após ano. Dizem-lhes para lutar pelo rei, para defender sua família e o país, que certamente seria dominado e destruído se não fosse pela coragem forçada deles. E os prateados ficam sentados confortavelmente, movendo suas legiões de brinquedos de um lado para o outro, trocando golpes que nunca parecem mudar muita coisa. Os vermelhos são pequenos demais, limitados demais, desinformados demais para perceber. É doentio.

Essa é apenas uma das mil razões por que acredito na causa e na Guarda Escarlate. Mas acreditar não torna mais fácil suportar a dor de um tiro. Não como da última vez que voltei a Irabelle, com o abdome sangrando, incapaz de andar sem a droga da ajuda do coronel. Pelo menos tive uma semana para descansar e me recuperar. Agora duvido que vou ficar aqui mais do que alguns dias antes de nos mandarem a campo de novo.

Irabelle é a única base decente da Guarda na região, pelo menos de acordo com meu limitado conhecimento. Existem abrigos espalhados pelo curso do rio e no interior das florestas, mas Irabelle é com certeza o coração do nosso grupo. Meio subterrânea e completamente ignorada, a maioria de nós chamaria Irabelle de lar se fosse preciso. Mas a maioria de nós não tem um lar. Não temos nada além da Guarda e dos vermelhos ao nosso lado.

A estrutura é muito maior do que nossas necessidades; é fácil um forasteiro — ou invasor — se perder lá dentro. Perfeito para quem precisa de silêncio. Isso sem falar que boa parte das entradas e dos corredores é equipada com comportas. Uma ordem do coronel e todo o complexo vai por água abaixo, inundado como o mundo antigo que existia ali. Isso torna Irabelle úmida e fresca no verão, mas muito fria no inverno, com paredes que parecem lâminas de gelo. Independente da estação, gosto de andar pelos túneis, de patrulhar solitária as passagens de concreto esquecidas por todos, menos por mim. Depois do tempo no trem, evitando o olhar rubro e acusador do coronel, o ar fresco e o túnel diante de mim são o mais próximo da liberdade que já cheguei.

Giro a pistola no dedo, num equilíbrio cuidadoso que sou boa em manter. Não está carregada. Não sou idiota. Mas seu peso letal já me agrada. *Norta*. A pistola não para de girar. *As leis de porte de arma são mais rígidas do que em Lakeland. Só caçadores registrados têm permissão para andar armados. E são bem poucos.* Apenas mais um obstáculo que estou ansiosa para superar. Nunca estive em Norta, mas suponho que seja igual a Lakeland. Igualmente prateada, perigosa e *ignorante*. Mil carrascos para um milhão com a corda no pescoço.

Há muito tempo parei de me perguntar *por que* tudo isso ainda é tolerado. Não fui criada para aceitar a jaula do domador, ao contrário de muitos. O que enxergo como uma rendição enlouquecida é a única chance de sobrevivência para tantos outros. Acho que devo ao coronel minha crença inabalável na liberdade. Ele nunca me deixou pensar o contrário. Nunca me deixou aceitar de onde viemos. Não que eu vá lhe dizer isso algum dia. Ele já fez coisas demais para merecer meu agradecimento.

Assim como eu. É justo, suponho. E não acredito em justiça?

O som de passos me faz virar a cabeça. Escorrego a pistola para a cintura, com o cuidado de mantê-la escondida. Um camarada rebelde não se importaria com a arma, mas um oficial prateado com certeza sim. Não que eu espere que algum oficial nos encontre aqui embaixo. Nunca encontram.

Indy nem se dá ao trabalho de me cumprimentar. Detém-se a uns metros de distância; as tatuagens são evidentes sobre a pele bronzeada, mesmo à pouca luz. Espinhos subindo por um lado, do punho até a cabeça raspada, e rosas serpenteando pelo outro braço. O codinome dela é Feriado, mas Jardineira combinaria mais. Outra capitã que responde ao coronel. Somos dez sob o comando dele, cada um com um número maior de soldados comprometidos com seus respectivos capitães.

— O coronel quer você na sala dele. Novas ordens — ela diz. Em seguida, continua com a voz mais baixa, embora ninguém possa nos ouvir nos fundos de Irabelle. — Não está contente.

Abro um sorriso sarcástico ao passar por ela. É mais baixa do que eu, como a maioria das pessoas, e precisa se esforçar para não ficar para trás.

— E alguma vez ele já esteve contente? — ironizo.

—Você sabe o que quero dizer. É diferente.

Seus olhos escuros cintilam e deixam um medo raro transparecer. A última vez que vi esse medo foi na enfermaria, quando ela estava diante do corpo de outra capitã. Saraline, codinome Misericórdia, que acabou perdendo um rim durante uma incursão de rotina atrás de armas. Ainda está se recuperando. O cirurgião estava tremendo, para dizer o mínimo. *Não é culpa sua. Não é seu trabalho.* Mas fiz o que pude mesmo assim. Não sou daquelas que não conseguem ver sangue e eu era a melhor médica disponível. Ainda assim, foi a primeira vez que segurei um órgão humano na mão. *Pelo menos ela está viva.*

— Ela está andando — Indy acrescenta, como se pudesse ler a culpa na minha expressão. — Devagar, mas está conseguindo.

— Que bom — comento, sem completar dizendo que ela deveria ter voltado a andar semanas antes. *Não é culpa sua*, ecoa na minha cabeça de novo.

Quando chegamos ao pátio central, Indy se separa de mim e volta à enfermaria. Não sai do lado de Saraline por nada, exceto para missões e, ao que parece, para dar recados do coronel. Chegaram juntas à Guarda, próximas como melhores amigas. Depois, como *mais* do que amigas. Ninguém liga. Não há regras contra a intimidade na organização, desde que todos cumpram o dever e voltem vivos. Até o momento ninguém em Irabelle foi burro ou sentimental o bastante para arriscar nossa causa por algo tão mesquinho.

Deixo Indy com suas preocupações e tomo a direção oposta, onde sei que o coronel me espera.

A sala dele daria uma excelente tumba. Sem janelas, apenas paredes de concreto e uma lâmpada que parece sempre queimar na hora errada. Há lugares muito melhores em Irabelle para cuidar das coisas, mas o coronel gosta do silêncio e do ambiente fechado. Apesar da estatura mediana, o teto baixo o faz parecer um gigante. Provavelmente é por isso que ele gosta tanto da sala.

A cabeça dele raspa o teto quando ele levanta para me cumprimentar.

— Novas ordens? — pergunto, já sabendo a resposta.

Faz dois dias que estamos aqui. Sei muito bem que não devo esperar uma folga, mesmo depois do sucesso absoluto da Operação Lagoa. As passagens centrais de três lagos, todos dando acesso ao interior de Lakeland, agora nos pertencem, e ninguém vai sequer desconfiar. Não sei qual é o grande plano por trás disso — isso é problema do Comando, não meu.

O coronel desliza uma folha de papel dobrada por cima da mesa. As bordas estão lacradas. Preciso romper a fita com o dedo. *Estranho*. Nunca tinha recebido ordens lacradas antes.

Meus olhos percorrem a página e se arregalam a cada palavra lida. Ordens do Comando. Saíram do topo, passaram pelo coronel e vieram direto para mim.

— Isso aqui é...

Ele ergue a mão para me interromper.

— O Comando disse que só você deve ler. — A voz dele está controlada, mas capto sua irritação mesmo assim. — A operação é sua.

Preciso cerrar o punho para manter a calma. *Minha própria operação*. O sangue lateja nas minhas orelhas, impulsionado pelos batimentos cardíacos cada vez mais acelerados. Travo a mandíbula para não sorrir. Olho de novo para as ordens para ter certeza de que são reais. *Operação Teia Vermelha*.

Depois de um tempo, me dou conta de que falta uma coisa.

— Não há menção ao senhor aqui, coronel.

Ele ergue a sobrancelha do olho ruim.

— E você esperava que tivesse? Não sou sua *babá*, capitã — vocifera. A máscara de controle ameaça cair e ele se concentra na mesa impecável, espanando um grão de pó inexistente.

Ignoro o insulto.

— Muito bem. Suponho que o senhor tenha as próprias ordens.

— Tenho — ele diz rápido.

— Então temos motivos para comemorar.

— Você quer comemorar por ser a nova garota propaganda? — O coronel quase ri. — Ou prefere brindar a uma missão suicida?

Então eu paro de conter meu sorriso.

— Não vejo as coisas assim. — Devagar, dobro as ordens de novo e guardo o papel no bolso do casaco. — Esta noite, brindo à minha primeira missão independente — continuo. — E amanhã, parto para Norta.

— Só *você* deve ler as ordens, capitã.

Ao chegar à porta, lanço um olhar desafiador por cima do ombro.

— Como se o senhor já não soubesse. — O silêncio dele é a única confirmação de que preciso. — Além disso, ainda terei que prestar contas ao senhor, que depois retransmitirá ao Comando — acrescento. Não resisto à tentação de lhe dar uma leve cutucada; ele merece, já que fez o comentário sobre ser minha babá. — Como se diz? Ah, sim: você é o intermediário.

— Cuidado, capitã.

Aceno com a cabeça e, sorridente, giro a maçaneta.

— Sempre, senhor.

Felizmente, ele quebra o silêncio desconfortável.

— A equipe de transmissão está esperando no seu alojamento. Melhor começar logo.

— Tomara que eu esteja pronta para as câmeras — brinco com uma vaidade fingida.

Ele balança a mão, oficialmente me dispensando. É o que faço, de muito bom grado, zanzando entusiasmada pelos corredores de Irabelle.

Para minha surpresa, a empolgação que pulsa dentro de mim não dura muito. Saio correndo em direção ao alojamento, querendo caçar os soldados sob meu comando e contar a boa nova. Mas logo diminuo o ritmo, e minha satisfação deu lugar à relutância. E ao medo.

Há um motivo — além do mais óbvio — para nos chamarem de Carneiro e Ovelha. Jamais fui mandada para qualquer lugar sem o Coronel. Ele sempre estava lá, como um salva-vidas que eu nunca quis, mas com quem já tinha me acostumado. Ele salvou minha vida tantas vezes que já perdi a conta. E com certeza é o motivo de eu estar aqui e não num vilarejo congelante, perdendo dedos a cada inverno e amigos a cada recrutamento. Não enxergamos muitas coisas da mesma forma, mas sempre cumprimos a missão e permanecemos vivos. Conseguimos o que ninguém mais consegue. Sobrevivemos. Agora preciso fazer isso sozinha. Agora tenho que proteger outros e carregar a vida deles — e também a morte — nas minhas costas.

Desacelero o passo, o que me dá mais uns instantes para me recompor. As sombras frescas são calmas e convidativas. Apoio o corpo contra a parede de concreto liso e deixo o frio percorrer meu corpo. *Preciso ser como o coronel na hora de escolher os soldados. Sou a capitã, a comandante, e preciso ser perfeita. Não há lugar para erros e hesitações. Seguir em frente, a todo custo. Vamos nos levantar, vermelhos como a aurora.*

O coronel pode não ser uma boa pessoa, mas é um líder brilhante. Isso sempre foi o suficiente. E agora vou dar o meu melhor para ser assim.

Penso melhor no meu plano. Deixo os outros esperarem um pouco mais.

Entro no alojamento sozinha, de cabeça erguida. Não sei por que fui escolhida, por que o Comando quer que eu seja a pessoa a gritar nossas palavras. Mas tenho certeza de que há um bom motivo. Uma jovem erguendo uma bandeira é uma figura muito marcante — mas também difícil de entender. Os prateados podem enviar a mesma quantidade de homens e mulheres para morrer no campo de batalha, mas um grupo rebelde liderado por uma mulher é facilmente subestimado. Exatamente o que o Comando quer. Ou simplesmente preferem que *eu* seja identificada e executada, e não um deles.

Um membro da equipe de transmissão — fugitivo de uma favela, a julgar pelo pescoço tatuado — gesticula para a câmera que já está preparada. Outro me entrega um cachecol vermelho e uma mensagem datilografada, que não será pronunciada por muitos meses.

Mas quando ouvirem a mensagem, quando ela ecoar através de Norta e Lakeland, vai cair com a força de um martelo.

Encaro as câmeras sozinha, com o rosto escondido e palavras de aço.

—Vamos nos levantar, vermelhos como a aurora.

A MENSAGEM DECODIFICADA A SEGUIR
É CONFIDENCIAL
ACESSO RESTRITO AO COMANDO

Responsável: Coronel **CENSURADO**
Designação: CARNEIRO
Origem: Trial, LL
Destinatário: COMANDO em **CENSURADO**

- OPERAÇÃO OLHO VIVO liderada por FERIADO enfrentou oposição em ADELA.

- Abrigo de ADELA destruído.
- Resumo da OPERAÇÃO OLHO VIVO:
  Mortos em ação: R. INDY, N. CAWRALL, T. TREALLER, E. KEYNE (4).
  Prateados mortos: Zero (0).
  Número de baixas civis: desconhecido.

VAMOS NOS LEVANTAR, VERMELHOS COMO A AURORA.

**A MENSAGEM DECODIFICADA A SEGUIR
É CONFIDENCIAL
ACESSO RESTRITO A OFICIAIS**

Dia 4 da OPERAÇÃO TEIA VERMELHA, fase 1
Responsável: Capitã **CENSURADO**
Designação: OVELHA
Origem: Harbor Bay, NRT
Destinatário: CARNEIRO em **CENSURADO**

- Livre movimentação pelas regiões de ADERONACK, GREATWOODS e COSTA DO PÂNTANO.
- Movimentação difícil pela região de BEACON. Presença maciça de tropas de NRT.
- Contato feito com MARINHEIROS. Entrada em HARBOR BAY com a ajuda deles.
- Haverá encontro com EGAN, líder dos MARINHEIROS. Avaliação em breve.

VAMOS NOS LEVANTAR, VERMELHOS COMO A AURORA.

Qualquer bom cozinheiro dirá que sempre há ratos na cozinha.

No reino de Norta não é diferente. Pelas suas rachaduras e fendas rastejam aqueles que a elite prateada chamaria de "vermes". Ladrões, contrabandistas, desertores, adolescentes fugindo do recrutamento ou idosos fracos tentando escapar do castigo pelo "crime" de ficarem velhos e improdutivos — todos vermelhos. Concentram-se nos bosques e nos vilarejos do interior, bem mais ao norte e mais perto da fronteira com Lakeland, encontrando segurança em lugares onde nenhum prateado de respeito se dignaria a morar. Mas em cidades como Harbor Bay, onde os prateados mantêm casas bonitas e leis horríveis, os vermelhos recorrem a medidas mais desesperadas. E eu preciso fazer o mesmo.

Não é fácil chegar perto de Egan. Seus supostos sócios conduzem meu tenente, Tristan, e eu por um labirinto de túneis debaixo das muralhas da cidade litorânea. Damos várias voltas, para me confundir e despistar qualquer um que tentasse nos seguir. Tenho quase certeza de que Melody, a ladra de voz suave e olhar perspicaz que caminha à frente, vai nos vendar. Em vez disso, ela deixa a escuridão fazer seu trabalho e, quando saímos do subterrâneo, mal sei reconhecer o verdadeiro norte, muito menos o caminho para fora da cidade.

Tristan não é de confiar nos outros; já aprendeu muito nas mãos da Guarda Escarlate. Ele paira ao meu lado, com uma mão no bolso da jaqueta, sempre segurando o punhal que carrega consigo. Melody e seus homens riem da ameaça indiscreta. Abrem seus casacos para revelar suas próprias armas cortantes.

— Não se preocupe, espichado — ela diz, arqueando as sobrancelhas diante da altura descomunal de Tristan. — Vocês estão bem protegidos.

Ele fica vermelho de raiva, mas não solta o punhal. Também

carrego uma faca na bota, sem falar da pistola enfiada na parte de trás das calças.

Melody continua caminhando e nos conduzindo por um mercado que vibra com o barulho e um cheiro forte de peixe. Seu corpo robusto vai cortando a multidão, que se abre para deixá-la passar. A tatuagem no bíceps — uma âncora azul envolta por uma corda vermelha — basta para deixar todos alertas. Ela é dos Marinheiros, a rede de contrabando que o Comando me mandou averiguar. E, a julgar pela maneira como dá ordens ao próprio destacamento, os três que a obedecem, Melody é bem ranqueada e respeitada.

Sinto que ela está me examinando o tempo todo, mesmo quando olha para a frente. Foi por isso que decidi não trazer o resto da equipe comigo para conhecer o chefe dela. Tristan e eu somos suficientes para avaliar a operação que Egan lidera, julgar os motivos dele e fazer um relatório para o Comando.

Egan, ao que parece, adota uma postura diferente.

Espero uma fortaleza subterrânea bem parecida com a nossa em Irabelle, mas Melody nos leva para um farol antigo com paredes castigadas pelo tempo e pela maresia. Antes, sua luz guiava os navios até o porto, mas agora o farol está longe demais da água, já que a cidade se expandiu por cima da baía. Por fora, parece abandonado, com janelas lacradas e portas bloqueadas. Os Marinheiros não ligam nem um pouco. Nem se incomodam em esconder sua aproximação, embora todos os meus instintos clamem por discrição. Em vez disso, Melody nos conduz de cabeça erguida pelo mercado de rua.

A multidão se move conosco, como um cardume, oferecendo camuflagem. Nos acompanha ao longo de todo o caminho até o farol e a uma porta gasta e trancada. A ação me deixa de olhos arregalados. Os Marinheiros parecem bem organizados. Inspiram respeito, isso é óbvio, sem falar na lealdade. Ambos são valores admiráveis para a Guarda Escarlate, que nem o dinheiro nem a intimidação podem comprar de verdade. Meu coração salta no peito. Os Marinheiros realmente parecem aliados viáveis.

Uma vez seguros dentro do farol, ao pé de uma escada espiralada que parece infinita, sinto um nó de tensão se desfazer no meu peito. Não sou nova na atividade de infiltrar cidades prateadas e circular pelas ruas com segundas intenções, mas com certeza não é uma situação que me agrada. Especialmente sem o coronel ao meu lado como um escudo rude e eficaz contra qualquer coisa que pudesse acontecer.

— Vocês não têm medo dos guardas? — pergunto enquanto um dos Marinheiros fecha a porta por onde entramos. — Eles não sabem que vocês estão aqui?

Melody ri mais uma vez. Ela já subiu uns dez degraus da escada e responde sem interromper os passos.

— Ah, eles sabem que estamos aqui.

Os olhos de Tristan quase saltam das órbitas.

— O quê?! — ele questiona, pálido, pensando o mesmo que eu.

— Eu disse que os agentes de segurança sabem que estamos aqui — ela repete, e sua voz ecoa pelo lugar.

Quando piso no primeiro degrau, Tristan segura meu punho.

— Não deveríamos estar aqui, capi… — ele murmura, esquecendo o combinado.

Não lhe dou a chance de dizer meu nome, de ir contra as regras e os protocolos que nos protegeram por tanto tempo. Em vez disso, meto o antebraço na garganta dele e o empurro da escadaria com toda força. Ele cede e tomba, esparramando toda a sua estatura por vários degraus.

Meu rosto cora de calor. Não gosto de fazer isso, seja na frente de estranhos ou não. Tristan é um bom tenente, ainda que superprotetor. Não sei o que é mais prejudicial: mostrar aos Marinheiros que pode haver discórdia na nossa hierarquia ou que temos medo. Espero que seja a segunda opção. Dou de ombros, calma, recuo e estendo a mão para Tristan, mas sem me desculpar. Ele sabe por quê.

Sem mais uma palavra, ele me segue escada acima.

Melody nos deixa passar. Sinto seus olhos acompanharem cada um dos meus passos. Com certeza está me observando agora. E eu deixo, com postura e rosto impassíveis. Faço o máximo para ser igual ao coronel: ilegível e inabalável.

No topo do farol, em vez das janelas lacradas, há uma vista ampla de Harbor Bay. Literalmente construída sobre outra cidade, mais antiga, Harbor Bay é um emaranhado de ruas velhas. As vias estreitas e curvas são mais adequadas para cavalos do que veículos, e tivemos que nos espremer em becos para evitar atropelamentos. Daquele ponto privilegiado, consigo ver que tudo gira em torno do famoso porto, com becos, túneis e esquinas esquecidos demais para uma patrulha completa. Somando isso à alta concentração de vermelhos, Harbor Bay é o lugar perfeito para a Guarda Escarlate começar. Nosso serviço de inteligência identificou a cidade como a base mais viável para a rebelião em Norta quando chegar a hora de pegar em armas. Diferente da capital, Archeon, onde a sede do governo exige controle e ordem absolutos, Harbor Bay não é tão fiscalizada.

Mas também não é indefesa. Há uma base militar construída sobre a praia, dividindo o semicírculo perfeito de terra e ondas ao meio. *Forte Patriota*. Uma parada para o Exército, a Marinha e a Aeronáutica de Norta, o único lugar que serve aos três ramos das forças militares prateadas. Como o resto da cidade, as paredes e os prédios do Forte são brancos, e a parte de cima termina em telhados azuis e altos obeliscos prateados. Já que tenho uma vista privilegiada, tento memorizar a construção. Quem sabe não será útil um dia? E graças à guerra inútil travada ao norte, o Forte Patriota ignora completamente tudo que acontece na cidade. Os soldados se fecham atrás dos muros enquanto os agentes de segurança mantêm a cidade na linha. De acordo com os relatórios, eles protegem os seus, os cidadãos prateados, mas os vermelhos de Harbor Bay basicamente governam a si mesmos, com grupos próprios para manter a ordem. São três bandos em particular.

A Ronda Vermelha atua como polícia, fazendo o possível para instaurar uma espécie de justiça vermelha, defendendo e aplicando leis com as quais os agentes prateados não se importam. Ela resolve disputas e crimes cometidos entre vermelhos com o intuito de evitar novos abusos por parte das mãos impiedosas dos prateados. O trabalho da Ronda Vermelha é conhecido e até tolerado pelas autoridades da cidade, e é por isso que não vou procurá-los. Por mais nobre que seja a causa deles, estão muito próximos dos prateados para o meu gosto.

A gangue idolatrada dos Piratas me deixa igualmente desconfiada. Tudo indica que são violentos, uma característica que costumo admirar. O negócio deles é sangue, e agem como um cão raivoso. Cruéis, implacáveis e burros, seus membros são quase sempre executados e logo substituídos. Detêm o controle de um setor da cidade mediante assassinatos e chantagens, e muitas vezes se estranham com o grupo rival, os Marinheiros.

Que devo avaliar por mim mesma.

— Suponho que você seja Ovelha.

Me viro, dando as costas para o horizonte que se estende em todas as direções.

O homem que suponho ser Egan está apoiado na janela oposta, sem consciência ou sem medo da mera vidraça velha que o separa de uma longa queda. Como eu, ele blefa, mostrando as cartas que quer enquanto esconde o resto.

Vim até aqui apenas com Tristan para passar uma determinada imagem. Egan, com Melody de um lado e uma tropa de Marinheiros do outro, escolhe demonstrar força. Para me impressionar. *Bom*.

Ele cruza os braços, exibindo seus músculos e cicatrizes; cada braço tem uma tatuagem de âncora. O coronel me vem à mente, embora eles não se pareçam em nada. Egan é baixo, atarracado, tem o peito estufado e a pele bronzeada. Do cabelo longo e danificado pela maresia pende uma trança embaraçada. Não duvido que tenha passado mais da metade da vida num barco.

— Ou pelo menos é esse o codinome que botaram em você — Egan continua, com um sorriso sem vários dentes. — Estou certo?

Dou de ombros, displicente.

— O meu nome importa?

— Nem um pouco. Só suas intenções. Que são...?

Imitando o sorriso dele, avanço até o centro do ambiente, com cuidado para evitar o buraco redondo onde a lâmpada do farol costumava ficar.

— Acho que você já sabe.

Minhas ordens afirmavam que o contato já havia sido estabelecido, mas sem especificar até que ponto. Uma omissão necessária para garantir que alguém de fora não pudesse usar a correspondência contra nós.

— Sei. Conheço bem os objetivos e as táticas da sua gente, mas estou falando com você. Por que *você* está aqui?

*Sua gente*. Registro as palavras na minha mente. Mais tarde vou decifrá-las. Queria muito enfrentar uma briga em vez desse jogo insuportável de esconde-esconde. Prefiro um olho roxo a um quebra-cabeça.

— Meu objetivo é estabelecer canais abertos para a comunicação. Vocês são um grupo de contrabandistas, então é bom para nós dois termos amigos do outro lado da fronteira — digo, para em seguida abrir outro sorriso vitorioso e correr os dedos pela minha trança. — Sou apenas uma mensageira, senhor.

— Ah, não acho correto chamar uma capitã da Guarda Escarlate de *apenas* uma mensageira.

Dessa vez Tristan fica quieto. É a minha vez de reagir, apesar do meu treinamento. Egan não deixa de notar meus olhos arregalados ou minhas bochechas coradas. Seus companheiros, Melody em especial, têm a audácia de trocar risinhos entre si.

*Sua gente. A Guarda Escarlate.* Ele já nos encontrou antes.

— Então não sou a primeira.

Outro sorriso.

— Nem de longe. Passamos mercadorias para vocês desde... — Ele encara Melody, fazendo uma pausa para criar suspense. — Dois anos, não é?

— Desde setembro de 300, chefe — ela responde.

— Ah, sim... Parece que você não sabia nada disso, Ovelha.

Luto contra o ímpeto de cerrar os dentes e urrar. *Discrição*, diziam as ordens. Duvido que jogar um criminoso arrogante do alto de sua torre decadente seja considerado discreto.

— Não é o nosso estilo. — É a única explicação que dou. Porque, embora Egan se considere superior e bem mais informado do que eu, está enganado. Ele não faz ideia do que somos, do que fizemos e de quanto mais planejamos fazer. Não é sequer capaz de imaginar.

— Bom, seus camaradas pagam bem, isso é certo — ele diz enquanto agita uma pulseira de prata toda trabalhada, trançada como uma corda. — Espero que você faça o mesmo.

— Se você fizer o que pedirmos, sim.

— Então vou fazer o que pedirem.

Um aceno de cabeça basta para pôr Tristan em movimento. Ele

dá dois passos largos e desajeitados para o meu lado, tão rápido e tosco que Egan começa a rir.

— Caramba, mas você é comprido! — Egan diz. — Como te chamam? Varapau?

Um canto da minha boca treme, mas não sorrio. Por Tristan. Não importa o quanto ele coma ou treine, parece incapaz de ganhar músculos. Não que faça muita diferença para o cargo dele. Tristan é um atirador de elite, não um lutador. É mais valioso a cem metros de distância com um bom rifle. Não vou contar para Egan que o codinome dele é Caveira.

— Solicitamos um resumo e uma introdução à chamada rede dos Assobiadores — Tristan diz, fazendo as exigências no meu lugar. Outra tática que adotei do coronel. — Procuramos contatos viáveis nessas áreas-chave.

Ele entrega um mapa, comum exceto pelos pontos vermelhos em cidades importantes e entrepostos espalhados pelo país. Sei tudo de cor. Os subúrbios industriais da Cidade Cinzenta e da Cidade Nova, a capital Archeon, Delphie, a cidade militar de Corvium, e muitos vilarejos e aldeias entre elas. Egan nem olha para o papel, mas assente mesmo assim. É uma demonstração de confiança.

— Algo mais? — pergunta com a voz rouca.

Tristan me encara, como se me desse uma última chance para renegar a ordem final do Comando, mas permaneço firme.

— Em breve vamos requisitar seus serviços de contrabando.

— É fácil. Com a rede dos Assobiadores, o país inteiro está aberto para vocês. Podem enviar lâmpadas daqui para Corvium e de volta para cá se quiserem.

Não consigo segurar e abro um sorriso largo.

Mas a animação de Egan parece diminuir um pouco. Ele sabe que não vai ser simples.

— Qual é a carga?

Com um gesto rápido, atiro um saquinho de tetrarcas aos pés dele. Todas as moedas são de prata. São suficientes para convencê-lo.

— As pessoas certas.

**A MENSAGEM DECODIFICADA A SEGUIR
É CONFIDENCIAL
ACESSO RESTRITO A OFICIAIS**

Dia 6 da OPERAÇÃO TEIA VERMELHA, fase 1
Responsável: Capitã **CENSURADO**
Designação: OVELHA
Origem: Harbor Bay, NRT
Destinatário: CARNEIRO em **CENSURADO**

- Líder EGAN dos MARINHEIROS aceitou os termos. Vão assumir o transporte da região de BEACON assim que começarmos a fase 2 da TEIA VERMELHA.
- Aviso: MARINHEIROS têm conhecimento da organização da GE. Outras células estão ativas em NRT. Pedir mais esclarecimentos?

VAMOS NOS LEVANTAR, VERMELHOS COMO A AURORA.

**A MENSAGEM DECODIFICADA A SEGUIR
É CONFIDENCIAL
ACESSO RESTRITO A OFICIAIS**

Responsável: Coronel **CENSURADO**

Designação: CARNEIRO
Origem: **CENSURADO**
Destinatário: OVELHA em Harbor Bay, NRT

- Desconsiderar. Foco na TEIA VERMELHA.

VAMOS NOS LEVANTAR, VERMELHOS COMO A AURORA.

**A MENSAGEM DECODIFICADA A SEGUIR
É CONFIDENCIAL
ACESSO RESTRITO A OFICIAIS**

Dia 10 da OPERAÇÃO TEIA VERMELHA, fase 1
Responsável: Capitã **CENSURADO**
Designação: OVELHA
Origem: Albanus, NRT
Destinatário: CARNEIRO em **CENSURADO**

- Contato firmado com a rede dos ASSOBIADORES desde a região de BEACON até CAPITAL VALLEY. Tudo a favor da fase 2.
- Tentando ir para o norte seguindo o RIO CAPITAL.
- Vilarejo de ALBANUS, centro vermelho mais próximo de SUMMERTON (casa de verão do rei Tiberias + seu governo).
- Importante? Avaliação em breve.

VAMOS NOS LEVANTAR, VERMELHOS COMO A AURORA.

A população chama o lugar de Palafitas. Dá pra ver por quê. O nível do rio ainda está alto por causa do gelo que derreteu na primavera, e boa parte da cidade ficaria debaixo d'água se não fossem os pilares que suspendem as construções. Uma arena coroa o topo de um morro, um lembrete firme de quem é o dono deste lugar e quem governa este reino.

Diferente de cidades maiores como Harbor Bay ou Haven, não há muros, portões nem checagem de sangue. Meus soldados e eu entramos de manhã com o resto dos comerciantes que percorrem a Estrada Real. Um policial prateado confere nossas identidades falsas com uma olhadela desinteressada antes de gesticular para seguirmos em frente, deixando um bando de lobos entrar em sua vila de ovelhas. Se não fosse a localização e a proximidade do palácio de verão do rei, eu não olharia para Albanus duas vezes. Não há nada de útil aqui, apenas lenhadores exaustos e suas famílias, praticamente sem forças para comer, muito menos se rebelar contra o regime prateado. Mas Summerton fica a alguns quilômetros rio acima, o que torna Albanus digna da minha atenção.

Tristan decorou o vilarejo antes de entrarmos, ou pelo menos tentou. Não seria bom consultar mapas em público e deixar todo mundo saber que não somos daqui. Ele vira à esquerda rápido. O resto de nós vai atrás, passando do pavimento da Estrada Real para a estrada de barro vermelho que acompanha a margem úmida do rio. Nossas botas afundam, mas ninguém escorrega.

As casas de palafita se erguem à nossa esquerda, pontilhando a rua Marcher, se não me engano. Crianças sujas e entediadas nos observam passar enquanto jogam pedras no rio. Mais ao longe, pescadores içam redes reluzentes e enchem os barcos com a pesca do dia. Riem um para o outro, felizes por trabalharem. Felizes por terem um emprego que os poupa do recrutamento para a guerra inútil.

A Assobiadora de Orienpratis, uma cidade que vive da pedreira na beira de Beacon, é o motivo para estarmos aqui. Ela nos assegurou que outro Assobiador operava em Albanus, dando cobertura para roubos e outras atividades não legalizadas da cidade. Mas ela só comentou sobre a existência do Assobiador, não disse onde encontraríamos esse homem ou mulher. Não por não confiar em mim, mas por não saber. Como a Guarda Escarlate, os Assobiadores usam seus próprios segredos como escudo. Assim, mantenho os olhos abertos e atentos.

O mercado de Palafitas pulsa de atividade. Vai chover logo, e todo mundo quer resolver seus assuntos antes do temporal. Jogo a trança por cima do ombro esquerdo. Um sinal. Sem olhar, sei que meus rebeldes se dividem nos pares de costume. As ordens são claras. Cobrir a extensão do mercado. Ficar atento a possíveis pistas. Encontrar o Assobiador se conseguirem. Com seus pacotes de contrabando inofensivo — miçangas de vidro, pilhas, pó de café bolorento —, vão tentar negociar e vender até chegarem à fachada da operação do Assobiador. *E eu farei o mesmo.* Minha bolsa pende da cintura, pesada mas pequena, escondida por um pedaço da barra da camisa de sisal fora da calça. Dentro da bolsa, balas de revólver. Variadas, de calibres diferentes, aparentemente roubadas. De fato, vieram do estoque do nosso novo abrigo em Norta, uma ótima caverna nos recônditos da região de Greatwoods. Mas ninguém na cidade pode saber disso.

Como sempre, Tristan se mantém próximo, mas está mais relaxado. Cidades pequenas e vilarejos não são perigosos, não para os nossos padrões. Apesar de os policiais prateados patrulharem o mercado, são poucos e desinteressados. As punições são reservadas aos corajosos, aqueles que ousam encarar um prateado nos olhos ou criar uma confusão tão grande a ponto de obrigá-los a deixar a preguiça de lado e se meter.

— Estou com fome — digo ao virar para uma barraca que vende um pão grosseiro.

Os preços são astronômicos se comparados com o que costumamos pagar em Lakeland, mas então lembro que Norta não é um bom lugar para o cultivo de grãos. O solo deles é muito pedregoso para as fazendas prosperarem. Como esse homem se sustenta vendendo um pão que ninguém consegue comprar é um mistério. Na verdade, seria um mistério, para outra pessoa.

O padeiro, magro demais para a profissão, mal nos encara. Não parecemos clientes promissores. Chacoalho as moedas no bolso para chamar sua atenção.

Ele finalmente levanta a cabeça; seus olhos são úmidos e grandes. O som de moedas a essa distância das cidades maiores o surpreende.

— O que você está vendo aqui é tudo o que tenho.

Nada de papo furado. Já gosto dele.

— Esses dois — digo, apontando para os melhores pães que ele tem. O padrão não é muito elevado.

Ainda assim, ele ergue as sobrancelhas. Pega os pães e os embrulha num papel velho com a eficiência do hábito. Quando entrego as moedas de cobre sem chorar um desconto, a surpresa dele aumenta. Assim como a suspeita.

— Não conheço vocês — ele sussurra, desviando o rosto e olhando para a direita, ao longe, onde um policial repreende um bando de crianças subnutridas.

— Somos negociantes — Tristan explica. Ele se inclina para a frente, apoiando-se nas tábuas frágeis da barraca de pão. Uma das mangas da camisa sobe um pouco, deixando o punho à mostra. Uma fita vermelha que dá a volta completa aparece, a marca dos Assobiadores, conforme tínhamos descoberto. É uma tatuagem falsa. *Mas o padeiro não sabe disso.*

Os olhos do sujeito se detêm em Tristan por apenas um instante antes de se voltarem para mim. Ele não é tão tonto quanto parece.

— E o que vocês querem negociar? — ele pergunta, entregando um dos pães para mim. Ele segura o outro, à espera.

— Uma coisinha aqui, outra ali — respondo. E então assovio, um som suave e baixo, mas inconfundível. A melodia única de duas notas que a outra Assobiadora me ensinou. Inofensiva para quem não sabe de nada.

O padeiro não sorri nem confirma nada. Seu rosto não revela qualquer sentimento.

— É melhor negociar de noite — ele simplesmente diz.

— Concordo.

— No fim da rua Mill, depois da curva. Um trailer — o padeiro acrescenta. — Depois do pôr do sol, mas antes da meia-noite.

Tristan assente. Ele sabe onde fica o lugar.

Faço o mesmo, num minúsculo gesto de agradecimento. O padeiro não agradece. Em vez disso, agarra meu outro pão e o põe de volta no balcão. Num único movimento, ele arranca o embrulho de papel e dá uma mordida provocadora. As migalhas se espalham por sua barba rala, e cada uma delas é um recado. Minha moeda foi trocada por algo mais valioso que pão.

*Rua Mill, depois da curva.*

Contendo um sorriso, jogo a trança por cima do ombro direito.

Meus soldados espalhados pelo mercado inteiro interrompem as buscas. Movem-se como se fossem um, como um cardume que segue o líder. Tento ignorar os resmungos de dois rebeldes enquanto saímos do mercado; aparentemente alguém bateu a carteira deles.

— Todas as baterias sumiram num segundo. Nem percebi — Cara reclama enquanto vasculha sua sacola.

Lanço um olhar para ela.

— E o comunicador? — pergunto, seca. Se o transmissor dela, um rádio minúsculo que passa nossas mensagens por estalos e bipes, estiver perdido, teremos um grave problema.

Felizmente, ela balança a cabeça e dá um tapinha num volume embaixo da camisa.

— Ainda está aqui — ela diz.

Me forço a apenas acenar com a cabeça enquanto engulo meu suspiro de alívio.

— Ei, umas moedas minhas estão faltando! — outra rebelde, Tye, a fortona, resmunga enquanto enfia as mãos cheias de cicatrizes nos bolsos.

Quase começo a rir dessa vez. Entramos no mercado em busca do ladrão dos ladrões, e meus soldados tão bem treinados acabam vítimas de um trombadinha qualquer. Em outro dia, talvez eu ficasse com raiva, mas hoje esse leve percalço sequer me incomoda. Umas moedas perdidas não são nada no panorama geral. Porque, no fim das contas, apenas algumas semanas atrás o coronel chamou nossa missão de suicida.

*Mas estamos indo bem. E continuamos muito vivos.*

A MENSAGEM DECODIFICADA A SEGUIR
É CONFIDENCIAL
ACESSO RESTRITO A OFICIAIS

Dia 11 da OPERAÇÃO TEIA VERMELHA, fase 1
Responsável: Capitã **CENSURADO**
Designação: OVELHA
Origem: Albanus, NRT
Destinatário: CARNEIRO em **CENSURADO**

- ASSOBIADOR de ALBANUS/ PALAFITAS vai colaborar na fase 2.
- Tem olhos dentro de SUMMERTON/ Palácio de Verão do rei.
- Também falou de contatos no Exército Vermelho em CORVIUM. Vamos atrás.

VAMOS NOS LEVANTAR, VERMELHOS COMO A AURORA.

**A MENSAGEM DECODIFICADA A SEGUIR
É CONFIDENCIAL
ACESSO RESTRITO A OFICIAIS**

Responsável: Coronel **CENSURADO**
Designação: CARNEIRO
Origem: **CENSURADO**
Destinatário: OVELHA em Albanus

- Não está nas ordens. Perigoso demais. Continuar TEIA VERMELHA.

VAMOS NOS LEVANTAR, VERMELHOS COMO A AURORA.

**A MENSAGEM DECODIFICADA A SEGUIR
É CONFIDENCIAL
ACESSO RESTRITO A OFICIAIS**

Dia 12 da OPERAÇÃO TEIA VERMELHA, fase 1
Responsável: Capitã **CENSURADO**

Designação: OVELHA
Origem: Siracas, NRT
Destinatário: CARNEIRO em **CENSURADO**

- Objetivo da TEIA VERMELHA é introduzir a GE em NRT via redes existentes. Exército está nas ordens.
- Contatos no Exército Vermelho indispensáveis. Vamos atrás. Passar mensagem para o COMANDO.
- A caminho de CORVIUM.

VAMOS NOS LEVANTAR, VERMELHOS COMO A AURORA.


**A MENSAGEM DECODIFICADA A SEGUIR
É CONFIDENCIAL
ACESSO RESTRITO A OFICIAIS**

Responsável: Coronel **CENSURADO**
Designação: CARNEIRO
Origem: **CENSURADO**
Destinatário: OVELHA em Siracas

- Pare. Não vá p/ CORVIUM.

VAMOS NOS LEVANTAR, VERMELHOS COMO A AURORA.


**A MENSAGEM DECODIFICADA A SEGUIR
É CONFIDENCIAL
ACESSO RESTRITO A OFICIAIS**

Responsável: General **CENSURADO**
Designação: BATEDOR
Origem: **CENSURADO**
Destinatário: OVELHA em Siracas, CARNEIRO em **CENSURADO**

- Seguir p/ CORVIUM. Avaliar contatos no Exército Vermelho p/ conseguir informações e fase 2/ remoção de ativos.

VAMOS NOS LEVANTAR, VERMELHOS COMO A AURORA.

**A MENSAGEM DECODIFICADA A SEGUIR
É CONFIDENCIAL
ACESSO RESTRITO AO COMANDO**

Dia 12 da OPERAÇÃO TEIA VERMELHA
Responsável: Capitã **CENSURADO**
Designação: OVELHA
Origem: Corvium, NRT
Destinatário: COMANDO em **CENSURADO**, CARNEIRO em **CENSURADO**

- Entendido.
- Claramente não é tão perigoso.

VAMOS NOS LEVANTAR, VERMELHOS COMO A AURORA.

A MENSAGEM DECODIFICADA A SEGUIR
É CONFIDENCIAL
ACESSO RESTRITO AO COMANDO

Responsável: Coronel **CENSURADO**
Designação: CARNEIRO
Origem: **CENSURADO**
Destinatário: COMANDO em **CENSURADO**

- Favor notar minha forte oposição aos desdobramentos da TEIA VERMELHA. OVELHA precisa de rédea curta.

VAMOS NOS LEVANTAR, VERMELHOS COMO A AURORA.

A MENSAGEM DECODIFICADA A SEGUIR
É CONFIDENCIAL
ACESSO RESTRITO A OFICIAIS

Responsável: General **CENSURADO**
Designação: BATEDOR
Origem: **CENSURADO**
Destinatário: CARNEIRO em **CENSURADO**

- Anotado.

VAMOS NOS LEVANTAR, VERMELHOS COMO A AURORA.

Dá para sentir o cheiro do Gargalo daqui. Cinzas, fumaça, cadáveres.

— O dia está devagar. Nenhuma bomba ainda — Tye comenta com os olhos fixos no horizonte a noroeste. As nuvens escuras só podem vir da frente de combate dessa guerra inútil.

Tye serviu nas linhas de batalha, mas no lado oposto ao que estamos agora. Lutou pelos senhores de Lakeland e perdeu uma orelha para o frio congelante do inverno nas trincheiras. Ela não esconde a deformidade. Puxa todo o cabelo loiro bem para trás, para que todos vejam o toco arruinado que a suposta lealdade lhe valeu.

Tristan faz uma terceira varredura na área, estreitando os olhos pelo telescópio de seu rifle longo. Está deitado de barriga para baixo, parcialmente oculto pelo mato pegajoso da primavera. Seus movimentos são lentos e metódicos, bem treinados na zona de tiro em Irabelle e nas florestas fechadas de Lakeland. Os pequenos arranhões no metal do cano brilham contra a luz do sol. São vinte e dois no total, um para cada prateado morto por aquela arma até agora. Apesar de todos os tiques paranoicos, o dedo de Tristan surpreende pela firmeza no gatilho.

Da nossa posição elevada, temos uma vista privilegiada das florestas ao redor. O Gargalo está alguns quilômetros a noroeste, coberto de nuvens apesar do sol da manhã, e Corvium fica mais um pouco ao leste. Não há mais cidades por perto, nem mesmo animais. A região é próxima demais das trincheiras para qualquer criatura que não seja um soldado. Mas eles se concentram na Estrada de Ferro, a via principal que passa por Corvium e termina na frente de batalha. Ao longo dos últimos dias, aprendemos muito sobre as legiões vermelhas, sempre em movimento para substituir os soldados derrotados, sempre voltando na semana seguinte trazendo os mortos e feridos. As tropas chegam ao amanhecer e no começo da noite. Nos mantemos longe da estrada, mas ainda podemos ouvi-los marchar. Cinco mil em cada legião — cinco mil irmãos e irmãs vermelhos resignados à condição de alvos vivos. As caravanas de suprimentos são mais difíceis de prever; só aparecem quando necessário, sem seguir qualquer programação. Os veículos de transporte são tripulados por soldados vermelhos e oficiais prateados inúteis. Não há qualquer honra em comandar veículos cheios de comida estragada e curativos usados. As caravanas de suprimentos são um castigo para os prateados e um alívio para os vermelhos. E o melhor de tudo: são pouco protegidas. Afinal, o inimigo está firme do outro lado do Gargalo, em Lakeland, separado por quilômetros de terra arrasada, trincheiras e explosões de artilharia. Ninguém olha para as árvores ao passar. Ninguém imagina que existe outro inimigo, já dentro de suas muralhas de diamante.

Não consigo avistar a Estrada de Ferro do alto desta serra — a folhagem das árvores obscurece a avenida pavimentada —, mas não queremos observar a estrada hoje. Não vamos reunir dados sobre a movimentação das tropas. Vamos falar diretamente com elas.

Meu relógio interno me diz que estão atrasadas.

— Pode ser uma armadilha — Tristan murmura, sempre ansioso para manifestar seus medos.

Ele se mantém alerta, o olho firme contra o telescópio. Espera uma armadilha desde o momento em que Will Whistle (como o sobrenome denuncia, o Assobiador em Palafitas) nos falou dos contatos no exército. E agora que vamos nos encontrar com eles, seus nervos estão mais à flor da pele do que o normal, se é que isso é possível. Não é um instinto ruim, mas não ajuda nada no momento. O risco faz parte do jogo. Não vamos chegar a lugar nenhum se pensarmos apenas na própria pele.

Mas há um motivo para só três de nós esperarmos.

— Se for uma armadilha, a gente escapa — comento. — Já enfrentamos coisa pior.

Não é mentira. Todos temos nossas cicatrizes e assombrações. Algumas nos levaram até a Guarda Escarlate, e outras vieram por causa dela. Conheço a dor de ambas.

Minhas palavras são mais para Tye do que para Tristan. Como todos os que escaparam das trincheiras, ela não está nem um pouco feliz em retornar, ainda que não vista o uniforme azul de Lakeland. Não que ela vá reclamar disso em voz alta, mas dá para perceber.

— Movimento.

Tye e eu nos agachamos e viramos na direção do olhar de Tristan. A mira do rifle se move no ritmo de uma lesma, acompanhando alguma coisa entre as árvores. Quatro sombras. *Estamos em menor número.*

Eles surgem com os braços erguidos, exibindo as mãos vazias. Diferente dos soldados na estrada, os quatro estão com os uniformes do avesso, preferindo o marrom manchado e as costuras pretas à cor de ferrugem usual. É uma camuflagem melhor para a floresta. Isso sem falar que esconde seus nomes e hierarquia. Não vejo nenhum tipo de insígnia ou distintivo. Não faço ideia de quem são.

Uma brisa calma sopra pelo mato como um lago atingido por uma só pedra, ondulando em círculos verdes que se desfazem contra os quatro que se aproximam em fila única. Olho bem para os pés deles. Eles têm o cuidado de pisar nas pegadas do líder. Se alguém checasse, acharia que apenas uma pessoa veio por esse caminho, não quatro. *Espertos.*

Uma mulher está à frente. O queixo lembra uma bigorna e ela não tem os dois dedos que vão no gatilho. É incapaz de atirar, mas, a julgar pelas marcas de cansaço no rosto, ainda é soldada. Seu cabelo foi raspado por inteiro, assim como o da garota esbelta e bronzeada logo atrás.

Dois homens vêm pela retaguarda. Ambos jovens, talvez no primeiro ano de serviço. Nenhum deles tem cicatrizes ou ferimentos visíveis, então não podem estar se fingindo de feridos em Corvium. Provavelmente são soldados da caravana de suprimentos. Têm sorte de apenas carregarem caixas de munição e comida. Embora o segundo, bem no fim da fila, pareça magro demais para o trabalho manual.

A mulher careca para a três metros de distância, ainda com as mãos para cima. Perto demais para o gosto de nós duas. Forço-me a levantar do mato e diminuo a distância entre nós. Tye e Tristan permanecem imóveis. Não se escondem, mas também não avançam.

— Somos nós — ela diz.

Apoio a mão no quadril, com os dedos a centímetros da pistola presa ao cinto. Uma ameaça clara.

— Quem nos enviou? — pergunto para testá-la. Atrás de mim, Tristan enrijece como uma cobra. A mulher tem coragem para desviar os olhos do rifle, mas os outros não.

— Will Whistle de Palafitas — ela responde. E não para por aí, embora isso baste por enquanto. — Filhos tirados das mães, soldados mandados para o abatedouro, incontáveis gerações de escravos. Cada um deles enviou vocês.

Batuco levemente com os dedos. O ódio é uma faca de dois gumes, e essa mulher já foi ferida pelos dois lados.

— Will Whistle é o suficiente. E vocês são?

— Cabo Eastree, da Legião Torre, como o resto. — Ela gesticula para trás, apontando os três que ainda observam Tristan. Aceno com a cabeça e o dedo dele no gatilho relaxa um pouco. Mas não muito. — Somos tropas de apoio, destacadas para Corvium.

— Will me disse isso — minto rápido. — E o que ele falou de mim?

— O bastante para nos fazer vir até aqui. O bastante para arriscarmos o próprio pescoço — soa a voz do jovem no fim da fila. Ele se inclina para o lado, desviando-se de seu companheiro. Abre um sorriso torto, desafiador e frio. Seus olhos brilham. — Você sabe que seremos executados se formos pegos aqui, certo?

Outra brisa, mais forte do que a anterior. Forço um sorriso vazio.

— Ah, isso é tudo?

— Melhor sermos rápidos — Eastree diz. — Sua turma pode proteger seus nomes, mas isso não adianta pra nós. Eles têm o nosso sangue, o nosso rosto. Estes aqui são soldado Florins, soldado Reese e...

O do sorriso torto dá um passo para fora da fila antes de ela conseguir dizer seu nome. Ele se aproxima, mas não estende a mão para nos cumprimentar.

— Meu nome é Barrow. Shade Barrow. E é melhor vocês não me deixarem morrer.

Lanço um olhar cerrado para ele.

— Não prometo nada.

A MENSAGEM DECODIFICADA A SEGUIR
É CONFIDENCIAL
ACESSO RESTRITO A OFICIAIS

Dia 23 da OPERAÇÃO TEIA VERMELHA, fase 1
Responsável: Capitã **CENSURADO**
Designação: OVELHA
Origem: Corvium, NRT
Destinatário: CARNEIRO em **CENSURADO**

- Dados de CORVIUM anexos: estatísticas do forte, mapa da cidade, diagrama dos túneis, cronograma do exército.

- Avaliação preliminar. Mais promissores: Cabo E (ansiosa, raivosa, tudo ou nada) e Ajudante B (bem relacionado, auxiliar de oficial novo em CORVIUM). Possíveis recrutas ou fase 2.
- Ambos parecem prontos para se unir a nós, mas não sabem da presença da GE em NRT, LL. Ter dois agentes dentro de CORVIUM é de valor incalculável. Seguiremos em frente. Solicitação de recrutamento rápido?

VAMOS NOS LEVANTAR, VERMELHOS COMO A AURORA.

**A MENSAGEM DECODIFICADA A SEGUIR  
É CONFIDENCIAL  
ACESSO RESTRITO A OFICIAIS**

Responsável: Coronel **CENSURADO**
Designação: CARNEIRO
Origem: **CENSURADO**
Destinatário: OVELHA em Corvium

- Solicitação negada. Cabo E e Ajudante B não são essenciais.
- Deixar CORVIUM. Continuar avaliando contatos dos ASSOBIADORES/ ativos para a fase 2 da TEIA VERMELHA.

VAMOS NOS LEVANTAR, VERMELHOS COMO A AURORA.

A MENSAGEM DECODIFICADA A SEGUIR
É CONFIDENCIAL
ACESSO RESTRITO A OFICIAIS

Responsável: Capitã **CENSURADO**
Designação: OVELHA
Origem: Corvium, NRT
Destinatário: CARNEIRO em **CENSURADO**

- Dados de CORVIUM são vitais para toda a causa da GE. Solicitação de mais tempo no local. Passar ao COMANDO.
- Acredito muito que Cabo E e Ajudante B são fortes candidatos.

VAMOS NOS LEVANTAR, VERMELHOS COMO A AURORA.

A MENSAGEM DECODIFICADA A SEGUIR
É CONFIDENCIAL
ACESSO RESTRITO A OFICIAIS

Responsável: General **CENSURADO**
Designação: BATEDOR
Origem: **CENSURADO**
Destinatário: OVELHA em Corvium, CARNEIRO em **CENSURADO**

- Solicitação negada. Ordens para continuar a avaliação da fase 1 para início da fase 2/ remoção de ativos.

VAMOS NOS LEVANTAR, VERMELHOS COMO A AURORA.

A MENSAGEM DECODIFICADA A SEGUIR
É CONFIDENCIAL
ACESSO RESTRITO AO COMANDO

Responsável: Capitã **CENSURADO**
Designação: OVELHA
Origem: Corvium, NRT
Destinatário: BATEDOR em **CENSURADO**

- Forte oposição. Muitos ativos militares em CORVIUM, precisam ser avaliados para o início da fase 2.
- Solicitação de mais tempo no local.

VAMOS NOS LEVANTAR, VERMELHOS COMO A AURORA.

A MENSAGEM DECODIFICADA A SEGUIR
É CONFIDENCIAL
ACESSO RESTRITO A OFICIAIS

Responsável: General **CENSURADO**
Designação: BATEDOR
Origem: **CENSURADO**
Destinatário: OVELHA em Corvium

- Solicitação negada. Saia daí.

VAMOS NOS LEVANTAR, VERMELHOS COMO A AURORA.

Seguindo o protocolo, ateio fogo na carta, uma fina tira de papel. Os pontos e traços que detalham as ordens do Comando se desfazem, consumidos pela chama. Conheço a sensação. A raiva quente se agita dentro de mim. Mas mantenho uma expressão impassível, por Cara.

Ela observa tudo, com os óculos grossos equilibrados no nariz. Seus dedos coçam, prontos para digitar a resposta para as ordens que ela é incapaz de ler.

— Não precisa — digo, dispensando-a com um gesto. A mentira hesita por um instante em meus lábios. — O Comando cedeu. Vamos ficar.

Aposto que o olho ruim do coronel está dando voltas no crânio neste exato momento. Mas suas ordens são idiotas, limitadas, e agora o Comando pensa como ele. Devem ser desobedecidos em nome da causa, em nome da Guarda Escarlate. Cabo Eastree e Barrow são indispensáveis para nós, sem contar que ambos estão arriscando a própria vida para conseguir a informação de que preciso. A Guarda lhes deve um juramento, quando não uma retirada na fase 2.

*Eles não estão aqui, sujando as mãos,* digo a mim mesma. Ajuda a aliviar a culpa pela desobediência. O coronel e o Comando não entendem o que Corvium significa para as forças armadas de Norta, nem o quão importante será essa informação. Só o sistema de túneis já vale o meu tempo — ele conecta cada uma das partes da cidade-fortaleza, permitindo não apenas a movimentação de tropas clandestinas, mas uma infiltração fácil em Corvium. Graças ao posto de Barrow como ajudante de um alto oficial prateado, também sabemos dados menos requintados... Sabemos quais oficiais preferem a companhia forçada de soldados vermelhos. Sabemos que existe uma briga entre a família do general Lord Osanos, o ninfoide que governa a região e comanda a cidade, e a do general Lord Laris, comandante de toda a esquadra aérea de Norta. Sabemos quem é vital para os militares e quem só usa a patente para se mostrar.

A lista não acaba. Rivalidades mesquinhas e fraquezas a serem exploradas. Uma série de articulações apodrecidas que podemos golpear.

Se os membros do Comando não veem isso, é porque são cegos. *Mas eu não sou.*

E hoje é o dia em que vou pôr meus próprios pés lá dentro, do outro lado das muralhas da cidade, para ver o que Norta tem de pior a oferecer para a revolução de amanhã.

Cara fecha o transmissor e volta a pendurá-lo no pescoço. O dispositivo está com ela o tempo todo, aninhado perto do coração.

— Nem mesmo para o coronel? — ela pergunta. — Para provocar?

— Hoje não — respondo forçando um sorriso, o que a deixa satisfeita.

E me convence. As duas últimas semanas foram uma mina de ouro de informações. As próximas duas com certeza serão iguais.

Saio do cômodo abafado e lacrado que usamos para as transmissões pisando forte. Essa é a única parte da casa abandonada que tem as quatro paredes e o telhado intactos. O resto da construção cumpre bem seu papel de abrigo para nossas operações em Corvium. A sala principal, um grande quadrado, tem paredes de tijolos, embora uma delas tenha desmoronado junto com o telhado de latão enferrujado. E o ambiente menor, provavelmente um dormitório, não tem mais nada do telhado. Não que a gente se importe. A Guarda Escarlate já passou por coisa pior, e as noites têm sido bem quentes para a época, ainda que úmidas. O verão está chegando a Norta. Nossas barracas de plástico protegem da chuva, mas não do ar úmido. *Não é nada*, digo a mim mesma. *Um leve desconforto*. Mas o suor escorre pelo meu pescoço mesmo assim. *E ainda não é nem meio-dia.*

Tentando ignorar a sensação grudenta, enrolo a trança no topo da cabeça, como se fosse uma coroa. Se o tempo continuar assim, pode ser que a corte fora.

— Ele está atrasado — Tristan diz de seu posto atrás de uma janela sem vidro. Seus olhos nunca param. Estão sempre atentos, caçando.

— Ficaria preocupada se não estivesse — comento. Barrow não chegou no horário nenhuma vez nas duas últimas semanas, em nenhum dos encontros.

Cara se junta a Tye no canto, deixando o corpo cair sentado e alegre no chão. Em seguida, começa a limpar os óculos com o mesmo esmero com que Tye limpa as pistolas. São parecidas, loiras de Lakeland. Como eu, não estão acostumadas com o calor de maio e se espremem na sombra.

Tristan não se afeta tanto. Nasceu em Piedmont, filho de um inverno brando e um verão lamacento. O calor não o incomoda. Na verdade, o único indício em seu corpo da mudança de estação são as sardas, que parecem aumentar. Pontilham cada dia mais os braços e o rosto dele. Seu cabelo também está maior. Parece um esfregão vermelho-escuro desgrenhado.

— Foi o que eu falei para ele — Rasha diz do outro canto, enquanto faz tranças no cabelo para tirá-lo do rosto negro. Com cuidado, ela reparte os cachos pretos em partes iguais. O rifle dela, não tão longo quanto o de Tristan, mas usado com a mesma maestria, está escorado na parede ao lado dela. — Estou começando a achar que ninguém dorme em Piedmont.

— Se você quer saber mais sobre meus hábitos de sono, Rasha, é só perguntar — Tristan dispara. Desta vez, ele lança um olhar por cima do ombro, só por um segundo, para encontrar os olhos negros dela. Ambos trocam olhares significativos.

Tenho que me controlar para não bufar.

— Deixem isso para a floresta, vocês dois — resmungo. *Já é bem difícil dormir no chão sem ouvir uma barraca chacoalhando.* — As sentinelas ainda estão lá fora?

— Tarry e Shore estão patrulhando o morro. Não voltam antes do anoitecer. O mesmo vale para Grande Coop e Martenson — Tristan conta o resto da equipe nos dedos. — Cristobel e Pequeno Coop estão cerca de um quilômetro à frente, nas árvores. Esperando o seu amigo Barrow faz um tempo, e pelo visto a espera vai longe.

Confirmo. Tudo em ordem então.

— O Comando está feliz até aqui?

— Mais feliz é impossível — minto com toda a sutileza que tenho. Felizmente, Tristan não tira os olhos do relógio e não percebe meu pescoço ficando vermelho. — Estamos passando boas informações. Com certeza vale o nosso tempo.

— Estão pensando em aceitar Eastree ou Barrow?

— Por que está perguntando isso?

Ele dá de ombros.

— Acho que estamos gastando muito tempo com uma dupla que não vamos recrutar. Ou você sugere que os levemos para a fase 2?

Tristan não quer ser enxerido. É um bom tenente, o melhor que já vi, leal até os ossos. Não sabe o que está cutucando, mas machuca mesmo assim.

— Ainda estou pensando nisso — murmuro, caminhando devagar para longe das perguntas dele. — Vou dar uma volta na propriedade. Me chame se Barrow der as caras.

— Entendido, chefe — a voz dele ecoa pela sala.

É uma batalha conseguir dar passos regulares, e a sensação é de que se passa uma eternidade até eu chegar à segurança das árvores. Respiro fundo para me acalmar. *É o melhor a fazer. Mentir para eles, desobedecer às ordens... É o melhor. Não é culpa sua se o coronel não entende. Não é culpa sua.* O velho mantra me estabiliza, reconfortante como uma bebida forte. Tudo o que fiz e que vou fazer é pela causa. Ninguém pode alegar o contrário. Ninguém jamais questionará minha lealdade, não quando eu lhes entregar Norta numa bandeja de prata.

Devagar, um sorriso aparece em minha cara habitualmente fechada. Minha equipe não sabe o que vem pela frente. Nem mesmo Tristan. Não sabem o que o Comando planejou para este reino nas próximas semanas, ou o que fizemos para botar as coisas em ação. Sorrindo, me lembro da câmera ligada. Das palavras que disse diante dela. Logo o mundo vai ouvi-las.

Não gosto dos bosques daqui. Calmos demais, silenciosos demais. O cheiro de cinzas fica grudado no ar. Apesar de as árvores viverem, este lugar está morto.

— Boa hora para uma caminhada.

Minha pistola encosta na cabeça dele antes de eu sequer pensar. Por algum motivo, Barrow nem treme. Apenas ergue os braços, fingindo se render.

—Você é um tipo especial de idiota — digo.

Ele ri.

— Devo ser. Afinal, continuo voltando ao seu clube de rebeldes esfarrapados.

— E está atrasado.

— Prefiro dizer que estou *em desvantagem cronológica*.

Grunhindo mal-humorada, baixo a arma, mas não tiro a mão dela. Olho bem para ele. Geralmente, o uniforme está do avesso para servir de camuflagem, mas dessa vez ele nem se deu ao trabalho. O casaco puído é vermelho e escuro como sangue e se destaca em meio ao verde.

— Mandei dois olheiros esperarem você.

— Eles não devem ser muito bons — ele diz com aquele sorriso de novo. Outra pessoa acharia Shade Barrow animado, aberto. Mas há algo frio por baixo. Uma rigidez de ferro. —Vim do jeito de sempre.

— Mesmo? — zombo, dando um tapa na jaqueta dele.

*Aí está.* Os olhos dele brilham como âmbar congelado. Shade Barrow tem segredos, como todo mundo.

—Vou avisar meu pessoal que você está aqui — digo, recuando um passo do corpo esguio de Barrow. Os olhos dele seguem meus movimentos, me analisando devagar. Só tem dezenove anos e pouco mais de um ano no serviço militar, mas o treinamento certamente o marcou.

—Você quer dizer que vai avisar o seu cão de guarda?

Um canto da minha boca se levanta.

— O nome dele é Tristan.

—Tristan, certo. Cabelo ruivo, sempre colado no rifle.

Barrow abre espaço para mim, mas me segue pelo caminho até a sede da fazenda.

— Engraçado — ele continua. — Nunca esperei encontrar um sulista entre vocês.

— Sulista? — minha voz não vacila apesar da especulação não tão vaga de Barrow.

Ele aperta o passo, quase ao ponto de pisar no meu calcanhar. Me seguro para não lhe dar um coice no joelho.

— Ele é de Piedmont — Barrow continua. — Tem que ser, com aquele sotaque. Não que seja segredo. Assim como o restante do seu bando. Todos de Lakeland, não é?

Lanço um olhar por cima do ombro.

— De onde você tirou essa ideia?

— E você é do extremo norte, imagino. Mais longe do que os mapas registram — ele insiste. Tenho a sensação de que está se divertindo, como se montasse um quebra-cabeça. — Vocês vão adorar quando chegar o verão de verdade, com dias longos e carregados de calor. Nada como uma semana de nuvens negras que não chovem e uma brisa que parece capaz de sufocar.

— Não me surpreende que você não esteja nas trincheiras — digo ao tocar a maçaneta. — Não precisam de poetas na linha de frente.

O idiota tem a cara de pau de *piscar* pra mim.

— Bom, não podemos ser todos uns brutos.

Apesar dos muitos alertas de Tristan, sigo Barrow desarmada. Se for pega em Corvium, posso implorar dizendo que sou uma simples vermelha de Norta no lugar errado e na hora errada. Mas isso não seria possível se estivesse portando minha pistola de Lakeland ou uma faca de caça bem gasta. Nesse caso, seria executada no ato, não apenas por portar armas sem permissão, mas por ser claramente de Lakeland. Provavelmente me deixariam cara a cara com um murmurador só pra garantir, e esse é o pior destino de todos.

Enquanto a maioria das cidades cresce para os lados, com bairros e cidades menores circundando seus limites, Corvium se ergue solitária. Barrow para um pouco antes do fim da linha da floresta e olha para o norte, para a paisagem limpa ao redor da montanha. Meus olhos varrem a cidade-fortaleza em busca de qualquer detalhe útil. Eu tinha me debruçado sobre os mapas roubados de Corvium, mas ver o lugar ao vivo é completamente diferente.

As muralhas são de granito preto com espinhos de ferro reluzente incrustados, bem como outras "armas" facilmente domadas pelos poderes dos prateados. Trepadeiras verdes tão grossas quanto troncos se enrolam pelas dez ou doze torres de vigia. Um fosso de água escura alimentado por canos rodeia a cidade inteira. Espelhos estranhos pendem entre ganchos de metal que descem dos parapeitos como presas. Suponho que sejam para os sombrios, para que possam concentrar seu poder de dominar a luz. Claro, isso sem contar as armas tradicionais. As torres de vigia escuras como petróleo também estão repletas de armas pesadas e de uma artilharia pronta para disparar contra qualquer pessoa ou coisa nos arredores. E, atrás das muralhas, os edifícios sobem cada vez mais alto, especialmente por causa do espaço apertado. Também são pretos, com o topo dourado e prata, uma sombra sob a luz intensa do sol. De acordo com os mapas, a cidade em si é organizada como uma roda, com vias dispostas feito raios, todas partindo da praça central usada para reunir as tropas e realizar as execuções.

A Estrada de Ferro corta a cidade ao meio, de leste a oeste. O trecho oeste é tranquilo; ninguém nas ruas agora no fim da tarde. Mas o trecho leste vibra com os veículos, a maioria de prateados, levando nobres e oficiais para longe da fortaleza. Ao final da fila, vai um comboio vermelho de entregas que retorna aos mercados de Rocasta, a cidade mais perto para arranjar suprimentos. São veículos motorizados, carroças e até mesmo pessoas a pé, fazendo todo o trajeto de trinta quilômetros para voltar em alguns dias. Tiro a luneta do bolso da jaqueta para acompanhar a fileira irregular.

Uma dúzia de veículos, o mesmo número de carroças, talvez trinta vermelhos a pé. Todos vão devagar para permanecerem juntos. Vão levar pelo menos nove horas para chegar ao destino. Um desperdício de contingente, mas duvido que se importem. Entregar uniformes é mais seguro do que usá-los. Observo o último membro da caravana deixar o portão leste.

— O portão da reza — Barrow cochicha.

— Hum?

Ele dá um tapinha na minha luneta e explica:

— Chamamos de portão da reza. Quando você entra, reza pra sair. Quando sai, reza pra nunca mais voltar.

Não consigo segurar um riso irônico.

— Não sabia que Norta era religiosa — digo, e ele apenas nega com a cabeça. — Então pra quem vocês rezam?

— Acho que pra ninguém. São só palavras no fim das contas.

De alguma forma, sob a sombra de Corvium, os olhos de Shade Barrow encontram um pouco de calor.

— Se você me levar até lá, te ensino uma oração minha. — *Vamos nos levantar, vermelhos como a aurora.* Por mais irritante que Barrow seja, tenho a sensação crescente de que logo mais será um escarlate.

Ele inclina a cabeça, me encarando com a mesma intensidade com que o encaro.

— Combinado.

— Embora eu não tenha ideia de como você planeja fazer isso. Aquela caravana era a nossa melhor chance, mas infelizmente você chegou... Como foi que você disse? Em desvantagem cronológica?

— Ninguém é perfeito, nem mesmo eu — ele responde com um sorriso de idiota. — Mas eu disse que ia colocar você lá dentro hoje, e sempre cumpro minha palavra. Cedo ou tarde.

Olho pra ele de cima a baixo, medindo sua postura. Não confio em Barrow. Não é do meu feitio confiar em ninguém de verdade. *Mas o risco faz parte do jogo.*

— Você vai me fazer levar um tiro?

O sorriso dele aumenta.

— Acho que você vai ter que descobrir.

— Muito bem, e o que vamos fazer?

Para a minha surpresa, ele estende a mão. Seus dedos são longos, e eu apenas observo, confusa. *Será que ele quer que a gente pule o portão como crianças risonhas?* Franzindo a testa, cruzo os braços e viro de costas.

— Bom, vamos começar...

Uma cortina de escuridão cobre minha vista quando Barrow joga um cachecol por cima dos meus olhos.

Eu gritaria se pudesse, para avisar Tristan, que nos segue a quinhentos metros de distância. Mas, de repente, o ar é espremido dos meus pulmões, e tudo parece encolher. Não sinto nada além de um mundo cada vez mais apertado e a pressão do peito de Barrow contra minhas costas. O tempo gira em falso, tudo cai. O chão dança sob meus pés.

Bato forte contra o concreto, o que faz meu cérebro chacoalhar ainda mais. Minha visão fica embaçada, pontos pretos contra um fundo ainda mais escuro. Tudo ainda gira. Preciso fechar os olhos de novo para me convencer de que não estou girando também.

Minhas mãos apalpam algo viscoso e frio quando tento levantar, e torço para que seja água. Não consigo. Caio para trás. Abrindo os olhos na marra, me deparo com uma escuridão azul e úmida. As manchas diminuem, primeiro devagar e depois somem completamente.

— Mas que m...?

Viro de bruços e vomito tudo o que tinha na barriga.

A mão de Barrow surge nas minhas costas fazendo gestos circulares que ele acha que vão aliviar a dor. Mas o toque me deixa arrepiada. Depois de botar tudo pra fora, dou uma cusparada e levanto mesmo com os pés trêmulos. Minha intenção é pelo menos conseguir me afastar dele.

Ele estende a mão para me apoiar, mas eu a afasto com um tapa, desejando ter trazido a faca.

— Não encosta em mim — rosno. — O que foi isso? O que aconteceu? *Onde estou?*

— Cuidado! Você está virando uma filósofa.

Dou uma cusparada de bile ácida nos pés dele.

— Barrow! — sibilo.

Ele suspira incomodado, como um professor de crianças.

— Trouxe você pelos dutos de água. Alguns deles estão na beira da mata. Precisei vendar seus olhos, claro. Não posso entregar todos os meus segredos de graça.

— Dutos o cacete. Estávamos lá fora há um minuto. Nada se move tão rápido.

Barrow faz o possível para conter um sorriso.

—Você bateu a cabeça — ele diz depois de um longo momento. — Desmaiou quando começamos a escorregar.

Isso explicaria o vômito. *Contusão.* No entanto, jamais me senti tão desperta. Toda a dor e a náusea dos últimos segundos passaram de repente. Apalpo minha cabeça meticulosamente em busca de um galo ou algum ponto dolorido, mas não encontro nada.

Ele observa meu exame com uma atenção intensa.

— Ou você acha que percorreu o meio quilômetro até chegar na fortaleza de Corvium de outra maneira?

— Não, imagino que não.

À medida que meus olhos se adaptam à pouca luz, percebo que estamos numa despensa abandonada ou esquecida, a julgar pelas prateleiras vazias e pelos dois dedos de água no chão. Evito olhar para o monte de vômito fresco.

— Aqui, vista isso — ele diz ao tirar uma muda de roupa encardida de algum lugar no escuro; um canto escondido, mas fácil de achar. A roupa voa até mim e bate contra o meu peito, levantando uma pequena nuvem de pó e fedor.

— Maravilhoso — murmuro ao desdobrar as peças e ver que se trata de um uniforme do regimento. Está bem gasto, remendado e com marcas de sabe-se lá o quê. A insígnia é simples: uma única barra branca com contornos em preto. Um soldado da infantaria, recrutado. *Um cadáver ambulante.* — De que defunto você arrancou isso?

O choque frio faísca dele mais uma vez por um instante.

— Vai servir — ele responde. — Isso é tudo com que você precisa se preocupar.

— Muito bem.

Jogo os ombros para trás e me livro da jaqueta sem muita cerimônia, arrancando a calça gasta e a camisa em seguida. Minha roupa de baixo não é nada especial. Não combina, mas está limpa, felizmente. Barrow, contudo, olha para o lado, com a boca um pouco aberta.

— Em boca aberta entra mosca, Barrow — provoco enquanto visto a calça do uniforme. Sob a luz escassa, parece vermelha e gasta como canos enferrujados.

— Desculpe — ele balbucia e então vira o rosto, seguido do corpo, na minha direção. Como se eu ligasse para privacidade. Acho graça que ele esteja ficando vermelho.

— Não sabia que os soldados tinham tanta vergonha do corpo feminino — continuo enquanto fecho o zíper da camisa do uniforme. É apertado, mas serve. Obviamente foi feito para alguém mais baixo e com ombros mais estreitos.

Ele volta a olhar para os lados. Agora até suas bochechas estão vermelhas, e ele parece mais jovem. *Não*, percebo. *Agora ele parece ter a idade que tem.*

— Não sabia que as pessoas eram tão liberais em Lakeland.

Abro um sorriso tão frio quanto o olhar dele.

— Sou da Guarda Escarlate, garoto. Tenho mais com que me preocupar do que ter vergonha do meu corpo.

Algo treme entre nós. Uma corrente de ar, quem sabe, ou talvez seja apenas minha dor de cabeça voltando. *Deve ser isso.*

E então Barrow começa a rir.

— O quê?

— Você me lembra a minha irmã.

É a minha vez de sorrir.

— Você a espia sempre, é?

Ele não cai na provocação, ignorando meu comentário.

— O seu comportamento, Farley. O seu jeito. Vocês pensam igual.

— Ela deve ser uma garota brilhante.
— Com certeza ela acha que é.
— Muito engraçado.
— Acho que vocês duas seriam grandes amigas — ele diz. Depois inclina a cabeça refletindo por um segundo. — Ou acabariam se matando.

Pela segunda vez em poucos minutos, encosto em Barrow contra minha vontade. Não com a mesma gentileza dele quando esfregou minhas costas. Na verdade, dou um soquinho no braço dele.

— Vamos começar, então — digo. — Não gosto de andar por aí com roupas de mulheres mortas.

A MENSAGEM DECODIFICADA A SEGUIR
É CONFIDENCIAL
ACESSO RESTRITO A OFICIAIS

— Capitã, responda às ordens. O COMANDO não vai tolerar isso. CARNEIRO.

A MENSAGEM DECODIFICADA A SEGUIR
É CONFIDENCIAL
ACESSO RESTRITO AO COMANDO

Dia 29 da OPERAÇÃO MURALHA, fase 2
Responsável: Coronel **CENSURADO**
Designação: CARNEIRO
Origem: **CENSURADO**
Destinatário: BATEDOR em **CENSURADO**

- Dois dias sem contato com OVELHA.
- Solicito permissão para interceptar.
- OPERAÇÃO MURALHA à frente do cronograma. Ilha #3 operacional, mas o transporte é problemático. É preciso mais barcos do que pensamos.

VAMOS NOS LEVANTAR, VERMELHOS COMO A AURORA.

**A MENSAGEM DECODIFICADA A SEGUIR
É CONFIDENCIAL
ACESSO RESTRITO A OFICIAIS**

Responsável: General **CENSURADO**
Designação: BATEDOR
Origem: Comando em **CENSURADO**
Destinatário: CARNEIRO em **CENSURADO**

- Interceptação permitida. Enviaremos mais info sobre a localização dela.
- Usar força se necessário. Ela foi sugestão sua e será erro seu se continuar assim.
- Passe TEIA VERMELHA para fase 2. Colabore com outras equipes para começar a remoção.
- Analisaremos outras opções de transporte para #3.

VAMOS NOS LEVANTAR, VERMELHOS COMO A AURORA.

A MENSAGEM DECODIFICADA A SEGUIR
É CONFIDENCIAL
ACESSO RESTRITO A OFICIAIS

— OVELHA, melhor entrar na linha ou é a sua cabeça em jogo. CARNEIRO.

Outra mensagem queimada.

— Encantador — murmuro enquanto observo as palavras do coronel arderem.

Dessa vez, Cara não se dá ao trabalho de perguntar. Mas os lábios dela se contorcem numa linha fina, contendo uma torrente de perguntas. Já se passaram cinco dias desde que mandei minha última mensagem, oficial ou não. É óbvio que ela sabe que alguma coisa está acontecendo.

— Cara... — começo, mas ela ergue a mão para me interromper.

— Não tenho autorização — ela responde. Seus olhos encontram os meus com uma ferocidade incrível. — E não me importo por qual caminho você vai nos levar, desde que acredite que é o certo.

Sinto um calor dentro de mim. Faço o máximo para não demonstrar, mas um sorriso discreto acaba escapando mesmo assim. Minha mão encontra o ombro dela no menor dos toques de agradecimento.

— Não banque a sentimental comigo, capitã — ela ri ao guardar o transmissor.

— Entendido.

Endireito o corpo e me viro para o resto da equipe. Estão agrupados na esquina do beco fumacento, a uma distância respeitável para me dar espaço para a correspondência privada. Para disfarçar nossa presença, Tristan e Rasha estão sentados na sarjeta, de frente para a rua. Mendigam comida ou dinheiro com a mão estendida e a cabeça coberta por um capuz. Todos passam reto, olhando para outro lugar.

— Tye, Grande Coop — chamo. A dupla em questão dá um passo à frente. Tye inclina a cabeça, direcionando o ouvido bom para mim. Grande Coop faz jus ao apelido, com o tronco do tamanho de um tonel e quase dois metros e meio de puro músculo. Ele é quase o dobro do irmão, Pequeno Coop. — Fiquem com Cara e aprontem o segundo rádio.

Ela estende o braço, se coçando para pôr as mãos na nossa mais nova aquisição: um rádio de segurança de última geração feito pelos técnicos. Roubamos três dos estoques de Corvium graças à mão leve de Barrow. Passo um rádio adiante e mantenho o segundo aparelho comigo. Barrow ficou com o terceiro, para o caso de precisar entrar em contato. Não que ele já tenha usado. Não que eu esteja vigiando a comunicação dele. Barrow geralmente só aparece quando quer trocar informações, sempre sem avisar, passando por todos os olheiros que ponho ao redor da casa da fazenda sem ser visto. Mas hoje estamos além até de seu alcance. Quarenta quilômetros a leste, no meio de Rocasta.

— Quanto aos outros, Cristobel e Pequeno Coop, vocês ficam de guarda. Procurem um lugar alto e se escondam. Os sinais são os de sempre.

Cris mostra um sorriso com dentes faltando — castigo por "caçoar" do seu senhor prateado quando ainda era uma criada de doze anos numa mansão em Trial. Pequeno Coop demonstra a mesma ansiedade. O tamanho e o comportamento tímidos — sem falar da parede de músculos que é o irmão — escondem um agente habilidoso com nervos de aço. Sem precisar de mais nada, ambos se põem a trabalhar. Pequeno Coop se segura numa calha e sobe pelas paredes do beco, enquanto Cris trepa numa cerca e a usa para tomar impulso até o beiral estreito de uma janela. Ambos desaparecem em questão de instantes para nos seguir dos telhados.

— Os demais, atenção aos alvos. Mantenham os ouvidos atentos. Decorem os movimentos. Quero saber tudo, de aniversário a tamanho do sapato. Coletem o que conseguirem no tempo que temos.

As palavras são familiares. Todo mundo sabe por que quis essa ronda. Mas também serve de grito de guerra, mais um nó para nos manter unidos. *Mais um nó para atá-los à sua desobediência, você quer dizer.*

Cerro o punho, cravo as unhas na palma da mão, onde ninguém pode ver. A dor apaga o pensamento. A brisa que sopra pelo beco faz o mesmo. Fede a lixo, mas pelo menos é fresca. Vem do lago ao norte.

— Quanto mais soubermos do comboio de suprimentos de Corvium, mais fácil será nos infiltrar — digo. *Um motivo tão bom para ficarmos aqui como qualquer outro, apesar de o coronel só me pedir para voltar.* — Os portões fecham ao pôr do sol. Voltem para o ponto de encontro em uma hora. Entendido?

Eles assentem ao mesmíssimo tempo, com olhos vivos, brilhantes e ansiosos.

Algumas quadras adiante, o relógio da torre soa nove vezes. Me ponho em movimento sem nem pensar, passando pelos meus rebeldes que formam uma fila atrás de mim. Tristan e Rasha são os últimos a entrar. Meu tenente parece nu sem o rifle, mas sei que carrega uma pistola em algum lugar, provavelmente na base das costas, acumulando o suor.

Partimos em direção às ruas, mais especificamente para uma das avenidas principais do setor vermelho da cidade. Estamos seguros por enquanto, cercados apenas por casas e comércios vermelhos, com poucos ou talvez nenhum policial prateado para nos ver. Como Harbor Bay, Rocasta conta com a própria Ronda Vermelha para proteger aquilo com que os prateados não se importam. Embora estejamos indo para o mesmo lugar, minha equipe se divide nas duplas habituais e se dispersa. Não dá para perambular pelo centro da cidade parecendo uma tropa de choque, muito menos uma gangue. Tristan fica por perto de novo, e eu nos conduzo ao destino: a Estrada de Ferro. Como Corvium, Rocasta também é cortada ao meio pela estrada, que avança direto pelo seu cerne como um rio que corre por um vale. À medida que nos aproximamos do acesso principal, o trânsito começa a aumentar. Criados atrasados se apressam para a casa dos senhores, vigias voluntários voltam do turno da noite, pais arrastam crianças para escolas decrépitas.

E, claro, mais agentes de segurança a cada esquina. Seus uniformes sóbrios, pretos com detalhes prata, se destacam sob o sol cruel do fim da primavera, bem como as armas e os cassetetes reluzentes em suas cinturas. Engraçado eles sentirem necessidade de usar uniforme, como se corressem o risco de serem confundidos com um vermelho. Com um de nós. *Sem chance.* A pele deles basta para distingui-los, com um fundo azul e cinza, drenada de toda vida. Não existe um vermelho vivo tão frio quanto um prateado.

Dez metros à frente, Rasha para tão rápido que seu parceiro, Martenson, quase tropeça nela. Uma tarefa difícil, considerando que ela tem quase vinte centímetros a mais do que o velhinho grisalho. Do meu lado, Tristan fica tenso, mas não rompe a formação. Conhece as regras. Nada está acima da Guarda, nem mesmo o afeto.

Legionários prateados arrastam um menino pelos braços. Os pés dele chutam o ar. Ele é pequeno, parece ter menos de dezoito anos. Duvido que sequer precise fazer a barba. Faço o possível para bloquear o som de suas súplicas, mas não consigo ignorar o lamento da mãe. Ela segue os três, com outros dois filhos logo atrás, enquanto o pai, solene, acompanha à distância. As mãos dela agarram a camisa do filho, numa última tentativa de impedir o recrutamento.

Todos na rua parecem prender a respiração enquanto observam a tragédia.

Um estalo e a mãe cai para trás, levando a mão à bochecha inchada. O legionário sequer levantou um dedo, nem chegou a desviar os olhos do seu trabalho lúgubre. Deve ser um telec e usou seu poder para afastar a mulher com um tapa.

— Quer uma coisa pior? — ele vocifera quando a mulher ameaça se levantar.

— Não! — o garoto diz, usando suas últimas palavras livres para suplicar.

*Isso não vai durar. Isso não vai continuar. É por isso que estou aqui.*

Mesmo assim, fico enojada por não poder fazer nada pelo garoto e pela mãe. Nossos planos começam a dar certo, mas não rápido o bastante para ele. *Talvez ele sobreviva*, digo a mim mesma. Mas um olhar para os braços finos e os óculos esmagados sob o pé de um dos legionários me diz o contrário. O garoto vai morrer como tantos outros. Numa trincheira ou num fim de mundo, sozinho até o fim.

— Não consigo assistir isso — resmungo e viro para outro beco.

Depois de um longo momento de estranha hesitação, Tristan vem atrás.

Espero que Rasha se atenha às regras como ele, mas entendo. Ela perdeu dois irmãos para o recrutamento de Lakeland e fugiu de casa antes de ter o mesmo destino.

Rocasta não é uma cidade murada e não tem portões para afunilar as saídas da Estrada de Ferro. É fácil entrar, mas isso dificulta um pouco a nossa tarefa. A maior parte do comboio de suprimentos volta pela Estrada, mas alguns pedestres que o acompanham se dispersam, tomando atalhos até seus destinos. Em outro dia, minha equipe passaria horas seguindo-os até suas casas, só para observá-los dormir depois da longa jornada. Não é o que faremos agora. Porque hoje é a Primeira Sexta. Hoje é a Efeméride de julho.

Uma tradição ridícula de Norta, ainda que eficaz, a julgar pelas informações coletadas. Arenas em quase todas as cidades e vilarejos projetam grandes sombras e vertem sangue uma vez por mês. Os vermelhos são obrigados a comparecer, a sentar e assistir aos guerreiros prateados trocando golpes e exibindo seus poderes com a empolgação de artistas. Isso não existe em Lakeland. Os prateados não sentem necessidade de se exibir para nós, e a lendária ameaça de Norta basta para manter todos aterrorizados.

— Também fazem isso em Piedmont — Tristan sussurra.

Ele se inclina sobre a cerca de concreto que ladeia o caminho até a entrada da arena. Nossos olhares varrem a área em sincronia; um de nós sempre atento às nossas posições, o outro observando o bando de agentes direcionando as pessoas para as presas escancaradas da Arena Rocasta.

— Chamam de Ato, não de Efeméride. E não tínhamos apenas que assistir. Às vezes faziam vermelhos lutarem também — ele continua. Sinto o tremor do ódio em sua voz, mesmo em meio ao caos organizado que é o espetáculo de hoje.

Toco seu ombro do modo mais gentil que consigo.

— Lutarem um contra o outro?

*Matar vermelhos ou ser morto por prateados?* Não sei o que é pior.

— Os alvos estão se movendo — ele apenas resmunga.

Mais uma conferida nos agentes, agora ocupados com um bando de crianças encardidas que atrapalham a passagem do público.

— Vamos — digo. *E deixe essa ferida apodrecer com as outras.*

Saio da parede ao lado dele e me enfio na multidão, com os olhos fixos nos quatro uniformes mais à frente. Não é fácil. A essa distância de Corvium, há um monte de soldados vermelhos, ou marchando para assumir seu posto no Gargalo ou passando para outros comboios como o que seguimos. Mas os quatro homens cansados até os ossos — três de pele bronzeada e um de pele negra — se mantêm próximos uns dos outros. Seguimos cada passo deles. Eram os ocupantes de uma carroça do comboio, mas não sei ao certo o que transportavam. Estava vazia quando voltaram com o resto. A julgar pela falta de segurança e de prateados, sei que não se tratava de um carregamento de armas ou munições. Os três bronzeados são irmãos, imagino, por conta dos traços e trejeitos parecidos. É quase cômico vê-los cuspir e coçar o traseiro em sincronia. O quarto — um sujeito corpulento com olhos azuis lívidos — está absorto nas próprias coceiras, apesar de sorrir mais que os outros três juntos. Acho que se chama Crance, pelo que consegui ouvir da conversa.

Atravessamos os arcos de entrada da arena como gatos matreiros, perto o bastante para ouvir os alvos, mas não para sermos notados. Sobre nossas cabeças, luzes elétricas toscas piscam, iluminando a câmara de teto alto que liga a esplanada de fora ao interior. A multidão engrossa à esquerda, onde diversos vermelhos esperam para apostar no combate. Sobre ela, as placas anunciam os lutadores prateados e a proporção das apostas.

*Flora Lerolan, oblívia, 3/1*
*Maddux Thany, pétreo, 10/1*

— Esperem um segundo — Crance diz, fazendo o resto do grupo parar nas bancas de aposta. Sorrindo, um dos bronzeados se junta a ele. Os dois enfiam a mão no bolso à procura de um trocado para apostar.

Sob o pretexto de fazer o mesmo, Tristan e eu paramos a não mais que uns metros dali, escondidos pela grande multidão. As apostas são populares entre os vermelhos de Rocasta, onde uma próspera economia militar evita que a maioria passe fome. Há várias pessoas bem de vida por aqui — comerciantes e empresários orgulhosos de suas roupas limpas. Escolhem um lutador e entregam punhados de moedas de cobre — às vezes até alguns tetrarcas de prata. Aposto que o caixa da Arena Rocasta não é nada desprezível, e tomo nota para passar a informação ao Comando. *Se eles ainda me derem ouvidos.*

—Vamos, veja as chances! É dinheiro fácil! — Crance diz ao apontar para as placas sobre as janelas das bancas, ainda com um sorriso contagiante. Os dois que vão atrás não parecem muito convencidos.

—Você sabe alguma coisa sobre os pétreos que não sabemos? — o mais alto pergunta. — Ele vai ser explodido em pedregulhos pela oblívia.

— Como quiser, Horner. Mas não camelei de Corvium até aqui pra ficar entediado na arquibancada.

Com o volante da aposta na mão, Crance se retira, seguido pelo amigo, e deixa Horner e o outro sujeito esperando. Por algum motivo, apesar de seu tamanho, Crance é incrivelmente bom em cortar pelo meio da multidão. Bom demais.

— Observe os dois — sussurro, tocando de leve o cotovelo de Tristan. Em seguida saio dali também, com o cuidado de manter a cabeça baixa. Há câmeras o bastante aqui para me deixar alerta. Se as próximas semanas forem como o planejado, talvez eu comece a esconder o rosto.

Vejo quando Crance passa o volante pela janela da banca. A manga da camisa sobe quando ele enfia o braço pela grade e uma tatuagem fica à mostra. Ela quase some na pele escura dele, mas o formato é inconfundível. Já vi uma assim antes: âncora azul, corda vermelha.

Não somos o único grupo trabalhando no comboio. Os Marinheiros já têm uma pessoa lá dentro.

*Isso é bom. Podemos trabalhar com isso.* Me afasto da multidão às cotoveladas, com a mente em chamas. *Podemos pagar pela informação deles. Menos envolvimento da Guarda e o mesmo resultado. E há chances de o Marinheiro estar trabalhando na missão sozinho. Poderíamos tentar juntá-lo a nós. Aí teríamos olhos dentro dos Marinheiros. Poderíamos mexer os pauzinhos, absorver a gangue na Guarda.*

A cabeça de Tristan desponta sobre a multidão, ainda observando os dois alvos. Tenho que segurar o ímpeto de correr para o lado dele e contar tudo.

Mas um obstáculo surge entre nós. Um homem careca com um brilho familiar de suor na testa. *É de Lakeland*. Antes que eu possa correr ou gritar, sinto uma mão agarrar meu pescoço por trás. Com força suficiente para me manter calada mas ao mesmo tempo me deixar respirar. Com certeza força o bastante para me arrastar pela multidão, com o Careca acompanhando de perto.

Outra pessoa talvez se agitasse ou tentasse lutar, mas não sou burra. Há agentes prateados por toda parte aqui, e não quero mesmo me arriscar a receber a "ajuda" deles. Em vez disso, confio em mim mesma e em Tristan. Ele tem que continuar vigiando e eu tenho que dar um jeito de me libertar.

A multidão nos arrasta como uma correnteza, e ainda não consigo enxergar quem está me conduzindo. O corpo do Careca praticamente me esconde por completo, assim como o cachecol que meu captor enrola no meu pescoço. Curiosamente, é vermelho. E então começamos a subir os degraus. Chegamos bem acima do nível da arena, até grandes bancos de concreto que parecem completamente abandonados.

Só então sou liberada e forçada a sentar.

Me viro furiosa, com os punhos cerrados e prontos para atacar, apenas para deparar com o coronel me encarando, bem preparado para a minha raiva.

— Quer acrescentar "agressão ao seu superior" à sua lista de transgressões? — ele pergunta, quase num ronronado.

*Não, não quero.* Fecho a cara e baixo os punhos. Ainda que fosse capaz de ganhar uma briga com o Careca, não quero tentar a sorte com o coronel e sua força bruta. Em vez disso, levo a mão ao pescoço para massagear a pele dolorida sob o cachecol vermelho.

— Não vai ficar roxo — ele diz.

— Então está fazendo errado. Pensei que você quisesse mandar uma mensagem. Nada diz tanto "é melhor entrar na linha" quanto um hematoma no pescoço.

O olho vermelho dele brilha.

— Você para de responder e acha que vou deixar passar? Sem chance, capitã. Agora me diga o que está acontecendo aqui. Onde está sua equipe? Vocês desertaram? Alguém fugiu?

— Não, ninguém fugiu — digo por entre os dentes. — Nenhum deles. Ninguém desertou também. Todos ainda seguem as ordens.

— Que bom que alguém segue.

— Ainda estou na operação, quer você veja isso ou não. Tudo o que faço aqui é pela causa, pela Guarda. Como o senhor disse, coronel, aqui não é Lakeland. E apesar de a rede dos Assobiadores de Will Whistle ser prioridade, Corvium também é. — Preciso sibilar para que minha voz seja ouvida sobre o ruído do público cada vez maior. — Não podemos ficar quietos aqui. As coisas são muito centralizadas. As pessoas vão notar, vão nos eliminar antes mesmo de estarmos prontos. Precisamos atacar rápido, com força; atacar onde os prateados não podem se esconder de nós.

Estou ganhando terreno, mas não muito. Porém é suficiente para evitar que a voz dele trema de raiva. Ele está irritado, mas não furioso. Ainda é possível argumentar.

— É exatamente para isso que você gravou aquele vídeo — ele diz. — Você se lembra, não?

Uma câmera e um cachecol vermelho cobrindo metade do meu rosto. Uma pistola numa das mãos e uma bandeira nova em folha na outra, recitando palavras decoradas como uma oração. *E nós vamos nos levantar, vermelhos como a aurora.*

— Farley, é assim que agimos. Ninguém tem todas as cartas na mão. Ninguém sabe qual é o jogo. É a única forma de seguirmos vivos — ele continua. Se viessem de outra pessoa, as palavras poderiam parecer uma súplica. Mas não é assim com o coronel. Ele não pede. Apenas ordena. — Mas acredite em mim quando digo que temos planos para Norta. E não são tão diferentes do que você quer.

Os guerreiros da Efeméride marcham sobre a areia cinza e estranha lá embaixo. Um deles, o pétreo da família Thany, tem a barriga estufada e é quase tão largo quanto alto. Como não precisa de armadura, seu peito está nu. Já a oblívia passa toda a imagem de seu poder. Vestida com placas vermelhas e laranja, dança como uma chama ágil.

— E esses planos incluem Corvium? — sussurro, voltando-me para o coronel. Preciso fazê-lo entender. — O senhor acha que sou cega a ponto de não notar se houvesse outra operação nesta cidade? Porque não há. Não há ninguém aqui além de mim. Ninguém mais parece se importar com a fortaleza por onde cada vermelho destinado a morrer passa. *Cada um dos vermelhos.* E o senhor acha que este lugar não é importante?

Lembro da cabo Eastree. O rosto cinza, os olhos cinza, a determinação sólida. Falava de escravidão, porque é isso que há neste mundo. Ninguém ousa dizer, mas é isso que os vermelhos são. *Escravos e moribundos.*

Pela primeira vez, o coronel dobra a língua. *Ótimo. Senão eu seria capaz de cortá-la.*

— Reporte para o Comando e peça que outra pessoa continue a Teia Vermelha. Ah, e informe a eles que os Marinheiros também estão aqui. Não têm a mesma visão curta que o resto de nós.

Parte de mim espera um tapa por insubordinação. Em todos estes anos, jamais falei com ele desse jeito. Nem mesmo... nem mesmo no norte. No lugar congelado que todos costumávamos chamar de casa. Mas eu era criança na época. Uma garotinha fingindo ser caçadora, estripando coelhos e fazendo caretas para me sentir importante. Já não sou mais assim. Tenho vinte anos. Sou capitã da Guarda Escarlate. E ninguém, nem mesmo o coronel, pode me dizer que estou errada agora.

— E então?

Depois de um longo momento, ele abre a boca.

— Não.

Lá embaixo ocorre uma explosão comparável à minha raiva. Os suspiros da multidão acompanham o ritmo da luta. Todos observam a delicada oblívia tentar corresponder às apostas. Mas o Marinheiro tinha razão. O pétreo vai ganhar. É o combate de uma montanha contra o fogo, e a montanha vai resistir.

— Minha equipe vai ficar do meu lado — aviso. —Você vai perder dez excelentes soldados e uma capitã por ser orgulhoso, coronel.

— Não, capitã, ninguém vai assumir a Teia Vermelha no seu lugar — ele diz. — Mas vou solicitar ao Comando uma operação para Corvium, e quando a equipe estiver formada, vai assumir o controle.

*Quando.* Não *se.* Mal posso acreditar no que ele está dizendo.

— Enquanto essa hora não chega, você permanece em Corvium e continua trabalhando com seus contatos. Passe toda informação pertinente pelos canais de costume.

— Mas o Comando...

— O Comando tem a mente mais aberta do que você pensa. E por algum motivo tem você em alta conta.

— Não sei se você está mentindo.

Ele apenas dá de ombros. Os olhos dele voltam a fitar o centro da arena para ver o pétreo despedaçar a jovem oblívia.

De alguma forma, o fato de ele agir racionalmente me machuca mais do que qualquer outra coisa. É difícil odiá-lo em momentos como este, quando lembro de como ele costumava ser. E então, claro, me lembro do resto. O que ele fez com a gente, com a família dele.

Com a minha mãe e a minha irmã que não eram tão horríveis como nós, que não conseguiram sobreviver ao monstro que ele criou.

Desejo que ele não fosse meu pai. Já desejei isso tantas vezes.

— Como vai a Operação Muralha? — balbucio para manter os pensamentos sob controle.

— À frente do cronograma — ele diz sem um pingo de orgulho, como quem apenas enuncia um fato. — Mas o transporte pode ser um problema quando passarmos à remoção.

Teoricamente, essa é a segunda fase da minha operação. Remover e transportar *ativos* considerados úteis à Guarda. Não apenas vermelhos capazes de se juntar à causa, mas que saibam disparar uma arma, dirigir um veículo, ler, lutar.

— Eu não deveria saber... — começo, mas ele me corta. Tenho a sensação de que ele não tem com quem conversar, a julgar pelo Careca. *Agora que fui embora.*

— O Comando me deu três barcos. *Três.* Acham que três barcos podem ajudar a povoar e tornar funcional uma ilha inteira.

Uma luz se acende num canto do meu cérebro. No centro da arena, o pétreo ergue os braços rochosos em vitória. Os curandeiros de pele tratam a oblívia; consertam seu maxilar quebrado e seus ombros esmagados com toques rápidos. *Crance vai ficar feliz.*

— O Comando já mencionou pilotos alguma vez? — me pergunto em voz alta.

O coronel se volta para mim, com uma sobrancelha arqueada.

— Pilotos? Pra quê?

— Acho que meu homem infiltrado em Corvium pode nos arranjar algo melhor do que barcos. Ou pelo menos um jeito de roubar algo melhor do que barcos.

Outro homem sorriria, mas o coronel apenas assente.

—Vá em frente.

A MENSAGEM DECODIFICADA A SEGUIR
É CONFIDENCIAL
ACESSO RESTRITO AO COMANDO

Responsável: Coronel **CENSURADO**
Designação: CARNEIRO
Origem: Rocasta, NRT
Destinatário: COMANDO em **CENSURADO**

- Fizemos contato com OVELHA. Equipe ainda de pé, sem perdas.
- Avaliação: CORVIUM merece uma operação própria. Sugestão: MISERICÓRDIA. Recomendamos pressa. OVELHA vai abrir mão e voltar à TEIA VERMELHA.
- OVELHA passando informações vitais para MURALHA e remoção/ transporte.
- Retornando ao posto.

VAMOS NOS LEVANTAR, VERMELHOS COMO A AURORA.

A MENSAGEM DECODIFICADA A SEGUIR
É CONFIDENCIAL
ACESSO RESTRITO A OFICIAIS

Responsável: General **CENSURADO**
Designação: BATEDOR
Origem: COMANDO em **CENSURADO**
Destinatários: CARNEIRO em **CENSURADO**, OVELHA em Corvium, NRT

- Sugestão de CORVIUM sob análise.
- Capitã Farley volta à TEIA VERMELHA em dois dias.
- COMANDO dividido quanto à punição.
- À espera das informações.

VAMOS NOS LEVANTAR, VERMELHOS COMO A AURORA.

A MENSAGEM DECODIFICADA A SEGUIR
É CONFIDENCIAL
ACESSO RESTRITO A OFICIAIS
Responsável: Capitã **CENSURADO**
Designação: OVELHA
Origem: Corvium, NRT
Destinatários: CARNEIRO em **CENSURADO**, COMANDO em **CENSURADO**

- Solicito uma semana.

VAMOS NOS LEVANTAR, VERMELHOS COMO A AURORA.

— Você é especialmente burra, menina. CARNEIRO.

A MENSAGEM DECODIFICADA A SEGUIR
É CONFIDENCIAL
ACESSO RESTRITO A OFICIAIS

Responsável: General **CENSURADO**
Designação: BATEDOR
Origem: COMANDO em **CENSURADO**
Destinatários: CARNEIRO em **CENSURADO**, OVELHA em Corvium, NRT

- Cinco dias. Sem mais negociações.

VAMOS NOS LEVANTAR, VERMELHOS COMO A AURORA.

De alguma forma, a casa da fazenda abandonada começa a parecer um lar.

Mesmo com o teto caído, as barracas estragadas pela umidade e o silêncio da floresta. É o lugar em que passei mais tempo com exceção de Irabelle, mas lá sempre foi a nossa base. Embora os soldados sejam o mais próximo de família que tenho, jamais consegui enxergar o concreto frio e as passagens labirínticas como mais do que um ponto de parada. Um lugar para treinar e esperar a próxima missão.

O mesmo não se aplica à casa arruinada à beira do campo de batalha, à sombra de uma cidade fantasma.

— É isso — digo a Cara e me apoio mais uma vez na porta do armário.

Ela assente e guarda o transmissor.

— Bom ver você toda falante de novo.

Antes de eu poder rir, a batida seca de Tristan faz a porta improvisada tremer.

— Temos companhia — avisa.

*Barrow.*

— O dever me chama — resmungo ao trombar com Cara quando passo por ela no cômodo apertado. Abro a porta e me surpreendo ao me deparar com Tristan tão perto, pilhado como sempre.

— Os olheiros o avistaram desta vez, finalmente — ele diz. Normalmente ele estaria orgulhoso, mas algo na situação o deixa à flor da pele. Nunca vemos Barrow se aproximar. *Então por que hoje?*

— Ele disse que é importante...

A porta da casa se escancara atrás de Tristan e revela o rosto vermelho de Barrow, que chega ao lado de Cris e Pequeno Coop.

Um olhar apavorado é o bastante.

— Se espalhem — disparo.

Eles sabem o que isso quer dizer. Sabem para onde ir.

Um furacão se agita na casa e leva o clima de lar embora. Armas, pistolas, provisões, aparelhos: tudo desaparece dentro de sacolas e mochilas num ritmo treinado. Cris e Pequeno Coop já foram para as árvores, subir o mais alto que puderem. Seus espelhos e assovios de pássaro vão transmitir a mensagem para os outros na floresta. Tristan supervisiona o resto enquanto carrega o rifle.

— Não dá tempo. Eles estão vindo agora! — Barrow ruge, de repente ao meu lado. Ele me segura pelo cotovelo sem nenhuma delicadeza. — Vocês precisam ir!

Dois estalos do meu dedo. A equipe obedece e solta tudo o que já não está empacotado. Acho que vamos ter que roubar umas barracas em breve, mas essa é a menor das minhas preocupações. Outro estalo e eles voam como balas. Cara, Tye, Rasha e o resto passam pela porta e a parede caída e correm em direções diferentes a toda velocidade. A floresta os engole por inteiro.

Tristan me espera porque é seu trabalho. Barrow espera porque... não sei por quê.

— *Farley* — ele sibila e dá um cutucão no meu braço.

Lanço um último olhar pela casa para garantir que não esquecemos nada e trato eu mesma de escapar para as árvores. Os rapazes acompanham meu ritmo por entre as raízes retorcidas e os arbustos. Minha pulsação lateja nos ouvidos, batendo como um tambor alucinado. *Já passamos por coisa pior. Já passamos por coisa pior.*

Então ouço os cães.

Farejadores controlados por algum animos. Sentem nosso cheiro, nos perseguem... Os lépidos vão nos alcançar. Se tivermos sorte, pensarão que somos desertores e nos matarão na floresta. Se não... Não quero nem pensar nos horrores que a cidade negra de Corvium abriga.

— Corram para a água! — digo com esforço. — Vão perder nosso cheiro!

Mas o rio fica a quase um quilômetro de distância.

Minha única esperança é que gastem um tempo revistando a casa, o que nos daria o tempo necessário para escapar. Pelo menos os outros estão mais longe, bem espalhados. Nenhuma matilha pode seguir todo mundo. Mas eu, a última a sair da casa, com o cheiro mais forte? Presa fácil.

Apesar do protesto dos meus músculos, aperto o passo e corro mais rápido do que nunca. Mas depois de apenas um minuto — *apenas um minuto* — começo a me cansar. Se ao menos pudesse correr tão rápido quanto o meu coração...

Tristan diminui o ritmo para me acompanhar, embora não precise.

— Há um riacho mais perto — ele diz, apontando para o sul. — Um braço do rio. Você vai pra lá.

— Do que está falando?

— Eu consigo chegar no rio. Você não. E eles não são capazes de seguir nós dois.

Arregalo os olhos. Quase tropeço de tão confusa, mas Barrow me agarra e segura firme até eu passar por cima de uma raiz torta.

— Tristan... — balbucio.

Meu tenente apenas sorri e dá um tapinha no rifle preso nas costas. Então aponta de novo.

— Por ali, chefe.

Antes de eu conseguir detê-lo, antes de eu conseguir lhe dar a ordem para não ir, ele salta pelas árvores, contando com as pernas longas e os galhos baixos para vencer os piores trechos do solo esburacado. Não posso gritar. Na verdade, não consigo nem ver direito o rosto dele; apenas um emaranhado de cabelo vermelho reluzindo em meio ao verde.

Barrow praticamente me empurra. Ele parece aliviado, mas não deve estar. Especialmente quando um cão late a menos de cem metros. E as árvores sobre nós começam a se curvar, os galhos descendo como dedos vorazes. *Verdes. Animos. Lépidos. Os prateados vão nos pegar.*

— Farley. — De repente ele segura meu queixo e me força a encarar seu rosto absurdamente calmo. Há medo, cintilando em seus olhos dourados, claro. Mas não o bastante para a situação. Não grande como o meu. Estou aterrorizada. — Você tem que me prometer que não vai gritar.

— Quê?

— *Prometa.*

Avisto o primeiro cão. Um farejador do tamanho de um pônei, salivando. Ao lado dele, um borrão cinza como vento sólido. *Lépido.*

Mais uma vez, sinto Shade apertar o corpo contra o meu, e em seguida uma sensação menos agradável. O mundo encolhendo, a tontura, o mergulho no vazio. Tudo isso se mistura e se contrai, e acho que começo a ver estrelas verdes. Ou talvez árvores. No começo, caio sentindo uma onda de náuseas familiar. Desta vez, aterrisso num rio em vez de concreto.

Começo a pigarrear e cuspo água e bile, lutando contra a vontade de gritar ou vomitar ou ambos.

Barrow está agachado ao meu lado e ergue a mão.

— Ah, não grite.

Vem o vômito.

— Imagino que isso seja melhor no momento — ele sussurra, tendo a delicadeza de olhar para qualquer outra coisa que não o meu rosto verde. — Desculpa, acho que preciso treinar mais. Ou talvez você seja sensível demais.

A correnteza borbulhante do rio limpa o que não consigo limpar, e a água fria me ajuda mais do que uma caneca de café puro. Retomo a atenção e olho para os lados, para as árvores inclinadas sobre nós. Salgueiros, não carvalhos como segundos atrás. *Não estão se mexendo*, percebi com uma lufada de alívio. *Nada de verdes por aqui. Nem de cães.* Mas afinal… *Onde estamos?*

— Como? — pergunto com a voz áspera. — Não me diga que foi pelos dutos.

A máscara bem treinada de Shade Barrow cai um pouco. Ele recua uns passos e senta numa pedra sobre as águas, empoleirado como uma gárgula.

— Não tenho uma explicação — ele diz, como se admitisse um crime. — O melhor… o melhor que posso fazer é demonstrar para você. E, de novo, você precisa me prometer não gritar.

Confirmo com a cabeça. Minha mente flutua, ainda desequilibrada. Mal consigo sentar em meio à correnteza, quanto mais gritar.

Ele respira fundo. Aperta os dedos contra a pedra até as pontas ficarem brancas.

— Muito bem.

E então ele desaparece. Não… Ele não saiu correndo, não se escondeu nem mesmo caiu da pedra. Ele simplesmente *não está mais aqui*. Pisco várias vezes. Não acredito no que vejo.

— Aqui.

Viro a cabeça tão rápido que quase fico zonza de novo.

Lá está ele, de pé na margem oposta. Logo ele faz de novo, voltando à pedra e sentando devagar novamente. Ele se esforça para abrir um sorriso sem qualquer alegria. Seus olhos estão muito arregalados. Se eu tive medo alguns minutos atrás, ele está completamente petrificado. E com razão.

Porque Shade Barrow é prateado.

Instintivamente, saco a arma e engatilho sem nem piscar.

— Posso não ser capaz de gritar, mas sou capaz de te dar um tiro.

Ele cora, e de alguma maneira seu rosto e pescoço ficam vermelhos. *É uma ilusão, um truque. O sangue dele não é dessa cor.*

— Há alguns motivos para isso não dar certo — ele diz, ousando desviar o olhar da pistola. — Um: o cano está cheio de água. Dois: caso você não tenha notado...

De repente, ele está ao meu lado, agachado comigo no meio da correnteza. O choque da aparição me faz soltar um grito agudo, ou quase, se ele não tivesse tapado minha boca com a mão.

— ... sou bem rápido — ele sussurra no meu ouvido.

*Estou sonhando. Não é real.*

— E três: os cães talvez não consigam mais nos farejar, mas com certeza conseguem ouvir um disparo — ele diz, sem tirar as mãos dos meus ombros, apertando-os com força. — Então... vai repensar sua estratégia, capitã?

— Você é prateado? — murmuro, me soltando dele. Dessa vez, retomo o equilíbrio antes de cair. Como em Corvium, o enjoo passa logo. *Um efeito colateral do poder dele. O poder prateado. Ele fez isso comigo antes e eu nem percebi.* A lembrança queima na minha mente. — Durante todo esse tempo?

— Não, não. Sou vermelho como a aurora de que você vive falando.

— Não minta — rebato, ainda com a pistola na mão. — Isso tudo foi um truque para nos pegar. Aposto que você levou aqueles caçadores direto até a minha equipe!

— Eu disse *sem gritar*.

A boca dele permanece aberta. Shade arqueja nervoso. Está tão próximo que consigo ver os vasos de sangue ramificando no branco dos olhos. São vermelhos. *Uma ilusão, um truque*, é o que me vem à cabeça de novo. Mas então lembro das vezes em que o encontrei. Em quantas delas não estivemos sozinhos? Há quantas semanas ele não está trabalhando conosco, passando informações em conjunto com a cabo Eastree? Quantas vezes não teve oportunidade de bolar uma armadilha?

*Não dá. Não consigo entender nada.*

— E ninguém me seguiu. É *óbvio* que ninguém é capaz de me seguir. Descobriram vocês por conta própria. Coisa de espiões em Rocasta, não consegui entender tudo.

— Então você ainda está seguro em Corvium, ainda *trabalha* para eles? Como *um deles*?

A paciência dele se desfaz como uma folha seca.

— Já disse que não sou prateado! — ele urra como um animal.

Tenho vontade de dar um passo para trás, mas me forço a permanecer firme, imóvel, sem medo. *Apesar de ter todos os motivos para temê-lo.*

Num gesto brusco, ele estende o braço e levanta a manga do casaco com os dedos trêmulos.

— Corta — ele diz, assentindo para responder à minha pergunta antes mesmo de eu fazê-la. — Corta.

Para a minha surpresa, meus dedos tremem tanto quanto os dele quando saco a faca da bota. Ele estremece quando a aperto contra sua pele. *Pelo menos sente dor.*

Meu coração para por uns instantes quando o sangue brota debaixo da lâmina. *Vermelho como a aurora.*

— Como isso é possível?

Ergo a cabeça e me deparo com Shade me encarando à procura de algo. Pela maneira como seus olhos brilham, acho que ele encontra.

— Para ser sincero, não sei. Não sei o que é isso, o que sou. Só sei que não sou um deles. Sou um de *vocês*.

Por um momento excruciante, esqueço minha equipe, a floresta, minha missão e até mesmo Shade diante de mim. De novo o mundo parece balançar, mas não por causa de algum poder. É mais. Uma transição. Uma mudança. Uma *arma* a ser usada. Não, *uma arma que eu mesma já usei diversas vezes. Para obter informações, para infiltrar Corvium. Com Shade Barrow, a Guarda Escarlate pode ir a qualquer lugar. A todo lugar.*

Seria de imaginar que depois de tantas violações das normas eu tentasse evitar quebrar mais uma. Mas, ao mesmo tempo, *o que mais poderia fazer?*

Devagar, fecho os dedos ao redor do punho dele. Ele ainda sangra, mas não ligo. *Convém agora.*

— Você jura fidelidade à Guarda Escarlate?

Fico na expectativa de um sorriso. Em vez disso, a expressão dele endurece.

— Sob uma condição.

Ergo tanto as sobrancelhas que elas devem ter sumido debaixo da minha franja.

— A Guarda não faz barganhas.

— Não é um pedido à Guarda, mas a você — ele responde. Apesar de ser um homem capaz de se mover mais rápido do que um piscar de olhos, consegue dar o mais lento dos passos à frente. Nossos olhares se encontram, o azul com o dourado.

A curiosidade me vence.

— E o que é?

— Quero saber seu nome.

*Meu nome.* Dentro da Guarda Escarlate, isso não existe. Nomes não têm importância. Só patentes e codinomes importam de verdade. Como a minha mãe me chamava não vale nada para ninguém, muito menos para mim. É um fardo antes de mais nada, um lembrete doloroso da voz dela e da vida que tínhamos antes. De quando eu chamava o coronel de pai; de quando a Guarda Escarlate não passava de um sonho maluco de caçadores, fazendeiros e soldados ociosos. Meu nome é minha mãe, minha irmã Madeline e os túmulos delas cavados num vilarejo congelado onde ninguém mais mora.

Shade continua a me encarar, esperançoso. Percebo que está segurando a minha mão, sem se importar com o sangue coagulando sob meus dedos.

— Meu nome é Diana.

Pela primeira vez, o sorriso dele é sincero. Sem piadas nem máscaras.

— Você está conosco, Shade Barrow?

— Estou com vocês, Diana.

— Então vamos nos levantar.

A voz dele se une à minha:

— Vermelhos como a aurora.

**A MENSAGEM DECODIFICADA A SEGUIR
É CONFIDENCIAL
ACESSO RESTRITO A OFICIAIS**

Dia 34 da OPERAÇÃO TEIA VERMELHA, fase 1
Responsável: Capitã **CENSURADO**
Designação: OVELHA
Origem: Em trânsito
Destinatários: CARNEIRO em **CENSURADO**, COMANDO em **CENSURADO**

- Saindo de CORVIUM, rumo a DELPHIE. Paradas em postos dos ASSOBIADORES pelo caminho.

- Planos de iniciar a fase 2 dentro de 1 semana.
- Avisar agentes de CORVIUM que a segurança acredita que existem "bandidos e desertores" na floresta.
- Anexo: informação detalhada da esquadra aérea estacionada em DELPHIE. Dados trazidos pelo recém-jurado Ajudante B (codinome: SOMBRA) ainda em CORVIUM.
- Sugiro que Cabo E também faça o juramento.
- Sou e continuarei a ser o contato de SOMBRA na GE.
- SOMBRA será retirado de CORVIUM quando eu decidir.

- Resumo de CORVIUM:
  Mortos em ação: G. TYE, W. TARRY, R. SHORE, C. ELSON, H. "GRANDE" COOPER (5).
  Desaparecidos: T. BOREEVE, R. BINLI (2).
  Número de baixas prateadas: Zero (0).

**A MENSAGEM DECODIFICADA A SEGUIR  
É CONFIDENCIAL  
ACESSO RESTRITO A OFICIAIS**

Responsável: General **CENSURADO**
Designação: BATEDOR
Origem: COMANDO em **CENSURADO**
Destinatário: CARNEIRO em **CENSURADO**

- Informações da Aeronáutica boas. Operação em DELPHIE iniciada.
- Transporte de trem funcional entre ARCHEON e Cidade #1.

- Iniciar contagem regressiva de três semanas para OPERAÇÃO ALVA.

VAMOS NOS LEVANTAR, VERMELHOS COMO A AURORA.

— Sua menina tem culhões. BATEDOR.

— A menina fez nossa gente morrer. CARNEIRO.

— O resultado valeu o sacrifício. Mas o comportamento dela deixa a desejar. BATEDOR.

**A MENSAGEM DECODIFICADA A SEGUIR
É CONFIDENCIAL
ACESSO RESTRITO A OFICIAIS**

Dia 54 da OPERAÇÃO TEIA VERMELHA, fase 2
Responsável: Capitã **CENSURADO**
Designação: OVELHA
Origem: Albanus, NRT
Destinatários: CARNEIRO em **CENSURADO**

- ASSOBIADORES de CAPITAL VALLEY operando. Em ALBANUS para iniciar a remoção com ASSOBIADOR da GE, WILL.
- 30 ativos removidos em 2 semanas.
- SOMBRA ainda opera em CORVIUM. Informação: há troca de legiões nas trincheiras, o que deixa brechas.

VAMOS NOS LEVANTAR, VERMELHOS COMO A AURORA.

Odeio este trailer fedorento.

O contrabandista, o velho Will, acende uma vela, como se isso pudesse melhorar o cheiro. Só deixa o lugar ainda mais quente, mais abafado do que é possível. Mas apesar do fedor, me sinto relaxada.

Palafitas é um vilarejo sonolento, sem muitos motivos para se preocupar. Por acaso, foi aqui onde Shade nasceu. Não que ele fale muito de casa; só comenta da irmã. Mas sei que escreve para a família. Eu mesma "postei" a última carta, deixando-a no correio hoje de manhã. Ele disse que era mais rápido do que confiar no exército para entregar, e tinha razão. Assim a família vai receber a carta em mais ou menos duas semanas, e não após um mês, como qualquer correspondência vermelha.

— Então isso tem a ver com o *novo carregamento* que meus compatriotas estão levando pelos rios e pelas estradas para Harbor Bay, não é? — Will pergunta me encarando com olhos muito vivos para alguém de sua idade. Mas sua barba está mais rala do que no mês passado, e o corpo, mais magro. Ainda assim, ele se serve de uma xícara de chá com as mãos firmes como as de um cirurgião.

Educadamente, recuso o chá quente num trailer ainda mais quente. *Como ele consegue usar manga comprida?*

— O que você ouviu? — pergunto.

— Uma coisinha aqui, outra ali.

Esses Assobiadores são matreiros até o fim.

— É verdade. Começamos a transportar pessoas, e a rede dos Assobiadores tem sido fundamental para a operação. Espero que você concorde em entrar no esquema.

— Mas por que eu seria burro o suficiente para fazer isso?

— Bom, você foi burro o suficiente para jurar fidelidade à Guarda Escarlate. Mas se precisar de mais argumentos...

Com um sorriso, tiro cinco tetrarcas de prata do bolso, que mal tocam a mesinha antes de Will agarrá-las. As moedas desaparecem entre os dedos dele.

— Mais para cada item — completo.

Ainda assim, ele não concorda. Faz um drama antes de concordar, como os outros Assobiadores.

— Você seria o primeiro a negar — falo com um sorriso provocador. — E seria o fim da nossa parceria.

Ele agita a mão, desdenhando.

— Sempre me virei bem sem vocês mesmo.

— Tem certeza? — insisto, alargando o sorriso. *Will não é bom de blefe.* — Muito bem, vou embora e jamais vou sujar o seu... trailer de novo.

Antes mesmo de eu conseguir levantar, ele se põe de pé para me deter.

— Quem vocês planejam transportar?

*Consegui.*

— Ativos. Pessoas que serão valiosas para nossa causa.

Enquanto o observo, o brilho de seus olhos diminui. *Um truque de luz.*

— E quem decide isso?

Apesar do calor, um fio gelado corre pelas minhas costas. Lá vem a complicação de sempre...

— Operações no país inteiro estão à procura dessas pessoas. A minha também. Avaliamos, sugerimos os candidatos e esperamos a aprovação.

— Suponho que os velhos, os doentes e os jovens prestes a serem recrutados não são sugeridos. Não adianta salvar os que realmente precisam.

— Se tiverem habilidades valiosas...

— Pfff! — Will dispara, e suas bochechas ficam vermelhas. Ele bebe o chá em goles nervosos e seca o copo. O líquido, porém, parece acalmá-lo. Depois de baixar a xícara vazia, apoia a cabeça na mão, pensativo. — Imagino que seja nossa melhor esperança.

*Outro canal aberto.*

— Por enquanto.

— Muito bem.

— Ah, provavelmente vocês não terão problemas aqui, mas eu ficaria longe de qualquer prateado amanhã. Eles não vão estar muito contentes.

*Amanhã.* Só de pensar sinto meu sangue pulsar mais rápido. Não sei o que o coronel e o Comando planejaram. Só sei que inclui a minha gravação e algo que merece o hasteamento da nossa bandeira.

— Será que quero saber? — Will se pergunta com um sorriso sarcástico. — Será que *você* sabe?

Não consigo evitar rir alto.

— Você tem alguma coisa mais forte do que chá?

Ele nem tem a chance de responder já que alguém começa a esmurrar a porta do trailer. Will dá um pulo na cadeira e quase joga a xícara no chão. Eu a seguro com destreza, mas não tiro os olhos dele. Um velho tremor de medo percorre meu corpo e ambos permanecemos imóveis, à espera. Então me lembro: *soldados não batem antes de entrar.*

— Will Whistle! — diz uma voz de garota. Will é tomado por alívio, e sinto a corda de tensão que me prendia relaxar. Ele gesticula para eu ir para trás da cortina que divide seu trailer.

Faço o que Will pede e me escondo segundos antes de ela abrir a porta.

— Srta. Barrow! — ouço-o dizer.

*Mil coroas*. Resmungo palavrões enquanto caminho de volta à taverna na beira da estrada. *Cada um*. Por que escolhi uma quantia tão ultrajante? Não sei... A razão de eu concordar em ver a menina — *a irmã de Shade, só podia ser ela* — era menos obscura. Mas dizer que ia ajudar? Salvar o amigo, salvar *ela própria* do recrutamento? Dois adolescentes que nem conheço, ladrões que iam acabar fazendo seus atravessadores morrer? Mas lá no fundo, eu sei o motivo. Lembro do garoto em Rocasta, arrancado da mãe. O mesmo aconteceu com Shade e seus dois irmãos mais velhos diante daquela garota que veio até mim implorando hoje à noite. *Mare, o nome dela é Mare*. Implorou por si e por outro, o namorado provavelmente. Na voz dela, ouvi e vi tanta gente... A mãe de Rocasta. Rasha, parando para ver. Tye, morrendo tão perto do lugar de onde queria fugir. Cara, Tarry, Shore, Grande Coop. Todos se foram, arriscando a vida e pagando o preço que a Guarda Escarlate sempre cobra.

Não que Mare vá aparecer com o dinheiro. É uma missão impossível. Ainda assim, devo isso e muito mais a Shade pelos seus serviços. Imagino que livrar a irmã do recrutamento seja um preço pequeno a pagar pelas informações dele. E o que quer que ela traga vai direto para a causa.

Tristan se junta a mim no meio do caminho entre Palafitas e a taverna. Eu tinha certa expectativa de encontrá-lo lá, com Rasha, Pequeno Coop e Cristobel, os únicos remanescentes da nossa malfadada equipe.

— Sucesso? — ele pergunta enquanto ajeita cuidadosamente o casaco para esconder a pistola na cintura.

— Sim — respondo. Custou um esforço surpreendente pronunciar a palavra.

Tristan me conhece o suficiente para saber que é melhor não ser enxerido. Por isso, muda de assunto e entrega o rádio de Corvium.

— Faz uma hora que Barrow está enviando cliques.

*Entediado de novo.* Não sei quantas vezes já disse a Shade que o rádio é apenas para assuntos oficiais e emergências, não para me irritar. Ainda assim, não consigo evitar o sorriso. Faço o máximo para manter os lábios imóveis, pelo menos na frente de Tristan, e começo a fuçar no rádio.

Começo a clicar no receptor e envio um pulso que parece formado por pontos aleatórios. Mas na verdade dizem "Estou aqui".

A resposta dele vem tão rápida que quase derrubo o aparelho.

— Farley, preciso sair — a voz dele chia baixo no alto-falante minúsculo. — Farley? Preciso sair de Corvium.

Um arrepio de pânico percorre minhas costas.

— O.k. — respondo com a mente girando em velocidade máxima. — Você... você não consegue sair sozinho? — Se não fosse por Tristan, eu seria mais direta. Por que ele não consegue fugir daquela fortaleza tenebrosa?

— Me encontra em Rocasta.

— Combinado.

A MENSAGEM DECODIFICADA A SEGUIR
É CONFIDENCIAL
ACESSO RESTRITO A OFICIAIS

Dia 56 da OPERAÇÃO TEIA VERMELHA, fase 2
Responsável: Capitã **CENSURADO**
Designação: OVELHA
Origem: Rocasta, NRT
Destinatário: CARNEIRO em **CENSURADO**

- Parabéns pela explosão em ARCHEON.
- Em ROCASTA para remover SOMBRA.

VAMOS NOS LEVANTAR, VERMELHOS COMO A AURORA.

**A MENSAGEM DECODIFICADA A SEGUIR
É CONFIDENCIAL
ACESSO RESTRITO A OFICIAIS**

Dia 60 da OPERAÇÃO MURALHA, fase 2
Responsável: Coronel **CENSURADO**
Designação: CARNEIRO
Origem: **CENSURADO**
Destinatário: OVELHA em Rocasta

- Prossiga. Mande-o para TRIAL. Volte para a TEIA VERMELHA o mais rápido possível.

VAMOS NOS LEVANTAR, VERMELHOS COMO A AURORA.

Demoro mais tempo para chegar aqui do que o esperado. Isso sem mencionar o fato de eu ter vindo sozinha.

Depois da explosão em Archeon, está difícil viajar, mesmo pelos nossos canais de costume. Os barcos cargueiros e os veículos dos Assobiadores não circulam mais com tanta facilidade. E entrar nas cidades, mesmo em Rocasta, não é uma tarefa fácil. Os vermelhos precisam apresentar a identidade ou até o sangue em diferentes pontos de checagem ao entrar na cidade. E eu preciso evitar esses pontos a qualquer custo. Embora meu rosto estivesse coberto no vídeo em que anunciei a presença da Guarda Escarlate no país inteiro, não podia arriscar.

Até raspei a cabeça, despedindo-me da longa trança loira bem nítida na transmissão.

Crance, o Marinheiro que trabalha no comboio de suprimentos, teve que me levar escondida, e precisei usar muitos argumentos para convencê-lo. Ainda assim, consegui chegar na cidade sã e salva, com o rádio firme no cinto.

*Setor vermelho. Mercado.*

É lá que Shade quer me encontrar, e é para lá que preciso ir. Não me preocupo em cobrir o rosto ou usar capuz, o que daria às pessoas uma pista ainda melhor sobre a minha identidade. Em vez disso, uso óculos escuros para esconder a única parte do meu rosto que apareceu no vídeo. Ainda assim, sinto o perigo a cada passo. *O risco faz parte do jogo.* Mas, de certa forma, não temo por mim. Fiz minha parte, mais do que a minha parte, pela Guarda Escarlate. Poderia morrer agora e ser considerada uma agente bem-sucedida. Meu nome apareceria na correspondência de alguém, provavelmente na de Tristan, em tópicos para o coronel ler.

Me pergunto se ele lamentaria.

O dia está nublado, e o humor da cidade reflete o clima. A explosão está na boca de todos, nos olhos de todos. Os vermelhos demonstram um estranho estado de esperança e abatimento, e alguns cochicham sobre a suposta Guarda Escarlate. Mas muitos, os mais velhos principalmente, caçoam dos filhos, criticando-os por acreditar em besteiras, dizendo que só vamos trazer mais problemas para o povo. Não sou burra a ponto de parar para discutir.

O mercado fica bem no centro do setor vermelho, mas está lotado de agentes de segurança prateados. Hoje eles parecem lobos à caça, com as armas na mão, não no coldre. Ouvi notícias de rebeliões nas cidades maiores, de cidadãos prateados perseguindo qualquer vermelho que encontrassem, culpando qualquer um pelos atos da Guarda Escarlate. Mas algo me diz que esses agentes não estão aqui para proteger meu povo. Só querem incutir medo e nos manter calados.

Mas nem eles são capazes de parar os cochichos.

— Quem são eles?
— A Guarda Escarlate.
— Nunca ouvi falar.
—Você viu? Archeon Oeste em chamas...
— ... mas ninguém morreu...
— ... vão causar mais problemas...
— ... tempos cada vez piores...
— ... vão nos culpar...
— Quero encontrá-los.
— Farley.

A última fala vem em um sussurro morno contra o meu ouvido, num timbre tão familiar quanto meu próprio rosto. Viro por instinto e envolvo Shade num abraço, o que surpreende a nós dois.

— Também é bom te ver — ele sussurra.

— Vamos tirar você daqui — cochicho ao me afastar. Ao observá-lo melhor, descubro que as últimas semanas não foram fáceis. Seu rosto está pálido, com uma expressão abatida e círculos escuros ao redor dos olhos. — O que aconteceu?

Ele engancha o braço no meu e me conduz pela multidão que circula pelo mercado. Parecemos duas pessoas comuns.

— Uma transferência para a frente de batalha — ele responde.

— Punição?

Shade balança a cabeça.

— Não por passar informações. Eles não sabem que sou eu que vazo, que levo tudo para a Guarda. Não, a ordem é estranha.

— Estranha como?

— Pedido de um general. Alto escalão. Por *minha* causa. Não faz sentido. Assim como *outra coisa* não faz sentido. — Ele estreita o olhar, e faço que sim com a cabeça. — Acho que eles sabem, e acho que vão se livrar de mim.

Engulo em seco e espero que ele não note. Meu medo por ele não pode ser interpretado como nada além do profissional.

— Então vamos executar você primeiro, dizer que você fugiu e foi executado por deserção. Eastree pode falsificar os documentos como faz com os outros ativos. Além disso, já passou da hora de transferir você mesmo.

— Você faz ideia de para onde vai ser?

— Você vai para Trial, do outro lado da fronteira. Não vai ser muito difícil para alguém com suas habilidades.

— Não sou invencível. Não consigo saltar centenas de quilômetros, nem mesmo, bem, *me localizar* tão longe. Você consegue? — ele balbucia.

Sou obrigada a sorrir. *Crance deve resolver.*

— Acho que posso arranjar um mapa e um guia.

— Você não vai? — Shade pergunta. Digo a mim mesma que estou imaginando a frustração na voz dele.

— Tenho que tratar de outros assuntos primeiro. Cuidado — acrescento ao notar um grupo de policiais à frente. O braço de Shade aperta forte o meu e nos aproxima mais. *Ele vai saltar se necessário, e vou vomitar nas minhas botas de novo.*

— Tente não me deixar enjoada dessa vez — resmungo ao notar o sorriso torto dele.

Mas ele não precisa usar seu poder. Os policiais estão concentrados em outra coisa, numa tela de vídeo rachada, provavelmente a única no mercado vermelho. É usada para transmissões oficiais, mas não há nada de oficial no que estão assistindo.

— Esqueci que a Prova Real era hoje — diz um deles ao se inclinar para a frente apertando os olhos para enxergar melhor. A imagem fica turva às vezes. — Não conseguiu um aparelho melhor pra nós, hein, Marcos?

As bochechas de Marcos ficam cinza de raiva.

— Aqui é o setor vermelho, o que você esperava? Mas está convidado a voltar à patrulha se não está satisfeito!

*A Prova Real.* Lembro de alguma coisa sobre a expressão. Vi no resumo que recebemos sobre Norta, a maçaroca de informações que o coronel me fez ler antes de me mandar pra cá. Talvez seja alguma coisa sobre os príncipes... escolherem suas princesas. Torço o nariz à ideia, mas não consigo desgrudar os olhos da tela à medida que nos aproximamos.

Nela, uma garota vestida de couro preto demonstra seu estoque de poderes. *Magnetron*, percebo ao vê-la manipular o metal da arena onde está.

Então, um ponto vermelho cai e bate com tudo contra o escudo eletrificado que separa a magnetron do resto da elite prateada que assiste à demonstração.

Os policiais arquejam ao mesmo tempo. Um deles chega a desviar o rosto.

— Não quero ver isso — ele geme, como se estivesse prestes a vomitar.

Shade está cravado no chão, com os olhos fixos na tela para observar a mancha vermelha. Ele me segura mais forte e me obriga a ver. *A mancha tem um nome. É a irmã dele.*

*Mare Barrow.*

Sinto o corpo dele gelar assim que os raios a engolem.

— Era pra ela ter morrido.

As mãos de Shade tremem e ele precisa sentar no beco para evitar que o resto do corpo siga o exemplo delas. Caio de joelhos ao lado dele, com uma mão em seu braço trêmulo.

— Era pra ela ter morrido — ele repete com um olhar assustado e vazio.

Não preciso perguntar para saber que ele está repassando a cena na cabeça sem parar. A irmã mais nova caindo na arena da Prova Real. Sob todos os aspectos, caindo para a própria morte. Mas Mare não morreu. Foi eletrocutada ao vivo, mas não morreu.

— Ela está viva, Shade — digo, virando o rosto dele para me encarar. — Você viu com os próprios olhos. Ela levantou e correu.

— Como isso é possível?

Agora não é o momento de apreciar a ironia da situação.

— Já te perguntei a mesma coisa uma vez.

— Então ela também é diferente. — O olhar dele escurece e desvia do meu rosto. — E está com *eles*. Preciso ajudá-la.

Ele tenta levantar, mas o choque ainda não passou. Eu o ajudo a sentar de novo com a maior delicadeza possível, deixando que se apoie em mim.

— Eles vão matar minha irmã, Diana — ele sussurra num tom que me parte o coração. — Podem estar matando neste exato momento.

— Não sei, mas acho que não vão. Não podem. Não depois de todos terem visto uma vermelha que sobreviveu aos raios.

*Vão precisar explicar primeiro. Inventar uma história. Igual às histórias que contavam para encobrir nossa existência até garantirmos que não podíamos ser ignorados.*

— Ela marcou a própria posição — acrescento.

De repente, o beco parece pequeno demais. O rosto de Shade assume uma expressão que só um soldado é capaz de ter.

— Não vou deixar minha irmã sozinha.
— Ela não vai ficar só. Vou garantir isso.
Seu olhar endurece, refletindo minha decisão.
— Eu também.

**A MENSAGEM DECODIFICADA A SEGUIR
É CONFIDENCIAL
ACESSO RESTRITO AO COMANDO**

Dia 2 da OPERAÇÃO RELÂMPAGO
Responsável: Capitã **CENSURADO**
Designação: OVELHA
Origem: Summerton, NRT
Destinatários: COMANDO em **CENSURADO**

- Operação iniciada. MARE BARROW fez contato com WILL, o ASSOBIADOR, e CAVEIRA em ALBANUS. Jurou fidelidade à GE. Influência de SOMBRA deu resultado.
- Agente CRIADA será o contato dentro do PALACETE DO SOL.
- Agente MORDOMO fez contato a respeito de novo ativo para recrutamento dentro do PALACETE DO SOL. Vamos investigar mais.

VAMOS NOS LEVANTAR, VERMELHOS COMO A AURORA.

TRONO DESTRUÍDO

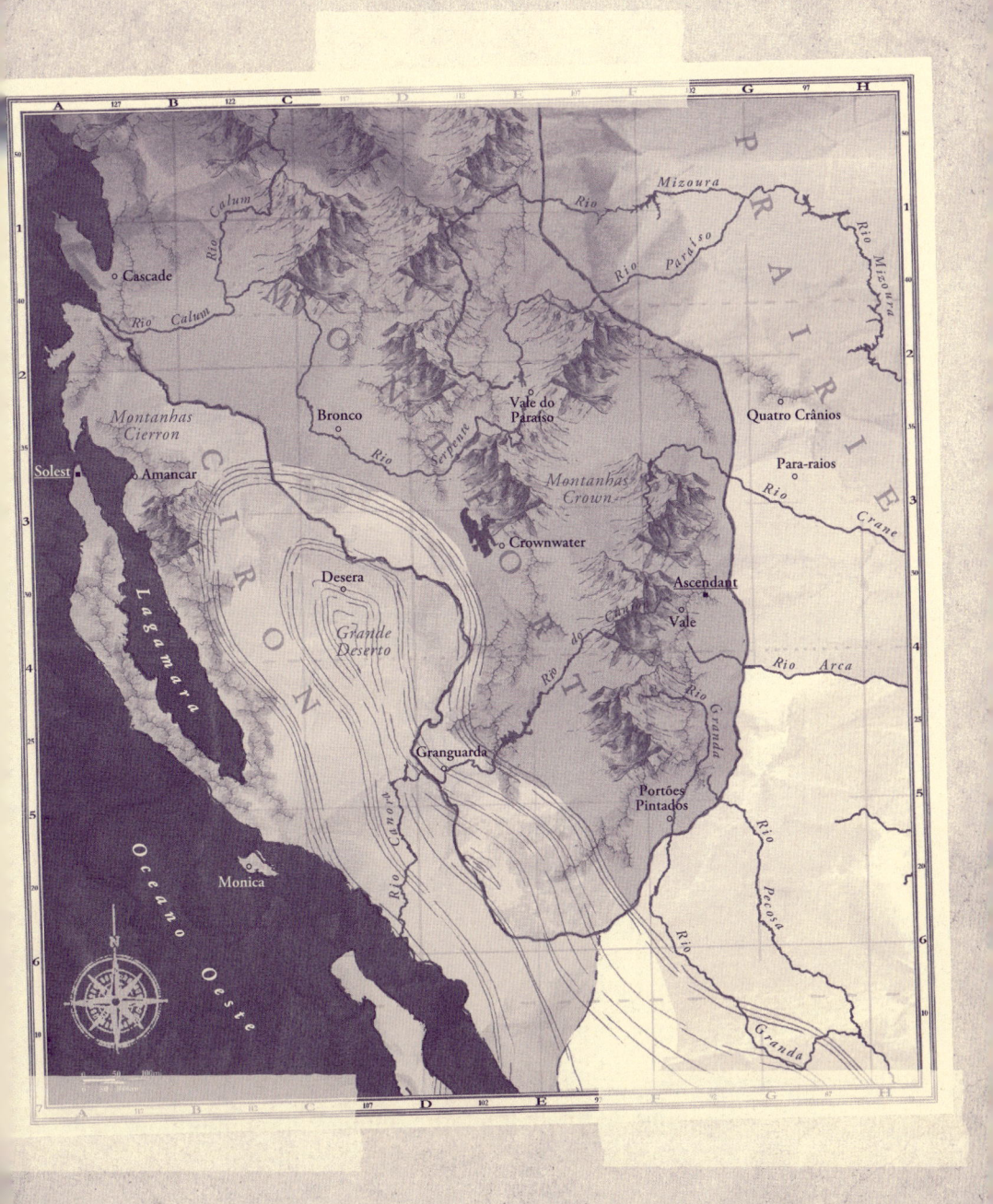

VICTORIA AVEYARD

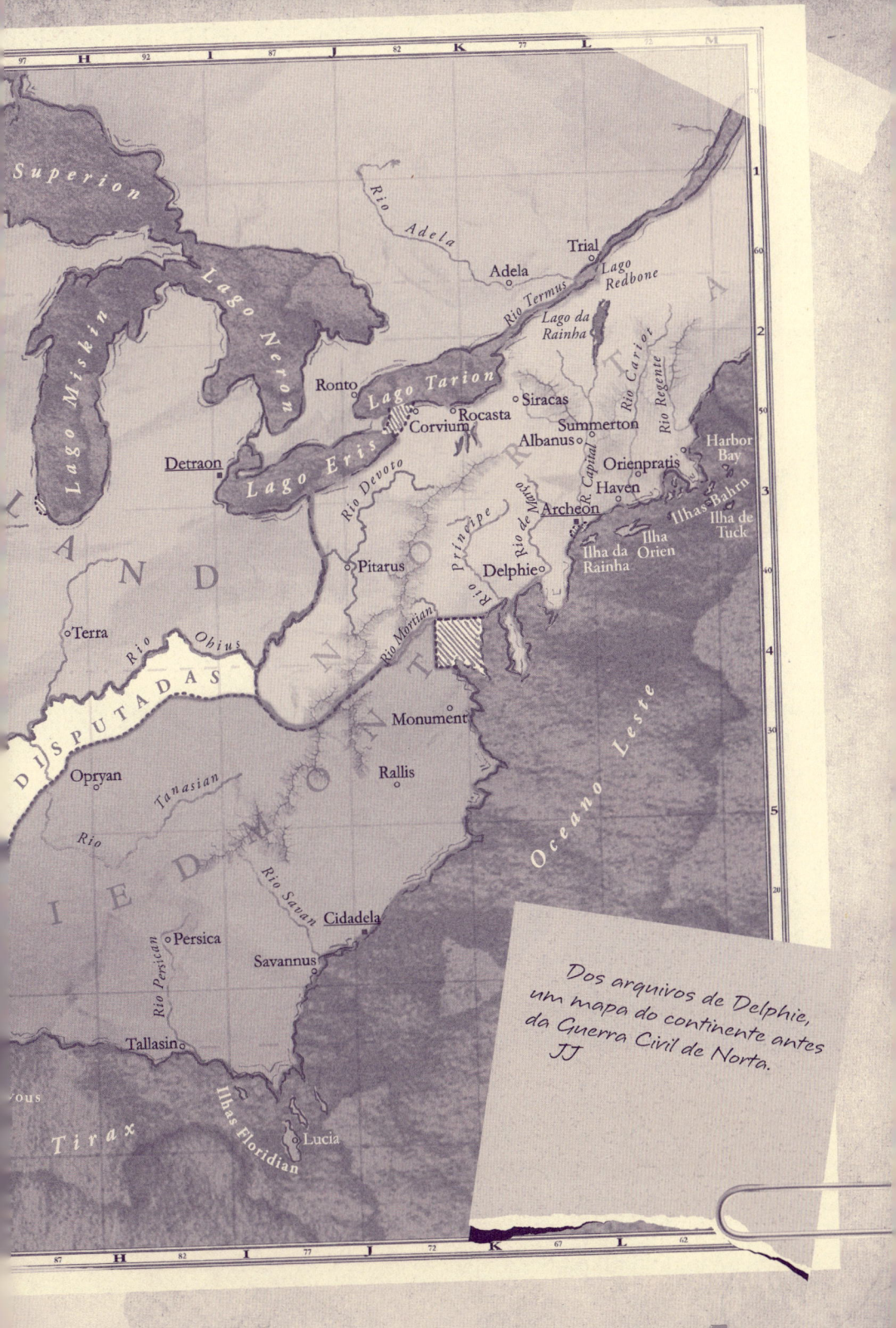

*Dos arquivos de Delphie, um mapa do continente antes da Guerra Civil de Norta.
JJ*

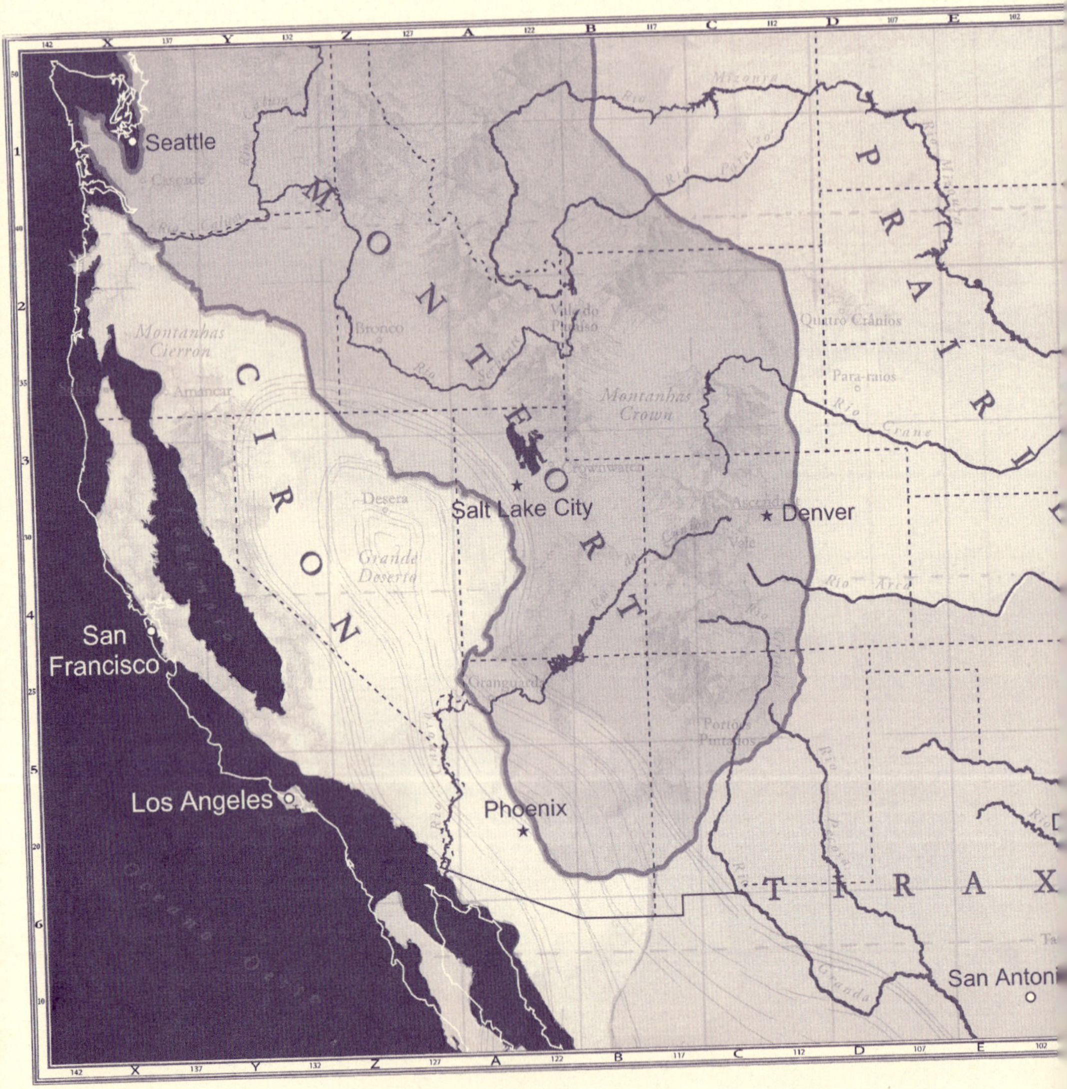

Seattle
MONTFORT
CIRON
Montanhas Cierron
Bronco
Montanhas Crown
Quatro Crânios
Para-raios
Salt Lake City
Desera
Grande Deserta
Denver
San Francisco
Los Angeles
Phoenix

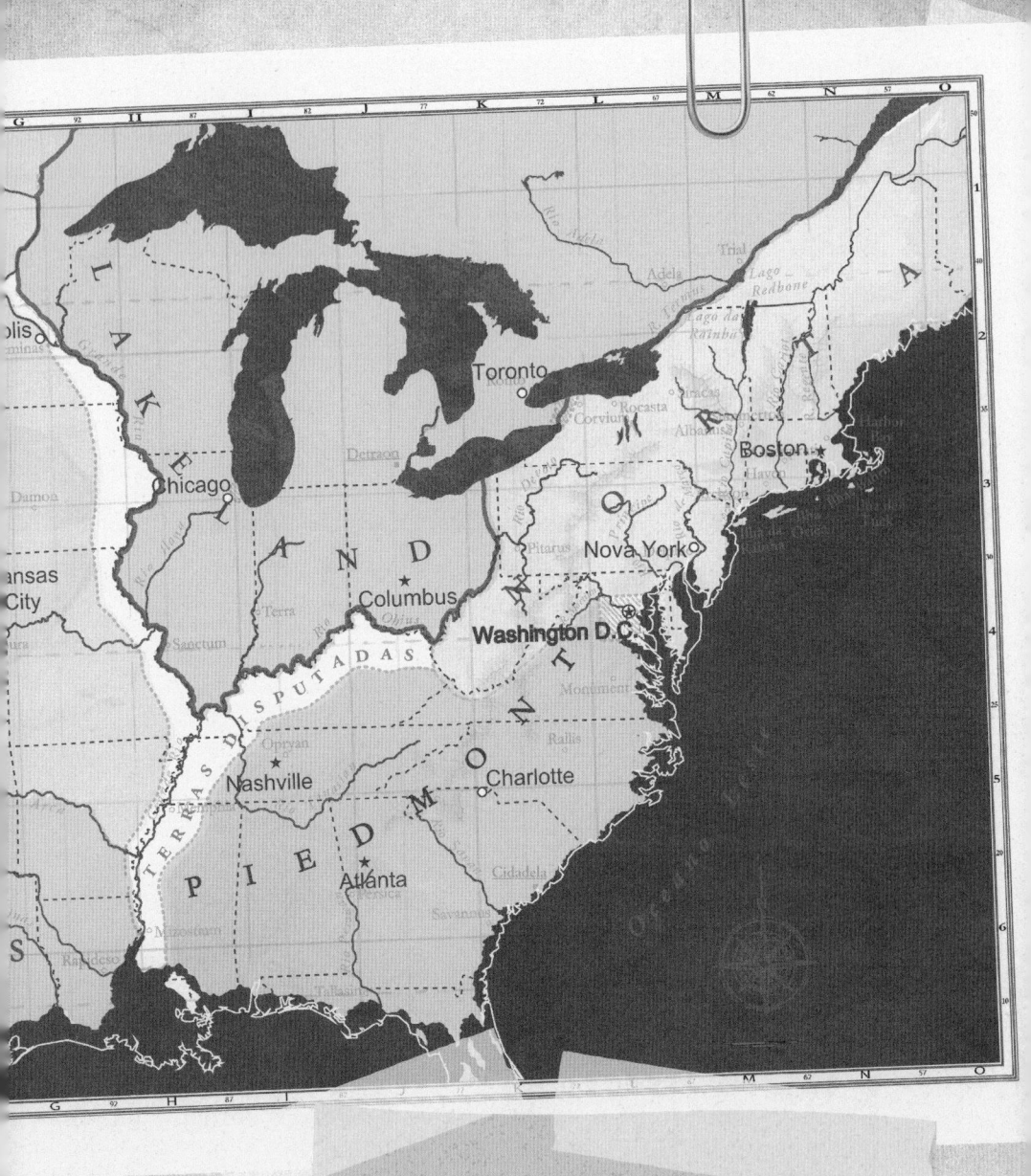

A partir de fontes de Delphie, da Montanha do Chifre e do meu próprio acervo, fiz o que pude para reconstruir um mapa do velho mundo sobreposto ao nosso. Trata-se apenas de uma primeira tentativa, e mais pesquisas são necessárias para acrescentar com precisão fronteiras e cidades há muito perdidas.

JJ

## PANORAMA DOS PAÍSES DO NOSSO CONTINENTE
Compilado e revisto por JULIAN JACOS

**NOTAS:**

> *Análise das formas de governo dos países no nosso continente, baseada tanto no arquivo histórico de Norta em Delphie como nas caixas-fortes da República na Montanha do Chifre. Informações recentes sobre o governo de Ciron, de partes de Prairie e de Tiraxes só podem ser confirmadas até o começo de 321 NE, antes da Secessão de Rift. Por isso, limitei o panorama de todas as nações até esse ano. — J. Jacos*

O **REINO DE NORTA** é uma monarquia absolutista, ou seja, o poder está concentrado nas mãos de um único governante. Os prateados ardentes da Casa Calore detêm a coroa há mais de trezentos anos. Essa dinastia é a única a governar Norta desde sua formação como Estado moderno.

Atualmente, o **REI MAVEN CALORE**, de dezoito anos, governa Norta, tendo herdado o trono depois que o pai, o **REI TIBERIAS VI**, foi assassinado. O irmão mais velho de Maven Calore, **TIBERIAS VII**, foi incriminado

*Para dizer o mínimo.*

e escapou da execução fugindo de Norta. Em alguns círculos de Norta, Tiberias VII é considerado o rei legítimo, o que aumenta a instabilidade do reinado de Maven.

O atual rei assinou um tratado de paz com Lakeland, encerrando a guerra que se arrastava por décadas entre os dois países. Ele vai se casar com a princesa Iris Cygnet, a segunda filha da rainha Cenra e do rei Orrec, de Lakeland.

A participação no governo do país está restrita às Grandes Casas, a nobreza de Norta. Os governos regionais passam de geração em geração, e é muito raro que uma região passe para as mãos de outra Casa. Os governadores das oito regiões do reino se reúnem frequentemente com o monarca e têm amplo controle sobre seus territórios. Contudo, os nobres de maior estatura de cada Grande Casa — atualmente 23 — recebem ainda mais poder. Todos são conselheiros do rei, e algumas Casas possuem mais influência de acordo com a força de sua família, seu território e seus recursos.

A sociedade é estruturada de acordo com o sangue, de modo que prateados e vermelhos vivem separados. Os prateados ainda são divididos entre nobreza e cidadãos comuns, embora tal estratificação seja nebulosa, já que o casamento entre prateados nobres e plebeus não é ilegal. É possível que os prateados comuns ascendam socialmente, por talento, acúmulo de riquezas ou casamento.

*Apenas a Casa Jacos conseguiu alcançar tão magnífica proeza nos últimos cinquenta anos*

*Possível, mas não recomendado.*

A população vermelha está excluída da participação política, sem qualquer representação no governo. Os vermelhos de Norta estão sujeitos a leis de recrutamento que obrigam aqueles acima de dezoito anos a servir as Forças Armadas caso não estejam empregados. A escassez de empregos constitui um problema na maioria das comunidades vermelhas que não são cidades técnicas. Os técnicos vermelhos são proibidos de servir as Forças Armadas, deixar a cidade em que nasceram ou mudar de profissão. O serviço militar pode durar várias décadas, com períodos de baixa antes da dispensa, ou até o vermelho não ter mais condições físicas de servir, por conta de ferimentos.

A educação dos vermelhos costuma ser sofrível, pois eles se concentram em sua profissão ou em se preparar para o recrutamento. Os vermelhos são formalmente proibidos de viajar pelo país, mas na prática é impossível aplicar a lei o tempo todo. Não são raros relatos de vermelhos nas imediações da fronteira sul que atravessam para as Terras Disputadas, a única região próxima sem governo prateado constituído. *[Aliás, sem qualquer tipo de governo.]*

O mercado negro, as organizações criminosas e o comércio ilegal se alastram pelas comunidades de maioria vermelha. Em cidades como Harbor Bay, os vermelhos criam e aplicam suas próprias leis diante da omissão dos prateados na organização da cidade.

Casamentos entre pessoas de sangue diferente são ilegais, e a miscigenação é malvista tanto por vermelhos como por prateados. Ao nascer, os vermelhos têm o sangue registrado. Amostras são entregues ao governo para os fins expressos de localização e controle. Contudo, já foi sugerido que o registro de sangue começou há várias décadas, quando as autoridades de Norta viram que havia uma mudança na população vermelha que daria origem ao fenômeno sanguenovo.

**O REINO DE LAKELAND** é uma monarquia absolutista. Os ninfoides prateados da Casa Cygnet são os atuais ocupantes do trono. Trata-se de uma dinastia bem grande, e tanto a **RAINHA CENRA** como o **REI ORREC** pertencem a ela, ainda que em ramos distintos. Ela é a monarca reinante. Como é costume em Lakeland, sua herdeira, a **PRINCESA TIORA**, não tem autorização para deixar as fronteiras do reino, a fim de assegurar a sobrevivência da linhagem. A própria rainha também está confinada ao país, só podendo sair em tempos de grande necessidade.

Os prateados de Lakeland são profundamente religiosos, e sua fé se baseia num panteão com dezenas de deuses onipotentes sem rosto nem nome. O povo celebra seus rituais em santuários, geralmente construídos perto da água ou de fontes. A religião de Lakeland está fortemente enraizada no ideal de equilíbrio e na noção de vida após a morte. Os prateados enterram seus mortos em seus poderes, e acreditam que aqueles que levaram uma vida condenável recebem seu castigo no além. Os vermelhos não seguem essa fé, e muito pouco se sabe a respeito da sua religião — não porque não acreditem em nada, mas porque suas múltiplas crenças são resguardadas por suas comunidades.

A longuíssima guerra entre Lakeland e Norta acabou com um tratado de paz proposto pelo rei Maven. Depois de firmá-lo, ele se casou com a princesa Iris Cygnet para selar um novo vínculo entre as nações, numa aliança contra a rebelião vermelha nos dois países. A Guarda Escarlate, uma organização rebelde vermelha [*conforme se autodefinem*], começou em Lakeland e depois se expandiu para o outro lado da fronteira para lutar contra as duas nações.

Apesar do histórico tumultuado, Norta e Lakeland são sociedades similares, em que os nobres prateados trabalham no governo, os prateados plebeus possuem certa possibilidade de ascensão, e os vermelhos são duramente oprimidos. Lakeland tem menos cidades técnicas que Norta, e a maior parte da mão de obra se concentra na agricultura. Há comida em abundância no país, embora a eletricidade seja escassa nas comunidades vermelhas.

---

O **PRINCIPADO DE PIEDMONT** é uma oligarquia aristocrática. O governo é repartido entre príncipes e princesas, e cada um deles possui seu próprio território, família e recursos.

O governo do país como um todo é cedido ao príncipe ou à princesa mais poderoso. A oligarquia pode eleger pelo voto quem ocupará o cargo, embora às vezes isso seja definido pela força militar. Atualmente, o título pertence ao **PRÍNCIPE BRACKEN** de Lowcountry, a maior região de Piedmont, com terras férteis e um valioso acesso à costa. Outros nobres de destaque em Piedmont são o **PRÍNCIPE DENNIARDE**, a **PRINCESA ANA** e a **PRINCESA MARRION**. Um dos maiores apoiadores de Bracken, o **PRÍNCIPE ALEXANDRET**, foi morto durante uma visita a Norta, o que desgastou a antes forte aliança entre as nações.

Sem que os monarcas do norte saibam, o príncipe Bracken está agora sob controle da Guarda Escarlate, com a ajuda da República de Montfort. Seus vastos recursos estão à disposição da Guarda e da República. A base militar em Lowcountry se tornou para ambos a primeira base de operações estável no leste.

Como em Norta e Lakeland, a atuação dos vermelhos em Piedmont é bastante restrita, e a maior parte deles trabalha na agricultura ou na indústria. Piedmont também se vale do recrutamento para fortalecer suas Forças Armadas e, ao mesmo tempo, controlar o tamanho da população vermelha.

---

As **TERRAS DE PRAIRIE** são estranhas em comparação com os vizinhos a leste, em grande medida por causa da sua vasta extensão e da população dispersa. O governo só pode ser descrito como uma cratocracia feudal. A vontade dos fortes é a lei nas planícies intermináveis. Chefes militares — homens e mulheres — controlam seus feudos por meio da força e da astúcia, e as propriedades costumam passar de uma linhagem de prateados para outra no espaço de uma geração. O filho de um chefe militar tem a mesma chance de perder o controle do território do pai quanto de assumir. Por isso, as linhagens e as dinastias não são tão importantes para os prateados dessas terras. Às vezes os mandatários até adotam sucessores ou os escolhem fora da sua própria linhagem.

Há quatro territórios principais em Prairie, controlados por seus respectivos soberanos. A chefe HENGE, *← Com base nas informações de Montfort* dobra-ventos, controla a região desde o rio Arca até as planícies ao norte do rio Crane, no território conhecido como SANDHILLS. Seu feudo lida constantemente com os saqueadores expulsos de Montfort, tanto na paz como na guerra. Henge vive numa pequena cidade chamada Para-raios, uma formação rochosa no meio da planície.

*Ainda incerto →* Mais ao norte, um pétreo, o chefe CARHDON, controla um vasto território conhecido como QUATRO CRÂNIOS, centrado numa montanha sagrada estranha em que estão esculpidas cabeças gigantes de quatro homens. A erosão as desgastou até que virassem espectros rachados e degradados, cujos nomes e rostos se perderam no tempo. *→ Isso é um desafio?*

O chefe RIONO, lépido, controla parte das terras férteis mais valiosas de Prairie e governa a partir da cidade de Mizoura. Seu território, O CORAÇÃO, faz uma tumultuada fronteira com as Terras Disputadas, e sabe-se que ele executa vermelhos que tentam fugir. O Coração está localizado na convergência de Prairie, Tiraxes, Piedmont, Lakeland e das Terras Disputadas, o que o torna um lugar caótico.

Por fim, a chefe NEEDA, ninfoide, governa o território de ESPELHOS a partir da cidade de Geminas, e seus domínios fazem uma tênue fronteira com as Terras Disputadas no Grande Rio e com Lakeland. Há rumores de que Needa é uma prima distante da Casa Cygnet, dos soberanos de Lakeland. Ela encoraja abertamente os vermelhos a fugirem e atravessarem a fronteira para trabalhar no seu feudo.

Os vermelhos de Prairie estão geralmente presos à terra em que nasceram e pertencem aos prateados que governam aquele campo ou planície. Os prateados, por sua vez, prestam vassalagem a seus senhores, o que se estende até os chefes militares, no topo da hierarquia feudal. Assim, a maioria dos vermelhos de Prairie são servos com pouca instrução. Sua expectativa de vida é mais baixa do que a dos vermelhos das nações vizinhas, e a maioria dos vermelhos nas Terras Disputadas são refugiados de Prairie.

---

A REPÚBLICA LIVRE DE MONTFORT foi formada a partir do colapso de vários pequenos reinos nas montanhas governados por lordes e monarcas prateados. O novo governo se baseia na representação popular independente do sangue. Os representantes são eleitos nas comunidades que constituem a República para participar da Assembleia do Povo, cujos assentos são repartidos igualmente entre vermelhos e prateados. O chefe de Estado é chamado de primeiro-ministro. Embora o primeiro deles tenha sido eleito diretamente pela Assembleia do Povo, o sistema se expandiu para contemplar os votos de toda a nação.

O primeiro-ministro DANE DAVIDSON já está há vários anos na liderança da República Livre. É um sanguenovo, do tipo escudo, nascido em Norta, mas fugiu para Montfort depois de escapar das Forças Armadas, que tentavam exterminar os sanguenovos.

Essa é a única nação do continente onde há igualdade de sangue, que só foi alcançada após uma guerra civil. Depois da queda dos reinos das montanhas e da formação de Montfort, os prateados que escolheram ficar na República juraram preservar o novo status quo. Eles receberam anistia por todos os crimes cometidos antes ou durante a guerra. Essa política foi defendida por LEONIDE RADIS, príncipe prateado do antigo reino de TETONIA, que abdicou do trono para viver na República. Ele é hoje um representante na assembleia. *E vai concorrer a primeiro-ministro no futuro, se minha intuição não falha.*

Devido à atividade vulcânica ainda caótica na região noroeste, e ao árido Grande Deserto na fronteira com Ciron, a maior parte da população de Montfort se concentra no leste. A capital ASCENDANT é a maior cidade, seguida de CROWNWATER, BRONCO e PORTÕES PINTADOS. A cidade portuária de CASCADE é a única de Montfort no Oceano Oeste.

Tanto por causa da geografia como das fronteiras, o caminho é muito difícil para aqueles que desejam chegar à República Livre. Contudo, existe no país

*Preciso falar com o primeiro-ministro para marcar uma visita.*

uma grande população de imigrantes, sobretudo da vizinha Prairie. Montfort possui uma política de fronteiras abertas a todos que aceitarem uma sociedade com igualdade entre os sangues. Os imigrantes prateados estão sujeitos a mais questionamentos do que os vermelhos, mas são bem-vindos. Eles devem jurar cumprir as leis que determinam a igualdade de todos os habitantes e evitar palavras e ações que tenham a finalidade de desvalorizar os vermelhos. As punições infligidas a prateados que tentarem minar a igualdade de sangue são exemplares e vão do exílio à pena de morte.

Montfort alega ter a maior população de sanguenovos, embora seja difícil confirmar, visto que as nações governadas por prateados ou não reconhecem a existência de sanguenovos ou ainda não começaram a registrá-los. Muitos sanguenovos na República são refugiados e provavelmente vão se alistar nas Forças Armadas para defender seu novo país.

As forças armadas de Montfort dispõem de tecnologia muito avançada, em grande medida graças às informações preservadas nas caixas-fortes da Montanha do Chifre. A República Livre também promove o alistamento militar, e a maior parte dos cidadãos serve ou já serviu no Exército. As guerras na origem da formação de Montfort ainda estão vivas na memória de quase todos, e a maior parte dos cidadãos deseja ardentemente estender seu estilo de vida a seus irmãos vermelhos oprimidos. Os cidadãos de Montfort partilham do mesmo orgulho pelo país e veem como seu dever libertar o resto do mundo.

---

Como Lakeland, o governo de **CIRON** está fortemente ligado à religião, e é uma mistura de monarquia e teocracia. O monarca e o líder religioso, conhecido como a Voz do Sol, governam juntos. Antes da coroação, o pretendente ao trono deve ser abençoado e aceito pela Voz, o que já resultou em diversas crises de sucessão ao longo dos séculos. Ciron é a monarquia mais duradoura do continente, com uma dinastia originada há mais de mil anos, quando os prateados eram poucos e adorados como deuses em suas terras.

O atual rei de Ciron é o ardente **ILFONSO FINIX**, da longeva dinastia Finix. A Voz do Sol é uma prateada chamada **SERANNA**, talentosa sombria sem sangue nobre. Tanto a Coroa como o cargo religioso devem sempre passar para ardentes e sombrios, respectivamente, pois o fogo e a luz são o mais perto que a humanidade pode chegar do sol na terra.

Como acontece em Montfort, a costa noroeste de Ciron está sujeita a intensa atividade vulcânica. Lagamara, o grande mar interior no oeste, é sagrado na religião de Ciron e vital à economia do país. Suas margens são incrivelmente férteis para a agricultura, ao passo que a indústria da pesca floresce por todo o mar.

Os vermelhos trabalham tanto nas fazendas como no mar, concentrados nas comunidades pesqueiras do litoral e nos subúrbios das cidades. Embora atualmente não sejam recrutados à força para o serviço militar, sabe-se que Ciron recorre a essa prática em tempos de guerra. Por causa do clima inóspito do Grande Deserto, muitos vermelhos desistem de tentar fugir para Montfort, ou morrem na tentativa.

Tanto a Voz do Sol como a monarquia têm sua sede na cidade de Solest, local sagrado na ponta da enorme península que margeia o Lagamara. Dali, os residentes podem ver o nascer e o pôr do sol, momentos considerados sagrados e de prece.

Devido à distância e ao Grande Deserto, Ciron permanece no geral alheia às guerras dos países a leste. Lidam mais com Tiraxes na fronteira sul e mantêm uma neutralidade tênue com Montfort.

*Então ninguém nunca deve chegar a uma decisão.*

**O REINO DE TIRAXES** é uma triarquia — o poder é repartido entre os herdeiros de três dinastias prateadas que governam a nação em conjunto. Cada rei ou rainha cuida do próprio território, ao passo que decisões que afetem o reino como um todo, como entrar ou não em guerra, devem ser tomadas de forma unânime. Por causa da vasta extensão do reino, que abrange grande diversidade de climas e paisagens, os senhores prateados costumam deixar em paz os vermelhos que não vivem nos principais centros populacionais. Há rumores de enclaves exclusivamente vermelhos ao longo da fronteira oeste e no deserto ao sul.

A rainha do oeste, MAILUNA TORMAS, governa o deserto, as montanhas e as pastagens entre o lado oeste do rio Pecosa e a fronteira a sudoeste com Ciron. É uma tempestuosa, como os demais de sua linhagem, e seu poder permite que o território estéril floresça sob tempestades e enchentes revitalizantes. Ao longo do último século, a linhagem dos Tormas vem transformando trechos do deserto em áreas propícias à agricultura.

O rei do norte é o curandeiro de sangue AMBROSIN, que há muito passou dos cem anos, mas é tão poderoso que não envelhece e se tornou quase imortal. Ambrosin é filho da rainha ANDURA CALORE, uma das duas mulheres a governar Norta. Como herdou o poder de curandeiro de sangue do pai, foi excluído da linha sucessória dos Calore, abandonou seu sobrenome e foi buscar a sorte em outro lugar. Seus domínios vão da fronteira com Prairie até o rio Roja. Sua capital, VIGIA, sofre frequentes ataques por parte de Sandhills e de saqueadores, às vezes em conjunto.

BELLEZ ALLIRION, a rainha de Midland, é a mais forte dos três triarcas. Governa a maior parte da população de Tiraxes a partir da capital, Cuatracastela. Seu território se estende da costa até o interior, entre os rios Roja e Pecosa. Ela não só é uma observadora talentosa, capaz de prever o futuro imediato, como é famosa por todo o território sul por sua beleza.

Tiraxes é a única nação a negociar abertamente com as organizações criminosas das Terras Disputadas. O rei Ambrosin fez até um acordo que permite a navegação de suas embarcações pelo Grande Rio em parceria com os contrabandistas.

---

As **TERRAS DISPUTADAS** são pura anarquia.

*Tentador*

# O MUNDO QUE
FICOU PARA TRÁS

# UM

*Ashe*

❦

Tenho só vinte anos, mas já vivi inúmeros Dias de Ratos, como marujo e capitão. São todos iguais.

Este começa como qualquer outro. Movimentado, fétido, barulhento. Um mar de rostos e mãos acenando se estende pelas docas imundas à margem do rio, centenas de bocas abertas em súplica, dedos apertando bolsas cheias ou pilhas inúteis de papel-moeda. Suplicam em muitas vozes, todas pedindo a mesma coisa. *Nos leve embora. Nos leve pelo rio. Me carregue para o oeste, para o sul ou para o norte, em qualquer direção menos a de onde venho.* Como ratos em uma jangada em chamas, tentando subir pelos cordames.

Antes eram apenas os vermelhos que olhavam rio abaixo, ansiosos para fugir do domínio prateado das Terras da Coroa. Dispostos a desbravar as Terras Livres e enfrentar os infames homens do rio, buscando uma vida melhor do que a que deixaram para trás. Agora não mais. Há uma guerra acontecendo, espalhando-se como uma doença pelos reinos do leste. Nem os prateados estão imunes a ela. Não são todos que fogem, mas os que o fazem são como o resto de nós. Acho isso reconfortante de certo modo.

A maioria dos homens do rio são vermelhos. Os poucos prateados entre nós vivem mais para o sul, na fronteira com Tiraxes ou nas poucas cidades fundadas no Grande Rio. Não vêm mais para o norte. Não vale seu tempo nem o risco de enfrentar seus iguais. São covardes egoístas, não importa a quem jurem lealdade, dispostos a enfrentar apenas aqueles que sabem que conseguem derrotar.

E muitos homens do rio vermelhos não levam prateados em seus barcos. A maioria de nós os odeia, detesta suas habilidades, detesta quem são. Eles não valem o esforço ou a dor de cabeça, por mais que paguem.

Eu não. Não existem cores em um Dia de Ratos. Nem vermelho nem prateado. Tudo o que importa no meu barco é a moeda.

Faço as contas de cabeça rapidamente, observando a doca. Eu poderia cobrar a passagem de seis — eles até caberiam lá embaixo, com a carga que trouxe rio acima na fronteira. Melhor se forem crianças pequenas. Uma família é o ideal. Teriam um destino único e trabalhariam juntos, controlando uns aos outros. Haveria menos chance de encrenca. *Serviço tranquilo, rio tranquilo.* O velho ditado de meu pai parece uma oração de Lakeland, pairando mais alto que os gritos do outro lado do rio.

Eu me apoio nos cordames do barco, os olhos apertados contra os raios do sol nascente que atravessam as árvores na margem de Lakeland. Deve ter pelo menos duzentas almas perdidas querendo passagem, como ratos nas docas. Com apenas três barcos esperando, incluindo o meu, a maioria vai ter suas esperanças destruídas.

Este nem é um dos pontos mais movimentados da travessia, como a cidade portuária de Geminas, as ilhas Memphia, os Portões de Mizostium ou as grandes confluências ao longo do Grande Rio. Mas essa parte do Ohius tem as docas públicas mais próximas da fronteira com Rift, uma região agora em franca revolta contra Norta. Refugiados vermelhos e desertores prateados afluíram rio abaixo nos últimos meses, como folhas levadas pela corrente. A situação deve estar indo de mal a pior no leste — porque meu negócio vai de vento em popa.

Prefiro o simples contrabando ao transporte de passageiros, se tiver a opção. A carga não fala nem retruca. Agora, metade do meu pequeno barco está abarrotada de engradados, alguns estampados com a coroa de Norta, outros com a flor azul do rei e da rainha de Lakeland. Não pergunto o que transporto, mas posso adivinhar. Grãos de Lakeland, baterias recém-saídas das fábricas nas favelas de Norta. Óleo combustível, garrafas de álcool. Tudo roubado, para ser entregue rio abaixo, ao sul, ou rio acima, ao oeste. Aposto que vou trocá-los por engradados estampados com a montanha de Montfort para a viagem de volta. Armas e munição descem o rio Arca até o Grande em praticamente todos os barcos, a caminho dos rebeldes que estão combatendo no nordeste. O transporte de armas rende mais, mas traz mais riscos. A maioria das patrulhas das Terras da Coroa deixa os homens do rio passarem em troca de suborno, a não ser que você esteja carregando armas. Isso pode lhe render uma bala se tiver sorte, ou tortura se os patrulheiros prateados estiverem entediados.

Não tem nenhuma arma no meu barco hoje, exceto as que minha pequena tripulação e eu carregamos. Não dá para viajar pelas Terras Livres desarmado.

Os outros dois barcos, tão rasos quanto o meu, construídos para navegar por correntes fortes e atravessar rios e riachos instáveis, esperam a estibordo. Conheço os capitães, e eles me conhecem. A velha Toby acena da proa de sua embarcação, com um lenço vermelho feito de retalhos em volta do pescoço, apesar da umidade do começo de verão. Ela se juntou à Guarda Escarlate e trabalha quase exclusivamente para eles agora. Deve ter um acordo esperando para embarcar. Agentes da guarda ou coisa do gênero, pegando o transporte só o rio sabe para onde.

Balanço a cabeça. Não vale o esforço, esse pessoal da Guarda. Com eles você acaba morto mais rápido do que transportando armas.

— Quer escolher seus ratos primeiro, Ashe? — o outro capitão, Hallow, grita para mim do seu convés. Ele tem a minha idade e é magricela como um espantalho, mais alto do que eu, mas não me importo. Prefiro músculos à altura. Hallow é tão claro quanto sou escuro, castanho desde meu cabelo e meus olhos às mãos desgastadas pelo rio enfiadas nos bolsos. Nossos pais trabalhavam juntos rio abaixo nos Portões. Morreram juntos também.

Faço que não.

— É a sua vez — respondo, sorrindo para ele. Sempre deixo Hallow escolher primeiro, desde que conseguimos nossos barcos dois anos atrás.

Ele acena para mim, depois para os membros de sua tripulação. Eles começam a agir, dois usando varas compridas para direcionar o barco para o centro do rio, onde a água é mais funda e a corrente mais constante. A terceira, a apressadora, pula para o barco menor amarrado à lateral da embarcação. Com as mãos firmes, desamarra-o e vai remando até as docas, com cuidado para parar a alguns metros de distância.

Embora as leis de Lakeland não proíbam nosso serviço, tampouco o facilitam. Nenhum homem do rio pode pôr os pés na margem de Lakeland, onde a fronteira é rigorosamente traçada. Devemos cumprir nosso serviço na água, ou do nosso lado do rio. Não existe patrulha nesta doca, ou mesmo um posto avançado, mas é melhor tomar todas as precauções possíveis. Os tempos atuais são tão imprevisíveis quanto o degelo primaveril.

A apressadora grita para a multidão de ratos amontoados na margem, e o vaivém de barganhas começa. Ela mantém a arma em riste, onde a multidão possa ver. Dedos são erguidos, moedas brandidas, cédulas de todas as Terras da Coroa tremulam sob a brisa. A apressadora se comunica com Hallow através de gestos que todos conhecemos bem, e ele responde com mais gestos. Depois de um momento, três vermelhos saltam para a parte rasa do rio, cheios de malas. São adolescentes desajeitados e parecem irmãos. Provavelmente fugindo do recrutamento em Norta. De família de mercadores, com pais amorosos e dinheiro suficiente para chegar à fronteira entre um suborno e outro, e então pegar um barco. Os desgraçados têm sorte. Normalmente, quem foge do recrutamento tem pouco a oferecer, e às vezes há um patrulheiro prateado na sua cola. Odeio levar fugitivos e desertores. *Trabalho revolto, rio revolto.*

Não demora para Hallow embarcar seus passageiros, levados rapidamente no barco menor. Ele deve estar contrabandeando muita carga para levar apenas três a bordo. Nossos barcos têm o mesmo tamanho, e me pergunto o que tem em seu porão. Hallow não é tão cauteloso quanto eu. Ele se deixa levar pela vontade do rio.

Sorri para mim e faz um floreio, mostrando o dente de ouro no lugar do canino. Tenho um igual, completando o par.

— Deixei os ratos sedentos por você, capitão — ele grita mais alto que o bramido do rio.

Faço sinal para minha tripulação e o barco se move, assumindo o lugar da embarcação de Hallow.

Meu apressador, Ean Grandalhão, já está em seu barquinho, com o corpo largo ocupando quase metade do espaço.

— Seis — murmuro para ele, me debruçando na beirada. — Você sabe o que prefiro.

Ele só acena e grunhe, empurrando a embarcação com o remo. Com algumas braçadas fortes, manobra o barquinho até a ponta oposta de onde Hallow pegou seus ratos.

Fico olhando para onde vai, protegendo os olhos com a mão. Do centro do rio, consigo vasculhar os rostos à procura de bons serviços. *Rio tranquilo.*

Um grupo de quatro pessoas se destaca numa ponta da doca, todos cobertos por mantos azuis e sujos de lama. O casal de mulheres que se abraça junto com as crianças usa uniforme. Claramente são criadas de uma boa casa prateada. Com certeza terão dinheiro, se não algo mais valioso para trocar. Joias roubadas do patrão, facas adornadas da patroa.

Faço sinal para Ean Grandalhão, gesticulando para que se aproxime deles, mas já está focado em outra pessoa de pé na beira do rio. Entre as dezenas suplicando, curvando-se para contar sua história ou barganhar, ele aponta para uma figura na multidão. Estreito os olhos, me esforçando para avaliá-la do meu lugar na proa.

Alta, de capuz, com um casaco imundo grande demais para seu corpo. Quase chega a arrastar pelo chão das docas sujas. Quase.

O casaco não esconde as botas de couro engraxadas, ajustadas e bem-feitas.

Ranjo o maxilar ao ver uma moeda de ouro verdadeira reluzir entre seus dedos, refletindo a luz da aurora.

Alguém empurra seu ombro com força, lutando pela atenção de Ean Grandalhão, mas ela não cede, imóvel. Diz algo a Ean Grandalhão que não consigo ouvir.

Ele olha para mim. *Ela vai pagar dez vezes o valor, em ouro*, avisa.

*Pode trazer*, respondo com tranquilidade.

Com um gesto, ele passa a mensagem adiante e ela salta da doca, entrando na água até o quadril, sem hesitar. Em um instante, sobe no barquinho de Ean Grandalhão, encolhida em seu casaco apesar do calor crescente. Entrevejo uma mecha de cabelo preto, liso e reluzente sob o capuz antes que a esconda.

Sinto um frio na barriga, um velho pavor se instalando em mim. Já desconfio — mas não vou ter certeza até olhar nos olhos dela.

Como é o caso de todos os ratos gordos, aqueles que pagam mais do que deveriam pelo que oferecemos, Ean Grandalhão a traz de volta sozinha. Preciso avaliar essa mulher, entender por que está desperdiçando tanto ouro em uma jornada de poucos dias. E se ela vale o risco do transporte. Se não, vou jogá-la de volta no rio e deixar que continue a ratear na costa.

Ela sobe no convés sem ajuda, pingando água por toda parte. Seu casaco fede a esgoto. Franzo o nariz ao me aproximar, fazendo sinal para Ean Grandalhão e meus remadores, Gill e Riette, esperarem. Ela não abaixa o capuz, então o faço por ela.

Veias prateadas cobrem seus olhos e sua pele é cor de bronze frio. Tento não recuar.

— Metade do ouro agora, metade nos Portões — é tudo o que ela diz, a voz suave e lenta com um sotaque intenso de Piedmont. Sardas pontilham suas bochechas, uma constelação de estrelas sob os olhos pretos e oblíquos. — Estamos de acordo?

Ela é culta, rica e nobre, apesar do casaco asqueroso. E quer ir até o fim da linha, até os Portões de Mizostium, onde o Grande Rio encontra o mar.

Cerro os dentes.

— Como se chama e por que quer atravessar o rio?

— Estou pagando pelo transporte, não pelas perguntas — ela responde sem hesitar.

Com sarcasmo, aponto para o barco menor.

— Você pode encontrar outra embarcação se não quiser responder perguntas.

A resposta dela é rápida mais uma vez. Sem pensar duas vezes. Acho que nem ela sabe o que é hesitar.

— Meu nome é Lyrisa — diz, de cabeça erguida. Ela me olha de cima a baixo. Tenho a impressão de que desprezou homens como eu a vida inteira. — Sou uma princesa legítima de Lowcountry, e preciso chegar aos Portões de Mizostium o quanto antes.

Quase a jogo de volta no rio no mesmo instante. Mas o perigo de sua habilidade, treinada e letal, seja ela qual for, me detém. Atrás dela, Gill aperta o remo. Como se pudesse dar um golpe nela e acabar logo com aquilo. Riette é mais inteligente. Abre o coldre e deixa a mão a postos sobre a pistola no quadril. Nem os prateados são imunes a balas. *A maioria não é, pelo menos.*

Queria poder pegar minha arma, mas ela ia notar.

— Quantos e quais caçadores prateados de seu pai estão te seguindo?

Finalmente ela vacila, apenas por um momento. Baixa os olhos para o convés, então volta a me encarar.

— Meu pai está morto.

Um canto da minha boca se ergue em um sorriso frio.

— Seu pai é o príncipe regente de Piedmont, que está em guerra contra Rift. Os homens do rio não são tão tolos quanto vocês pensam.

— Bracken é meu tio, irmão da minha mãe — ela retruca. Seus olhos se estreitam e me pergunto qual é sua habilidade. De quantas formas ela pode me matar ou aniquilar minha tripulação. Por que alguém assim precisaria da nossa ajuda? — Meu pai morreu há seis anos. Não menti e me sinto ofendida pela insinuação, vermelho.

Apesar de seu sangue, da tendência prateada de enganar, roubar e tirar proveito dos vermelhos, não vejo em seus olhos nem escuto em sua voz nenhum sinal de desonestidade. Ela não se retrai diante da minha inspeção.

— Quantos caçadores? — volto a perguntar, me aproximando dela contra todos os meus instintos vermelhos.

Lyrisa não se move. Nem se retrai nem avança.

— Nenhum. Eu estava viajando para o norte a caminho de Lakeland com um comboio quando fomos atacados por rebeldes. — Ela aponta com o polegar para a margem atrás de si. A brisa agita seus cabelos, soprando uma mecha preta, brilhante e farta sobre o ombro. — Sou a única sobrevivente.

*Ah.* Me dou conta.

— Imagino que queira que seu tio pense que você morreu com o resto?

Ela assente, sem revelar qualquer emoção.

— Sim.

*Uma princesa prateada abandonando o reino, morta para todos que a conheciam. E querendo continuar assim.* Fico intrigado, para dizer o mínimo.

Talvez nem todos os Dias de Ratos sejam iguais.

Minha decisão já está tomada. O ouro oferecido, dez vezes maior que o valor habitual, vai sustentar a jornada e minha tripulação. Não posso falar pelos outros, mas quase toda a minha parte vai para minha mãe guardar. Viro de lado, mostrando o convés para a princesa. Ergo a mão, apontando para os bancos baixos perto do porão abarrotado de carga.

— Encontre um lugar e não atrapalhe — digo a ela, voltando a atenção para o apressador ainda no rio. — Ean, a família de casaco azul. Veja o que está oferecendo.

Lyrisa não se move, mantendo a calma. Está acostumada a ter o que pede, ou exige.

— Capitão, estou pagando para me levar sozinha. Estou com pressa.

— Muito bem, prateada — respondo, me debruçando na lateral do barco. Abaixo de mim, Ean já está com a mão na escada de corda, pronto para retornar a bordo. Faço sinal para ele voltar enquanto Lyrisa se senta, de braços cruzados.

Falo mais alto do que preciso.

— Ean, os de casaco azul.

Só existe um capitão a bordo do meu barco.

# DOIS

*Ashe*

❦

Ela joga o casaco podre no rio assim que seguimos viagem, sem se dar ao trabalho de observá-lo ser levado pela corrente e se enroscar nas raízes ao longo da margem. Ele vai manchando a água conforme segue, soltando terra e coisa pior. Imagino que seja sangue, excremento ou ambos. Não que eu vá perguntar. Já transportei prateados antes, e o rio segue tranquilo quando mantemos distância deles.

A família vermelha que pegamos também sabe disso. O casal de mulheres, uma de pele escura e a outra clara, mantêm os filhos de costas para a princesa de Piedmont, todos evitando seu olhar. Ela não parece ligar e se recosta, apoiada nos cotovelos, desfrutando do espaço amplo que a distância deles lhe proporciona.

Gill lança um olhar para ela de seu lugar na lateral do barco, com o remo comprido na mão. Rema de maneira metódica, nos fazendo desviar das rochas e dos trechos rasos do rio. Gill tem mais motivos para odiar prateados do que a maioria, mas controla sua raiva. Passo por ele a caminho da proa e aperto seu ombro.

— Só até os Portões — murmuro, lembrando-o de nosso objetivo. Apenas duas semanas, se tivermos sorte com a corrente e as patrulhas. Já atravessei os Portões em menos tempo, mas prefiro não forçar o barco nem a tripulação. Além do mais, o rio parece tranquilo. Não há por que complicar as coisas.

— Até os Portões — ele repete. Não é difícil ouvir as palavras não ditas. *E nenhum segundo a mais.*

Concordo com a cabeça. A princesa de Piedmont logo estará longe.

Conhecemos o caminho para os Portões como a palma de nossas mãos bronzeadas e calejadas, como o convés do barco. Descer o Ohius até a confluência é o pior trecho. À nossa direita, ao norte, fica a margem de Lakeland, a fronteira com as Terras da Coroa traçada até a beira da água. À esquerda, ao sul, se estendem as Terras Livres. Essa parte do nordeste é apenas floresta e campo, coberta de mato. Se uma patrulha de Lakeland decidisse nos investigar aqui, não teríamos escolha a não ser fugir por terra. Os barcos são rápidos, mas não tanto quanto veículos de transporte, e não servem de muita coisa caso um lorde ninfoide poderoso decida voltar o rio contra nós. Senti apenas uma vez a água se voltar contra mim, e foi mais do que suficiente. Não pretendo enfrentar aquilo outra vez.

Comparo nosso avanço com o das embarcações dos outros capitães. A velha Toby ficou para trás, já longe de vista. Seu trabalho com a Guarda Escarlate deve exigir uma movimentação lenta, ou muitas paradas ao longo da fronteira. Definitivamente não invejo um serviço como o dela. Tampouco tenho vontade de me meter com os rebeldes, por mais convincentes que soem seus discursos. Eles certamente não levam a um serviço tranquilo ou rio tranquilo.

Hallow está quase cem metros à frente, o barco baixo na água. Deve continuar visível até chegarmos à confluência, onde o Ohius e o Grande se encontram. Então, vai passar um dia ou mais despejando carga para seguir rio acima. Só vou vê-lo de novo nos Portões.

Da proa, consigo ver Lakeland se estendendo ao longe em campos claros de trigo e milho. À meia altura. O verão está chegando ao fim e, no outono, haverá a colheita para o inverno. Todo ano, passo pelos trabalhadores, vendo o suor e a labuta dos vermelhos para seus lordes distantes. Às vezes, eles correm até a margem ao nos ver, implorando por transporte. Nunca os levamos. Os patrulheiros estão perto demais e os lavradores têm poucas moedas. Alguns, porém, empreendem a jornada por conta própria, construindo barcos na margem durante o verão. Quando podemos, nós os ajudamos, longe da vista dos prateados.

Passos rápidos e leves no convés me tiram de meus pensamentos. Uma das crianças corre ao meu lado, os olhos arregalados em um rosto dourado envolto por cachos castanhos. Parece assustada. Sorrio para ela, tentando mantê-la calma. A última coisa de que preciso é de uma criança chorando. Ela sorri na mesma hora, apontando para minha boca, depois para seu próprio dente.

— Você gostou? — murmuro, passando a língua no incisivo dourado. Substituiu um que perdi numa briga em Memphia. Uma briga que venci.

— Seu dente brilha — a criança exclama, sorridente. Não deve ter mais de oito anos.

Olho para o convés, para as mães juntas no banco. As duas retribuem o olhar, apreensivas. Me pergunto se a criança é adotada ou se foi gerada por uma delas. Provavelmente gerada. É a cara da mais pálida e tem o mesmo brilho nos olhos.

Gentilmente, empurro a criança na direção da família. Por mais bonitinha que seja, não quero interagir mais do que o necessário. Fica mais fácil assim.

— Vai lá sentar. Tenho que trabalhar aqui em cima.

A criança não se move e continua encarando.

— Você é o capitão — diz, persistente.

Pestanejo. Embora a tripulação não tenha nenhum tipo de insígnia ou marca para denotar os oficiais, minha posição é clara no convés.

— Sim.

— Qual é o seu nome?

Aponto e a empurro de novo, dessa vez me movendo junto para ela ter de acompanhar.

— Ashe — respondo, para que siga em frente.

— Sou Melly. — Sua voz baixa a um sussurro, e uma mão aperta a minha de repente.

— Tem uma prateada no barco.

— Estou bem ciente disso — murmuro, desvencilhando meus dedos dos dela.

Nos bancos, noto a princesa de Piedmont nos observando, apesar da sua aparência relaxada. Ela nos olha de soslaio. Uma boa tática. Inteligente.

— Por que você deixou? — A menininha não se preocupa com o resto do barco ou com quem possa ouvir.

De seu posto na lateral, Riette me lança um olhar sarcástico enquanto rema pelo rio. Respondo fechando a cara. Não sei por quê, mas as crianças ratas sempre gostam de mim, e sempre acabo permitindo que se aproximem.

— Pelo mesmo motivo que deixei vocês — respondo, curto e grosso. *Me deixa trabalhar, menina.*

— Eles são perigosos — ela sussurra. — Não gosto deles.

Não me dou ao trabalho nem de baixar a voz. Que a princesa prateada me escute.

— Nem eu.

Uma das mães vermelhas, a mais clara, agradece quando levo a menina para perto dela. Tem o cabelo curto da cor do trigo.

— Desculpe por Melly, senhor — ela diz, puxando a filha para perto. Não com medo, mas respeito. — Fica sentadinha agora.

Respondo com um aceno breve. Não sou de repreender passageiros, muito menos os que estão fugindo de uma guerra civil.

— Só não a deixe entrar no porão nem nos atrapalhar.

A outra mãe vermelha, segurando o filho pequeno, abre um sorriso cordial.

— Claro, senhor.

"Senhor" parece ricochetear na minha pele. Embora este seja meu barco e minha tripulação, meu rio conquistado a duras penas, nunca me acostumei com o tratamento. Duas mulheres adultas me chamando assim ainda soa estranho. Mesmo que seja verdade. Mesmo que eu mereça.

Ao me afastar, passo pela princesa. Ainda está esticada, ocupando mais espaço do que deveria. Ela vira o rosto para me analisar. Toda e qualquer ideia de inadequação ou desmerecimento ficam para trás. Se há alguém que não merece meu respeito, são os prateados.

Diante da atenção dela, deixo qualquer simpatia de lado.

— Quando vamos comer, Ashe? — a prateada pergunta, tamborilando preguiçosamente no banco. O sol forte de verão a obriga a cobrir os olhos com a outra mão.

*Ashe.*

A criança vermelha reage antes de mim, se inclinando à frente de uma das mães.

— Ele é o *capitão*, moça — diz, com a voz hesitante. Mal consigo imaginar a coragem que deve ter precisado reunir para se dirigir a uma prateada, que dirá corrigir uma. Daria uma ótima capitã um dia.

A mãe a silencia rapidamente, puxando-a de volta para o lugar.

Eu me viro um pouco, me posicionando entre a criança e a prateada, caso se ofenda.

Mas ela não se mexe, totalmente concentrada em mim.

— Comemos ao anoitecer — digo a ela com firmeza.

Seus lábios se curvam.

— Sem almoço?

No banco, uma das mães vermelhas mexe o pé devagar, puxando a mala para escondê-la. Quase sorrio. É claro que tiveram o bom senso de trazer provisões para a viagem.

— Quando disse "comemos", me referi à tripulação — digo à prateada. Todas as palavras saem afiadas como facas. — Não trouxe nenhuma comida consigo?

Sua mão para de tamborilar, mas ela não cerra o punho. Sinto o peso da arma no quadril. Não acredito que uma prateada fugindo em desespero de sua terra natal vá nos atacar por causa de uma refeição, mas é bom se manter vigilante. Prateados não estão acostumados a ter nada negado e não sabem o que é passar necessidade.

Ela faz uma careta, exibindo dentes brancos e regulares. Perfeitos demais para serem naturais. Deve tê-los quebrado e recuperado com uma curandeira de pele.

— Certamente minha tarifa cobre serviço de bordo.

— Isso não foi incluído no nosso acordo inicial. Mas você pode pagar à parte se quiser. — O que ela já pagou é para velocidade, discrição e nada de perguntas. Não para comida. Eu estou em posição de negociar, não ela. — Essa *certamente* é uma opção.

A prateada não tira os olhos dos meus, mas passa a mão sobre o porta-moedas enganchado no cinto. Pesando o ouro que resta, ouvindo o tilintar baixo do metal. Não é uma quantia insignificante. Mas ainda assim hesita em pagar, mesmo que para comer.

Uma princesa guardando dinheiro. Para o que está por vir. *Para o pior.* Para uma viagem mais longa do que apenas o rio. Eu poderia apostar toda a carga no porão que ela não planeja parar nos Portões. Mais uma vez, fico intrigado.

Seu rosto muda, inexpressivo. Ela respira fundo e tenho a impressão de ser dispensado como um cortesão ou um servo. Então contorce um dos dedos, como se lembrasse o impulso de enxotar um vermelho inútil.

— Você atraca em algum lugar ao longo deste trecho do Ohius? — ela questiona, virando a cabeça para examinar a margem do rio das Terras Livres, onde as pessoas de Lakeland e uma coroa prateada não significam nada. As florestas se emaranham nas trevas, mesmo sob o sol matinal. Sua pergunta e seu interesse me intrigam por um segundo.

*A princesa Lyrisa planeja caçar seu jantar.*

Eu a avalio novamente, agora que está sem o casaco. Suas roupas, um uniforme azul-escuro, são tão elegantes quanto as botas. Nenhuma joia, nenhum adorno. Ela não traz nenhuma arma visível, então sua habilidade deve lhe permitir caçar. Sei que nobres prateados são treinados para a guerra como soldados, preparados para lutar uns com os outros por esporte e orgulho. E a ideia de ter alguém tão poderoso no meu barco me incomoda profundamente.

Mas não o suficiente para eu recusar seu dinheiro. Ou deixar de ser hostil com ela.

Dou um passo para trás, abrindo um sorriso sarcástico. Seus olhos se estreitam.

— Só atracamos na confluência, depois de amanhã — respondo.

Ela ergue uma das mãos e a moeda é lançada no ar, rodopiando com um brilho dourado sob o sol. Eu a pego habilmente, desfrutando de meu triunfo e de seu desdém mal disfarçado.

— É um prazer ter a princesa a bordo — grito por cima do ombro quando saio andando.

O pôr do sol tinge o rio de vermelho-sangue, alongando todas as sombras até parecer que estamos flutuando na escuridão. Na proa, Gill fica alerta a troncos errantes ou bancos de areia. Grilos e sapos cantam nas margens do rio. É uma noite silenciosa no Ohius, e uma corrente leve nos guia para o sudeste. Espero que, quando chegar minha hora, eu morra em uma noite como esta.

Ean Grandalhão serve o jantar, e fico à espera de que a prateada reclame da qualidade da comida. Não é terrível, mas nossas provisões certamente não estão à altura dos padrões de uma princesa. Ela aceita o que lhe é dado sem dizer uma palavra, comendo em silêncio, sozinha em seu banco. Carne-seca e biscoitos duros parecem descer tão fácil quanto a sobremesa mais elegante de Piedmont.

O resto de nós se reúne no convés para comer, todos sentados em círculo sobre engradados ou no próprio chão. As duas crianças, Melly e seu irmão mais velho, que descobri se chamar Simon, já estão dormindo encostados nas mães, de barriga cheia. Elas se chamam Daria e Jem, e dividem suas provisões igualmente antes de oferecerem um pouco para nós.

Riette faz que não antes dos outros, com o sorriso banguela bem aberto. Sob as luzes elétricas suaves do barco, ela parece exausta, com as cicatrizes do rio mais pronunciadas. É dez anos mais velha que eu, mas é nova nessa vida. Mal completou um ano no meu convés. Nasceu nas Terras Livres, criada sem qualquer submissão ou obediência a coroa alguma. Assim como eu, assim como Hallow. Há algo diferente em nós, vermelhos das Terras Livres.

— Viagem longa? — Riette pergunta às mães com simpatia, apontando com um biscoito para as crianças.

A mulher mais escura, Jem, de cabelo e olhos pretos como pólvora, responde:

— Sim. — Ela afaga os cachos de Melly distraidamente. — Mas Melly e Simon têm sido verdadeiros guerreiros durante o percurso inteiro. É um longo caminho para chegar às Terras Disputadas. — *Disputadas*. É como o povo das Terras da Coroa se refere a nós. Como se fôssemos algo pelo que os prateados lutam, não um país independente, livre de seu domínio. — Viemos de Archeon.

Um mapa se desdobra na minha mente. Archeon fica a centenas de quilômetros. Falo com a boca cheia de carne-seca:

— Servas.

— Éramos — Jem responde. — Quando os rebeldes atacaram o casamento do rei, foi fácil sairmos escondidas na confusão, escapando do palácio e fugindo da cidade.

As notícias viajam bem pelo rio, e ficamos sabendo do rei de Norta e de seu casamento malfadado um mês atrás. O rei sobreviveu, mas os prateados certamente sentiram o golpe das tropas da Guarda Escarlate e de Montfort. A situação só foi se deteriorando desde então, pelo que ouvimos — a guerra civil em Norta, uma insurgência da Guarda Escarlate, o avanço constante de Montfort a leste. E as notícias sempre acabam por descer o rio, trazidas pela corrente da guerra.

De fora do nosso círculo, soa uma voz.

— Vocês trabalharam para Maven? — a princesa pergunta. Ela encara Jem, com o rosto inescrutável sob a luz fraca.

A mulher não vacila sob seu olhar. Ela cerra o maxilar.

— Daria trabalhava na cozinha. Eu era uma dama de companhia. Lidamos pouco com o rei.

A prateada não para por aí, abandonando o jantar.

— Então com a mulher dele. A princesa de Lakeland.

— Ela tinha as criadas do país dela, que a serviam diretamente. — Jem dá de ombros. — Mas eu era uma criada da rainha, então, na ausência de uma, servi à prisioneira. Não diretamente, claro. Nenhum vermelho tinha permissão de chegar perto dela, mas levava suas roupas de cama, sua comida, esse tipo de coisa.

Ean Grandalhão limpa os farelos de biscoito da sua barba curta e das pernas cruzadas.

— Prisioneira? — ele pergunta, a testa franzida, confuso.

A voz da princesa é seca.

— Você está falando de Mare Barrow.

Isso só aumenta a confusão de Ean Grandalhão. Ele olha para Riette em busca de uma explicação.

— Quem é essa?

Riette suspira alto, revirando os olhos para ele.

— A menina da Guarda Escarlate.

— Ah, tá — Ean Grandalhão responde. — Aquela que fugiu com o príncipe.

Riette revira os olhos de novo e dá um tapinha nele.

— Aquela que tem uma habilidade, tonto. Eletricidade. Como uma prateada, só que vermelha. Como você esqueceu?

Ean Grandalhão só dá de ombros.

— Sei lá. A vermelha que fugiu com o príncipe parece mais interessante.

— São a mesma pessoa — resmungo, fazendo os dois se calarem.

Só porque recebemos as notícias não quer dizer que as recebamos corretamente, na ordem certa, ou que sejam de todo verdade. Alguns homens do rio e das Terras Livres passam a vida tentando entender o que está acontecendo fora de nossas fronteiras, no caos que domina as Terras da Coroa. Particularmente, não dou muita importância aos boatos e só espero para ver o que vai se revelar verdadeiro. Hallow se importa mais do que eu, e me conta o que preciso saber.

— E Barrow não está presa — acrescento. Vi uma de suas transmissões com meus próprios olhos quando estava rio acima. A vermelha rechaçou publicamente a Guarda Escarlate e os planos deles. Ela usava joias e seda, e falou da bondade e da misericórdia do rei. — Ela se aliou ao rei de Norta por livre e espontânea vontade.

Em seu banco, a princesa de Piedmont ri abruptamente por trás do copo d'água.

Lanço um olhar para ela e vejo que tem um sorriso sarcástico no rosto.

— Alguma coisa engraçada?

Para minha surpresa, é Jem quem responde.

— Ela definitivamente era prisioneira, senhor. Não há dúvida quanto a isso. — Ao seu lado, Daria concorda com a cabeça, solene. — Passava quase todos os dias trancada no quarto, vigiada e acorrentada. Só a tiravam quando aquele garotinho calculista queria brincar com ela ou usar sua voz para semear a discórdia.

A repreensão é suave, mas meu estômago se revira, constrangido. Se for verdade, é uma punição que mal consigo imaginar. Tento lembrar mais coisas da garota elétrica. Lembro da transmissão e da voz dela, mas seu rosto é obscuro. Já o vi antes, tenho certeza. Cabelos castanhos, olhos penetrantes. Mas isso é tudo o que me vem à mente. Posso dizer o mesmo dos monarcas que governam as Terras da Coroa. Um adolescente governa Norta; o príncipe Bracken, cheio de joias, controla Piedmont; um rei e uma rainha ninfoides controlam Lakeland.

O olhar de Jem ainda está fixo em mim, e me sinto repreendido em nome da garota elétrica. A culpa é minha, afinal. Procuro não me envolver nas coisas, manter o foco no que está diante dos meus olhos. Não ligo para as pessoas importantes ou terríveis do mundo. Sei apenas o necessário para me manter vivo, à frente, e nada mais. E mesmo nisso, parece, me engano.

Volto à comida em silêncio.

— Você os conheceu? — Jem pergunta, atrevendo-se a se dirigir à princesa.

Penso que ela não vai responder. Há muitos prateados neste mundo, mas nem todos são nobres ou importantes. Especialmente aqueles nas Terras Livres. Eles não sabem os nomes distantes que moldam o mundo que deixamos para trás. Mas ela continua a me surpreender.

Um canto de sua boca se ergue num sorriso sombrio.

— Conheci Maven e seu irmão exilado. Há muito tempo, quando éramos filhos de reinos aliados. Não posso dizer que conheça Iris de Lakeland. — Algo em sua voz se torna mais cortante. — Mas conheço bem sua família.

Assim como fez com seu casaco, ela joga o resto da água no rio, observando-a cair fora do barco, tragada pela escuridão. E não diz mais nada.

# TRÊS

*Lyrisa*

❦

Já dormi em lugares melhores, mas também já dormi em piores.

O acolchoado exíguo do banco da embarcação se tornou meu reino, o único domínio que é apenas meu. É mais do que eu podia dizer antes, na casa do meu tio, onde tudo era ofertado com a ameaça de ser levado embora.

No meio da noite, me arrependo de ter jogado fora o casaco em vez de tê-lo lavado, alvejado ou arrancado alguns retalhos. Embora seja verão, o ar esfria sobre o rio, e só me resta dormir acompanhada por meus arrepios. Tudo bem que alguém morreu usando o casaco. Mas isso não significa que ele não tinha utilidade.

Talvez algum vermelho o encontre e conserte.

Ou talvez Orrian encontre. E saberá que caminho seguir.

O pensamento me arrepia mais do que o ar da noite.

*Não*, digo a mim mesma. *Orrian acha que estou morta a centenas de quilômetros daqui. Com o restante de seus guardas, com a doce Magida, outro cadáver carbonizado em algum fosso. Mortos em uma emboscada, da Guarda Escarlate, de Montfort ou ambos. Prateados massacrados, mais vítimas de sei lá quantas guerras estamos combatendo agora. Ele nunca vai descobrir se eu continuar fugindo. Você está a salvo neste rio.*

Quase chego a acreditar.

Quando acordo antes do amanhecer, há uma coberta dos meus ombros aos pés, me envolvendo em um calor ao qual não estou mais acostumada. Quase consigo fingir que estou em casa, em casa de verdade, antes de meu pai morrer e deixarmos Tidewater de vez. Mas isso foi há seis anos, uma lembrança antiga, algo impossível.

Pestanejo e lembro.

Estou no barco de um homem do rio, um vermelho, em menor número e odiada por todos à minha volta, sem ter para onde seguir senão em frente. Uma menina morta em fuga.

Embora sinta o medo no ar que respiro, ele não vai me adiantar de nada aqui. Esses vermelhos não devem saber que tenho pavor do que me aguarda, do que ainda pode estar a caminho.

Por isso me sento, erguendo a cabeça, fingindo zombar da coberta macia mas esfarrapada agora sobre meu colo. Como se fosse a coisa mais ofensiva do mundo, e não uma gentileza que não mereço.

Antes de avaliar o convés, olho para trás, para a faixa do Ohius se estendendo. Parece igual a ontem. Água enlameada, ribanceiras verdes, Lakeland se estende ao norte, as Terras Disputadas ao sul. Os dois lados estão vazios, sem nenhuma pessoa ou cidade à vista. Nenhum dos lados gosta de estar tão próximo do outro, e mantêm distância entre si, exceto pelas poucas docas ao longo do rio.

— Procurando alguma coisa?

O capitão arrogante se recosta na amurada a dois metros de mim, com os braços cruzados e as pernas inclinadas, o corpo todo voltado para mim. A arma em seu quadril é visível, mesmo sob a luz fraca de antes do amanhecer. Ele chega a ter a audácia de sorrir, seu dente de ouro idiota cintilando como uma estrela provocativa.

— Só tentando determinar o quanto viajamos — respondo rápido, com a voz fria. — Seu barco é lento.

Ele não reage. Ontem, seu cabelo tinha um brilho ruivo-escuro sob o sol. Agora, sob a luz da manhã, parece preto, amarrado em um rabo de cavalo caprichado. Assimilo o resto dele, com sardas e um bronzeado pelos anos na água. Cicatrizes nas mãos, marcas de cordas. Aposto que seus dedos são ásperos.

— Meu barco faz um ótimo serviço — ele diz. — Com os remos e o motor, seguimos bem conforme o planejado.

As moedas em minha bolsa, cada vez mais escassas, pesam em minha mente. *Eu poderia ter pagado menos. Tola. Idiota.*

— Estou pagando para fazer melhor.

— E por quê? — Ele vira a cabeça, se afastando da amurada em um movimento fluido. Tem um ar de espreita. De predador, embora mal passe de uma presa. — O que uma prateada como você está fazendo no meu rio?

Cerro os dentes e ergo a cabeça. Uso a máscara imperiosa que usei em muitas cortes prateadas, diante do meu tio, da minha mãe e de qualquer outro nobre que abusasse da minha paciência. Com o capitão, não funciona.

Ele se ergue diante de mim, com a postura larga. É mais alto do que a maioria, e musculoso por conta do trabalho. Logo atrás, o resto da reduzida tripulação assume seus postos. Isso me leva a questionar se o capitão faz algo de útil. A bem da verdade, não o vi pegar num remo ou tocar no leme desde que embarcamos. Parece só ficar vigiando os passageiros e a carga.

— Me deixe adivinhar — ele diz. — Você não está me pagando para fazer perguntas.

Sou tomada pelo impulso de quebrar esse incômodo no meio.

— Não, não estou.

Ele sabe que sou prateada. Sabe que sou a passageira que paga mais. Sabe que sou uma ameaça em vários sentidos. E ainda assim dá outro passo, se assomando sobre mim, seu corpo bloqueando o resto do barco.

— Se você estiver colocando meu barco e minha tripulação em perigo, preciso saber.

Olho com frieza. Ele não recua, mas seus olhos vacilam, apenas um pouco, como quem sabe que falou sem pensar. O capitão não sabe qual é a minha habilidade. Não sabe do que sou capaz. Não sabe como eu poderia matá-lo, aniquilar seus passageiros ou sua tripulação.

Atiro o cobertor em seus braços.

— Só você está em perigo aqui.

Ele se vira sem pensar duas vezes, enrolando a coberta embaixo do braço. Ao passar por seu subordinado, aponta para mim com o polegar.

— Ean, dê comida para ela por último.

O monstro gigantesco obedece a ordem. Quando a comida é passada pela tripulação, o vermelho vem até mim por último, me oferecendo o mesmo que comemos no jantar acompanhado por uma caneca de café preto fumegante. Ao menos o cheiro é bom e me demoro sentindo o aroma. Me arrepia dos pés à cabeça.

No meio da refeição, noto a garotinha vermelha me observando com atenção, espiando de trás das mães que ainda acordam. O irmão, um ou dois anos mais velho, ainda dorme embaixo do banco, enrolado em cobertas. Olho nos olhos da garota, que vira o rosto rapidamente, apavorada com a minha atenção.

*Ótimo. Pelo menos alguém fica.*

Quando o sol nasce, ando devagar pelo barco.

Ontem, acordei na floresta muito antes do amanhecer e desci para a doca decrépita para pedir passagem junto a tantos outros. Estava assustada, faminta. Não sabia se encontraria um barco ou se seria recusada. Deveria sentir alívio. O rio se movendo continuamente atrás de nós deveria me trazer um pouco de paz.

Mas não.

Tento me livrar desse mal-estar enquanto me movimento, subindo e descendo pelos corredores vazios do barco para me orientar. Não saí do banco ontem, e preciso esticar as pernas. Não que haja muito espaço ali. A embarcação é comprida, mas estreita, com cerca de seis metros de largura na parte mais ampla e menos de trinta de comprimento de uma ponta à outra. O depósito de carga ocupa todo o espaço embaixo do convés, junto com os aposentos do capitão. Embora ele não pareça fazer nada, vejo Ashe entrar lá de tempos em tempos e sair com mapas ou coisas do tipo. O rio deve estar sempre mudando, criando novos caminhos pelo leito. Troncos caídos, novos postos avançados, pontos de controle prateados. Ashe e sua tripulação conhecem todos e mantêm vigilância.

Mas não estão olhando para trás. Só eu sei que devo olhar para trás.

Minhas roupas não são minhas e me caem mal. Ficam apertadas no peito e as mangas parecem curtas. Sou mais alta do que a guarda de Lakeland de quem as tirei, mas ela era a mais próxima do meu tamanho. Sempre que me movo, receio que vá rasgar uma costura. Antes eu me orgulhava das curvas do meu corpo. Agora não. Tenho coisas mais importantes em que pensar. Penso em comprar algo mais adequado quando desembarcarmos, onde quer que seja.

Conheço bem a geografia do rio. As Terras Disputadas estão em nossos mapas, embora com muito menos detalhes do que meu reino. Sei que existem as cidades de Memphia e Mizostium, ambas mais adiante no rio. Admito que estou ansiosa para vê-las, mesmo que de longe. Conheci cidades construídas por Coroas prateadas, lindas mas muradas, dominadas por um único sangue. Já vi favelas vermelhas, sem dúvida, embora não por escolha própria. Queria saber se as cidades disputadas parecem mais com uma ou com outra.

Queria poder vê-las em circunstâncias melhores. Sem essa escolha terrível que fiz pairando sobre minha cabeça. Sem estar fugindo.

*Não, não estou fugindo. Covardes fogem, e não sou covarde. Um covarde teria ficado para trás. Um covarde teria esperado por Orrian, aceitado a ele e ao destino que tinha sido traçado.*

Uma brisa fresca sopra da água, em contraste com o calor do sol de quase meio-dia. Ela passa por mim, leve como um beijo, e deixo meus olhos se fecharem.

O convés range quando alguém para ao meu lado. Cerro os dentes, me preparando para mais alfinetadas do capitão.

Mas é a serva vermelha. Acho que seu nome é Jem. O filho está ao seu lado, com menos medo de mim do que a irmã. Ele me encara descaradamente, com os olhos pretos e redondos. Eu encaro de volta.

— Oi — murmuro depois de um momento, sem saber o que mais fazer.

Ele cumprimenta com a cabeça. É estranho para uma criança.

Ao seu lado, a mãe observa o filho com afeto. Ela afaga o cabelo dele, dourado como o da irmã. Fiel a seu treinamento de serva do palácio, não se dirige a mim. Não vai falar antes que eu fale.

— Estamos nas Terras Disputadas agora — digo. — Não precisa fazer cerimônia. Pode falar comigo se quiser.

A mulher pousa a mão no ombro do filho e olha para o rio, observando a margem distante onde começa Lakeland.

— Quem disse que quero falar com você, prateada?

Quase rio.

— Justo — murmuro.

Deve ser estranho ver alguém como eu e alguém como ela lado a lado. Uma princesa prateada e uma serva vermelha, com o filho dela entre nós. As duas foragidas. As duas à mercê deste rio e dessa tripulação. Iguais, em muitos sentidos.

Estranho como o mundo está mudando. As guerras no leste podem não ter acabado, vencidas ou perdidas, mas certamente já trouxeram mudanças.

Não tenho sede de guerra. Não quero fazer parte do mundo que deixei para trás. Garotas elétricas impossíveis, reis assassinados. Vermelhos em revolta, prateados em exílio. E não tenho ideia do tipo de lugar que vai nascer do caos.

Mas não tenho tempo para me perguntar sobre o futuro. Preciso olhar para trás. Ficar alerta.

Deixo a serva vermelha onde ela está e passo o resto do dia no fundo do barco, com os pés firmemente plantados e os olhos no rio, seguindo as curvas. A embarcação está praticamente em silêncio. O capitão vermelho conversa baixo com sua tripulação, dando instruções uma ou duas vezes por hora. A mulher coberta de cicatrizes e o homem magrelo com os remos cumprem bem seu serviço. O brutamontes entra e sai do porão de carga, fazendo sabe-se lá o quê lá embaixo. As servas de Norta conversam na ponta oposta do convés, mais concentradas em manter a filha quieta. O filho é bem mais obediente. Ele fica na frente do barco enquanto fico atrás, com os olhos fixos no horizonte. Nunca fala.

Tampouco emite algum som quando o rio, elegante e letal, se ergue sobre a amurada e o puxa para baixo.

Daria vira a tempo de ver as pernas dele caindo pela lateral, seus pezinhos se debatendo. Ela grita, mas não escuto, já em movimento, já sabendo quem levou o garoto.

Não foi uma onda. Rios não têm ondas.

Não foi uma correnteza ou um redemoinho súbito.

Aquilo foi orientado, movido, *provocado*.

Foi Orrian.

Fui eu.

Uma mão pega meu braço, tentando me impedir enquanto corro pelo barco, mas me solto sem nem pensar. Pelo canto do olho, vejo o capitão me encarar, pálido, seu rosto quase um borrão. À frente, a tripulação trabalha em dobro, girando o barco, refreando nosso curso. Quero gritar para não pararem. Para acelerarem. Para fazerem qualquer coisa menos diminuir a velocidade.

*Mas assim o garoto vai se afogar.*

Tenho cadáveres demais na minha consciência, vermelhos e prateados.

O gigante imbecil é o primeiro a pular na água, ou ao menos tentar. O rio simplesmente o joga de volta no convés, cuspindo e balbuciando. A tripulação olha com pavor, o sangue se esvaindo de seus rostos. Eles sabem o que eu sei.

— Lyrisa, não... — ouço a voz do capitão dizer de algum lugar enquanto mergulho.

O rio não me lança de volta. Estou fazendo a vontade dele.

Estamos em águas mais rasas do que eu imaginava. A corrente gira em torno dos meus ombros, avança contra mim, tentando me puxar para o fundo, para a água mais rápida e o curso mais forte. Firmo os músculos, deixando meu poder crescer. Nada pode me mover se eu não quiser, e o rio se parte ao meu redor como se eu fosse uma rocha.

Gritos ecoam no barco logo atrás. Não distingo uma palavra.

O menino está alguns metros à frente, visível sob a superfície, os olhos abertos, bolhas escapando de sua boca. Ainda vivo, ainda lutando. Abro caminho até ele, estendendo as mãos para pegar seus braços e pernas finos. Ele é a isca. Sei disso.

Orrian é doente da cabeça, um perverso. Eu acabaria com ele se pudesse.

Minhas mãos envolvem os ombros do garoto. Consigo sentir a pressão sobrenatural da água o puxando para baixo. Faço um cálculo mental, lembrando o treinamento com meu pai e minha família. Se puxar forte demais, vou despedaçar o menino. Esmagá-lo entre as mãos. Se não puxar o suficiente, a água vai ficar com ele.

Não há tempo.

Outro par de mãos se junta às minhas, e eu me sobressalto.

O capitão está acima de nós, com o rosto vermelho, a água correndo ao seu redor. O rio não o atira de volta para o barco. Ele se segura firme, puxando o garoto, que nem se move.

O capitão solta palavrões como apenas um homem do rio sabe fazer.

Cerro os dentes e puxo.

O menino emerge com um estalo, cuspindo água doce. Ele se segura a mim, seus bracinhos surpreendentemente fortes. A água vem ao nosso encontro, querendo nos pegar de surpresa. Estendo a mão, me segurando ao ombro do capitão. Ele vacila sob meu peso, quase perdendo o equilíbrio em meio à corrente furiosa. Eu o mantenho firme.

Tiros são disparados do alto do barco, acertando com precisão as margens de Lakeland.

O rio relaxa à nossa volta, liberando sua força.

— Rápido — rosno, empurrando o capitão na direção do barco.

Não perco tempo, com o garoto ainda aninhado em um braço. Ele é leve como uma pena. Mal noto seu peso. Sou uma forçadora, afinal. Carregar um garoto subnutrido de dez anos não é nada.

O capitão me empurra na direção do barco primeiro, como se eu fosse uma inútil. Rio dele, pegando-o pelo colarinho e o jogando com força por cima da lateral do barco.

Eu o sigo — uma mão mais do que basta para erguer meu corpo e o do garoto de volta à embarcação.

O menino ainda tosse, cuspindo água enquanto as mães avançam e o enrolam em cobertas secas.

Da amurada, a tripulação mantém a saraivada de tiros. O capitão corre para o leme atrás do porão de carga. Ele o gira e liga o motor, fazendo-o rugir atrás de nós. Ganhamos velocidade, mas não muita.

Sem dizer uma palavra, alguém da tripulação me dá um rifle.

Não sou uma grande atiradora, mas sei dar cobertura, e é o que faço.

Os caçadores de Orrian devem estar escondidos no meio de um agrupamento de árvores na margem. Estavam esperando. Mantenho o fogo, salva após salva de tiros, no ritmo da tripulação. Quando um recarrega, outro assume, dando ao barco tempo suficiente para manobrar em torno da próxima curva.

Os homens de Lakeland também estão armados, mas temos uma cobertura melhor, usando as amuradas grossas de madeira como escudo. Fico na expectativa de que um lépido dispare pelo rio e me arraste aos berros de volta a Lakeland. Ou que um magnetron estilhace o motor. Que um verde volte as plantas da ribanceira contra nós. Mas até agora, ao que parece, apenas um ninfoide está à espreita. *Será que Orrian veio me buscar sozinho? Viajou apenas com o apoio de guardas vermelhos, porque sabe que precisa de pouco mais do que isso para me levar de volta? Ou ele e seus amigos prateados estão só se divertindo, me caçando devagar?*

Meus dentes batem a cada rodada de tiros, o rifle pressionado firme na curva do meu ombro.

No começo, penso que a silhueta é uma ilusão de ótica. O sol nos juncos e nas folhas, lançando uma sombra estranha. Mas então se torna inconfundível. Orrian abre caminho pelas plantas com a mão, seu sorriso perverso visível mesmo a cinquenta metros. Miro e erro — a bala mergulha na água. Seu sorriso só aumenta. Ele não precisa de palavras para me ameaçar. Seu sorriso basta.

Quando o barco faz a curva, o capitão grita algo que não consigo ouvir, mas sinto alívio mesmo assim. O capitão da outra embarcação, seu amigo, parou no meio do rio para nos esperar.

No meio da plataforma de carga, há uma metralhadora pesada fixa, pronta e carregada, empoleirada como uma aranha de aço preto. A munição se enrola ao lado dela, tal qual uma serpente de balas.

Com as árvores fora da vista, agora ocultas atrás da curva do rio, tudo fica em silêncio. Nenhum disparo, apenas as batidas estrondosas do meu coração e a respiração ofegante de todos a bordo.

Continuo olhando para trás, à espera de outro ataque, enquanto o capitão manobra em direção ao barco do amigo. As duas tripulações são rápidas para amarrar as embarcações uma à outra, trabalhando como formigas numa colônia.

Melly começa a chorar baixinho.

Meu foco ainda está no rio, nas árvores logo além da curva, quando as tábuas do convés estremecem sob passos pesados. O capitão rosna em meu ouvido. Sinto seu hálito quente contra mim.

— Você mentiu, forçadora.

# QUATRO

*Lyrisa*

❊

Menti sobre não estar em perigo. Menti sobre não ter ninguém me perseguindo. Menti, menti, menti.

— Um contrabandista se indignando com desonestidade? Essa é novidade — retruco, dando um passo para trás para aumentar a distância entre nós dois. O rifle ainda está no meu braço e os olhos do capitão percorrem o cano. Ele está avaliando se é rápido o bastante para tomá-lo de volta. — Pegue. — Tomo a decisão pelo capitão, pressionando a arma junto a seu peito. — Não vão nos atacar de novo tão cedo.

Jem está diante do filho, ainda deitado no convés. Ela me encara com uma fúria abrasadora.

— Pode explicar quem são eles, prateada? Os que tentaram matar meu filho?

Fico subitamente atenta às dezenas de olhos em mim, tanto neste barco como naquele amarrado ao nosso. O outro capitão está parado atrás da metralhadora, com os dois polegares enganchados nas alças do cinto. Ele parece um esqueleto me encarando. Detesto plateia, e minhas entranhas se reviram.

— Não é difícil imaginar — diz Riette. — A princesa cansou do palácio e agora seu tio enviou soldados atrás dela. Que não se importam com quem possa estar no caminho.

O capitão Ashe estreita os olhos.

— Eles estavam no lado de Lakeland do rio. E você está longe da Lowcountry do príncipe Bracken. — Ele volta a invadir meu espaço, me encurralando contra a amurada. — Parece um longo caminho para te seguirem. Você não está fugindo daqueles prateados desde a Cidadela.

*Não, só desde a fronteira.*

Com a cara fechada, o capitão me observa de novo. Seus olhos se demoram na minha roupa, o azul-escuro do uniforme de Lakeland encharcado pela água do rio. Ele pega minha gola, esfregando o tecido entre os dedos ásperos. Dou um tapa para que solte, tentando ao máximo controlar minha força.

Seus olhos estão lívidos. O capitão está furioso comigo, e consigo próprio.

— Você não estava viajando com um comboio, princesa, e não foi atacada por rebeldes.

Não espero que um vermelho vá entender. Eles não sabem como é para nós, como é ser vendida no dia em que se nasce.

— Fique com o pagamento — digo entredentes, rodeando o jovem capitão. — Vou seguir sozinha a partir daqui.

Ele me pega pelo colarinho de novo, atrevendo-se a me deter. Eu poderia me soltar se quisesse. Despedaçar sua mão sem pensar duas vezes. Ashe sabe disso. Mas não se detém. Aquele dente de ouro infernal cintila para mim, brilhante e terrível.

— Me diga quem era e no que você meteu minha tripulação.

— Ou o quê, vermelho? — quase vocifero. — Vou deixar vocês em paz. Paguei meu preço. De que importa? — Quase acho que ele vai me bater, e até que seria bom sentir dor. Qualquer coisa para combater o nó deplorável no meu estômago. Faço o possível para manter os olhos fixos no capitão, e não no garotinho encharcado que quase morreu pela minha tolice. Mesmo assim, não consigo evitar olhar.

Ean Grandalhão balança a cabeça e responde pelo capitão.

— Acha que eles não vão seguir o barco, senhorita? Mesmo se você tiver ido embora? — Ele coça a barba. — Acho que vão.

Ele não está errado. Orrian é vingativo, mesquinho e não se importa nem um pouco com vidas vermelhas. O príncipe de Lakeland é pura raiva, e o resto é ódio.

— Vou deixar claro que parti — digo baixo, as palavras já morrendo em meus lábios. É um plano fraco, e todos conseguem enxergar a verdade.

O capitão não solta minha gola, mas diminui a força da pegada.

— Com quem estamos lidando? — ele vocifera, embora sua voz seja matizada pela angústia.

— O nome dele é Orrian Cygnet. É um príncipe de Lakeland, primo da rainha. E é ninfoide também. — Fixo meu olhar nas botas. Baixar o rosto me ajuda a falar. Se eu não tiver de ver a piedade ou a fúria deles, posso contar a verdade. — É uma pessoa horrível, violenta, vingativa, um completo monstro. Estou prometida a ele desde que dei meu primeiro suspiro.

Olho para as servas vermelhas, à espera de seu desprezo. Foi o filho delas que quase morreu. Deveriam me odiar. Mas são as primeiras a se suavizar, e isso me dá ânsia. Elas conhecem bem os monstros prateados.

Não mereço a compaixão delas. Nem quero.

— Você escapou de uma escolta de Lakeland — Gill murmura. — Quando atravessou a fronteira.

Cerrando os dentes, viro para encarar o homem do rio envelhecido.

— Matei uma escolta de Lakeland. Quando atravessei a fronteira.

O capitão tira a mão de mim como se tivesse se queimado.

— Quantos guardas?

— Seis. Sete, se contar minha companheira de Piedmont. — Sinto o gosto da bile quando penso nela, Magida, minha mais antiga amiga. Seu sangue prateado em meus dedos, a boca tentando formar palavras que ela jamais falaria. — Ela morreu me ajudando a fugir. Então posso dizer que também a matei.

Um murmúrio perpassa a tripulação do outro barco, reverberando até seu capitão. Ele se contorce, incerto, nervoso.

— Ashe, você deveria deixar a prateada ir — ele grita. — Alerte rio abaixo e acima que ela está fora da água.

O capitão não responde, mantendo os dentes cerrados. Sabe tão bem quanto eu que sou um risco. Ele me observa, procurando uma resposta que não posso dar.

— Ashe, tenho mercadoria aqui. Estou com você rio tranquilo ou rio revolto, mas, se eu for pego com o que estou transportando... — o outro capitão continua, suplicante agora. Ele acha que Orrian e seu bando vão surgir a qualquer momento. Não é um mau instinto.

Orrian não é nem de perto tão poderoso quanto a rainha de Lakeland ou suas filhas, mas ainda assim é descomunal. E embora não consiga voltar o rio todo contra nós, certamente vai tentar.

Um músculo se ressalta na bochecha de Ashe enquanto ele pensa, passando a mão no cabelo ruivo-escuro. Sem perceber, faço o mesmo, tirando uma mecha da frente do rosto.

— Eu já teria ido embora se não achasse que ele vai seguir vocês — admito, baixo. É verdade. Eu sabia que, ao pisar no barco, estava marcando todas as pessoas ali. — Por isso falei para não embarcar mais ninguém — acrescento, sussurrando entredentes, não apenas para alfinetar o capitão mas para aliviar o ardor da minha vergonha.

Ele me espreita de novo. Acho que vai rosnar ou berrar. Seu sussurro furioso é ainda mais terrível.

— Você mentiu desde o começo, Lyrisa. Não coloque a culpa em mim. Ainda estaria nas docas se eu soubesse do que estava fugindo.

— Bom, agora sabe — respondo, tentando demonstrar mais coragem do que sinto. Se ele me jogar para fora, será meu fim. Orrian vai me encontrar em poucas horas e me arrastar de volta à capital de Lakeland com uma arma apontada na cabeça. — Você é o capitão do barco. A escolha é sua.

Com o rifle ainda em mãos, Riette dá um passo à frente. As duas tranças tensas se desfizeram no embate, e seu cabelo se arrepia em volta do rosto como uma nuvem castanha.

— Podemos amarrar a prateada. Deixar numa rocha no lado de Lakeland. E seguir nosso caminho.

A ameaça é tão ridícula que não tenho como não rir.

— Me amarrar com o quê? Sou uma forçadora.

Ela recua imediatamente, corando.

— Foi só uma sugestão.

— Melhor ficar com ela — Gill defende. — Se aquele prateado atacar de novo, prefiro ter um deles do nosso lado, seja para barganhar ou para ajudar.

— Ajudar a nos enterrar, isso sim — Riette resmunga baixo.

O capitão deixa tudo isso passar como a corrente, parado firme enquanto a tripulação conversa ao seu redor. De repente, grita mais alto do que eles, silenciando-os.

— Hallow, você tem espaço para mais quatro aí?

Em seu convés, o outro capitão hesita. Ele avalia o barco, já lotado com a carga, a tripulação e seus próprios passageiros.

— Acho que sim — ele diz, depois de um longo momento.

Ashe não perde tempo e se vira rapidamente. Acena para Daria, Jem e seus filhos do outro lado do convés, então aponta para o barco de Hallow.

— Peguem suas coisas. Ele é seu capitão agora — diz, as palavras trêmulas pelo peso do comando. Em seguida, volta-se para a tripulação com o mesmo fervor. — Vamos até a confluência. Podemos despistar os prateados no Grande Rio. Ele vai ficar além das fronteiras. Que abra caminho pelas Terras Livres se quiser tanto sua princesa.

*Sua princesa.* Sinto vontade de vomitar com as palavras, com o que elas implicam. E com o fato de serem verdade. Ashe está certo. Pertenço àquele homem asqueroso, desde que me entendo por gente. Não importa o que eu tenha a dizer a respeito.

Mesmo assim, sinto necessidade de alertar os vermelhos.

— Orrian não vai se deter por fronteiras — digo, indo atrás de Ashe.

Ele me encara por um segundo.

— Pareço idiota? — Encostando na amurada, ele grita para sua tripulação e a de Hallow. — Avisem todos os barcos e jangadas pelos quais passarem. Há um príncipe de Lakeland em nossas terras. Isso vai deixar os caçadores de recompensas espumando.

Fico confusa. Estreito os olhos.

— Caçadores de recompensa?

— Achou que os contrabandistas eram os únicos criminosos nas Terras Livres? — ele diz, me abrindo um sorriso sombrio. — Se os caçadores certos receberem a notícia, vão pegar o príncipe antes que ele possa pegar você.

Pestanejo, tentando imaginar que tipo de caçadores seriam necessários para deter Orrian. *Mas, tão longe de Lakeland, com apenas seus guardas, sem nenhum tipo de auxílio do reino... Já é um começo.*

Mordo o lábio, depois concordo com a cabeça. Com uma mão, aponto para o rifle.

Ashe é rápido em me devolvê-lo.

— Pelo menos é um plano.

As duas embarcações descem o rio em alta velocidade, abrindo uma distância segura entre nós e o local do ataque de Orrian. Ele já deve estar em movimento agora, só que mais distante da margem do rio. Não há cobertura nesse trecho, e ele certamente se move com um veículo. As estradas seguem quilômetros para o norte, nos dando vantagem. Paramos de quinze em quinze minutos, para que o barco de Hallow avance à nossa frente. A cada hora, a distância entre os barcos se amplia, até ele estar fora de nosso campo de visão mesmo nos trechos mais longos do rio. Ganhamos velocidade também, graças ao motor e à força da corrente. Presumo que estejamos perto da confluência, onde o Ohius encontra o Grande Rio. Onde as terras das duas margens não respondem a nenhuma coroa prateada.

Cada segundo passa como um ponteiro raspando meu crânio. Cerro os dentes para controlar a sensação. Duas horas desde o ataque. Três. Quatro. Tenho a suspeita de que Orrian está desfrutando disso. Sempre gostou de brincar com a comida. Esperança não é algo com que eu esteja acostumada e, embora o capitão pareça confiar neste rio e em sua tripulação, não posso dizer o mesmo.

Fico contente que as crianças estejam fora do barco, assim como as mães. Pelo menos não vou ter o peso constante delas na minha mente. Já é uma jornada perigosa sem uma prateada fugitiva na equação.

Estou pensando neles quando o capitão se aproxima devagar, menos arrogante desta vez. Ele se debruça ao meu lado na popa, os cotovelos plantados na amurada. Suas mangas estão arregaçadas, mostrando mais cicatrizes e hematomas. A vida do rio não é nada fácil para essas pessoas.

— Então... Orrian Cygnet. — Há tanto desdém em sua voz, mais ainda do que ele dirige a mim.

Suspiro, baixando os olhos para as mãos. Meus dedos são tortos, depois de terem sido quebrados tantas vezes no treinamento que nem curandeiras de pele conseguiram arrumá-los direito.

— Ele é parte da linhagem real. Está perto do trono, mas acha que não o suficiente.

Uma sombra perpassa o rosto de Ashe, mesmo sob a luz clara da tarde.

— Você o conhece bem.

— Eu o conheço o bastante. — Encolho os ombros, lembrando nossos poucos e ácidos encontros. Orrian não demorou para se revelar um homem terrível. — Nos encontramos algumas vezes, e nunca vi nenhum caráter ali.

— Imagino que seu tio discorde.

Bufando, balanço a cabeça.

— Ah, ele conhece a natureza de Orrian. Só que não se importa. — Ao meu lado, Ashe fica vermelho, e me surpreendo. Os vermelhos são tão estranhos, tão sentimentais. — Só porque você recebe notícias de segunda mão sobre os prateados não significa que saiba como vivemos.

Ele se irrita com o escárnio.

— Então você assassinou seis pessoas e fugiu? — retruca.

— Pode dizer que não teria feito o mesmo? — respondo entredentes, rápida e cortante, sabendo a verdade. Eu o encaro enquanto minhas palavras pairam entre nós, erguendo a cabeça para olhar em seus olhos. Em vez do capitão vermelho, vejo seis cadáveres caídos, os rostos carbonizados a ponto de ficarem irreconhecíveis. Magida entre eles, seu corpo em cinzas.

Ashe não hesita. Ele não é de duvidar de si mesmo ou de suas intenções.

— Teria. — Ele se aproxima de mim, atrevendo-se a apontar um dedo na minha cara. Como se repreendesse uma criança, quando somos quase da mesma idade. — Mas não colocaria inocentes no meio.

— Mesmo? — escarneço, erguendo a voz. — E seu amigo? Está traficando armas, não? Com passageiros a bordo. Pode dizer que nunca fez isso? — Ele enrubesce, e sei que marquei um ponto nesse jogo idiota. Continuo insistindo. — É estranho um vermelho estar levando armas nessa direção. A guerra civil e a Guarda Escarlate ficaram para trás.

O capitão não tem uma resposta rápida ou espertinha para isso. Ele vacila, ao menos por um segundo. Talvez nem soubesse que o amigo estava transportando armas para o oeste — e, portanto, para os prateados. Lordes de Tiraxes, Prairie, talvez até saqueadores mais a oeste. Vendendo artilharia para aqueles que o matariam sem pestanejar.

Talvez eu entenda tão pouco dos vermelhos do rio quanto eles entendem de mim.

— Há uma diferença entre nós e vocês — Ashe finalmente retruca. — Fazemos o que é preciso para sobreviver, para ganhar a vida. Não porque não concordamos com o palácio em que vamos ter que morar.

As palavras me atingem como um martelo. Eu as sinto no fundo do peito, estilhaçando meu coração.

Na infância, a primeira coisa que meu pai me ensinou foi a me conter. Mesmo forçadores jovens podem matar, por isso aprendi desde cedo a controlar meu temperamento. Se não fosse o treinamento rígido, desconfio que poderia dar um tapa na cara de Ashe capaz de arrancar sua cabeça ou, no mínimo, os dentes.

Consigo esconder minha raiva súbita atrás da máscara da corte.

— Há uma diferença entre nós e vocês — me forço a dizer, repetindo suas palavras. — Não espero que entenda isso, ou que *me* entenda. — Contenho meus sentimentos, inspirando fundo para me acalmar. Vou dizer a ele o que precisa saber para nos manter vivos e impedir que o barco afunde. — Orrian caça com seus amigos da corte. São nobres idiotas, bêbados e tolos que sentem prazer na dor dos outros. Desconfio que esteja com eles. O prazer que sentem na caça e seu gosto pela bebida é o motivo pelo qual não estamos todos mortos no rio.

Ashe franze a testa.

— Ainda.

— Ainda — concordo. Passo outra mão no cabelo, prendendo-o em um rabo de cavalo rápido, para não me atrapalhar. Ashe me observa, me avaliando como a ameaça que sou. Sustento seu olhar. — Acha mesmo que pode despistar Orrian?

Estou no barco há apenas um dia, mas duvido que sua velocidade máxima possa ser mais rápida que a de um príncipe. E se trata de um *barco*. Isso limita muito nosso trajeto.

Apesar das minhas apreensões, Ashe parece se orgulhar. Esse é seu domínio, e ele sabe disso.

— Homens como ele no fundo não passam de covardes. Orrian não vai caçar além da segurança de seu reino.

— Normalmente eu concordaria — digo. — Mas ele é orgulhoso. E me perder feriria seu orgulho. Isso Orrian não vai permitir.

O rosto de Ashe se contrai novamente, num tique de irritação. Ele resmunga baixo.

— Serviço tranquilo, rio tranquilo.

Inclino a cabeça. Parece uma oração, algo que um tolo de Lakeland pudesse murmurar antes da batalha.

— O que é isso?

Ele dá de ombros.

— Só o estilo de vida que gosto de seguir.

— Opa — digo fracamente, ao menos para aliviar um pouco a tensão. Não parece funcionar. Ashe continua perto de mim, tenso como uma mola prestes a se soltar. Viro de leve, voltando a ficar de costas para o barco.

O capitão me imita, bloqueando a tripulação que trabalha sem cansar atrás de nós.

— Por que salvar o garoto? — ele pergunta de repente, e sua voz é tão juvenil quanto sua aparência. Não é um capitão, mas um jovem mal saído da adolescência. Inseguro, confuso. Perdido pela primeira vez na vida. Sem âncora ou caminho.

Mordo o lábio. *Por que salvar o garoto?* Parte de mim se ofende outra vez. Ele faria essa pergunta a um vermelho? Ele nos acha tão sem coração ou piedade? *Tem algum motivo para pensar assim?*

— Você também pulou — respondo finalmente. — Por que salvar o garoto?

O capitão cora, deixando as bochechas morenas vermelhas.

— Você poderia ter me deixado para trás — sussurro. — Tenho certeza de que ele não teria seguido um barco vermelho só por raiva.

Não sei por quê, mas o capitão relaxa, a grande tensão em seus ombros esguios desaparece.

— Provavelmente não — ele concorda. Então, para meu espanto, cutuca meu ombro com o seu. — Por sorte, minha bússola moral é melhor que a sua.

# CINCO

*Ashe*

※

*Idiota. Idiota. Idiota. Idiota.*
Eu deveria jogá-la no rio e acabar logo com isso. Deixá-la se debatendo na água até ser fisgada pelo príncipe. Deixá-la longe do meu barco e da minha tripulação. Mas não sei por que não consigo. Riette e Gill ficam me olhando como se eu fosse doido. Ean Grandalhão continua com seu sorriso idiota mais largo do que ele próprio. Os três devem estar pensando o mesmo. Que estou apaixonado por essa praga prateada dos infernos, disposto a colocar nossas vidas em risco para ajudá-la.

A simples acusação, mesmo que silenciosa, me dá calafrios.
*Serviço tranquilo, rio tranquilo.*
Bom, esse é um serviço difícil pra caralho num rio que ficou difícil pra caralho.

Logo decido me distanciar o máximo possível dela, deixando que vigie a popa enquanto patrulho a proa. Aponto rochas e obstáculos errantes na corrente bem mais do que deveria, especialmente para Riette e Gill. Eles fazem a gentileza de ignorar meu nervosismo, deixando que os guie pelas curvas seguintes.

O sol mergulha à nossa frente, aproximando-se do horizonte ocidental. O bosque se adensa na margem das Terras Livres, e os campos de Lakeland, abertos e vazios, se estendem para o norte. A corrente acelera embaixo de nós. Todos os segundos parecem roubados e todo sopro é ofegante.

Devemos chegar à confluência pela manhã, onde vou deixá-la de vez. Eu me recuso a levá-la até os Portões desse jeito, com um príncipe de Lakeland espreitando de só o rio sabe onde e perseguindo nosso barco. Ele poderia secar o leito do rio, até onde eu sei, e nos deixar à deriva na lama para disparar à vontade. Os prateados já fizeram coisa pior. Eu sei. Vi com meus próprios olhos. Não somos humanos para eles. Somos apenas coisas, para serem usadas e descartadas.

E é assim que ela nos vê também. É por isso que está aqui, para nos usar para chegar rio abaixo.

*Então por que salvar o garoto?*

A prateada mergulhou no rio sabendo que um ninfoide a aguardava, pronto para afogá-la ou levá-la embora. Tudo por um garoto vermelho quietinho, que ela nem conhecia. O filho de uma serva vermelha, nada, ninguém. E uma princesa prateada pulou na água para salvá-lo, sabendo o risco que corria. Sabendo o perigo. Não consigo tirar isso da cabeça, o risco que ela assumiu, e por quem.

Quase queria que não tivesse feito aquilo. Assim eu não ia me importar com o que vai acontecer com ela.

Balanço a cabeça. *Ridículo.*

Vou largá-la na doca da confluência quando as fronteiras se abrirem. Vou dar uma chance para ela.

A chance que ela nunca nos deu.

Na popa, a princesa fica de costas para o barco, vigilante como uma torre. Se ao menos eu a tivesse largado rateando na doca do Ohius, implorando junto aos outros por um lugar. Ela seria problema de outra pessoa, e não meu.

Ou estaria praticamente morta, acorrentada a um homem cruel, sem nenhuma vida além de uma jaula.

*Idiota. Idiota. Idiota. Idiota.*

Quando eu era pequeno, minha mãe lia para mim as histórias de sua velha coleção. Antes de morrer, meu pai comprava livros pelo rio ou trocava na doca e levava para ela. A maioria deles eram reimpressos dezenas de vezes, repassados de geração em geração, traduzidos e copiados. Histórias de guerreiros, reis, criaturas impossíveis, bravura e aventura. Histórias de homens e mulheres vermelhos superando todas as dificuldades. Queria nunca ter ouvido essas histórias. Elas são para tolos.

E certamente estou agindo como um agora.

Como um homem do rio, sempre me senti mais seguro na água, mas, pela primeira vez na vida, não é o que acontece. Não nos atrevemos a manter as luzes acesas. Em vez disso, seguimos sob o luar. Graças ao rio, ela está cheia hoje, luminosa o bastante para nos guiar. Riette e Gill dormem em turnos, um deles sempre alerta caso a corrente mude. Ean Grandalhão dorme no barquinho menor, pronto para sair remando a qualquer momento caso precisemos abandonar a embarcação. Não pretendo dormir; não consigo silenciar o burburinho de planos de batalha mal-acabados na minha mente. A princesa tampouco dorme.

Ela disse que o príncipe de Lakeland gosta de caçar. Imagino que se divirta vendo a presa fugir, desesperada para sobreviver. Eu me pergunto se ele está nos observando agora, apenas sombras e silhuetas na água, nos movendo silenciosamente. Passei por patrulhas prateadas assim antes. Sou bom no que faço. Mas elas sempre podem ser subornadas ou enganadas. Não são formadas por nobres, treinados desde que nasceram. Não são prateados querendo vingar seu sangue, sedentos por algo muito mais valioso do que grãos, álcool ou armas ilícitas.

Uma ou duas vezes, penso ouvir o coro distante de risos além da margem. Pode ser o vento nos campos, ou um peixe pulando.

Ou nada. Cada barulho me deixa mais agitado, deixando meus nervos à flor da pele. À meia-noite, sinto que meus dentes podem se despedaçar de tão cerrados.

Quando a lua está alta sobre nós, Lyrisa abandona seu posto na popa. Seus passos são silenciosos e firmes, mas ela não sabe quais tábuas evitar. Quais rangem e resmungam. Ouço-a se mover apesar de seus esforços, e o rio também ouve.

Sonolento em seu posto, Gill dispara um olhar contra ela que só eu enxergo.

Eu me movo em silêncio e a encontro no meio do convés. A princesa se apoia na amurada, estreitando os olhos para a margem distante na escuridão. O luar reluz sobre os milharais altos, a cobertura perfeita para quem observa o rio.

— Pode dormir se quiser — sussurro, a voz quase inaudível. *Você deveria dormir. Vou te abandonar amanhã. Precisa descansar.* A culpa me revira o estômago.

Lyrisa abana a cabeça.

— De jeito nenhum. — Ela suspira, repousando a cabeça na mão. Encara a escuridão sem ver. — Ele está gostando disso. Orrian.

Como todos os vermelhos, sinto um ódio profundo pelos prateados. Mas Orrian me inspira uma camada a mais de repulsa, que há muito não sentia.

— Eu achava que os prateados tinham coisas melhores e mais interessantes para fazer. Tem uma guerra acontecendo, até onde sei.

Penso que ela vai sorrir. Em vez disso, parece se encolher. Quase consigo esquecer sua habilidade ao olhá-la agora. Ela poderia partir este barco ao meio com um simples estalar de dedos, e eu junto.

— Tem guerra por toda parte atualmente — ela diz. — Ao norte, ao sul, ao leste.

— A oeste não? — Não deve ser verdade. Falo apenas por falar, e para me dar um motivo para continuar de olhos abertos. Até nós sabemos dos saqueadores para cima e para baixo das fronteiras de Prairie, párias prateados sem bandeira ou lealdade. Os chefes militares de Prairie estão em fluxo constante. Os triarcas de Tiraxes vivem brigando entre si. Nenhum lugar é calmo, nem no mundo à frente nem no mundo que ficou para trás.

— A oeste não — Lyrisa murmura. — Já ouviram falar de Montfort aqui nos rios?

*Ah.*

— A República Livre.

— É como eles se chamam. — Ela hesita, então volta a sussurrar. — Acha que é verdade?

O que penso ser verdade e o que sei que é verdade são duas coisas muito diferentes. Os vários rumores sobre a República, mesmo os que vêm de seus próprios cidadãos, variam e se contradizem.

— Ouvi boatos. Vermelhos, prateados, aqueles outros. Todos juntos, iguais. — Hesito ao falar. Não sei por quê, mas não quero iludi-la, dar esperanças que ela não deveria ter. — Mas não acredito em tudo que escuto. Ouço errado na metade das vezes.

— Bom, é para lá que estou indo. — Sua voz se acentua com a determinação. — Ou aonde estou tentando chegar.

*Isso explica o dinheiro, a contagem das moedas. A economia era para uma viagem mais longa.*

— Depois dos Portões.

— Planejei passar pelo Arca, mas o tráfego é intenso. Guarda Escarlate, Exército de Prairie, saqueadores. E, se a aliança prateada ao leste decidir atacar Montfort diretamente, é o caminho que vão pegar. — Lyrisa traça cada passo na madeira da amurada, e vejo o trajeto em minha mente, tão bem como em meus mapas. — Então vou contratar um barco em Mizostium. Cruzar o mar de Tirax. E encontrar outro barco para me levar rio Granda acima. Para dentro das montanhas. E para a liberdade.

Expiro.

— É um longo caminho. — *Óbvio, idiota.*

A princesa não se move.

— Vale a pena.

Dinheiro, ela tem de sobra. Mas e sua vida? Quero contar a ela do risco que vai correr, e não apenas vindo de um príncipe de Lakeland. Com os triarcas, os saqueadores, e depois quando chegar à República em si. Por que aceitariam uma princesa prateada?

— Faz tempo que você está planejando isso — é tudo o que digo, me sentindo um covarde.

Ela encolhe os ombros. O luar bate na água e reflete em seu rosto. As sardas escuras em sua bochecha se destacam, realçam seus olhos. A princesa parece feita de pedra, não de carne.

— Na verdade, não. Eu sabia que queria fugir, mas só. Até Montfort se revelar com seu ataque a Norta, não tinha um plano formado. Sabia apenas que queria fugir. — Seu rosto está imóvel, mas suas mãos estão ansiosas, os dedos se retorcendo. — Agora existe uma oportunidade de algo diferente.

— Uma terra em que você é igual a qualquer vermelho.

Ela se vira para mim abruptamente. Seu olhar é elétrico, carregado de algo que não entendo.

— Ouvi dizer que as Terras Disputadas eram assim também.

— Nós nos denominamos Terras Livres. E queria que isso fosse verdade. Assim como nas Terras da Coroa, existe uma divisão. Podemos não viver à mercê dos prateados aqui, mas certamente vivemos à parte. Nossos mundos são separados até no rio. — Imagino que, no fundo, a República seja igual. Dividida e fraca. — Devo dizer que acho que nunca conheci uma prateada disposta a abrir mão de tanta coisa para evitar um casamento ruim.

Seus olhos se estreitam, e sinto que cometi um equívoco. Minha pele se arrepia. *Idiota.*

— Vermelhos ou prateados, os homens nunca conseguem entender como é a vida das mulheres.

Tudo o que posso fazer é balançar a cabeça, concordando. Qualquer outra coisa me parece um erro.

— Minha mãe concordaria com você — digo por fim, na esperança de continuar a conversa. Não quero que acabe. Ao menos está me ajudando a passar pelo terror desta noite. — Ela mora em Mizostium, perto do Portão Oriental.

Lyrisa sabe o que estou fazendo, mas permite mesmo assim. Ela volta a olhar o rio.

— É uma... parte boa da cidade?

— Melhor que a maioria. — É a verdade. O Portão Oriental é confortável, uma comunidade forte com raízes profundas. Ruas vermelhas, ruas prateadas. Lindos jardins e fontes. Não sei por quê, mas me imagino mostrando o lugar para Lyrisa. Ao menos do convés do barco. Expulso o pensamento assim que ele surge. Vou deixá-la para trás o quanto antes. — A cidade se autogoverna e algumas partes não seguem leis.

— As Terras Livres realmente fazem jus ao nome — ela responde, com um tom mais diplomático. Mais prateada do que nunca. É um lembrete austero de quem ela é e de quem eu sou. Da clara divisão entre nós, em diversos sentidos. — Estou ansiosa para ver mais.

— E verá — respondo rápido, sem pensar.

Seus lábios se contorcem, abrindo um sorriso pungente.

— Pelo menos um de nós acredita nisso.

— Lyrisa...

Ela faz sinal para eu me calar. Dessa vez, com menos desprezo.

— Se chegar o momento, se Orrian tiver a vantagem, se o que acontecer estiver além do que você e sua tripulação conseguem lidar... — Ela vacila, buscando as palavras. — Me avise. E eu acabo com isso.

Sob a lua, percebo que parecemos iguais. Seu sangue e o meu poderiam ser da mesma cor. Eu a observo enquanto ela me encara, esperando que eu concorde. Ela está disposta a se render e ser levada embora. Eu deveria aceitar. Pela vida de Riette, Gill, Ean Grandalhão e pela minha.

— Não — digo com a voz arrastada, me voltando para o rio e dando de ombros.

Seus olhos se arregalam de repente, as pupilas alargadas sob a luz fraca. Suas narinas se abrem em frustração.

— Como é? — Lyrisa exclama, quase alto demais.

Com uma piscadela, me afasto da amurada.

— Algo que todos os vermelhos têm em comum, independente das circunstâncias, é que vivemos para irritar vocês. Não vou dar a um príncipe bêbado nenhuma satisfação. Ele já tem coisa demais nesse mundo. — Antes que consiga me conter, toco seu braço. Sinto um calafrio elétrico subir pelos meus dedos e descer por toda a espinha. — Ele não vai ter você.

Eu a deixo balbuciando atrás de mim, concentrado em manter a coluna ereta e os passos silenciosos. Minhas bochechas ardem com o rubor. Fico grato pela escuridão quando passo por Gill.

*Ashe, por que você é assim?*

— Apaixonado — acho que ele murmura.

Se não fosse pelo príncipe de Lakeland nos seguindo, eu atiraria Gill no rio.

Em vez disso, faço sinal para ele se aproximar.

E conto o plano que se formou na minha cabeça.

# SEIS

*Ashe*

❧

ÀS VEZES ME PERGUNTO SE AS DIFERENÇAS entre vermelhos e prateados são maiores do que imagino. Nunca nem me importei em conhecer um prateado, e de fato nunca conheci. Tem o sangue, claro, sua cor e o que ele implica. Habilidades que mal consigo compreender. Velocidade, controle sobre água, metal, animais, clima, ou força descomunal, no caso de Lyrisa. Mas, fora isso, haverá algo mais? Eles nascem diferentes de nós, mais severos, cruéis e violentos, ou se tornam assim? Eu pensava que era a primeira opção. Agora já não sei mais.

Passei muitas noites em claro no rio. Estou acostumado à exaustão. Ou Lyrisa também está ou tem talento para esconder a fraqueza. Imagino que os dois.

O sol nasce atrás das margens que conheço bem e os sinais de civilização ao longo do rio, que vai se alargando, são cada vez mais frequentes. A confluência é um grande ponto de cruzamento e as docas começam a surgir atrás das raízes e dos juncos nas margens das Terras Livres. Ao norte, Lakeland ainda é quase só campos, embora a estrada esteja se aproximando. Ela desce serpenteante de Sanctum mais ao norte para morrer no ponto onde o Ohius e o Grande Rio se encontram. Aqui, caso se atrevam, os habitantes de Lakeland podem entrar nas Terras Livres.

Me pergunto sobre o paradeiro do príncipe e de seus cães de caça. *Estarão nos vigiando agora? Estarão perto? Espero que esteja curtindo, otário.*

Outros barcos, grandes e pequenos, se juntaram a nós ao raiar do dia. Alguns mal passam de jangadas remadas por crianças, um passatempo que conheço bem. Elas se aglomeram perto das embarcações maiores, na esperança de arranjarem sobras. Jogo algumas maçãs, e esse ritual antigo me conforta.

No barquinho menor, Ean Grandalhão acena para alguns, chamando-os para perto. Ele está fazendo conforme o planejado, passando adiante a notícia de que há um príncipe de Lakeland nas proximidades, um belo prêmio para quem estiver pensando em furtar ou pedir resgate. As crianças molhadas e bronzeadas repassam a notícia, ansiosas, voltando a remar para suas docas ou para o tráfego de barcos mais adiante.

Lyrisa não é uma prateada pálida como a porcelana, do tipo que poderia ser identificada a quilômetros de distância. Sua pele é mais escura, como cobre frio, mas ela ainda assim toma precauções. Não sei onde arranjou um chapéu, mas prendeu o cabelo e o escondeu embaixo dele. Mesmo com o uniforme mal ajustado, consegue se passar por um membro da tripulação, em vez de uma princesa. Aprovo sua transformação com a cabeça, e até Riette concorda comigo.

O sol já está quente. Sinto a pressão úmida do dia. Nem consigo imaginar o verão que nos aguarda pela frente.

Cubro os olhos e procuro o sinal que indica a confluência — uma faixa de água marrom contra o horizonte, o redemoinho enlameado do Grande Rio encontrando o azul do Ohius. Embora a rota normal fosse pelo meio do rio, onde a corrente é forte e veloz, mantenho o barco o mais próximo possível da margem. Isso reduz nossa velocidade, mas nos mantém a quase um quilômetro de Lakeland, longe das águas profundas que um ninfoide poderia voltar contra nós. Caso aconteça o pior, ao menos teremos chance de alcançar a costa.

Há uma cidade mercantil movimentada logo ao sul de onde os rios se juntam, parte dela construída sobre a água. Se eu conseguir chegar lá antes que Orrian ataque novamente, se atracar nas docas... vou largá-la ali? Parecia uma decisão fácil ontem à noite.

Cerro os dentes. Vou pensar nisso quando chegar a hora. Por enquanto, me concentro na água à nossa frente e no que fazer se Orrian aparecer antes de chegarmos ao mercado. A tripulação está ciente do plano, tudo foi preparado. Lyrisa também está, embora saiba apenas de uma parte dele.

A pistola nunca sai do meu lado e temos o cuidado de deixar os rifles escondidos nas amuradas. Pela primeira vez, queria estar contrabandeando armas e contar com um vasto estoque de munição a nosso dispor. Mas o que temos é terrivelmente finito.

A confluência se aproxima a cada segundo. Meu coração corre com a correnteza que nos guia adiante. Preciso de todo o meu autocontrole para não manobrar para o meio do rio, para longe do tráfego da margem, onde posso ligar o motor e sair em disparada. Não sei quanto mais meus nervos conseguem suportar. Uma hora? Um minuto? É excruciante.

Quase morro de susto quando outro capitão grita um cumprimento. Seu barco avança para o rio.

Lyrisa abandona seu posto na popa para se aproximar de mim, com o rifle enfiado embaixo do braço. Seus olhos perpassam a margem, observando a doca e os poucos assentamentos longe da água. Duvido que já tenha visto algo assim.

— Lembra do plano? — pergunto.

Ela responde com um aceno curto, focado. Quase ofendido.

— Claro.

— Estamos espalhando a notícia sobre Orrian. Falei para Hallow fazer o mesmo mais à frente. — O rio avança, mais rápido a cada segundo. — As notícias correm em lugares assim.

Isso a conforta, ao menos um pouco.

— Ótimo. Só nos resta esperar que tenhamos sorte.

— Não gosto muito de nenhuma dessas duas coisas.

— Esperança e sorte? — Ela abre um sorriso sincero. — Nem eu.

Acho que é o sorriso dela que o irrita.

O rio explode ao nosso redor com um estrondo como o de um trovão, erguendo muralhas de água ondulantes para o céu azul translúcido, nos cercando por uma fração de segundo de pavor. É como se uma mão gigante tivesse estapeado a superfície do rio, perturbando a corrente à nossa volta. A água cai tão rápido quanto se ergueu, vindo abaixo num grito que nos encharca por completo. O remo de Gill se parte e Riette atira o dela no convés, então pega o rifle. Ean Grandalhão já está com os olhos fixos nas margens de Lakeland, muito longe, ao norte. Longe demais para qualquer uma de nossas armas.

Lyrisa é quem entende.

— Nas Terras Livres — ela grita, apontando para a margem tão próxima que quase consigo esticar a mão e tocar.

Viro e me arrepio.

Conto oito deles, sete nobres prateados ao redor do príncipe inconfundível de Lakeland. Um dos prateados está com cachorros, dois cães de caça espumando, os focinhos apontados para o barco e Lyrisa.

Orrian Cygnet é esquelético e alto como um remo, e seus membros parecem saídos de um pesadelo. Sua pele é pálida e amarelada, o cabelo encharcado está jogado para trás e colado ao crânio, preso em uma trança que repuxa seu rosto. Não consigo ver a cor de seus olhos, mas vejo seu sorriso perverso e ácido. Suas roupas são azul-escuras, da cor do rio. *Nunca temi a cor azul antes*, penso em desvario.

Ele está armado com uma pistola e uma espada, assim como seus companheiros, embora sua maior arma esteja à nossa volta.

— Venha, Lyrisa, você já se divertiu o bastante — ele grasna, com a atenção focada na princesa.

Ela se recusa a responder, mantendo a cabeça erguida mesmo com o barco imóvel na corrente, impossivelmente plácido sobre a corrente do rio.

Ao nosso redor, barcos e jangadas correm como insetos, afastados pelas ondas de Orrian. Homens do rio pálidos e boquiabertos observam horrorizados ou viram suas embarcações para fugir, todos reconhecendo os sinais inconfundíveis de um ninfoide de pavio curto. Na costa, as poucas pessoas viajando a pé nas Terras Livres se escondem entre as árvores, sumindo de vista.

Levo a mão ao quadril, soltando a pistola o mais lenta e silenciosamente possível. Os prateados não parecem notar. Os amigos de Orrian riem com frieza, passando uma garrafa de sei lá o quê entre si. Um deles gira uma adaga na mão. Se nos movermos rápido o suficiente, podemos matar três ou quatro a tiros. Mas o resto voaria em cima de nós como falcões sobre um coelho, e seríamos destroçados.

Pela primeira vez, Orrian foca em nós, se rebaixando a olhar para os vermelhos. Ele ri com escárnio do meu barco e da minha tripulação, até seus olhos pousarem em mim.

— Pelos deuses, esses contrabandistas ficam mais jovens a cada ano — debocha.

Assim como Lyrisa, não falo nada. Isso o enfurece.

Ele dá um passo para dentro da água. Não, não para dentro. Para cima. Sobe no rio como uma escada, um novo jato de água se alçando para encontrá-lo até ficar bem na minha frente. Olho no olho.

— Estou falando com você, garoto — ele zomba, me dando um tapa na cara sem muita força. Não tem a intenção de machucar, mas de humilhar. Sei disso. Meu rosto arde.

Atrás de mim, ouço a tripulação se agitar, movimentando-se para pegar suas armas. O grupo de Orrian faz o mesmo, avançando para dentro da água. Como Lyrisa imaginou, ele é o único ninfoide no bando.

Na amurada, a princesa fica tensa.

— Orrian — ela adverte.

Isso só alimenta a fúria dele, bem como seu divertimento. O prateado me dá outro tapa.

— Desde quando você se importa com ratos vermelhos, Lyri? — o príncipe terrível zomba. — Que tola, achando que poderia escapar de mim. Escapar de Kirsa e suas cadelas — ele acrescenta, rindo em direção aos animais na margem. A prateada solta algo entre uma risada e um latido, e seus cães a acompanham.

Ele ergue a mão para mim uma terceira vez, então Lyrisa avança, veloz feito um raio, e agarra o punho dele. A ameaça é clara como o dia. Ela pode arrancar o braço de Orrian se quiser.

— Pegue alguém do seu tamanho — a princesa grita com repulsa.

Orrian ri, mas não se move. Pode derrubá-la com o rio, mas não sem sofrer uma dor terrível. Eu estava certo. É um completo covarde.

Os dois se encaram com tanto ódio que temo que vão botar fogo no barco.

*Ótimo.*

— Agora que nos conhecemos... — suspiro, erguendo a pistola. Na margem, os nobres ficam tensos, prontos para saltar. Até eu apontar a arma para a cabeça de Lyrisa, metal frio contra pele. — Vamos começar a negociar?

Por um momento, tudo fica imóvel. A cor do rosto dela se esvai, seus olhos se voltam para os meus, arregalados e apreensivos, seus lábios se movem sem emitir um som. Orrian solta uma gargalhada, nos encharcando de saliva. Lyrisa não solta o punho, mas a surpresa se esvai. Ela me encara com tanta dor e acusação que quase chego a vacilar.

— Arrá! — o príncipe urra, ainda sobre sua escada d'água. — Que espetáculo. Muito bem, rato, bravo! — Ele olha por cima do ombro, para seus amigos, que gargalham tão alto quanto ele. — Ouviram isso? Esse rato provavelmente foi pago, e agora está tentando vender Lyri de volta para mim! Você é um rato esperto, isso tenho que admitir — ele acrescenta, balançando o dedo para mim.

— Sou um sobrevivente — digo, e Orrian ri de novo.

— Então me diga, *sobrevivente* — ele zomba. — Por que não a levo agora, inundo seu barquinho mixuruca e deixo vocês se afogando atrás de mim?

Pestanejo, como se a resposta fosse óbvia.

— Porque vou matar essa prateada. Não há nenhum magnetron com você, e uma bala se move bem rápido a essa distância. — Volto os olhos para seu punho e os dedos de Lyrisa ainda firmes ali. — E é bem possível que ela arranque sua mão.

Ele range os dentes, um animal a quem uma caça fácil foi recusada. Com seu poder, avança e passa por cima da amurada, as botas molhadas pisando no convés. Lyrisa é obrigada a recuar, me movendo junto com ela, as costas encostadas contra meu peito. Mas não solta o punho dele.

— Me solta, Lyri — Orrian sussurra na cara dela, furioso.

Lyrisa aperta mais, e uma camada de suor cobre a testa dele. Ela está machucando, apenas o suficiente para lembrar o perigo que Orrian corre. Atrás dele, seus nobres avançam mais, subindo pelas laterais da quilha para adentrar o convés. Estão em maior número, quase o dobro, uma vantagem de que nenhum prateado precisa contra vermelhos. Riette e Gill mantêm as armas apontadas contra dois, mas estão apavorados, e os canos tremem.

Lyrisa não se move, mesmo com Orrian parado diante dela e a arma pressionada em seu crânio. Está encurralada, mas se recusa a ceder.

Atrás de mim, a tripulação se move conforme o planejado. Em direção ao porão de carga, com o alçapão mantido entreaberto pela bota de Ean Grandalhão.

— Lyrisa — Orrian diz, e sua voz muda tão rápido que me espanta. Agora suas palavras são melosas, e ele diz o nome dela com uma reverência amorosa. Assim como a princesa, Orrian assume uma máscara facilmente. É assustador. — Vamos deixar isso para trás, minha querida. É natural ter medo antes do casamento, e recear um país novo, uma vida nova. Estou disposto a esquecer isso. Melhor ainda: a agradecer você por isso! — Ele aponta para seus amigos com a mão livre, sorrindo como um maníaco. — Não nos divertíamos assim há séculos. Agora me solte, dê a esse homem o que restou das moedas no seu cinto e vamos sair deste barco fétido. Que tal?

— Vocês são tão poucos — ela responde, voltando os olhos para o rosto dos nobres nos encarando. Imagino que conheça todos. — E fracos também. Mal valem o sangue em suas veias. Bêbados e imbecis. Fico surpresa que isso seja o melhor que consegue fazer, Orrian. Você não é um príncipe?

— Sua forçadora de...

Com um rosnado, ela torce a mão e quebra o punho dele. O som dos ossos se partindo é quase mais alto que o grito resultante. Orrian cai de joelhos, segurando a mão pendendo da articulação, mantida no lugar apenas pela pele. A visão quase me faz vomitar, mas me seguro, então movo a pistola da cabeça de Lyrisa para a de Orrian.

Os nobres dele já estão em movimento, com armas e habilidades a postos. Atrás de mim, Ean Grandalhão acende o isqueiro, o clique de metal tão reconfortante como a voz da minha mãe.

Aperto o gatilho.

Mas a arma emperra.

— Merda — sussurro.

Os olhos de Orrian são como um furacão nos Portões, prontos para me arrebentar. O rio se ergue atrás dele, graças a toda a sua fúria, uma muralha ávida para me esmagar.

Sou lançado pelo ar antes de conseguir entender o que está acontecendo, voando até as águas profundas longe da margem. Então me dou conta: Lyrisa me arremessou como se eu fosse um boneco. Mal tenho tempo para inspirar antes de cair na água, por pouco não batendo na jangada de uma criança. Aprendi a nadar tão logo aprendi a andar, e encontro facilmente o caminho de volta à superfície, emergindo a tempo de ver Ean Grandalhão, Riette e Gill saltarem da lateral do barco, suas silhuetas contra a chama que se propaga.

Só me resta torcer que Lyrisa tenha feito o mesmo, saltando na água enquanto o porão de carga cheio de óleo e álcool derramado pegava fogo. Ela sabia do plano. Bom, de quase todo. Tive de improvisar um pouco. Espero que me perdoe por apontar uma arma contra sua cabeça.

A onda se quebra enquanto o barco pega fogo, marcando o fim do príncipe Orrian. Queimado, destroçado por uma forçadora ou ambos. Gritos se erguem com a fumaça, impossíveis de decifrar. Nado o mais rápido que consigo, batendo pernas e braços para cortar a distância.

No rio, outros barcos param para olhar, e uma menina é bondosa o bastante para diminuir a velocidade de sua jangada para que eu a alcance e me segure ali. A criança guia o pequeno motor com uma mão, indolente e tranquila, apesar do pilar de fumaça que se ergue atrás de nós.

Quando chego à margem, a tripulação já está saindo da água com dificuldade, dividida entre triunfo e derrota. Perdemos o barco, mas sobrevivemos. Exausto, deixo a menina do rio me levar até eles. Ean Grandalhão me oferece a mão, me colocando de pé quase à força.

Olhamos juntos para trás, para o casco do barco já em ruínas. Explodiu mais rápido do que eu previa. Qualquer um a bordo seria incinerado. A alguns metros de distância, um dos cães uiva triste, antes de sair correndo com o outro.

Meu peito se aperta e uma dor aguda brota em meus olhos.

— Ela...? — Gill murmura, mas Riette faz sinal para ele se calar.

Juntos, ficamos esperando que algum prateado saia do rio. Amiga ou inimigo, não sabemos. Torço para que seja Lyrisa, torço para que sua sorte tenha sido boa como a minha. Mas o navio afunda e ninguém surge.

Queria ter mostrado os Portões para ela.

# SETE

*Lyrisa*

❦

O RIO LAVA A MAIOR PARTE DO SANGUE. Se não fosse pela água, eu estaria coberta dele. A maior parte de Orrian. É o que acontece quando se arranca uma cabeça.

Mas o rio não lava a memória. Duvido que algo seja capaz de lavar.

O rio espumava atrás dele, erguendo-se como as asas de um ave predadora. De ambos os lados, seus amigos avançaram contra mim, refreados pela embriaguez. A mais perigosa era Helena, mas ela estava na ponta oposta. Teria sido difícil matar uma forçadora como eu.

Mas eu só tinha olhos para Orrian, gritando sob mim, tentando se erguer. Havia fogo em seus olhos. Não, o fogo era do navio, do porão de carga se incendiando, explodindo para todo lado.

— Você vai ser minha — ele sussurrou, furioso, mesmo com as minhas mãos em sua cabeça. No momento, vi minha vida como poderia ter sido, como a de tantas outras antes de mim. Resignada a uma coroa, infeliz e espalhando essa infelicidade. Angustiada com minha força e meu poder. Infligindo minha dor a todos ao meu redor, e aos meus filhos depois de mim.

Eu me recusava a ter essa vida, mesmo se a alternativa fosse morrer.

Senti a umidade do rio que tremia sobre nós, garras avançando contra minha garganta. Apertei e puxei. Não sei o que esperava que fosse acontecer. Que ele morresse, claro. Talvez que seu crânio se partisse antes da espinha. Mas o pescoço se rompeu perfeitamente, foi como tirar a tampa de um pote de vidro. Eu nem sabia que um corpo podia fazer isso.

Não sabia que haveria tanto sangue, e que o coração continuaria batendo mesmo sem cabeça.

É estranho, mas foi a água dele que me salvou. A onda se quebrou assim que Orrian morreu, caindo sobre nós dois enquanto o barco pegava fogo. Mergulhei o mais rápido que pude, minhas roupas úmidas relutando a se incendiar. Ainda assim, senti a dor ardente das chamas atrás de mim, consumindo tudo e todos que restavam no barco.

Sinto as feridas agora, quentes e furiosas. Vão precisar de cuidados, mas duvido que encontre um curandeiro de pele na confluência. Em Memphia talvez. Por enquanto, vou ter que me virar com o que conseguir encontrar na cidade mercantil.

Foi a coisa certa a fazer. Me manter escondida na água, vigiar a margem. Esperar que Ashe e sua tripulação seguissem em frente. Deixar que pensassem que morri junto com Orrian. Não deixar que nenhum sinal de mim seguisse o rio. Não deixar que ninguém seguisse meu rastro.

É o único jeito de fugir. Não deixar vestígios.

Vou ter de ser mais criteriosa com meu dinheiro. Por sorte, a bolsa em meu cinto sobreviveu à explosão e ao rio. Ela deve bastar, se eu gastar com consciência.

Antes de mais nada, troco meu uniforme de Lakeland, mesmo encharcado, por roupas que me caem melhor. O macacão fede, mas deve bastar, e eu estava ansiosa para largar as roupas da mulher morta. A cidade mercantil é maior do que eu previa, com centenas de barracas espalhadas pelas ruas sujas e pelas docas. Barcos, balsas e até navios maiores lotam a margem, embarcando e desembarcando carga e passageiros. Não deve ser difícil comprar passagem para os Portões. Não deve ser difícil deixar este mundo para trás, como deixei tantos outros.

O chão sob meus pés passa de terra a tábuas de madeira a terra de novo. Esta parte da cidade é cruzada por canais menores e correntes variáveis. Mantenho a cabeça baixa, os ouvidos alertas e o cabelo solto para esconder o rosto. Ouço fragmentos de conversas aqui e ali sobre a "comoção" na confluência. O resto é espantosamente normal. Vendedores espalhando notícias, barqueiros reencontrando amigos, apostadores anunciando jogos e mercadores, suas mercadorias. Passo rápido por tudo, em direção à doca principal, onde os barcos maiores aguardam.

Até uma voz me fazer parar.

Uma voz astuta, familiar, provavelmente acompanhada de um sorriso confiante.

Viro para encontrar uma pequena multidão em volta de uma mesa com duas cadeiras, uma delas ocupada por uma pessoa que mais parece um touro de sorriso gentil. Ele estende a mão para outro homem grande que se levanta esfregando o braço com uma careta.

— Sem ressentimentos? — Ean diz, mantendo o sorriso doce.

O vermelho se vira sem dizer uma palavra, praguejando baixo. Ele deixa moedas sobre a mesa ao sair, e seus passos fazem tremer as tábuas sob seus pés.

Ashe é rápido para enfiar as moedas no bolso do casaco, ainda secando sob o sol da tarde. Ele dá um tapinha nas costas de Ean.

— Muito bem — diz com um sorriso, antes de se voltar para a multidão de viajantes e vendedores. — Mais alguém quer enfrentar Ean Grandalhão? O braço mais forte deste lado das Terras Livres! Tudo ou nada, o primeiro braço a tocar a mesa ganha a moeda.

Eu não deveria parar. Deveria sair andando. Pagar para entrar num barco e partir.

Em vez disso, me pego abrindo caminho pelas pessoas à minha frente, com a bolsa de moedas em mãos.

Sorrio ao sentar, depositando meu dinheiro devagar. Então estendo o braço, com o cotovelo no tampo da mesa, a mão aberta e pronta.

Ean Grandalhão trava, mas só tenho olhos para Ashe.

Ele me encara, seu rosto impassível por um segundo. Depois seus lábios se abrem em um sorriso.

— Vou aceitar a aposta — falo para os dois.

# LINHA DO TEMPO

290-300:
- A Guarda Escarlate se forma em Lakeland. Gradualmente, sua influência e seu poder crescem em todo o reino e atravessam as fronteiras de Norta.

VERÃO DE 296:
- Tiberias VI é coroado rei de Norta após a morte de seu pai, Tiberias V.

OUTONO DE 300:
- O príncipe herdeiro Tiberias nasce, filho de Tiberias VI e sua esposa, Coriane, da Casa Jacos. Ele é apelidado de Cal.

OUTONO DE 301:
- Após a morte de sua primeira esposa, o rei Tiberias VI se casa com Elara, da Casa Merandus.

FIM DO OUTONO DE 302:
- Mare Barrow nasce nas Palafitas, filha de Daniel e Ruth Barrow.

INVERNO DE 302:
- O príncipe Maven Calore nasce, filho do rei Tiberias VI e da rainha Elara.

VERÃO DE 320:
- A Prova Real é realizada. Enquanto trabalha como serva, Mare Barrow exibe uma habilidade impossível para uma vermelha. Para esconder esse novo poder, ela deve viver na corte como se fosse prateada.

**FIM DO VERÃO DE 320:**
- Depois de semanas de investidas, a Guarda Escarlate tenta tomar o Palácio de Whitefire em Archeon, mas fracassa. Traída por Maven, Mare é desmascarada como agente da Guarda Escarlate e Cal é forçado a matar o próprio pai. Mare e o príncipe herdeiro são presos e sentenciados à morte. Eles escapam por pouco com a ajuda da Guarda Escarlate.
- Com o irmão no exílio, Maven é coroado rei de Norta.

**OUTONO DE 320:**
- Mare e a Guarda Escarlate viajam por Norta, procurando mais vermelhos com habilidades para se juntar a seu exército. Eles são batizados de sanguenovos.

**FIM DO OUTONO DE 320:**
- Depois que seu grupo é encurralado, Mare se entrega ao rei Maven em troca da vida deles. Ela é aprisionada no Palácio de Whitefire.

**INVERNO–PRIMAVERA DE 321:**
- O rei Maven realiza uma turnê de coroação por Norta e negocia o fim da guerra com Lakeland. Ele rompe o noivado com Evangeline, da Casa Samos, para cimentar o tratado de paz com um casamento com a princesa Iris, de Lakeland.
- A Guarda Escarlate promove revolta e caos na cidade-fortaleza de Corvium. Liderados por Cal, eles a conquistam.

**PRIMAVERA DE 321:**
- Depois de meses como prisioneira e marionete política de Maven, Mare escapa com a ajuda de Evangeline durante o casamento de Maven, quando uma insurreição da Guarda Escarlate acontece.

- O reino de Rift é formado pela Casa Samos.
- A República Livre de Montfort se alia à Guarda Escarlate, na esperança de transformar os reinos prateados do leste em democracias com igualdade entre os sangues. Uma aliança frágil é forjada com Piedmont, baseada em chantagens, mas obtendo muitos recursos e tropas.

INÍCIO DO VERÃO DE 321:
- Junto com Lakeland, Maven tenta reconquistar Corvium, mas seu exército é derrotado por uma aliança entre a Guarda Escarlate, Montfort, Rift e Casas prateadas rebeldes lideradas por Anabel Lerolan, mãe de Tiberias VI.
- O rei de Lakeland é morto no ataque a Corvium.
- Depois da batalha, a aliança entre vermelhos e prateados proclama Cal como Tiberias VII, verdadeiro rei de Norta.

VERÃO DE 321:
- A aliança entre Tiberias VII, a Guarda Escarlate e Rift pede e consegue o apoio do governo de Montfort.
- Agindo em nome do marido, a rainha Iris de Norta retira o poder de barganha que Montfort tinha sobre o príncipe Bracken de Piedmont. Os prateados controlam a base de Montfort em Piedmont.

FIM DO VERÃO DE 321:
- A aliança entre vermelhos e prateados ataca a favela de técnicos de Cidade Nova e Harbor Bay simultaneamente, tirando ambas do controle do rei Maven. Os dois lados concordam em realizar uma conferência.
- A rainha Iris se volta contra o marido e o entrega à aliança em troca do homem que matou seu pai.

- Maven é despojado de sua coroa e sentenciado à morte pelo irmão. A guerra pelo trono está ganha, e o rei incontestado se recusa a renunciar. A Guarda Escarlate e Montfort dissolvem a aliança com Norta e sequestram Maven antes que ele seja executado.
- Lakeland retorna com força total para atacar a agora enfraquecida Norta, atingindo a capital de Archeon. Evangeline e Ptolemus fogem da cidade, abandonando a Casa Samos. O pai deles, o rei Volo Samos, morre em batalha. As forças de Norta são praticamente dominadas até a Guarda Escarlate e Montfort se infiltrarem na cidade sob orientação de Maven. Quando ele tenta escapar na batalha, Mare Barrow é forçada a matá-lo.
- O rei Tiberias VII abdica do trono em favor de uma nova nação e a reconstrução dos Estados de Norta se inicia.

*Os arquivistas de Montfort têm trabalhado duro, assim como eu, para registrar e compreender melhor os acontecimentos do último ano, incluindo a chamada Guerra Civil de Norta. Naturalmente, nossos próprios historiadores foram um pouco negligentes, em termos de ponto de vista e de sua capacidade de escrever enquanto passavam pelas mudanças no governo. Obviamente, a documentação que encontrei em Norta é bastante tendenciosa a favor dos prateados e não vale ser incluída neste momento. Dito isso, achei fascinante rever os acontecimentos sob outra perspectiva, e você também pode achar útil, ou ao menos interessante.*

*JJ*

passagem segura para os rubros em nações hostis. O governo e o Exército de Montfort realizaram uma ação conjunta para identificar, alertar e realocar os rubros em Prairie, Piedmont, Norta, Lakeland e nas Terras Disputadas. A necessidade de sigilo complicou nossos esforços, mas milhares desses indivíduos e suas famílias foram removidos dessas terras nos anos que precederam a Guerra Civil de Norta.

A primeira rubra a ser identificada publicamente fora de Montfort foi Mare Barrow, uma jovem de Capital Valley, em Norta. Ela trabalhava como serva para a família real quando apareceu, aos dezessete anos, em uma transmissão nacional usando sua habilidade eletricon. Embora o governo e a monarquia tenham rapidamente acobertado sua condição sanguínea disfarçando-a como uma nobre prateada, ficou claro para todos com conhecimento sobre os rubros o que ela realmente era. Barrow foi prometida ao segundo príncipe de Norta, Maven Calore, e usada como uma ferramenta vital no plano da rainha Elara Merandus de usurpar o trono do marido, colocando seu filho no lugar. Enquanto vivia como nobre prateada, Barrow foi contatada pela Guarda Escarlate, um grupo rebelde, e jurou lealdade à causa. Ela colheu informações e ajudou a Guarda em seus esforços para desestabilizar o governo de Norta. Barrow foi fundamental para o Atentado Rubro, um dos primeiros atos francos de violência da Guarda Escarlate em Norta. Durante uma tentativa fracassada de golpe da Guarda Escarlate, a rainha Elara providenciou o assassinato do rei Tiberias VI. Barrow e o herdeiro direto do rei, o príncipe Tiberias, foram incriminados e condenados à morte. Eles escaparam com a ajuda da Guarda Escarlate. (*Para mais informações sobre o grupo rebelde, ver subseção 12.*)

Após Mare Barrow ser exposta como rebelde, Montfort enviou mais agentes para Norta e Lakeland. A maioria recebeu ordens de observar e, mais adiante, fazer contato com a Guarda Escarlate, embora alguns tivessem sido encarregados de localizar Barrow para buscar uma aliança, sem obter sucesso. Após se encontrar com a Guarda Escarlate em uma de suas bases, Barrow partiu com um pequeno destacamento, incluindo o irmão dela, outro rubro, o príncipe Tiberias e uma capitã da Guarda Escarlate. (*Para mais informações sobre hereditariedade rubra, ver subseção 3.*) O serviço secreto de Montfort supõe que Barrow foi forçada a fugir da base da Guarda, temendo que ela e o príncipe sofressem perseguição. No continente de Norta, sua equipe, assim como a nossa, buscou outros rubros (agora amplamente reconhecidos e denominados *sanguenovos* em Norta) para protegê-los do governo prateado.

    O rei Maven Calore também estava buscando sanguenovos. Barrow contava com o auxílio de uma lista baseada em mapeamento de sangue vermelho, uma inovação de Norta. Mais tarde, Montfort viria a usar táticas semelhantes para expandir seu objetivo de encontrar, proteger e, por vezes, realocar rubros em perigo. Nos arredores das terras radioativas de Wash, no antes abandonado presídio de Corros, a rainha Elara reuniu os rubros que seu filho tinha encontrado. Acredita-se que ela os estava examinando e usando sua habilidade de murmuradora para controlá-los. Barrow e seu grupo invadiram Corros, e a rainha Elara morreu nas mãos da rubra. O rei Maven triplicou seus esforços para encontrar Barrow, que acabou sendo obrigada a se entregar. Ficou claro que o jovem monarca tinha ficado obcecado pela rubra no período em que ela passara na corte de Norta.

    Maven logo passou a usar Barrow em proveito próprio, exibindo transmissões dela para a nação. Diante das câmeras, Barrow rechaçou a Guarda Escarlate e elogiou o rei, convocando rubros como ela a se aliarem a ele. Isso, somado aos decretos suspendendo medidas severas contra a população vermelha, aumentou consideravelmente a popularidade dele no reino. Muitos rubros atenderam ao chamado de Barrow, aliando-se ao exército do rei para serem treinados e usados como armas. Os primeiros sinais de cisão surgiram durante um atentado contra Maven, em que três Casas prateadas declararam franca rebelião contra o rei. Elas apoiavam o retorno do príncipe Tiberias. Durante a turnê de coroação, a Guarda Escarlate e o príncipe exilado tomaram a cidade-fortaleza de Corvium, enfraquecendo as defesas setentrionais de Norta. Sob pressão, o rei Maven assinou um tratado com Lakeland, pondo um fim efetivo à Guerra de Lakeland, que durava mais de um século. Ele foi obrigado a romper seu noivado com uma nobre Samos a fim de se casar com a princesa Iris de Lakeland. Os prateados de Norta e de Lakeland ficaram livres para voltar todo o seu poderio militar contra a Guarda Escarlate, que continuava crescendo em tamanho, notoriedade e perigo.

A Guarda Escarlate empreendeu um novo ataque, desta vez em Archeon, durante o casamento real. Foi a primeira campanha conjunta entre a Guarda Escarlate e Montfort, depois de semanas de contatos e planos minuciosos. Durante o ataque, as forças combinadas resgataram Barrow e dezenas de rubros, e atacaram a tesouraria de Norta para ajudar a financiar as campanhas rebeldes. Sem o conhecimento de Norta, Montfort havia promovido um tratado com a nação vizinha de Piedmont, e a força de ataque retornou a uma base militar ao sul. O reino de Norta se fragmentou ainda mais quando Volo Samos se declarou rei de Rift e a região se separou de Norta. Esse é considerado um momento decisivo na guerra civil.

O rei Maven retaliou contra a rebelião vermelha. Algumas semanas depois, ele e uma força aliada de Lakeland marcharam contra Corvium, então ocupada por rebeldes. Juntas, a Guarda Escarlate e as tropas de Montfort lideradas pelo primeiro-ministro Dane Davidson conseguiram resistir ao ataque de Norta e Lakeland. Elas foram auxiliadas por Rift e pelas Casas prateadas rebeldes lideradas por Anabel Lerolan, antiga rainha de Norta e avó do príncipe Tiberias. Diante da derrota, o rei Maven foi obrigado a fugir com seu exército, e o rei Orrec de Lakeland foi assassinado por um lorde que agia em nome do rei Volo. Após a vitória na batalha de Corvium, a Guarda Escarlate, Montfort, Rift e Lerolan transformaram sua coalizão em uma aliança inédita entre vermelhos e prateados contra o rei Maven.

Sem conseguir manter Corvium, a base de Piedmont e ainda abastecer a campanha militar em Norta, a coalizão decidiu destruir a cidade-fortaleza. O príncipe Tiberias se declarou o verdadeiro rei de Norta, com o apoio da aliança entre vermelhos e prateados, que se comprometeu a colocá-lo no trono. Ele foi prometido à princesa Evangeline, de Rift, a fim de consolidar essa aliança. Precisando de mais tropas, o rei Tiberias VII, a rainha Anabel, a princesa Evangeline, Mare Barrow e a general Farley da Guarda Escarlate acompanharam o primeiro-ministro Davidson a Montfort. Juntos, eles pediram à Assembleia Popular mais tropas para derrotar Maven, e conseguiram. Durante esse período, o acordo de Montfort com Piedmont se desfez, e as forças do rei Maven ocuparam a base deles ao sul. O rei Tiberias revidou com um ataque duplo, dirigindo a maior parte de suas forças para Harbor Bay, uma cidade vital para a campanha de guerra e a economia de Norta. Barrow, as tropas da Guarda Escarlate, os rubros de Montfort e o primeiro-ministro em pessoa ocuparam uma favela de técnicos vermelhos nas proximidades. Embora as tropas de Lakeland, incluindo a rainha regente Cenra, tenham chegado em navios para proteger Harbor Bay, as forças de Tiberias saíram vitoriosas. Depois de quase morrer para conquistar a cidade, ele organizou uma conferência entre sua coalizão e a de Maven. Não se chegou a nenhum acordo até a rainha Anabel oferecer uma troca — o assassino do rei Orrec em troca de Maven. A rainha Cenra e a princesa Iris concordaram e se voltaram contra o rei Calore. Ele foi acorrentado e levado de volta a Harbor Bay. Com Maven derrotado, a Guarda Escarlate e o primeiro-ministro de Montfort ofereceram uma escolha ao rei Tiberias: renunciar ao trono ou desfazer a aliança contra a ainda hostil Lakeland. Ele escolheu a coroa, e a Guarda Escarlate, Barrow e Davidson retornaram a Montfort, tendo sequestrado Maven.

Em Norta, o rei Tiberias enfrentou dificuldades para reerguer um país em ruínas, com tantos prateados ainda leais a seu irmão. Lakeland avançou para atacar a capital, na intenção de conquistar tudo o que restava de Norta de uma vez. Montfort e a Guarda Escarlate intercederam, usando orientações de Maven para se infiltrar na cidade. O rei Tiberias e seu exército foram cercados e mais uma vez ele pôde escolher renunciar ou não. Tiberias se comprometeu a abdicar do trono, e as tropas conjuntas detiveram o ataque de Lakeland. O rei Volo Samos morreu em batalha, enquanto seu filho e sua filha desapareceram. Mare Barrow matou Maven Calore quando ele tentou escapar da cidade. A frota da rainha Cenra bateu em retirada quando os submergíveis da Guarda Escarlate apareceram no rio e torpedearam os navios de Lakeland. Eles escaparam para o mar e seguiram de volta para sua terra, com a Marinha gravemente arrasada pela Batalha de Archeon.

Nas semanas seguintes, a rubra Mare Barrow retornou a Montfort enquanto seu país adotado, a Guarda Escarlate e uma Norta estilhaçada tentavam se reconstruir.

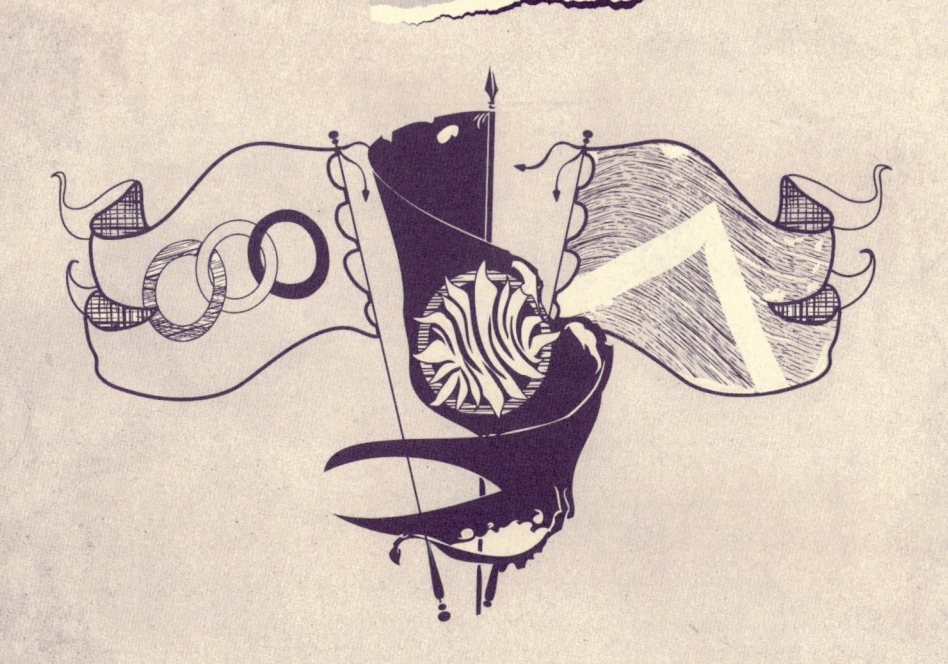

> Abaixo seguem meus esboços de bandeiras da nova aliança, envolvendo os Estados de Norta, a Guarda Escarlate e Montfort.

> E as bandeiras de nossos adversários diretos — Piedmont, o setor prateado de Norta e Lakeland.

# CORAÇÃO DE FERRO

# UM

*Evangeline*

❧

Apesar do frio do outono, o sol brilha forte no céu, e estreito os olhos atrás dos óculos escuros. O jardim está vazio, embora ainda verde e viçoso. O frio da montanha não impera sobre o domínio de Carmadon. Há flores, uma horta, árvores frutíferas e até um canteiro meticuloso de milho crescendo em meia dúzia de fileiras. O marido do primeiro-ministro cuida desse patrimônio da cidade como de um animal de estimação, visitando-o toda manhã e todo fim de tarde. Ele é um verde, e não precisa de muito tempo para cuidar do terreno, mas se deixa ficar mesmo assim. Não pode passar o dia todo aqui, no entanto, o que dá à tarde uma tranquilidade maravilhosa.

É um bom lugar para se esconder.

Não que eu vá admitir que é isso que estou fazendo.

Colho outra folha de hortelã e a coloco na bebida, mexendo os cubos de gelo com um alarido. A ardência do uísque e do açúcar me enche de calor. Me recosto sob a luz do sol, contente em me deitar imóvel sobre a coberta. Eu a peguei dos nossos aposentos no andar de cima. É uma lã macia, que não foi feita para a grama ou a terra, mas é para isso que existem os criados.

Devo ficar mais uma hora ou duas apenas. Eu poderia dormir à vontade se quisesse. Mas me parece algo que uma covarde faria. Eximir-se completamente da situação. E ainda me resta um pouco de orgulho. Não muito, mas um pouco.

Elane está ocupada. Propositalmente. Ela sabe que quero passar a tarde sozinha, sem nenhuma plateia. Posso me deleitar com a atenção dela na maioria dos dias, mas não agora. Ninguém mais precisa ver Evangeline Samos fugindo ao dever mais uma vez.

Chego ao fim do copo rápido demais, virando as últimas gotas de álcool. Se eu não quisesse ser encontrada, poderia chamar um servo e pedir mais um drinque. Em vez disso, me contento em girar o copo na mão, erguendo-o contra o céu. O sol cintila nas muitas facetas de cristal, me lembrando da maneira como Elane consegue fazer a luz dançar e se repartir. Ela se adapta ao lugar melhor do que eu. Não perfeitamente, claro. A República Livre de Montfort é completamente diferente de casa. Prateados, vermelhos e sanguenovos, vivendo juntos como iguais. Sob uma *democracia*, quem poderia imaginar? Ainda me espanta. Mas eu deveria me acostumar. Este é meu lugar agora, e Montfort é o que os Estados de Norta vão se tornar, se tudo correr conforme o plano.

Não boto muita fé em planos, pois sei bem como podem mudar.

Mais um motivo para eu gostar do jardim — não há muito metal aqui. Não preciso sentir nada que não traga comigo. E, agora, trago muito pouco. Na minha vida antiga, eu usava vestidos com camadas de cromo ou calças com aço rendado. Botas com ferros nas pontas. Casacos blindados. Coroas de platina. Mesmo meus vestidos mais bonitos eram à prova de balas. Minhas roupas eram ao mesmo tempo uma mensagem e uma obra de arte, exibindo a força e o poder que, em Norta, eram tão caros a nós, prateados. E tudo o que eu usava era em tons de preto e prata, as cores da Casa Samos. Uma família que não existe mais, ou que ao menos não tem mais importância.

*Primos de ferro, reis de aço*. O lema ressoa na minha cabeça, um eco e um fantasma. Eu esqueceria essas palavras se pudesse, assim como as ambições malfadadas que as originaram.

Embora eu não tenha por que temer ataques em Montfort, não sou tola, e não vou a lugar nenhum sem algum metal. São apenas joias hoje. Um colar, um bracelete, vários anéis, cintilando em torno do meu suéter macio. O suficiente para me defender se necessário, mas fáceis de ignorar. Me pergunto se é assim que os outros se sentem. Nada além de si mesmos. A brisa fria, o barulho da grama seca, o sol descendo aos poucos em direção às montanhas distantes. Gosto do vazio, por mais vulnerável que me deixe. Me recosto, desfrutando da sensação, e ergo os olhos. Consigo ver os picos mesmo com os muros do jardim, coroados pela neve que se acumula. Mare subiu lá uma vez, tentando fugir de algo. Entendo o impulso. Agora ela está em algum lugar mais ao norte, ainda se recuperando. Ainda sofrendo. Ainda *fugindo*, mesmo se finalmente estiver parada.

De repente, percebo algo na minha visão periférica. A ausência de metal em mim também torna mais fácil sentir a presença de intrusos. A pessoa não tem armas ou qualquer pistola que eu possa sentir, mas seus passos são seguros e rápidos, cortando a distância do jardim. Cerro o punho, relutando a me mover e quebrar o feitiço silencioso da tarde. Sei quem é. Consigo sentir a aliança em seu dedo. Ouro e prata entrelaçados.

— Juro que não estou perturbando as plantas — murmuro, erguendo os joelhos enquanto Carmadon se aproxima.

Ele me observa com o olhar atento, e seu sorriso afetado de sempre. Seu olhar repousa em meu copo vazio.

— A hortelã não estava madura.

— Tinha gosto de madura — minto, o ar saindo frio de minha boca.

O marido do primeiro-ministro ri baixo, mostrando dentes brancos e regulares. Ele não se importa com a temperatura como eu; está acostumado às mudanças climáticas nas montanhas. Esse é seu lar, e ele já viu mais mudanças do que consigo imaginar. Às vezes esqueço que seu sangue é tão prateado quanto o meu, apesar dos semitons prateados em sua pele escura. Carmadon é casado com um sanguenovo, e certamente age como um.

Ele cruza os braços, assumindo uma postura firme. É um homem bonito, e uma figura impressionante sob o sol do outono. Como sempre, usa roupas brancas, frescas como a neve.

— Sei que cadeados não são um obstáculo para você, Evangeline, mas eles deveriam ao menos ser uma sugestão. — Com o polegar, Carmadon aponta para o outro lado do jardim, na direção de um portão que agora pende nas dobradiças.

— Lord Carmadon — respondo, fingindo tomar sol. Com um sorriso vitorioso forjado em uma corte perdida, ergo os óculos escuros e os apoio sobre a cabeça. — Estou apenas desfrutando de seu belo trabalho. Não é esta a intenção deste lugar? — Aponto para o jardim florido. — Se exibir?

De todas as pessoas de Montfort, creio que Carmadon é o que mais me tolera. Por isso me incomodo quando ele balança a cabeça.

— Às vezes esqueço o quanto você ainda tem a aprender.

Rio com desdém, sentindo aquela velha pontada de irritação. Não sou uma criança e não sou tola. Me recuso a ser tratada com condescendência.

— Acho que este é um bom lugar para pensar — ele diz, apontando para o jardim meticulosamente planejado. — Sabe, há oficiais na cidade especializados em colocação profissional. Talvez eu possa marcar uma entrevista para você.

Reviro os olhos. Os cutucões me incentivando a encontrar uma profissão e seguir a vida aqui em Montfort nunca deixam de me aborrecer. Ainda que meu tempo vivendo à custa da República esteja chegando ao fim, não quero pensar nisso. Não hoje.

— Qualquer trabalho que eu escolha terá sorte em me receber.

Não preciso de *colocação*. — E não preciso ser lembrada de que o relógio corre sem parar contra mim, contra Elane, Tolly e Wren.

Carmadon também sabe disso. O que não o impede de insistir.

— Você é uma jovem talentosa, mas vai se dar melhor se arranjar um trabalho *antes* que o governo do meu marido pare de bancar seu estilo de vida.

Eu me levanto rápido, jogando a coberta sobre o ombro. Minhas bochechas se aquecem, com o sangue subindo à cabeça. Não preciso escutar isso. Não hoje.

— Se sua intenção era me expulsar da sua hortinha, parabéns. Conseguiu — murmuro.

— Ah, por favor, não saia por culpa minha. Não me importo que visite meu jardim. Mas a qualquer momento seu irmão vai passar por aqui e pisar em algo que não deveria. — Seu humor tranquilo volta tão rápido quanto havia desaparecido. — Isso, eu gostaria de evitar.

A menção a meu irmão me tira do sério. Meus dedos apertam a coberta com mais força, e de repente queria algo maior e metálico para despedaçar.

— Ptolemus não sabe que estou aqui.

Carmadon inclina a cabeça, deixando que a luz da tarde reluza em sua cabeça raspada.

— Acha que ele não vai revirar cada palmo deste lugar até achar você?

— Meu irmão não tem tempo para isso.

— Aquele jato só vai partir quando ele quiser — Carmadon zomba. — Não vai vencê-lo pelo cansaço.

Com isso, rio alto. O som ecoa pelo jardim vazio, mais um latido do que um riso gracioso. Escarnecendo, volto a deitar a coberta com um floreio e me esparramo sobre ela. Com o ar mesquinho, até volto a colocar os óculos escuros.

— Pague pra ver, Carm.

Em resposta, ele apenas move os olhos. Negros como carvão, mas pontilhados por um verde-esmeralda profundo. Solto um grito agudo quando algo se contorce sob mim, uma cobra ou uma...

*Vinha.*

Uma dezena delas, rápidas e me pegando de surpresa. Ataco com o bracelete, transformando-o em um chicote afiado, mas as vinhas se contorcem e desviam, me forçando a ficar de cócoras numa postura nada elegante. Uma vinha joga a coberta sobre mim, cobrindo minha cabeça.

— Com licença — vocifero, jogando a coberta para o lado. Meu rosto cora de novo e consigo sentir meu cabelo soltando da trança. Se eu já não estava com uma aparência desgrenhada antes, agora com certeza estou. — Que grosseria.

Carmadon faz uma reverência exagerada e insultante.

— Mil perdões, princesa.

O título me atinge como ele pretende. Como um chute no estômago. Meus anéis se afiam, criando espinhos enquanto minhas tripas se contorcem. Por um segundo, fito a grama, tentando reunir meus pensamentos e sentimentos rodopiantes. Mas eles me escapam, longe demais para alcançar.

*Princesa Evangeline. Lady da Casa Samos. Filha de Volo e Larentia.*

Não sou mais nada disso. Não depois de hoje. Eu deveria estar contente — deveria me sentir aliviada por me livrar do nome e da vida que meus pais me deram. E parte de mim está. Mas o resto não consegue esquecer o preço que paguei para viver como quem sou agora. O que traí. O que matei. O que perdi para sempre.

— Você vai sentir falta? — Carmadon pergunta gentilmente, dando um passo à frente. Eu me afasto enquanto ele se aproxima, mantendo a distância.

Volto os olhos para ele, inflamados e furiosos. Uma provocação e um escudo.

— Títulos e coroas não significam nada aqui. Não haverá nada de que sentir falta.

Mas sinto a ausência como um buraco dentro de mim. Senti todos os dias de todas as semanas desde que pus os pés naquele trem subterrâneo, deixei Archeon para trás e abandonei meus pais ao destino que os aguardava. Sinto o sangue gelar. Sei o que aconteceu. Eu não estava lá, mas sei. E pensar no meu pai, por mais terrível que ele fosse, caindo da ponte, seu corpo destroçado e esmagado... Não consigo suportar. Odeio isso. Preferia não saber.

— Você deveria ir com Ptolemus. — Carmadon não se detém por minha tormenta emocional, ignorando-a da maneira mais gentil possível. — É o melhor jeito de pôr fim a isso.

Atrás de mim, suas vinhas deslizam de volta para a grama, curvando-se uma sobre a outra. Revido com minha velha habilidade, usando meu colar. Ele parte a vinha mais grossa ao meio com um silvo satisfatório antes de voltar a se enrolar no meu pescoço.

— Você vai me obrigar? — pergunto, fazendo o possível para controlar minha voz. *Já tomei minha decisão. Ninguém vai respeitar isso?* — O primeiro-ministro vai me obrigar?

— Não, Evangeline — ele rebate. — Mas você sabe que estou certo. Seu irmão vai abdicar da coroa, e você precisa estar ao lado dele.

Meus lábios se curvam.

— Ptolemus consegue falar sem que eu esteja lá segurando sua mão.

— Sei disso. Mas quero dizer que, quando ele abdicar, o reino de Rift passa para você.

Até uma criança prateada sabe disso. É dolorosamente óbvio. Todos sabem como são as leis de sucessão de meu antigo país ou, ao menos, como eram. Homens primeiro e, quando não restar nenhum, a coroa passa para uma mulher. Uma pessoa nascida para ser um peão se torna a regente do tabuleiro.

Eu estaria mentindo se dissesse que não pensei a respeito. No escuro, nos momentos de silêncio, no intervalo entre vigília e sono. Ninguém poderia impedir uma rainha governante de viver como ela bem quisesse, com quem bem quisesse.

*Uma rainha de um reino prateado, e tudo o que isso implica.* O pensamento me atormenta, fazendo a vergonha desabrochar. Antes, era uma sensação rara. Agora, eu a sinto quase todos os dias. É difícil não sentir, em um país como este, comparado ao país de onde vim, ao país que eu teria mantido.

— É para isso que serve a carta — murmuro. Apenas algumas frases, o suficiente para me tirar da vida que nasci para viver.

— Está longe de ser a mesma coisa. Não vai ter o mesmo peso que sua voz teria. — Não é a primeira vez que ouço esse argumento. De Carmadon ou do primeiro-ministro Davidson. Até Ptolemus insinuou que minha presença seria útil. Elane também. Ela tem cabeça para essas coisas. — Deve ser difícil abrir mão...

Eu o interrompo, cansada da conversa.

— Não quero aquele lugar — quase grito, enérgica demais, alto demais. — Não quero mais nada daquilo.

Não comparado ao que tenho agora. A troca não vale a pena. Mas ainda assim... fui criada para aquele lugar. Para a mansão Ridge, para os vales cortantes de Rift. Sombras, árvores e rios. Jazidas de ferro, minas de carvão. Uma casa bonita da qual jamais esquecerei. E, por mais que ame Elane, por mais que valorize ser quem sou, aquela é uma vida difícil de esquecer.

— Eu me recuso a voltar.

— Está bem — ele responde, com os dentes cerrados. — Então você vai ter de falar isso a Ptolemus pessoalmente. Pode ver seu irmão partir. Tenha coragem, Evangeline — ele acrescenta, me olhando de cima a baixo com desprezo. Contra minha vontade e meu orgulho, me sinto vulnerável ao seu julgamento. Carmadon é como eu e, no fundo, valorizo sua opinião. — Você pode viver aqui, mas viva com orgulho.

A raiva logo toma o lugar de qualquer vergonha em mim. Ergue-se como uma chama, alimentando minha firme determinação. Quase volto a sentar, petulante como uma criança.

*Mas ele está certo.*

— Obrigada pelo conselho, milorde — sussurro, furiosa, fazendo uma reverência ainda mais baixa que a dele. Quando me levanto, danço os dedos, lançando um anel através das árvores. Ele retorna em um instante, trazendo uma pequena maçã vermelha diretamente para a palma da minha mão.

Carmadon não se move.

— Não está madura — ele diz, com ironia na voz.

Dou a maior mordida possível enquanto saio andando, ignorando o gosto amargo.

# DOIS

*Elane*

❧

*Foi errado mandar Carmadon atrás dela?*

Não sei dizer. Evangeline queria um tempo para si, queria esperar até que Ptolemus e Wren tivessem partido, mas vai se arrepender depois. Mesmo se não arranjar coragem para ir com eles, vai se arrepender de não estar lá para pelo menos vê-lo partir. São poucas as pessoas que valoriza mais do que o irmão, e sei muito bem o efeito que temos sobre as emoções dela. Evangeline pensa que não noto como é facilmente abalada pelo resto de nós. A menor palavra, um olhar de soslaio. Isso a perturba, qualquer risco a nossos laços e relações. Qualquer mínima possibilidade de desfazer nosso círculo. Afinal, somos tudo o que lhe resta.

*E ela é tudo que me resta.*

Faço o possível no pouco tempo que tenho. Fazer as malas dela sem a ajuda de uma magnetron pode ser um trabalho pesado, mas dou meu melhor. Em Norta e Rift, dávamos preferência às cores de nossas Casas, e o resultado era uma paleta muito monótona. Preto, prateado. Um pouco de branco. Montfort é diferente. As cores das Casas não significam nada aqui, e procuro entre um arco-íris de tons os trajes adequados a uma abdicação. A maioria dos vestidos de Evangeline é pesada demais para eu mover sozinha, então dou preferência à seda quando posso. A cota de malha de cromo é menos difícil de carregar, mas mesmo assim dá trabalho tirá-la do cabide.

Depois de uma hora, estou suando um pouco, mas tenho duas malas cheias com tudo o que ela pode precisar. Vestidos, saias, calças, casacos. Sem mencionar minhas próprias roupas. Caso Evangeline mude de ideia.

Deixo as malas no guarda-roupa e fecho a porta para escondê-las de vista.

Nossa suíte aqui é menos grandiosa do que na mansão Ridge, obviamente, mas ainda assim tem esplendor suficiente para atender às demandas de nosso status. Por enquanto.

Embora dormíssemos juntas em Rift, sempre tive meus aposentos em algum outro lugar da mansão para manter as aparências. É ao mesmo tempo estranho e emocionante saber que podemos dividir este espaço só entre nós. A mansão de Davidson tem um quê muito particular, e madeira exposta e verde-floresta não me agradam. Mas não me dei ao trabalho de redecorar. Não vamos ficar aqui muito tempo.

As janelas dão para o oeste, a pedido de Evangeline. Ela prefere acordar ao amanhecer, mas sabe que eu não. Foi uma gentileza, mas exige certa artimanha à tarde, quando o sol parece estar diretamente na altura dos olhos. Como sempre, giro a mão como se virasse uma maçaneta, e o raio de luz que entra se turva em um brilho dourado. *Bem melhor assim.*

Tenho poucos motivos para usar todo o poder da minha habilidade sombria. Montfort não tem corte. Não há nenhuma rainha para ouvir às escondidas, nenhum jovem rei para seguir sem ser vista. Ainda assim, isso não quer dizer que eu não tenha espiado quando pude. Sobretudo na rua, explorando a cidade de Ascendant sem me preocupar. Afinal, sou uma nobre de Norta, uma prateada nascida para governar. Por um tempo, também fui a futura a rainha de Rift. Embora esteja em segurança aqui, não costumo ser bem-vinda fora da mansão. Vermelhos e sanguenovos que me reconhecem me olham com escárnio, prateados me olham com pena ou inveja. Às vezes saio com Evangeline, escondendo-nos sob o véu da minha habilidade, embora isso torne mais difícil atravessar a multidão. Não que Evangeline se importe em pisar no pé dos outros.

As reuniões do primeiro-ministro Davidson são protegidas demais, até para mim. Ele mantém seu conselho a portas fechadas com guardas sanguenovos em seu encalço. Um pode detectar habilidades; a outra tem sentidos aguçados que lhe permitem farejar ou ouvir até uma intrusa invisível. Ela me lembra a mãe de Evangeline, que nunca era pega desprevenida. Sempre tinha olhos para ver, focinhos para farejar, inúmeros animais sob seu comando.

Se tudo seguir como o planejado, devo passar muito mais tempo com os guardas sanguenovos, e com Davidson em particular.

Faz ao menos duas horas que Evangeline desapareceu. Ela tomou café em silêncio, o que não é comum, e devorou tudo o que o criado colocava à sua frente. Não insisti. É um dia difícil para todos nós, ainda mais para ela. Quando me falou que queria ficar sozinha um tempo, dei o espaço de que tanto precisava.

Evangeline me entregou uma cópia da carta que escreveu, aquela que Ptolemus vai ler durante a transmissão amanhã. Ela não é do tipo que precisa de opinião ou apoio, mas não há mais segredos entre nós. Só queria me dar a escolha.

Escolhi não ler.

A carta está em cima da mesa de centro da sala, me chamando mesmo de outro cômodo. Não sou tola. Morei nas cortes prateadas por tanto tempo quanto Evangeline, e já devo ter escutado mais do que ela vai escutar em toda a sua vida. É o jeito sombrio de ver e ouvir. Mandar uma carta, em vez de ir a Rift pessoalmente, é correr o risco de um desastre. Mas não importa quantas vezes eu fale isso para ela, Evangeline se recusa a dar ouvidos. Ela sempre foi teimosa, sempre foi rápida em bater o pé. Pensei que este lugar fosse mudar isso. Evangeline pode ser diferente aqui. Mas não mudou quase nada. Continua orgulhosa, rancorosa, com pavor de perder as poucas pessoas que ama.

Evito a sala e a tentação da carta me ocupando com a cama já feita. Não temos criados particulares, mas criados limpam nossos quartos todos os dias, dispostos a nos oferecer tudo o que pedirmos.

*Não por muito tempo.*

Expiro fundo, soprando um cacho da frente do rosto. Não tenho a menor ideia de como lavar a maior parte das minhas roupas, principalmente as peças de renda de que Evangeline mais gosta. Fiz questão de colocar algumas delas nas malas. Ela merece uma recompensa, caso mude de ideia.

Sobre a abdicação e sobre outras coisas também.

Com um suspiro, deito sobre a colcha. Os lençóis são verde-escuros, o tom da bandeira de Montfort, e fantasio que estou deitada no chão de uma floresta. Meu cabelo escarlate contrasta com o tecido, flamejante como uma ferida. Estou considerando chamar a criada e pedir que me prepare um banho quente quando alguém entra na sala, vindo do corredor. Só há uma pessoa que não bateria na porta, e me preparo para a discussão.

Evangeline se move com graça. Não como uma gata, mas como uma loba, sempre à caça. Em geral, gosto quando me caça, mas não sou a presa hoje. Ela não olha em meus olhos quando entra no quarto, embora eu esteja bem visível contra as janelas. A luz muda ao me tocar, envolvendo minha pele pálida e meu vestido vermelho com uma névoa linda. Gosto de usar vermelho. Combina com meu cabelo. Me faz sentir viva. Evangeline está usando as cores da sua Casa hoje, embora não precise mais. Couro preto e lã cinza. Parece apagada em comparação com seu jeito habitual.

Ela deixa algo cair no chão, e vejo uma maçã pela metade rolar para debaixo de uma cadeira. A antiga princesa não parece notar ou ligar. Franzo o nariz.

— É melhor limpar isso, Eve — digo, falando antes que possa me repreender por mandar Carmadon atrás dela. Despistando o olfato da loba.

Evangeline mal dá de ombros, deixando a luz suave refletir em seu cabelo prateado. A luz dança e refrata. Por um instante, é como se ela usasse uma coroa que só eu consigo ver.

— Acho que prefiro aproveitar nossas últimas horas de serviço de quarto.

*Que dramática*, penso, resistindo ao impulso de revirar os olhos.

— Duvido que vão nos botar para fora tão rápido.

— Você conhece Davidson tão bem assim? — Ela me lança um sorriso cortante. Sinto a pontada de uma velha acusação e a ignoro com um aceno.

— Não vou ter essa briga de novo. Temos assuntos mais importantes para discutir.

Ela caminha até o pé da cama e se inclina, apoiada nas mãos. Seu olhar encontra o meu; seus olhos são nuvens de tempestade contra o céu azul dos meus. Vejo desespero nela, e fúria.

— Sua futura profissão é importante para mim.

— Isso pode esperar — digo a ela, não pela primeira vez. Qualquer que seja o papel que eu decida representar em Montfort, a escolha é minha. — Você deveria ir — murmuro baixo, sentando para tocá-la.

Mas Evangeline se move rápido, e sua bochecha escapa de meus dedos. Bufando, ela se afunda nas cobertas, cruzando os braços. Seu cabelo se esparrama, perto o bastante para se misturar ao meu. Vermelho e prateado, as duas cores que governam este mundo.

— Por que mandar Carmadon falar comigo se você pretendia repetir o mesmo? Não precisa de tantos rodeios, querida.

— Muito bem — murmuro. Como sempre, meu sangue se aquece com ela deitada tão perto. — Devo tentar outra tática?

Evangeline me olha de soslaio, encostando a bochecha na cama. Eu me movo devagar, deliberadamente, passando uma perna por sua cintura até estar firmemente sentada sobre ela.

Seu sorriso não chega aos olhos.

— Fique à vontade — Evangeline sussurra, com uma mão tocando meu quadril. A outra permanece imóvel.

Eu me abaixo, falando de maneira que meu hálito encontre seu pescoço. Ela estremece sob mim.

— Já existem duas facções entre os prateados de Rift. Uma é a favor da reorganização. — Dou um beijo na veia em seu pescoço. — Voltar para os Estados de Norta. Viver sob as leis do novo governo. Igualdade de sangue, uma sociedade reestruturada. Eles preferem perder seu status a derramar mais sangue em outra guerra.

Sua garganta salta quando ela engole em seco, tentando manter o foco. Mas a mão em meu quadril desliza, subindo por minhas costelas. Sinto o toque sobre o vestido perfeitamente, como se ela estivesse passando as unhas na minha pele nua.

— Espertos — Evangeline diz. Não é nada burra. Vai me deixar fazer meu jogo, mas vai jogar o dela também. Um de seus dedos engancha nos fechos das costas do meu vestido, brincando com eles. Se ela quisesse, arrancaria tudo num piscar de olhos. — Nós prateados sempre sabemos como salvar nossa própria pele.

Volto a me abaixar, levando a mão ao pescoço dela. Na minha visão periférica, a luz ao nosso redor pontilha. Luz e trevas se misturando. Pulsando com as batidas do meu coração.

— E a outra...

Sua voz é cortante.

— Não me importo.

Insisto, determinada.

— A outra é apoiada pelo que resta dos seus primos — digo, puxando a gola de sua blusa para o lado e expondo sua pele pálida.

Ela finge rir. Em vão.

— Não sabia que ainda tinha algum.

*Mentira, Evangeline.* Minha princesa Samos sabe muito bem de cada membro vivo de sua família.

— Mesmo os membros mais inferiores de sua Casa têm interesse em manter um Samos no trono.

Ela me aperta com mais força, as duas mãos na minha cintura agora. Me imobilizando. Me mantendo ali.

— Não haverá um trono...

— Seu irmão está fazendo o que deve para deixar isso claro — retruco, me erguendo um pouco para manter certa distância entre nós.

Ela apenas me encara, se recolhendo em um silêncio amargurado.

Antes, eu poderia ter permitido. Deixado que me afastasse para me chamar de volta só quando *ela* estivesse pronta. Mas não é justo. E não vou mais viver dessa maneira. Não preciso.

— Eve...

— Não importa quem me apoie. — Ela fecha os olhos, falando entredentes. — Nunca vou voltar. Não vou reivindicar o trono. Nunca vou ser uma rainha, princesa ou o que eles quiserem de mim.

— Não é esse o ponto. — Coloco as mãos sobre as dela. Seus dedos estão frios. — Seus primos vão apoiar uma rainha no exílio. Eles podem dizer que você está aprisionada, escravizada... qualquer coisa para justificar manter as leis e a superioridade deles. Haverá um regente, o Samos de mais alto escalão restante. Falando em seu nome, governando em seu nome. Enquanto você se *esconde* aqui...

Seus olhos se abrem de repente, irradiando fúria. Ela sai de baixo de mim, e senta para eu ter de me afastar.

— *Nós* estamos nos escondendo, Elane? — Furiosa, Evangeline levanta da cama e começa a andar de um lado para o outro. Ela passa a mão no cabelo, alisando as mechas prateadas. — Ou *você* está se escondendo? É boa nisso, não é?

Tudo em mim se tensiona. Não sou de me irritar fácil, ao contrário de Evangeline. Nunca tive um temperamento como o dela. Mas a raiva não é novidade para mim. Devagar, tiro um bracelete do punho, grata por não estar usando nenhum outro metal para ela sentir enquanto o deixo cair no chão.

E desapareço.

— Elane — Evangeline suspira, não arrependida, mas frustrada. Como se eu fosse um fardo ou uma vergonha.

Isso só me enfurece ainda mais.

Sou bem treinada na arte do silêncio. Todo sombrio é. Ela mantém os olhos na cama por muito tempo depois que saí, sem conseguir me ver enquanto atravesso o quarto.

— Peça desculpas — sussurro em seu ouvido. Evangeline salta como se tivesse levado um choque, virando-se para encarar minha voz.

Libero meu poder sobre a luz, desfazendo a ilusão que me mantém invisível. Mas não completamente. Sombras se acumulam em volta do meu corpo, feridas abertas para que ela veja. Afinal, Evangeline está sempre contorcendo seus ferros e aços a cada emoção que sente. Merece ver como me afeta.

Ela pousa o olhar nas sombras, traçando-as. Por um segundo, estende a mão para tocar uma, mas muda de ideia.

— Desculpa — ela diz, murchando diante dos meus olhos. Ouço arrependimento em sua voz, o suficiente para eu me acalmar. — Não foi justo da minha parte.

— Não, não foi. — Minhas sombras reverberam em resposta, fluindo e refluindo como uma maré. É a minha vez de caçar, e a cerco. — Se tem alguém se escondendo aqui, é você, Evangeline Samos. Nunca sai da mansão. Não fala com ninguém fora do nosso círculo. Não quer nem se despedir de Ptolemus, muito menos ir com ele. Nem falar para ninguém, ninguém de antes, o que você é.

*O que* nós *somos*. Mesmo agora, não vou admitir, não para ela, não em voz alta. Evangeline sacrificou uma vida por mim — e ainda assim, não sei por quê, quero mais. Preciso de mais. Seu amor, sua dedicação. Uma promessa feita à luz do sol, e não às sombras. Parece errado e egoísta. Mas não posso negar a realidade.

Evangeline deve ver a decepção escrita em meu rosto, e o rancor toma conta dela.

— Ah, e você mandou cartas para todo canto, é? Fez uma transmissão ao vivo descrevendo todos os detalhes de suas inclinações românticas? — Quase acho que ela vai destruir alguma coisa, uma maçaneta ou um de seus vestidos. Em vez disso, fica imóvel, exceto por um dedo trêmulo que aponta para mim. — Se estou me escondendo, você também está.

— Meu pai sabe. Minha casa sabe. Todas as pessoas nesta mansão sabem com quem passo as noites e por quê. — Ouço minha voz tremer, mas não tenho problemas em me defender. Já enfrentei coisas muito piores nas cortes de Norta e Rift. — Estou fazendo o que posso para construir uma vida aqui para nós.

Evangeline apenas ri, e vejo o desprezo em seu rosto. Não dirigido a mim, mas a si mesma. Dói mais do que qualquer outra coisa que ela poderia dizer.

— Acha que se misturar a eles não é se esconder, Elane? Invisível ou simplesmente à sombra, está evitando ser vista.

Os contornos sombrios ao meu redor se inflamam, ofuscantes por um momento.

— O que há de tão errado em querer me adaptar aqui? — vocifero, apontando para as paredes de madeira e pedra. — Sei que é difícil desaprender as lições que fomos ensinadas. Pelas minhas cores, eu sei. — A velha expressão do nosso país escapa por instinto. Soa como uma relíquia já. — Eu estaria mentindo se dissesse que não sonho em voltar. Governar um reino ao seu lado. Mas aquele mundo é impossível para nós. Este lugar pode ser mais difícil. Pode parecer contra a natureza. Vermelhos e prateados, sanguenovos... ainda estou me acostumando com isso tudo. Mas eles nos deixam viver como queremos. Vale a troca.

Só quando termino percebo que estou segurando a mão dela, e centelhas de luz circulam nossos dedos unidos. Evangeline está imóvel, com o rosto esculpido em pedra.

— Acho que foi esse o motivo para *eu* nos trazer aqui — ela diz baixo. — Queria nossa liberdade. E queria você em segurança.

Contenho as lágrimas de frustração. Evangeline é ótima em voltar os argumentos contra seus oponentes. Mas não costumo ser um deles.

— Não vou correr perigo. Já disse isso muitas vezes.

— Se continuar me falando para ir à abdicação, vou continuar repetindo para você recusar a oferta de Davidson. — Apesar do tom combativo, seu polegar acaricia o dorso da minha mão. É o jeito de Evangeline. Me afastar e me atrair ao mesmo tempo.

— Essas coisas não se comparam, nem de longe — digo a ela. — E não estou tentando te persuadir a recusar o serviço de patrulha.

Ela inclina a cabeça para trás e ri.

— Porque sou muito melhor no combate do que você.

Tento rir como ela. Mas meu riso sai vazio, como uma zombaria. Falo sem pensar.

— Alguns dos melhores guerreiros do mundo acabam em um túmulo precoce.

Ela tira os dedos dos meus e se retrai como se tivesse sido queimada. Então se vira tão rápido que quase não vejo as lágrimas brotando em seus olhos. Tento ir atrás dela, mas Evangeline volta a palma da mão para trás, erguida e trêmula. Seus anéis, bracelete e colar tremem e dançam, girando ao seu redor. Refletindo sua dor.

— Desculpa — digo rápido, me sentindo uma completa idiota.

*O pai, ela está lembrando dele. Um grande guerreiro em um túmulo precoce.* Embora Volo Samos a mantivesse aprisionada, fez de Evangeline o que ela é hoje. Tão forte, tão feroz. E ela o amava, apesar do que todos pensavam. Ela o amava e o deixou morrer. Sei que se culpa por isso. Ainda tem pesadelos com isso. O preço de escapar da jaula foi a vida dele.

Todos os pensamentos sobre a abdicação e minha futura profissão se desfazem. Sem hesitar, coloco os braços em volta dela, pousando a bochecha em suas costas. O suéter de lã me arranha, na altura da escápula dela.

— Eve, me desculpa — sussurro. — Não pretendia despertar essas lembranças.

— Tudo bem — ela retruca. — Toda dobradiça de porta me faz lembrar.

Todo brinco. Toda fechadura. Toda lâmpada. Toda faca. Toda arma. Todo pedaço de metal em sua percepção. Ele a ensinou, a transformou na arma que é hoje. *Não é uma surpresa que sempre fuja para o jardim. Ela escapou dele, mas não de sua memória.*

Ao menos está me deixando abraçá-la. Já é um começo. E uma oportunidade. Uma responsabilidade.

— Sei que você gosta de fingir que é feita de ferro — murmuro, apertando mais. Ela se apoia em mim, seus ombros subindo e descendo. — Mesmo em seu coração, meu amor. Mas te conheço, e não precisa esconder nada de mim.

A carta na sala parece um buraco em meu cérebro. *Ela deve abdicar com Ptolemus. É a melhor maneira de pôr fim a isso, a mais segura.*

*Pode não nos poupar de mais derramamento de sangue, mas vai poupar Evangeline de mais culpa. Não sei por quanto tempo vai conseguir suportar.*

— Sei por que você não quer voltar a Rift — murmuro encostada a ela. Evangeline fica tensa, mas não foge. Um bom sinal. — Tem medo de que sua mãe esteja lá.

Ela se solta de mim com tanta facilidade que mal noto.

A porta bate atrás dela, e fico só.

# TRÊS

*Evangeline*

❧

É SÓ QUANDO CHEGO AO OUTRO LADO da mansão do primeiro-ministro que sinto que consigo respirar. Antes eu poderia ter culpado a altitude, mas faz tempo que me acostumei ao ar rarefeito. Não, o aperto no meu peito é por culpa desses *sentimentos* inconvenientes e idiotas. Sem mencionar a vergonha de sempre.

Elane já conhece minhas lágrimas. Mas isso não quer dizer que eu goste de chorar na frente dela, ou de demonstrar qualquer tipo de fraqueza. Na frente de ninguém. Por mais brutal que fosse a corte de Norta, eu a entendia. Era um jogo em que me saía bem, protegida por minhas joias, minha armadura e minha família, igualmente temíveis. Só que não mais.

Eu não estava lá; não o vi morrer. Mas ouvi rumores suficientes para saber o fim que ele levou, e sonho com isso. Quase toda noite, acordo com a imagem na minha cabeça. Volo Samos atravessando o campo de batalha, subindo na ponte. Seus olhos escuros vítreos e distantes. Julian Jacos cantou para ele, e o fez caminhar para a própria morte. Ainda me questiono se meu pai tinha consciência disso. Se estava preso dentro da própria cabeça, vendo a beirada chegar mais e mais perto.

Toda vez, vejo o corpo do meu pai esmagado sob um navio de Lakeland. O crânio rachado. Dedos ainda se contorcendo. Sangue prateado escorrendo por uma dezena de feridas. A imagem muda às vezes. Coluna quebrada. Pernas torcidas. Tripas expostas. Armadura estilhaçada. Às vezes, ele explode em pó e cinzas. Sempre acordo antes que as rainhas de Lakeland cheguem, ou que o rio o engula por inteiro.

Achamos que os soldados de Lakeland levaram seu corpo. Ele não estava no rio quando nossos ninfoides drenaram a água em busca de sobreviventes. Cenra e Iris ficaram com seu corpo por motivos que nem consigo imaginar, rumo a seu reino distante com meu pai apodrecendo entre elas.

— Vadia ninfoide — murmuro baixo, ecoando as palavras de um rei há tanto tempo morto. Ajuda um pouco, ainda que minha raiva seja mal direcionada. Iris Cygnet não matou meu pai. Acho que sequer posso culpar Julian por isso. Apenas uma pessoa ainda viva carrega esse fardo.

Eu sabia o que estava por vir, e não fiz nada.

Passo os dedos pelo cabelo, puxando as raízes. Essa dor conhecida esvazia um pouco minha cabeça, afugentando a dor mais profunda.

Balançando a cabeça, tento avaliar onde estou. A mansão de Davidson não é tão grande quanto o Palácio de Whitefire, mas é mais sinuosa, e ainda me perco. *Ótimo.* Como o resto dos cômodos, este salão distante tem piso de madeira encerada, detalhes de pedras de rio e paredes verde-escuras. Um conjunto de janelas dá para a floresta densa de pinheiros que serve de sentinela para Ascendant. O sol desce a cada segundo que passa. Sinto mais do que escuto o tique-taque do relógio em uma mesa próxima. Certamente Ptolemus partirá antes do anoitecer. Nenhum piloto quer decolar das montanhas na escuridão.

Como fui praticamente expulsa do jardim de Carmadon e agora de meus próprios aposentos, deparo com uma escolha e duas formas de distração muito diferentes. A cozinha ou o ginásio. Meu coração pede comida. Carmadon pode ser um intrometido, mas é um cozinheiro esplêndido, e seus funcionários são tão talentosos quanto ele. Infelizmente, a cozinha estará repleta de criados e talvez o próprio Carmadon esteja supervisionando seu próximo interrogatório disfarçado de jantar.

Estremeço com o pensamento. Haverá algum tipo de evento de gala em breve, uma celebração, embora a guerra no leste esteja longe de acabar. O que vamos celebrar não sei, mas certamente será um espetáculo. Obra de Davidson, tenho certeza. Ele convidará representantes dos Estados de Norta, tanto vermelhos como prateados, membros de seu próprio governo e representantes da Guarda Escarlate que possam ser dispensados de suas posições. Alguns já vivem de lá para cá, mas aposto que ele vai tentar reunir o maior número de pessoas da aliança em um único salão. O primeiro-ministro adora a falsa imagem de uma frente unida. Vermelhos, prateados, sanguenovos, iguais em objetivos e lealdade.

*Talvez daqui a uma década*, zombo em silêncio. Ainda há muito a ser feito para transformar o sonho de Davidson em realidade. Lakeland continua no caminho, assim como Piedmont e Prairie. Há obstáculos demais para citar.

Me pergunto se vou participar disso. Se *quero* participar disso.

*Basta, Evangeline.*

Isso encerra a questão. Preciso ir ao ginásio. Meu cérebro está pilhado demais para fazer qualquer coisa além de bater em algo grande e pesado.

As arenas de treinamento de Norta eram lugares estéreis. Paredes brancas, câmaras de vidro, trajetos com obstáculos acolchoados. Rígidos e perfeitos, com curandeiros à disposição para tratar o menor dos ferimentos. A arena de treinamento em Ridge era parecida, embora ao menos tivesse vista para a paisagem ao redor. Eu passava horas nesses ambientes, treinando para atingir uma perfeição militar. Não é difícil voltar à velha rotina.

Montfort prefere o ar fresco. Devem achar que é mais difícil treinar na terra e na neve. O complexo de treinamento da mansão fica perto do depósito de armas, composto por um conjunto de pequenos edifícios cercando uma pista circular que também serve de arena improvisada.

Depois de vestir minha armadura leve, começo com uma corrida para aquecer. Os pinheiros lançam sombras compridas sobre a pista vazia.

Quando vim aqui pela primeira vez, foi mais difícil do que imaginei me forçar a correr. A altitude afeta a todos, e passei uma boa semana tomando água sempre que possível, para evitar a desidratação. Depois de um tempo, acostumamos, embora Elane tenha levado um pouco mais. Ela ainda precisa de muitos hidratantes e bálsamos para combater o ar seco.

Agora, mal sinto a pressão. *Este lugar deixa qualquer um mais forte, em vários sentidos.*

Depois de trinta minutos, com o sangue pulsando em meus ouvidos, começo a andar, e o suor resfria minha pele. Sinto calafrios.

Eu me viro ao sentir um cobre distante, e a adrenalina dispara em minhas veias. Apesar do meu orgulho, quase desato a correr.

— Ptolemus — murmuro.

Meu irmão avança pelo complexo, com um disco de cobre encaixado no cinto. Um farol, uma âncora. Um pedaço de metal que significa que nunca vamos nos perder um do outro no campo de batalha. Ele o usa hoje não porque vamos à guerra juntos, mas porque quer que eu sinta sua aproximação. Quer me dar a chance de fugir.

Ranjo os dentes e firmo os pés.

Devo ao menos isso a ele.

Tecnicamente, ele é rei agora. No instante em que o crânio do meu pai foi esmagado no convés de um navio, Tolly se tornou o rei Ptolemus de Rift, embora nenhum de nós jamais vá admitir. Ele parece uma sombra hoje, seu cabelo prateado penteado para trás, o corpo totalmente coberto de preto. Não são roupas de corte, tampouco adequadas para viajar. Enquanto meu irmão se aproxima, percebo que está usando uma armadura de treinamento como a minha. Couro preto com detalhes prateados. Elástica o suficiente para se mover, mas firme o bastante para suportar um golpe. Ele está pronto para o combate.

— Boa tarde, Eve — diz, a voz nem dura nem suave.

Não consigo conter um suspiro frustrado. A essa altura, acho que deveria simplesmente carregar uma placa com NÃO VOU escrito.

— Está todo mundo me seguindo? Vocês estão se revezando? Está bem, Tolly, esta é sua chance.

O canto de seus lábios se contorce, revelando o impulso de sorrir. Ele lança um olhar para as árvores.

— Viu Wren hoje?

— Wren? — Rio com desprezo. Meu estômago se contorce com a ideia de enfrentar *mais* uma pessoa tentando me dissuadir da minha decisão. Ao menos a namorada de Tolly não vai insistir tanto quanto os outros. — Não, não a vi *ainda*. Mas já passei por isso com Elane e Carmadon. Acho que eles ensaiaram.

— Elane talvez. Carmadon com certeza. — Tolly ri baixo, pousando as mãos no quadril. Sua postura se engrandece, destacando a largura dos ombros. Isso o deixa parecido com Cal. Apenas mais um soldado nessa grande confusão. — Imagino que não tenham sido bem-sucedidos.

Ergo o queixo, desafiadora.

— Não foram. Você tampouco vai ser.

Ele não parece dissuadido.

— Não estou aqui para isso.

— Não?

Tolly dá de ombros, como por tédio ou desinteresse.

— Não.

Fico à procura da mentira, mas não encontro.

— Então...? — Hesito e olho para o círculo de treinamento silencioso ao redor. Agora que paro para pensar, essa área não deveria estar deserta. Não a essa hora. Estamos sozinhos, podemos fazer o que quiser. Desconfio que Davidson tenha algo a ver com isso. Abrindo espaço para mim aonde quer que eu vá, dando à minha família uma chance de tentar mudar minha decisão. *Eles não vão conseguir*, digo a mim mesma. *Não se deixe abalar*.

Meu irmão não se incomoda com meu silêncio. Só começa a se alongar, contorcendo o corpo para flexionar os braços.

— Pensei em fazer um último treino antes de ir — ele diz. — Quer me acompanhar?

— Você sabe que meio que inventei essa tática. — Minha mente retorna a Mare Barrow e ao ginásio na mansão Ridge. Lutei com ela diante de Cal, e nos espancamos até ficarmos ensopadas de sangue. Tanto para aproximar Calore e Barrow como para fazer Barrow parar de ser tão idiota. Desconfio que meu irmão pense que consegue fazer o mesmo comigo.

— Que tática? — ele pergunta, arregalando os olhos em falsa inocência. Não deixo de notar a maneira como seus dedos se contorcem. Eu e Tolly já lutamos o suficiente para ele saber que ataco rápido, forte e, normalmente, sem aviso.

Sorrindo, começo a cercá-lo. Meu irmão se vira para acompanhar meus movimentos, nunca me deixando ficar atrás dele ou fora de seu campo de visão.

— Se não conseguir convencê-los, espanque-os.

— Então você finalmente admite que posso derrotar você — Tolly diz, inflando o peito.

Para ganhar tempo, procuro qualquer metal na área. Não há muito, e minhas poucas joias não são suficientes para subjugar alguém como Ptolemus.

— Não foi isso que eu disse.

Ele me observa com o sorriso típico dos Samos, com dentes lupinos e afiados. Tenho certeza de que sabe que estou buscando armas sem sucesso.

— Foi como soou — ele diz, abrindo bem as mãos, e percebo os seis anéis em seus dedos.

São todos de tungstênio, um metal pesado, bruto. Seus socos vão doer.

Se ele conseguir acertar.

Tolly acha que vou dar o primeiro golpe, por isso espero, continuando a rodeá-lo. Isso o deixa à flor da pele. Aperto um pouco o passo e tenho o cuidado de manter a guarda com a mão que tem anéis, pronta para bloquear o que quer que me atire. Meu irmão faz o mesmo, sorrindo. Ele tem muito mais armas do que eu.

Ao menos é o que pensa.

Magnetrons não conseguem controlar a terra.

Rápida como um raio, desato a correr e chuto, levantando uma nuvem de poeira para cegá-lo. Ele se retrai, fechando os olhos e se virando para evitar o pior. Não perco tempo, saltando em sua direção enquanto o bracelete e o anel em minha mão se transformam em uma faca de ponta cega. Se eu o acertar por trás, está acabado. É só colocar a adaga em sua garganta ou costela, golpear para que a sinta e declarar vitória. Sobre ele e quem mais puder tentar me dizer o que fazer.

Eu o agarro em torno do peito, com a intenção de girar em torno dele com meu impulso. Mas Tolly se recupera rápido, plantando a mão firme em meu ombro e me jogando no chão. Caio com força e rolo, escapando de um chute certeiro por poucos centímetros. Me esquivo; ele me persegue. Tolly se esquiva; eu o persigo. Vamos para a frente e para trás, cercando um ao outro em imagens quase espelhadas. Temos a mesma habilidade, o mesmo treinamento. Conheço seus golpes e ele conhece os meus. Tolly se defende da minha faca com um escudo circular, então apelo a um chicote fino de aço. Ele deixa que o chicote se enrole em seu punho e aperte, formando uma luva de espinhos sobre a mão. Tolly sabe que sou rápida o bastante para desviar outra vez, e o faço. A luva de agulhas afiadas assobia perto da minha orelha. Respondo com um golpe em seu tornozelo e um puxão simultâneo em seus anéis pesados, usando-os para arrastá-lo para trás. Sua habilidade luta contra a minha. Consigo soltar dois círculos de tungstênio e atrai-los para o meu lado. Ambos se achatam e se estendem em bastões finos mas potentes, fáceis de empunhar.

Tolly apenas sorri. Ele não forma nenhuma arma para lutar, mantendo os anéis restantes nos dedos. A dança recomeça, os dois preparados na mesma medida. Meu irmão é mais forte que eu, mas sou mais ágil, e isso nos equilibra. Lutar com Ptolemus é como lutar com minha própria sombra, com meu próprio fantasma. Toda vez que fazemos isso, escuto a voz do meu pai, de Lord Arven ou até da minha mãe. As pessoas que nos transformaram nos guerreiros que somos hoje, brutais e inclementes como o aço que controlamos.

Continuamos assim por longos minutos, estimulantes e exaustivos. Nos cansamos no mesmo ritmo, ambos respirando com dificuldade e suando. Sinto um corte sobre o olho, superficial, mas sangrando muito. Tolly cospe sangue quando tem a chance, e um ou dois dentes. Seu rosto está corado e o meu também deve estar, mas nenhum de nós se rende ou pede água. Forçamos os limites um do outro, até alguém conseguir uma vantagem. Normalmente eu.

Deslizo de novo, meus joelhos escorregam pela terra da arena de treinamento com um silvo satisfatório. Com os braços cruzados, desvio de outro golpe e me preparo para retaliar. Mas, quando firmo as pernas para atacar, Ptolemus faz o mesmo, e estende os braços, como se fosse me abraçar.

Em vez disso, suas mãos, seus *anéis* acertam os dois lados do meu rosto, atacando minhas têmporas em sintonia. É como ser atingida por um trem. Vejo estrelas na mesma hora e caio, embora todos os meus instintos me digam para continuar em pé. A terra está fria sob minha bochecha quando reabro os olhos. Foi apenas um instante, não há nenhum motivo para alarde. Ptolemus nem teve tempo de parecer preocupado ainda.

O mundo gira por alguns segundos, e ele deixa que eu me recupere. Fico caída por mais tempo do que o necessário, desejando que a dor incômoda dos dois lados do meu crânio passe logo.

— Vou mandar chamarem Wren — ele diz, mas faço que não.

— É só uma tontura. — Rangendo os dentes, me levanto, com cuidado para não tropeçar e dar a Tolly uma desculpa para buscar um curandeiro. Não preciso de mais ninguém me papariçando. Quase silvo para meu irmão quando ele tenta me ajudar a levantar. — Estou bem, viu? Não foi nada grave.

Ele não precisa saber que sinto como se tivesse levado uma martelada na cabeça. Sem dúvida, os hematomas já estão surgindo.

— Bom golpe — acrescento, ao menos para distrai-lo. E a mim mesma. A arena ainda gira ao meu redor. Tungstênio não é brincadeira, muito menos nas mãos de um magnetron habilidoso.

Tolly examina os anéis com uma expressão estranha, os lábios apertados. Um dos anéis é mais grosso do que o outro, e mais pesado também. Ele o gira em torno do dedo, e suas bochechas assumem um tom prateado brilhante. Meu irmão não é exatamente do tipo que fala. Nenhum de nós foi ensinado a lidar com as emoções, apenas escondê-las. Ele não aprendeu essa lição tão bem como eu.

— Foi nosso pai que ensinou a você, não foi? — murmuro, virando de lado. O movimento súbito faz minha cabeça rodar. As memórias vêm rápido demais. Tolly era o herdeiro dele. Naturalmente, recebeu um tratamento diferente. Teve aulas com nosso pai. Treinamento, diplomacia. Ele o preparou para liderar nossa Casa e, mais adiante, nosso reino.

— Sim.

Essa única palavra carrega tanto significado. A relação dele com meu pai era diferente da minha. Mais próxima. Melhor. Ptolemus era tudo o que meu pai queria que fosse. Um filho, um guerreiro forte, obediente e leal a seu sangue. Sem *falhas* como as minhas. Não é de admirar que meu pai o amasse mais. E meu irmão também o amava, apesar do que aconteceu em Archeon.

Eu me recuso terminantemente a chorar pela segunda vez hoje. Por isso, foco na dor lancinante em meu crânio em vez da dor em meu peito.

— De...

Meu irmão me interrompe rápido, virando-me com força para olhar para ele.

— Se pedir desculpas pelo que aconteceu com ele, vou amordaçar você.

Temos os mesmos olhos, cor de nuvens de tempestade. Os de Tolly parecem prestes a explodir.

Mordo o lábio.

— Até parece.

A zombaria não o acalma. Ele me puxa para mais perto, colocando as mãos em meus ombros para eu não desviar os olhos.

— Fizemos o que tínhamos de fazer, Eve. Eles nos obrigaram a isso. — *Eles. Nós.* Estamos juntos nessa há muito tempo, e Tolly não me permite esquecer. — Sempre quiseram que fôssemos sobreviventes, e conseguiram.

*Sobrevivemos a eles.*

A Casa Samos não é conhecida pela capacidade de demonstrar afeto, e eu e Tolly não somos exceções. Lembro de ver Mare Barrow abraçar sua família ao se despedir quando partiu de Montfort. Braços para todo lado, se apertando com tanta força, fazendo alarde na frente dos outros. É demais para o meu gosto. Mas, quando abraço Tolly, lembro dela, então o aperto um pouco mais do que de costume. Ele retribui, me dando um tapinha constrangido nas costas que quase me tira o ar.

Ainda assim, não consigo evitar a velha rajada de afeto. É uma sensação estranha, amar e saber que é amado também.

— Já preparou seu discurso? — pergunto, recuando para ver seu rosto. Se mentir, vou saber.

Ele não desvia da pergunta. Só abre um meio sorriso.

— É para isso que serve o voo.

Reviro os olhos.

— Você nunca conseguiu terminar a lição de casa a tempo, qualquer que fosse o castigo.

— Até aí, lembro de você colar em muitas das nossas tarefas, Lady Samos.

— Mas alguém já me pegou colando? — retruco, com a sobrancelha erguida. Tolly apenas balança a cabeça e me solta, se recusando a me dar a satisfação. Ele se vira para um dos edifícios próximos, onde podemos nos lavar. — Foi o que pensei, Ptolemus! — grito, correndo para alcançá-lo.

Quando chegamos ao prédio, ele segura a porta aberta para eu entrar na frente. O vestiário é estreito mas alto, com claraboias que dão para os galhos dos pinheiros. Ptolemus abre um dos armários com força e revira um kit de primeiros socorros à procura de gaze.

Pego uma toalha de uma pilha e a jogo para ele. Meu irmão seca o rosto, manchando o algodão felpudo de terra, suor e um pouco do sangue da boca.

Faço o mesmo, sentando para secar a base do pescoço.

— Eu teria dado um péssimo rei — ele diz de repente, sem cerimônia. Como se fosse uma conclusão rápida, o resultado de uma equação simples. Continua a procurar algo para enfaixar o corte. — Acho que nosso pai sempre soube que a coroa morreria com ele. Por mais que falasse sobre legado e família. Era inteligente demais para achar que o reino de Rift poderia existir sem ele. — Meu irmão pausa, pensativo. — Ou você.

A busca pela gaze é inútil. Wren Skonos consegue recuperar uma mão perdida. Não vai ter dificuldade em curar um corte pequeno. Ele só precisa de algo com que se ocupar, outra distração agora que não estamos mais trocando socos.

— Você acha que nosso pai queria que governássemos juntos. — Tento manter a voz tão calma quanto a dele. Meu treinamento para a corte me serve bem. Nem Tolly saberia que a ideia, a possibilidade perdida de um futuro assim, se abre diante dos meus olhos. Governar com meu irmão, com Elane no meio, uma rainha para nós dois. Sujeitos a nada nem a ninguém. Nem mesmo a nossos pais. Eu poderia viver como bem entendesse, com toda a força e todo o esplendor que nasci para viver. Mas não, não pode ser verdade. Ptolemus sempre foi o herdeiro, e eu sempre fui o peão. Meus pais estavam dispostos a me trocar por mais uma gota de poder. É inútil pensar isso, um futuro corrompido que nunca chegará a se tornar realidade.

— Mesmo assim, vai saber? — Tolly suspira. Seus olhos estão focados no kit de primeiros socorros, ainda procurando. Conto nada menos do que três gazes à vista, mas ele ignora todas. — A guerra teria vindo atrás de nós em algum momento.

— Ainda está vindo. — O medo que sempre me acompanha, tão pequeno que normalmente consigo ignorar, borbulha para a superfície. Apesar do suor e da exaustão do treinamento, meu corpo fica frio. A batalha de Archeon ainda é uma memória viva. E, embora tenha resistido às tropas de Lakeland, a vitória da Guarda Escarlate está longe de pôr fim ao combate que ainda reverbera por Norta.

*Não vai demorar até nos alcançar aqui.* Os saqueadores na fronteira estão ficando mais ousados, seus ataques chegam com mais frequência na planície. Nada em Ascendant ainda, mas é apenas uma questão de tempo até se arriscarem a subir as montanhas.

Ptolemus parece ler meus pensamentos.

— Elane mencionou que você estava pensando em entrar para a patrulha.

— É o que faço melhor. — Encolho os ombros, jogando a toalha suja de lado. — É assim que se escolhe um trabalho, certo? Encontrar algo em que se é bom para ser pago por isso.

— Imagino que o cargo de lançadora de insultos profissional já tenha sido ocupado.

— Não, estão guardando a posição até Barrow voltar do seu retiro nas montanhas.

Rio com a ideia de Mare Barrow cumprimentando todos que chegam a Montfort com uma observação sarcástica ou um comentário ácido. Ela sem dúvida seria boa nisso. Ptolemus ri comigo, mas meio forçado. Seu desconforto é óbvio. Ele não gosta quando menciono Mare, ou a família dela em geral. Afinal, matou um deles, e não há nada que possa fazer para compensar. Mesmo se meu irmão se tornar um corajoso defensor da igualdade vermelha, mesmo se salvar um barco cheio de bebezinhos vermelhos, ainda assim não equilibraria a balança.

Devo admitir que me preocupo. Com a família Barrow e a general Farley. Devemos uma vida a eles, e embora Barrow tenha prometido nunca cobrar a dívida, não sei se os outros poderiam tentar algum dia.

*Não que fossem conseguir. Ptolemus é um soldado tão bom quanto o resto de nós.* E certamente parece um, em seu uniforme de treinamento. Ele combina melhor com armas e armaduras do que com coroas e adornos. Esta vida lhe cai bem. Espero.

— E você? — provoco.

Meu irmão larga o kit de primeiros socorros rápido, contente com a mudança de assunto. Depois da abdicação, vamos todos estar no mesmo barco. O primeiro-ministro e seu governo não têm motivo para nos manter alimentados e abrigados se não formos mais dignitários.

— A patrulha não me parece ruim — Tolly diz. Meu coração salta com a ideia de servir junto a ele, mas posso ver que não pensou muito nisso. — Não preciso decidir tão rápido.

— Por quê? — Franzo o nariz. — Antigos reis recebem um tratamento melhor do que antigas princesas?

O título perdido não o incomoda tanto quanto a mim. Ele o ignora e me crava um olhar maroto. Endiabrado, quase.

— Wren é uma curandeira. Já tem um trabalho garantido. Não preciso ter pressa.

— Ptolemus Samos, dono de casa — zombo. Meu irmão responde com um sorriso, e suas bochechas coram. — Vai casar com ela, não vai?

Ele cora mais. Não porque esteja envergonhado. Mas muito feliz.

— Na primavera, acho — diz, mexendo em um dos anéis. — Quando a neve derreter. Ela vai gostar.

— É o mínimo.

*Bom, agora certamente temos algo pelo que esperar.*

Seu sorriso se atenua um pouco, suavizando junto com sua voz.

— E você? — ele pergunta. — Aqui você pode.

Meu coração salta no peito, e tenho que limpar a garganta.

— Sim, posso — respondo apenas, e para meu grande alívio Ptolemus não insiste no assunto. Por mais que eu pense em Elane, por mais que fosse adorar me casar com ela um dia, agora não é o momento. Somos jovens demais, em um país novo, e nossa vida mal está encaminhada. Nossos caminhos estão longe de terem sido escolhidos. *Recuse a oferta de Davidson, Elane*, imploro mentalmente. *Diga não a ele.*

— Por que essa cara? — Tolly pergunta de repente, observando meu rosto.

Expiro devagar. Não é o trabalho que me incomoda, para falar a verdade.

— Elane diz que estou me escondendo.

— Bom, e ela está errada?

— Vivo usando metal afiado. Sou meio difícil de passar despercebida — retruco. Para enfatizar, aponto para o corte ainda sangrando em cima do seu olho. Meu irmão está longe de se dissuadir, e me fixa um olhar cansado que me faz gaguejar. — É que... eu não deveria ter que falar para o mundo o que sou. Só deveria *ser*.

Como Ptolemus não é habilidoso em esconder emoções, tampouco em expressá-las, às vezes é simples demais. Direto demais. Faz sentido demais.

— Talvez daqui a um século isso seja verdade. Pessoas como você vão poder simplesmente *ser*. Mas agora... — ele diz, balançando a cabeça. — Não sei.

— Acho que eu sei. — Aqui é Montfort, um país impossível. Um lugar com que eu nunca teria nem sonhado alguns anos atrás, de tão diferente de Norta, de Rift e de qualquer outra realidade em que acreditei antes. Vermelhos ficam ao nosso lado. O primeiro-ministro não tem por que esconder quem ama. — Sou diferente, mas não tem nada errado comigo.

Tolly inclina a cabeça.

— Parece que está falando do seu sangue.

— Talvez seja a mesma coisa — murmuro. Mais uma vez, sinto a velha pontada de vergonha. Pela minha covardia de agora, pela minha idiotice de antes. Quando me recusei a ver como meu antigo mundo era errado. — Você se incomoda?

— Com você? — Meu irmão ri. — Eve, se alguma coisa em você me incomodasse, eu já teria dito.

— Não foi isso que eu quis dizer — murmuro, dando um tapinha no ombro dele.

Ele desvia do tapa com facilidade.

— Não, Montfort já não me incomoda tanto. Não é fácil, reaprender como as coisas simplesmente *são* — ele diz. — E estou tentando tomar cuidado com as palavras. Fico em silêncio com pessoas estranhas para não falar a coisa errada. Mas às vezes eu falo. Sem nem perceber.

Concordo com a cabeça, entendendo o que ele quer dizer. Estamos fazendo o mesmo, combatendo velhos hábitos e preconceitos da melhor maneira possível.

— Bom, vale tentar.

— Você também, Eve.

— Já estou tentando.

— Tente ser feliz, quero dizer — ele retruca, incisivo. — Tente acreditar que isso tudo é real.

Seria fácil concordar, fazer que sim e deixar que a conversa termine. Em vez disso, hesito, com mil palavras na ponta da língua. Mil cenários se desenrolando na minha mente.

— Por quanto tempo? — sussurro. — Por quanto tempo isso vai ser real?

Ele sabe o que estou dizendo. Quanto tempo vai demorar para a Guarda Escarlate perder terreno e os Estados de Norta implodirem? Quanto tempo até Lakeland decidir parar de lamber as feridas e voltar a lutar? Quanto tempo nossa paz vai durar?

O serviço de patrulha é praticamente o Exército de Montfort. Cada um recebe um uniforme, uma patente, uma unidade. Treina; marcha; cumpre suas rondas. E, quando chegar a hora, quando vier o chamado, luta para defender a República. Corre risco de vida para manter o país seguro.

*E Elane nunca me pediu para considerar algo diferente quando pensei em me alistar na patrulha. Ela não vai me dissuadir disso.*

Devagar, transformo o bracelete em meu punho, mexendo o metal para refletir a luz. Eu poderia facilmente fazer uma dezena de balas com ele.

— Você lutaria por este lugar, Ptolemus? — *Por Montfort, e por nosso novo lugar no mundo.*

— Eu lutaria por você. Sempre lutei e sempre vou lutar. — A resposta dele é rápida, sem pensar.

A minha também.

— Preciso te dar minha carta.

# QUATRO

*Elane*

A BANHEIRA DEMORA MAIS PARA ENCHER AQUI. Talvez porque a água tenha de ser bombeada do lago na cidade lá embaixo ou porque ainda não dominei a arte de fazer isso sozinha. Me sinto ridícula de chamar os criados agora, ainda mais para fazer algo de que eu deveria ser capaz sozinha. E devo admitir que saber que consigo realizar uma tarefa sozinha é uma satisfação que nunca tive antes.

Continuo sentada na água por muito tempo depois que ela esfria e que as bolhas de sabão se desfazem. Não há por que ter pressa. Eve voltará em breve, tentando esconder seu arrependimento, já querendo ter ido com o irmão em vez de ficar aqui. Respiro fundo, juntando a energia de que preciso para acalmá-la e tranquilizá-la o bastante para pegar no sono. Para alguém tão acostumada à dor física, ela não faz a mínima ideia de como lidar com uma crise emocional. Por mais que eu fale para se apoiar em mim, ela sempre resiste, e isso me exaspera completamente.

Eu me ajeito e inclino a cabeça para trás, deixando meu cabelo se esparramar na banheira magnífica. Ela é feita de pedras, como o leito de um rio, e a água parece escura sob a luz fraca. Duvido que vamos conseguir bancar algo tão grandioso quando nosso tempo no palácio chegar ao fim. É melhor eu aproveitar enquanto dá.

Mas antes que eu possa levar a mão à torneira para derramar mais água escaldante sobre a fria, ouço um barulho lá fora. Uma porta se abre na sala, depois no quarto. Evangeline — e mais alguém.

*Que irritante.*

É mais difícil lidar com ela na frente de outras pessoas. É orgulhosa demais para mostrar suas feridas.

O ar está mais frio do que a água, e estremeço quando piso no chão de ladrilho, quase correndo atrás do roupão de seda e pele. Eu o amarro ao corpo, me perguntando se Davidson vai me deixar ficar com ele. Tenho um fraco por coisas finas, sobretudo as em verde-esmeralda.

Reconheço as vozes no quarto. Eve, obviamente, e meu ex-marido, Ptolemus Samos. Seu timbre grave é inconfundível, e relaxo um pouco. Eu e ele compartilhamos algo. Algo que nenhum de nós queria. Um casamento por conveniência, sim, mas também um casamento contra nosso coração. Fizemos o possível para facilitar as coisas um para o outro, e por isso me sinto grata. Meu pai teria me entregado a alguém muito pior, e nunca esqueci a sorte que tive.

*Sorte*, minha mente ecoa, em tom de zombaria. Outra pessoa poderia não ver sorte alguma na vida que levei, em ser obrigada a viver contra minha natureza, expulsa da família, fugindo para um lugar estranho sem nada além de uma trouxa de roupas e um nome nobre de outro país. Mas sobrevivi a tudo isso e, o que é mais importante, Evangeline também. Tenho sorte de tê-la comigo, sorte de termos escapado do futuro a que estávamos condenadas.

Quando saio, me preparo para a discussão. Ptolemus não é de levantar a voz, não com a irmã, mas talvez levante agora. Ele sabe tão bem quanto eu que ela deveria abdicar ao lado dele.

— Tolly — digo, cumprimentando-o com um sorriso precavido. Ele responde com um aceno de cabeça.

Os dois estão desgrenhados, com hematomas na pele exposta.

— Lutaram? — pergunto, passando o dedo sobre o hematoma na têmpora de Evangeline. — Quem ganhou?

— Não importa — ela diz, rápido demais.

Abro um sorriso discreto e aperto seu ombro.

— Parabéns, Tolly.

Ele não se gaba.

— Ela só está ansiosa para uma revanche.

— Sempre — Evangeline bufa. Ela senta na beira da cama e descalça as botas sujas, deixando-as jogadas sobre o lindo carpete. Mordo a língua e me contenho para não repreendê-la de novo.

— E o que exatamente você ganhou? — pergunto, olhando de um irmão para o outro. Os dois sabem exatamente o que estou perguntando, por mais rodeios que eu faça.

Um silêncio cai sobre nós, espesso como as tortas de mirtilo de Carmadon.

— Orgulho — Ptolemus responde por fim, como se percebesse que Evangeline não falaria nada. Nem admitiria o que não consegue encarar. — Preciso ir. Já estou atrasado. — Nem ele consegue impedir que a voz se embargue de decepção. — Vou precisar da carta, Eve.

Ainda em silêncio, ela aponta com a cabeça para a sala. O envelope que ainda aguarda, um quadrado branco sobre a madeira polida. Não encostei um dedo nele. Acho que nunca vou encostar.

— Certo, obrigado — Ptolemus murmura. Penso que vai dizer um palavrão ao sair para o outro cômodo, querendo que Evangeline o acompanhe.

Fico olhando para ela. Apesar de todo o glamour e brilho da corte de Norta, Evangeline é mais bonita em Montfort. Sem a maquiagem forte, os vestidos de agulhas, as pedras resplandecentes cobrindo todos os centímetros de sua pele. Ela fica mais fácil de ver. O nariz aquilino, os lábios que conheço tão bem, as maçãs do rosto irresistíveis. E tudo o que esconde dentro dela, a raiva, o desejo e a dor. Aqui, Evangeline não tem armaduras.

Por isso, reconheço a sombra que perpassa seus traços, as trevas afugentadas. Não é mais resistência. É rendição. E alívio.

— Eve... tem duas. — Ptolemus retorna rápido, com o envelope aberto numa mão e duas folhas de papel na outra. Seus olhos se alternam entre nós, confusos. — Duas cartas.

Ela mantém o olhar nos pés descalços, como se contasse os dedos.

— Porque escrevi duas. Não é tão difícil de entender. — Seu tom altivo me faz voltar no tempo. De repente, estou sentada em um almoço de gala, observando-a destruir algum pobre pretendente. Mas Evangeline sorri para o irmão como nunca sorriria para outro homem. — Gosto de estar preparada para várias possibilidades.

Uma das cartas é óbvia. Sua abdicação, para ler diante de seu país, depois que Ptolemus recusar o trono de Rift. Mas a outra... Não sei dizer o que é.

— Vá em frente — ela insiste. — Leia.

Franzindo a testa, Ptolemus obedece. Ele levanta a segunda carta, coberta por uma caligrafia fluida, e abre a boca para recitar as palavras.

— "Cara Iris."

Fico boquiaberta. Ptolemus hesita, tão chocado quanto eu.

— Você escreveu para Iris Cygnet? Para Lakeland? — ele se enfurece, a voz baixando o volume de repente. — Está maluca?

— Eve, são nossos inimigos. Montfort está financiando e combatendo uma guerra contra eles *agora*. Você pode... pode colocar em risco tudo o que temos aqui. — Me pego sentando na cama ao lado dela, já segurando suas mãos entre as minhas. — Vão nos botar para fora, nos mandar para Prairie. Ou coisa pior, já que isso pode ser considerado *traição*. — E eu sei o que Montfort faz com traidores. O que qualquer país faria. — Por favor, meu amor...

— Leia — ela diz, entredentes.

Dessa vez, a voz dela me traz uma lembrança diferente. Pior. Meu casamento com Ptolemus, pequeno e privado. Mais discreto do que uma união das Grandes Casas deveria ser. Provavelmente porque meus pais sabiam que eu passaria toda a cerimônia chorando e que Ptolemus ia se recusar a dormir comigo. Evangeline passou o tempo todo ao meu lado, como era exigido. Irmã do noivo, amiga da noiva. *Vamos superar isso*, ela disse, as palavras tingidas de desespero. Como agora.

Ptolemus olha para as janelas e até para a porta, como se esperasse encontrar um dos espiões de Davidson. Para satisfazê-lo, encho o quarto de uma luz ofuscante por um segundo. Lançando luz sobre todos os cantos e sombras.

— Não tem ninguém aqui, Tolly — digo. — Faça o que ela pediu.

— Muito bem — ele sussurra. Não sei dizer se está convencido. Provavelmente pensa que somos duas lunáticas.

*Cara Iris,*

*Não vou cansá-la com a saudação exagerada condizente com seu status. Sou uma plebeia agora, e tenho o direito de tomar tais liberdades. Estou escrevendo para você não como amiga ou inimiga. Nem de uma antiga princesa para outra, embora torça para que meu conhecimento sobre o assunto, assim como minha experiência com a perda de poder, possa lhe ser útil caso ainda não tenha botado fogo nesta carta. Ou você vai jogá-la na água? Vai saber.*

*Nossos caminhos já se cruzaram antes e prometo a você que, como as coisas estão, hão de se cruzar novamente. Se sua mãe continuar com a campanha dela, se mantiver essa guerra entre seu país e o meu, juro a você que vamos nos encontrar novamente. Seja no campo de batalha ou à mesa de negociação. Se você sobreviver tempo suficiente para ver isso. Norta caiu diante da Guarda Escarlate, de Montfort,* da onda vermelha que agora atravessa suas fronteiras. Nem você vai ser capaz de suportar isso, por mais forte que seja. Os Estados de Norta podem parecer fáceis de conquistar neste momento, mas você não vai encontrar oposição maior do que Tiberias Calore, a Guarda Escarlate, e o governo instalado agora.

As peças nesse nosso tabuleiro já estão posicionadas, e não é difícil adivinhar qual é o jogo. Piedmont tem sido seu representante com os saqueadores de Prairie, mantendo Montfort ocupado com suas próprias fronteiras e dando a Lakeland tempo suficiente para se reagrupar. Afinal, vocês sofreram uma derrota severa em Archeon, e imagino que seus nobres estejam furiosos com sua mãe por essa história toda. Vocês enfrentaram oposição em Rift não porque os nobres prateados estejam contra vocês, mas porque eles temiam e respeitavam meu pai. Ele acabou morto em seu navio, não foi? Que mal-entendido terrível. Rumores podem chegar longe, não é? E seu país, a religiosa, orgulhosa e abundante Lakeland, está cada vez mais perto do inverno. A colheita será em breve. Desconfio que estejam faltando muitos trabalhadores vermelhos. Quem vai culpá-los, se podem simplesmente atravessar a fronteira para buscar uma vida melhor para seus filhos?

Você é uma ninfoide, Iris. É capaz de interpretar as marés, capaz de mudar as correntes. Mas esta corrente, esse curso veloz, não pode ser alterado. Eu entendo de metal, princesa. E sei que todo aço que não se curva está fadado a se quebrar.

Se vocês valorizam seu trono, sua coroa e sua vida, vão considerar o que pode ser feito para proteger os três. A igualdade de sangue e novas leis, o mais rápido que conseguir redigi-las, são o único caminho para sobreviver a isso — e com o pouco poder que ainda lhe resta.

Evangeline Samos de Montfort

Enquanto Ptolemus fica encarando, de olhos arregalados, a estratégia ousada de sua irmã, o mundo se turva ao meu redor. Sinto um zumbido em meus ouvidos, abafando a voz dele enquanto relê trechos dos conselhos dela para a princesa de Lakeland. *Evangeline Samos de Montfort*. Eu sabia que ela não teria mais seus títulos, mas ouvir isso, ver seu nome escrito de maneira tão simples. *De Montfort*. Ela realmente deixou para trás quem era e... está aceitando o que podemos ser.

Lágrimas brotam em meus olhos, e sua mão aperta a minha.

*Evangeline Samos de Montfort.*

*Elane Haven de Montfort.*

— E a carta de abdicação? — digo, com a voz tensa, tentando segurar as lágrimas.

Ela cerra a mandíbula, mas abaixa a cabeça para admitir:

— Eu mesma vou ler.

Toda a tensão dos últimos dias se desfaz, e sinto um peso ser tirado das minhas costas. Quase suspiro de alívio. Em vez disso, levanto de um salto, o roupão girando em volta de mim enquanto me dirijo ao guarda-roupa.

— Que bom que já arrumei as malas.

Já é crepúsculo, vermelho e frio, quando chegamos à base aérea entre as encostas de Ascendant. Os pinheiros parecem estar voltados para nós, observando enquanto nós quatro saímos do veículo e pisamos no asfalto. Estamos muito atrasados, mas ninguém parece se importar. Nem Ptolemus nem nossos pilotos ou nossa escolta de Montfort, nem mesmo Carmadon e o primeiro-ministro Davidson, que vieram se despedir. Eles se destacam em meio à multidão de criados — Carmadon com seu terno branco e o primeiro-ministro com seu sorriso inescrutável de sempre. Nenhum dos dois parece surpreso com a presença de Evangeline, como se soubessem que ela mudaria de ideia.

Embora Ptolemus seja o primeiro a abdicar e ainda seja o herdeiro de Rift, caminha atrás de Evangeline, deixando que ela defina nosso ritmo. Ela segue rápido, ansiosa para acabar logo com isso. Definitivamente parece uma princesa. Seu traje de treinamento rasgado foi trocado por uma calça de couro preta, um casaco combinando e uma capa prateada que ondula como mercúrio líquido. Talvez seja mesmo. O resto de nós está igualmente bem vestido. Ptolemus está de uniforme, a capa combinando com a de Evangeline, enquanto Wren usa um vestido de estampa vermelha e prateada, as cores da Casa Skonos. Não escolhi as cores da minha Casa hoje. Em vez de preto, meu vestido é azul-claro e dourado, como nuvens ao amanhecer. Destaca meus olhos.

Evangeline gosta, e não está tentando esconder. Ela olha na minha direção enquanto andamos, passando a vista pela minha roupa com desejo.

Nossa escolta de guardas e diplomatas de Montfort não perde tempo para embarcar no jato que aguarda, mal cumprimentando o primeiro-ministro antes de desaparecer escada acima. Evangeline tenta fazer o mesmo, desviando da mão estendida de Carmadon, mas o primeiro-ministro é um homem difícil de ignorar. Ele não bloqueia seu caminho e dá a ela a chance de evitá-lo.

Ela tem o bom senso de não fazer isso.

*Que bom*, penso, observando Evangeline apertar o braço dele. Ela se aborrece com o gesto, mas cede mesmo assim. O primeiro-ministro é o melhor aliado que temos aqui, e Evangeline precisa ser cortês. Mesmo com a oferta de emprego pairando sobre minha cabeça.

Eles murmuram algo, baixando a voz para não serem ouvidos. Espero que ela conte a ele sobre sua mensagem para Iris. Não para pedir sua permissão, mas para mostrar suas intenções. Não tenho dúvida de que a carta vai ser interceptada e lida, e prefiro que o primeiro-ministro saiba de antemão o que Eve está tramando.

Ptolemus e Wren são breves com Carmadon. Ele é falante demais para o gosto dos dois, mas eu aprecio muito sua companhia. Sorrio quando o homem pega minhas mãos e observa minhas roupas com um sorriso sincero.

— Você está parecendo o nascer do sol no inverno, Lady Haven — ele diz, me dando um beijo na bochecha.

— Bom, um de nós tinha que trazer um pouco de cor — respondo, olhando para seu terno branco.

Ele me aponta um dedo escuro diante da brincadeira.

— Venha nos visitar, depois que tudo estiver feito e tiverem se instalado na cidade.

— Claro. Estou à disposição do primeiro-ministro — acrescento, fazendo uma reverência com a qual estou mais do que costumada.

— Todos nós estamos — Carmadon murmura baixo. Até pisca, um de seus velhos artifícios. Mas há algo por trás de seu bom humor habitual. Um reconhecimento mais profundo.

Me pergunto se ele sente a mesma afinidade que eu. Sou uma criança em comparação — Carmadon deve ser três décadas mais velho —, mas nós dois nascemos para mundos diferentes daquele em que vivemos agora. E nós dois amamos pessoas que o velho mundo nos dizia que não podíamos amar. Pessoas grandes, que lançam sombras grandes. E estamos ambos satisfeitos, se não felizes, em ficar à sombra deles.

É isso que Evangeline é. Grande. Forte. Orgulhosa. Implacável até. E inegavelmente imponente. Não apenas no campo de batalha, onde é formidável, para dizer o mínimo. Aquela carta é prova disso. Mesmo em seus piores momentos, consigo ver isso. A capacidade dela de seguir em frente quando a maioria de nós admitiria derrota. Não pela primeira vez hoje, me pego olhando para ela, ainda em sua conversa sussurrada com o primeiro-ministro. Carmadon acompanha meu olhar, e seus olhos se voltam para o marido. Ficamos olhando para os dois, fitando um caminho sinuoso sem fim adiante.

*Aonde essas pessoas vão nos levar?*

Não importa.

*Eu sempre irei.*

O primeiro-ministro apenas aperta minha mão quando passo por ele. Trocamos cumprimentos de cabeça, mas pouco mais do que isso.

— Falaremos em breve — ele diz baixo, e fica claro do que se trata.

A oferta de emprego.

Evangeline nota, mesmo já subindo a escada para o jato. Ela para por um momento, tensionando as costas. Sua capa metálica ondula como a superfície de um lago perturbado.

— Em breve — ecoo para o primeiro-ministro, ao menos para ser gentil.

Na verdade, eu queria dar um empurrão nele por ser tão indiscreto.

A última coisa de que preciso é mais tensão com Evangeline. A viagem já vai ser difícil o suficiente.

# CINCO

*Evangeline*

❧

Eu deveria dormir.

O voo para Rift leva horas, sobrevoando as planícies vazias de Prairie e depois as fronteiras serpenteantes das Terras Disputadas. Está escuro demais para enxergar qualquer coisa pela janela do jato, e até as estrelas parecem distantes e fracas. Não vou saber quando entrarmos no antigo reino do meu pai, a terra em que cresci. Faz meses que não boto os pés na mansão Ridge, o lar ancestral da minha família. Antes da morte do meu pai, antes da queda de Archeon. Antes de eu ser livre para amar quem escolhi e ir aonde quiser. Ridge era linda, um santuário longe da vida lancinante da corte, mas também uma prisão.

Elane cochila em meu ombro, sua bochecha encostada no couro macio do meu casaco. Quando ela dorme, suas habilidades desaparecem, deixando-a sem seu brilho habitual. Eu não ligo. Continua linda de qualquer jeito. E gosto de poder espiar atrás do seu escudo de luz suave e de sua pele impecável. Ela fica vulnerável nesses momentos, o que quer dizer que se sente segura.

Esse é o motivo pelo qual estou fazendo isso, mais do que qualquer outro. Para mantê-la segura.

E para ter uma moeda de troca.

*Falaremos em breve.*

As palavras do primeiro-ministro ainda ecoam.

Eu deveria focar no discurso, na transmissão e em negar meu sangue amanhã, mas não consigo esquecer o que Davidson disse.

Quando Elane me contou da oferta dele, pensei em fazer as malas. Não precisaríamos de muita coisa. Vestidos elegantes e roupas bonitas não servem de nada na floresta. Só um bom estoque de metais, alguns equipamentos. Provisões, claro. Ainda penso nessa possibilidade às vezes, formulando uma lista do que levar caso seja preciso fugir. Força do hábito, acho, depois de meses vivendo em guerra e em risco. Não é do meu feitio confiar em alguém fora do meu pequeno círculo. Não ainda, pelo menos.

— Por favor, não — pedi a ela, segurando suas mãos. O sol brilhava pelas janelas da sala, mas lembro de sentir frio.

— É só um trabalho, Eve — Elane disse, quase me repreendendo. — Ele quer que eu seja sua assistente. Que o acompanhe como aqueles sanguenovos. Fique observando e mantenha os ouvidos atentos. Ele sabe que tenho experiência na corte; vou saber lidar com os prateados daqui de Montfort. Sei de onde eles vêm, como pensam. Não é como se eu não tivesse feito isso antes.

*Por você.* Ouço as palavras implícitas. Sim, ela espionou para mim no passado. Arriscou a vida por mim, para me ajudar e ajudar minha família a mover as peças no tabuleiro. Espionou Maven mais de uma vez, o que certamente renderia uma sentença de morte caso fosse pega.

— Não é a mesma coisa, Elane. — *Ele não valoriza sua vida como eu.* — Você vai ficar sentada no canto no começo, quieta e invisível. Depois Davidson vai pedir que vá a lugares aonde ele não pode ou não deseja ir. Vigiar, apresentar relatórios. Você vai espionar os opositores políticos dele, os generais do Exército, os aliados... e talvez os inimigos também. Uma missão mais perigosa que a outra. — Apertei a mão dela, já a sentindo escapar de mim. Conseguia imaginar Davidson a convencendo a *dar uma olhada* num acampamento de saqueadores ou na corte de um chefe militar de Prairie. — Você é uma sombria, meu amor. Pense como ele pode te usar.

Elane tirou os dedos dos meus de repente.

— Alguns de nós são mais do que nossas habilidades, Samos.

Lembro da aspereza na voz dela, tão cortante e definitiva. Pensei que fosse descer até a sala do primeiro-ministro e aceitar o cargo na hora. Mas não foi o que ela fez naquele momento, ou até agora. Se passou um longo mês desde que ele ofereceu a ela um lugar em Montfort, um lugar permanente. Por mais que queira se encaixar nas montanhas, Elane ainda espera.

*Por você.*

Inclino a cabeça para trás, me recostando no jato. Não é justo impedir que Elane siga em frente. Nós duas vamos precisar de trabalho em breve, e ela está certa: já fez isso antes. Em lugares mais perigosos, com consequências mais graves. *O primeiro-ministro vai protegê-la, não?*

*Não seja ingênua, Evangeline.*

Montfort não é Norta, mas também tem seus perigos.

— Você deveria descansar também — Ptolemus sussurra do outro lado do corredor, me afastando de meus pensamentos. Meu irmão não tira os olhos dos papéis na frente dele, cobertos por seu garrancho desleixado. Nossos discursos não serão longos, mas ele parece sofrer para escrever. Sua lanterninha minúscula ilumina a escuridão do interior do jato, pontuada apenas pelas luzes baixas no teto e na cabine do piloto.

Os representantes de Montfort estão todos cochilando, reunidos no fundo da aeronave para nos dar espaço.

Balanço a cabeça, sem querer falar para não acordar Elane. Wren também está dormindo, esparramada nos bancos à frente de Ptolemus, encolhida embaixo de uma coberta de pele, o rosto protegido do ar frio.

Meu irmão me olha de soslaio, seus olhos refletindo a luz fraca. Ele me encara por tempo demais, mas não tenho para onde fugir. Só posso deixar que olhe.

Me pergunto se Ridge ainda está de pé. Com a morte do meu pai, mal consigo imaginar a confusão que pode ter caído sobre nossa casa. Nobres prateados lutando para ocupar o vazio que ele deixou. Vermelhos se rebelando para entrar para a Guarda, ou para os Estados de Norta, ou para criar seu próprio lugar ao sol. Parte de mim torce para que aquela mansão gigantesca tenha sido reduzida a cinzas. O resto anseia para ver os quartos de aço e vidro, com vista para as colinas e vales.

Meu peito se aperta enquanto minha mente gira em torno da pergunta inevitável. Tento escapar dela, desviando de um redemoinho. Mas ele sempre consegue me sugar.

— Acha que ela vai estar lá? — digo com a voz rouca. Elane se mexe, mas não chega a acordar.

O olhar de Ptolemus se torna mais alerta. Ele ergue uma sobrancelha.

As palavras quase grudam na minha boca.

— Nossa mãe?

Ele não responde.

Ele não sabe.

Penso que vou sentir vergonha. Arrependimento. Alívio. Medo. Mas, quando ponho os pés no asfalto da base aérea e inspiro o ar de Rift pela primeira vez, a única coisa em que consigo pensar são dentes. Dentes de lobo. Cravados no meu pescoço, sem chegar a romper a pele, mas me segurando, me imobilizando.

*Só consegui dar alguns passos.*

Por uma fração de segundo, estou no chão de novo, a bochecha contra o piso frio. Meus pais se assomam sobre mim, com a mesma expressão de repulsa no rosto. Eu os traí. Ataquei meu pai. Tentei fugir. Não consegui ir longe. Os lobos da minha mãe garantiram que isso não acontecesse. Ela poderia ter mandado que me destroçassem se quisesse. Larentia Viper não é uma mulher que pode ser desrespeitada, por mais que eu tenha tentado.

Ptolemus é o único motivo por que ela não me arrastou de volta para casa pelos tornozelos, mordida pelos lobos ao longo de todo o caminho. Se não fosse pela interferência dele — se não tivesse nocauteado meu pai e matado o lobo que me imobilizou —, não quero nem imaginar onde eu estaria agora.

*Aqui*, penso, olhando para as montanhas que se erguem em volta da base aérea.

O outono também chegou a Rift, pontilhando as florestas verdes de laranja e vermelho. Uma brisa balança as folhas, fazendo a luz do sol matinal dançar através da copa das árvores. Ao longe, vejo a mansão Ridge sobre o cume de uma montanha. Parece pequena e insignificante, uma mancha escura contra o céu claro.

Elane desce do jato atrás de mim, acompanhando meu olhar. Ela solta um suspiro pesado e me empurra gentilmente para os veículos que aguardam. Ptolemus e Wren já estão lá, entrando no primeiro veículo. O resto dos representantes e guardas de Montfort segue para o segundo veículo, nos dando um tempo a sós. Pensei que ao menos um deles ia nos acompanhar, ao menos para observar. Afinal, somos os herdeiros do reino, os filhos sobreviventes de Volo Samos. Até onde sabem, poderíamos estar planejando assumir nosso direito de nascença diante dos olhos de um continente inteiro.

É quase ofensivo que ninguém nos veja mais como ameaças.

Wren ainda está bocejando quando entro no veículo e sento no banco à frente dela. As cores dos Skonos parecem mais escuras nesta manhã, em seu vestido de um vermelho-sangue e cinza-ferro.

Ela está preparada para ficar em pé e assistir, resoluta em seu apoio à decisão de meu irmão de abdicar. Elane vai fazer o mesmo por mim. Escolheu um lindo vestido azul e dourado ontem, e agora usa um de gala, cravejado de pérolas rosa e rubras. Sua mensagem é clara. Os antigos costumes das Casas, as cores, as alianças e as estratificações de nobreza não significam nada para ela. A Casa Haven não é mais sua família nem seu futuro.

O mesmo não pode ser dito de mim nem de Ptolemus. A Casa Samos vai abdicar de um trono daqui a uma hora, e devemos parecer com a Casa Samos ao fazer isso. Nossas roupas blindadas são de espelho reluzente e cromo, combinando com nosso cabelo prateado e nossos olhos de tempestade. Eu me movo com estrépito, devido aos vários anéis, braceletes, brincos e colares pendurados em meu corpo. Fui criada para toda essa pompa, e esse pode ser meu último desfile.

— Você vai ensaiar? — pergunto ao meu irmão, erguendo o rosto. Ele terminou o discurso durante o voo, mas não chegou a ler em voz alta.

Ptolemus quase revira os olhos. Com o cabelo penteado para trás, ainda tem a aparência de um príncipe. Ou de um rei.

— Você vai?

Sorrindo, me recosto no assento, as mãos elegantemente pousadas no colo. Meus anéis afiados se chocam uns contra os outros enquanto o veículo ronca sobre o asfalto.

— Estou contente em ir depois. Vai ser fácil ser melhor que você.

— Isso é um desafio? — ele pergunta.

Encolho os ombros, gostando da brincadeira. Qualquer coisa para me distrair da terra familiar que passa rápido pela janela.

— É só uma observação.

Wren põe a mão no ombro de Tolly, curvando os dedos longos sobre a armadura dele. Ela limpa uma poeira invisível.

— Não vai demorar muito — ela diz. Wren passa os olhos pelo meu irmão, à procura de qualquer falha ou imperfeição. Seu toque é suave e familiar quando vira o rosto dele, passando os polegares sobre as olheiras cinza. Sua pele negra contrasta com a dele enquanto ela elimina qualquer sinal físico de exaustão. As olheiras desaparecem com sua habilidade. De repente, parece que meu irmão passou a noite em um palácio, e não num jato minúsculo.
— Até porque os outros não vão falar.
— Outros? — Meus dentes se cerram e sinto um aperto no peito. Ao meu lado, Elane respira fundo, e volta os olhos para os meus. Ela parece tão confusa quanto eu. — Tolly, não gosto de surpresas. Muito menos hoje.

Ele não tira os olhos de Wren.
— Não se preocupe, não é ninguém com quem você não tenha brigado antes.
— Isso não diminui muito a lista — murmuro. Meu cérebro repassa as possibilidades.

Mare é a primeira que me vem à mente, mas ela está longe, ainda se recuperando em um vale em Montfort onde ninguém pode entrar em contato. Quando voltar à civilização, todo o país vai saber.

Antes que eu possa começar a listar as inúmeras pessoas com quem lutei ou que mutilei, a resposta passa literalmente voando. Duas aeronaves zunem sobre nós quando começamos a subir as colinas, abafando toda a conversa por um momento. Encosto a testa na janela, sentindo a aeronave mais pesada com a minha habilidade. O avião não está carregando nenhuma artilharia pesada que eu consiga sentir.

— A Guarda Escarlate — murmuro, notando o sol rubro estampado na lateral do avião principal. O outro foi pintado recentemente. Sua cauda está marcada por um emblema novo. Três círculos interligados: um vermelho, um prateado, um branco. Para cada tipo de sangue. Entrelaçados como iguais. — E os Estados de Norta.

Sei exatamente quem estará esperando por nós na mansão Ridge, no que sobrou de minha antiga vida.

Normalmente, o trajeto da base aérea até a mansão é longo demais, mas hoje gostaria que não acabasse nunca. Subimos as colinas no que parecem segundos, e logo os portões conhecidos do antigo palácio se assomam através das árvores. Baixo os olhos ao passarmos, sem conseguir encarar a fachada imponente de vidro e aço.

Eu poderia fechar os olhos se quisesse e me orientar pelos corredores sem dificuldade. Seria fácil caminhar até a sala do trono sem erguer os olhos. Mas é o que um covarde faria.

Em vez disso, mal pisco, e deixo todos me verem enquanto desço para o pátio largo e frondoso. Um riacho corre por ele, serpenteando entre as pontes de aço fluido depois de brotar de uma nascente perto do centro da mansão. As flores e as árvores são as mesmas de que me lembro, imutáveis exceto pelo toque flamejante do outono. Entrevejo as paredes conhecidas através das plantas e, instintivamente, lembro dos cômodos que dão para o pátio de entrada. Os aposentos de hóspedes, os corredores dos criados, as galerias, os postos dos guardas, um estatuário. Nada parece diferente. A guerra não chegou ao Ridge. É como voltar no tempo.

Mas não é verdade. Antes da morte do meu pai, havia apenas prateados em torno da porta. Guerreiros leais à Casa Samos. Agora há apenas a Guarda Escarlate. Seus lenços rubros pendurados orgulhosamente, impossíveis de ignorar. Eles nos dirigem um olhar duro enquanto nos aproximamos.

Os representantes de Montfort são os primeiros a entrar na mansão Ridge, nos guiando com suas roupas brancas e verde-floresta. Os guardas devem acompanhar o grupo todo, e se mantêm atentos enquanto andamos. Alguns são vermelhos; outros, sanguenovos; outros ainda, prateados. Cada um armado à sua maneira, preparado para lutar caso necessário. Tenho pena de quem possa tentar um ataque contra mim e Ptolemus aqui, em um lugar que conhecemos tão bem. Não faz sentido enfrentar um magnetron em um palácio feito de aço. Nem meus primos Samos iam se arriscar. Eles podem ser idiotas a ponto de tentar um golpe de Estado em meu nome, mas não são suicidas.

O ar dentro da mansão Ridge tem um cheiro velho e parado, me arrancando de minhas ruminações. Embora ela em si esteja intacta, imediatamente vejo a decadência ao nosso redor. Em poucos meses, muita coisa mudou. Poeira cobre as paredes normalmente impecáveis. A maioria dos cômodos que saem do salão de entrada está escura. Minha casa, ou essa parte dela, foi abandonada.

Elane aperta minha mão firme, e sinto seu toque frio contra o meu. De repente percebo o calor que sobe pela minha pele, me fazendo suar. Aperto a mão dela também, grata pela sua presença.

Cabos perpassam quase invisíveis o piso de pedra sob nossos pés, serpenteando pelas sombras até o pé da parede à minha esquerda. Ela dá para a sala do trono, já preparada para o que devemos fazer e dizer. O Prolongar do Sol já foi nossa sala de visitas no passado, antes de meu pai decidir se proclamar rei. Ainda abriga nossos tronos, assim como muitas outras coisas. Consigo sentir os aparelhos daqui. As câmeras, o equipamento de transmissão, as luzes. O alumínio, o ferro, envolto por lacunas que só podem ser plástico ou vidro.

Não hesito, por mais que queira. São olhos demais, com Montfort e a Guarda Escarlate. Risco demais de parecer fraca. E a pressão de um público sempre fez de mim uma atriz melhor.

Ao contrário do restante da Ridge, a sala do trono do meu pai continua impecável. As janelas foram limpas, oferecendo uma visão clara do vale e do rio Devoto. Tudo brilha sob as luzes fortes que a equipe de transmissão montou, agora apontadas para a plataforma erguida onde minha família costumava sentar. Quem quer que tenha limpado foi bastante caprichoso, varrendo tudo desde o piso até o teto. Imagino que tenha sido a Guarda Escarlate. Os vermelhos têm mais prática com essas coisas.

Os Estados de Norta não mandaram uma delegação muito grande. Conto apenas dois. Não usam uniforme, ao contrário de Montfort e da Guarda. Mas é fácil saber quem representa o novo país ao leste, ainda se recuperando das cinzas do passado. E esses dois são ainda mais fáceis de reconhecer. Enquanto a Guarda se ocupa arrumando as câmeras e aperfeiçoando a iluminação, os homens de Norta ficam para trás. Não para fugir do trabalho, mas para não atrapalhar.

Dá para entender. Julian Jacos e Tiberias Calore são inúteis aqui, reduzidos a meros espectadores. Parecem ainda mais deslocados do que os vermelhos armados que arrastam os pés pelos pisos da minha mãe.

Não vejo Cal desde sua última visita a Montfort. E ela foi breve, de poucos dias. Mal tive tempo suficiente para apertar a mão do primeiro-ministro e trocar cortesias em um dos jantares de Carmadon. Ele anda ocupado reforçando alianças e relações, agindo como um intermediário entre os nobres prateados de seu antigo reino e o novo governo que toma forma. Não é um trabalho fácil, de maneira alguma. Cal está exausto — qualquer um pode ver —, seus olhos ardentes marcados por olheiras escuras. Às vezes me pergunto se ele preferiria estar à frente de um exército em vez de uma mesa de negociação.

Ele encontra meus olhos e o canto de sua boca se contorce, no melhor sorriso que consegue formar.

Faço o mesmo, cumprimentando-o com a cabeça.

Tanta coisa se passou desde a Prova Real.

Cal não é mais meu futuro, e por isso sou eternamente grata.

É o tio quem me preocupa, fazendo meu estômago revirar.

Jacos está como sempre, parecendo pequeno ao lado de Cal. O cantor fita o chão, sem querer encontrar meus olhos ou os do meu irmão. Não sei se por culpa ou piedade. Afinal, ele matou nosso pai. Às vezes, Jacos aparece em meus pesadelos, com presas na boca, a língua repartida como a de uma cobra. Tão diferente da realidade, com aspecto intelectual e despretensioso.

Quando nos aproximamos, Julian faz a gentileza de pedir licença, com a cabeça ainda baixa. Apenas Wren abre um leve sorriso para ele ao passarmos. Uma das primas dela é companheira dele, e mesmo com a corte de Norta em ruínas os laços da antiga nobreza seguem firmes.

Ptolemus é o primeiro a chegar a Cal, apertando sua mão com firmeza enquanto abre o sorriso mais caloroso que consegue. Não é fácil para meu irmão. Cal responde na mesma moeda, abaixando o queixo.

— Obrigado por fazer isso, Ptolemus — ele diz, de um rei abdicado para outro. Cal parece estranho em seu traje simples, sem o uniforme repleto de medalhas. Especialmente em comparação com meu irmão, com suas cores e armadura.

Tolly desfaz o aperto.

— E obrigado por vir. Não era necessário.

— Claro que era — Cal responde, com o tom descontraído. — Você está entrando para um clube exclusivo. Tenho de estar presente para dar as boas-vindas aos Abdicadores.

Meu lábio se contorce. Pego o braço de Cal, puxando-o para um abraço duro mas breve.

— Por favor, não comece a nos chamar assim — resmungo.

— Acho que soa bem — Elane intervém. Então inclina a cabeça, procurando a luz. Todos parecem esqueléticos ou berrantes sob o brilho fluorescente do equipamento de luz, menos ela, claro.

— É bom ver você, Cal.

— Você também, Elane. Todos vocês — ele acrescenta, os olhos passando de mim para Wren. Eles continuam se movendo, vasculhando o salão. À procura de mais alguém.

Mas Mare Barrow não está aqui.

— Os Estados só mandaram vocês como testemunhas? — pergunto, e ele parece grato por isso. Pela mudança de assunto, por uma distração.

— Não, os outros representantes estão com a general Farley — Cal responde. — Dois organizadores vermelhos, a sanguenova Ada Wallace e um dos filhos do ex-governador Rhambos. — Ele aponta para o lado oposto da sala do trono. Não me dou ao trabalho de me virar. Vou vê-los em breve. E, para ser sincera, não quero encontrar Diana Farley fulminando Ptolemus. Meu estômago se contorce como costuma acontecer sempre que estou perto da general vermelha. *Pare*, digo a mim mesma. Já estou com medo das câmeras. Não tenho energia para ter medo dela também.

— Wren disse que você não falaria... — digo, a voz perdendo volume.

— Correto. — Cal cruza os braços e assume uma postura que conheço bem. Está pronto para a batalha. — E não estaremos na transmissão. Mandaria a mensagem errada.

Não é difícil acompanhar sua lógica.

— Ah, você quer que o país nos veja fazer isso de livre e espontânea vontade. Sem nenhuma espada sobre nossas cabeças. — Eu me estremeço assim que as palavras deixam meus lábios, e Cal também. Imagino que esteja pensando no momento em que uma espada cortou o pescoço de seu pai. — Desculpa, me expressei mal.

Ele faz que tudo bem, embora seu rosto esteja pálido.

— Estamos aqui mais para dar suporte — murmura.

Recuo, com a testa franzida.

— Por nossa causa? — Rio com desdém.

Ele balança a cabeça.

— Por causa deles. — Seus olhos se voltam para o outro lado da sala do trono, em direção à ponta oposta, ainda sem equipamento. Um pequeno grupo espera perto das janelas, todos muito próximos, feito um bando de aves de cores brilhantes. De repente, sinto que vou vomitar. Procuro uma silhueta conhecida, uma pantera de salto alto. Mas minha mãe não está entre os nobres prateados.

Elane não tem a mesma sorte. Ela inspira trêmula ao avistar o pai. Jerald Haven conversa baixo com os nobres de Rift e alguns da antiga Norta. Não há ninguém da Casa Samos que eu consiga ver, mas reconheço o general Laris, um aliado do meu pai e ex-comandante da Frota Aérea de Norta. Ninguém nos olha. Se recusam. Não aprovam o que estamos fazendo, mas definitivamente não têm como nos impedir.

Elane é a primeira a desviar os olhos. Sem corar, sem empalidecer. Que eu saiba, fazia meses que não via o pai. Eles só trocaram algumas cartas breves e sucintas, sendo que as de Jerald eram simplesmente ofensivas. Ele queria que Elane voltasse para casa, e ela sempre se recusava. Depois de um tempo, parou de pedir e de escrever.

Vê-lo me deixa furiosa, sabendo a dor que causou a ela. Como sempre, Cal é péssimo em interpretar as mulheres, e entende mal minha fúria. Ele cutuca meu braço.

— Está tudo bem. Não deixe que assustem você. Fizeram o mesmo comigo quando abdiquei — diz, com a voz baixa e grossa. — Minha avó ficou dias sem falar comigo.

Resisto ao velho impulso de revirar os olhos para Tiberias Calore. Wren ergue a sobrancelha.

— Mas ela mudou de ideia? — A esperança em sua voz é pequena, e malfadada. Conheço Anabel Lerolan o suficiente para saber a resposta.

Cal quase dá risada.

— Na verdade, não. Mas ela aceita. Não tem escolha. A Coroa Flamejante morre comigo, e não haverá ninguém para reconstruir o trono que destruí.

*Não enquanto você viver*, quero falar. Para um estrategista militar brilhante, Cal tem uma visão terrivelmente limitada às vezes. *Usurpadores vão surgir. Vão fazer isso aqui e em Norta. Isso só vai acabar muito depois de estarmos mortos.*

Outra pessoa poderia se desesperar com essa constatação. Mas, de alguma forma, ela me conforta. Decidi renunciar porque posso. Se alguém mais surgir para reivindicar a coroa que joguei fora, que seja. Não é problema meu. Fiz de tudo para garantir isso.

— O povo precisa ver que estamos unidos — Cal murmura. Ele continua observando os prateados, os olhos brilhando, como se pudesse botar fogo neles. — Que estamos prontos para deixar o velho mundo para trás. Juntos.

Por mais simplórios que sejam seus chavões, não tenho como discordar. Nem negar o rompante de emoção no fundo do peito.

Meu sorriso é largo e sincero.

— Sim, estamos.

# SEIS

*Evangeline*

❦

NÃO ME MOVO ENQUANTO MEU IRMÃO faz seu discurso, que é um pouco apressado, mas, fora isso, perfeito, com palavras curtas e decididas. Ele olha diretamente para as câmeras, sem piscar, sentado a uma mesa simples colocada diante de nossos antigos tronos de aço. Fico ao seu lado, só nós dois aparecendo na transmissão. Cai um silêncio absoluto sobre o resto da sala do trono, que assiste à história se desenrolar diante de seus olhos.

— Meu nome é Ptolemus Escarian Samos, rei de Rift e lorde da Casa Samos. Filho do finado rei Volo Samos de Rift e da rainha Larentia da Casa Viper. Neste momento, abdico do trono do reino de Rift e renuncio a qualquer reivindicação que eu ou meus descendentes possamos ter sobre este país ou esta terra. É meu desejo solene que o reino de Rift seja dissolvido, visto que foi criado pela secessão ilegal do antigo reino de Norta, e que seja reabsorvido pelos Estados de Norta. Espero viver até o dia em que esta terra prospere sob um governo livre com igualdade para todos os sangues.

Embora esteja jogando sua coroa fora, Ptolemus nunca pareceu tanto um rei como agora. Ele encara a câmera por um longo momento. Deixando que a transmissão seja difundida pelo país, para as telas de todas as nossas cidades, a fim de que todos — vermelhos, prateados e sanguenovos — saibam. Seu discurso não vai se restringir às fronteiras de nosso país por muito tempo. Lakeland saberá em questão de minutos, e Piedmont também. Os Estados de Norta ainda estão em polvorosa desde a abdicação de Cal. Mais um trono destruído pode desencadear celebrações ou revoltas.

Elane se mantém o mais perto possível de mim, mas fora do campo de visão da câmera. Não olho diretamente para ela, mas seu cabelo ruivo, resplandecente sob a luz matinal, é fácil de distinguir na minha visão periférica. Seu pai e os apoiadores prateados dele são mais óbvios. Eles se posicionam diretamente na minha linha visual, reunidos atrás da câmera no meio da longa sala do trono. Olho através deles, como minha mãe me ensinou.

Os oficiais da Guarda Escarlate se mantêm na lateral, alguns encostados na parede. A general Farley parece rígida e tensa, os olhos baixos. Ela não consegue ver meu irmão falar, ou se recusa a fazê-lo, e sou grata por isso. Quanto menos atenção lhe der, mais seguro ele vai estar.

Ptolemus não hesita quando baixa a cabeça, pegando a caneta para assinar a declaração oficial de abdicação. Sua assinatura é espaçada e nítida, impossível não enxergar. Ele deixa espaço sob seu nome, o suficiente para que eu escreva o meu.

Sou a rainha agora, por alguns longos segundos estranhos. Me sinto diferente e igual ao mesmo tempo. No meio do caminho, parada no limiar de duas portas diferentes. Em um instante, espio dentro das duas o que guardam para mim. Que dores e triunfos podem existir na vida de uma plebeia e na de uma rainha. Estremeço quando olho para Elane, me permitindo encontrar refúgio nela. A escolha é clara.

Quando Ptolemus levanta da cadeira, a atenção dos apoiadores prateados se volta toda para mim. Sinto cada olho como uma agulha em minha pele. Não preciso ser uma murmuradora para saber o que estão me implorando para fazer.

Não ceda.

Encontro Cal, semiobscurecido pela luz do sol que entra das janelas. Ele está apoiado contra o vidro, os braços cruzados sobre a jaqueta. Sinto uma afinidade com ele, devido ao peso que nós dois conhecemos e compartilhamos. Devagar, Cal acena com a cabeça. Como se eu precisasse de seu encorajamento.

Eu me sento devagar, com elegância, o rosto treinado numa máscara fria de satisfação. Minha capa mercurial pende de um ombro, descendo aos meus pés.

— Sou Evangeline Artemia Samos, rainha de Rift. — Apesar de todo o meu treinamento na corte, não consigo conter o tremor na minha voz quando digo essas palavras. *Rainha. Sem um rei, sem um pai, sem um mestre. Sem nenhuma regra além daquelas que eu mesma criaria para mim.*

Uma fantasia. Uma mentira. Sempre há regras e sempre há consequências. Não quero fazer parte disso. Nenhuma coroa vale o preço que eu pagaria. Eu me acalmo pensando em Elane, notando o brilho ruivo no canto da minha visão.

— Lady da Casa Samos. Filha do finado rei Volo Samos de Rift e da rainha Larentia da Casa Viper. Neste momento, abdico do trono do reino de Rift e renuncio a qualquer reivindicação que eu ou meus descendentes possamos ter sobre este país ou esta terra.

No fim, nossos discursos tinham de ser praticamente idênticos. Pouquíssimo espaço pode ser deixado ao acaso ou aberto à interpretação. Nenhum de nós pode dar margem a mal-entendidos, bem ou mal-intencionados.

— É meu desejo solene que o reino de Rift seja dissolvido, visto que foi criado pela secessão ilegal do antigo reino de Norta, e seja reabsorvido pelos Estados de Norta. Espero viver até o dia em que esta terra prospere sob um governo livre com igualdade para todos os sangues.

Devagar, pego a caneta, ainda quente da mão do meu irmão. A página à mesa é cristalina, uma folha em branco impressa com as mesmas palavras que acabamos de pronunciar. As cores da Casa Samos, preto e prateado, estão estampadas ao pé da página. Fico olhando para ela, sentindo que ainda não acabei. Então ergo os olhos novamente, encontrando a câmera, um dos mil olhos me observando agora.

Algo voa na janela, chamando minha atenção por uma fração de segundo.

A mariposa é pequena, e suas asas cintilam entre verde e preto como uma mancha de óleo. Não deveria estar ao ar livre à luz do dia. As mariposas são criaturas da noite, mais acostumadas a ilhas de luz em meio à escuridão. Elas têm uma audição extraordinária. Tudo isso passa pela minha cabeça em um instante, e as peças se encaixam perfeitamente.

Minha mãe está observando.

O lobo na minha garganta de novo, os dentes afiados e cravados. Ameaçando me rasgar no meio. Apenas a câmera, a plateia, os olhos de tantas pessoas me mantêm firme no lugar. O medo e a vergonha já familiares apertam minha espinha, envenenando meus órgãos, mas não posso permitir que vejam. Não posso deixar que ela me impeça agora. Ainda tenho mais a dizer, mais sonhos dela a destruir.

Sob a mesa, meu punho se cerra. Pela primeira vez, não é raiva que me move, mas determinação.

As palavras que falo em seguida só existiam nos meus pensamentos. Nunca as sussurrei. Muito menos pronunciei para uma plateia, de dez ou dez mil. Ou para minha mãe. Ela está sempre ouvindo, mas talvez agora finalmente me escute.

— A partir de agora, serei conhecida como Evangeline Samos de Montfort, e juro lealdade à República Livre, onde posso viver e amar com liberdade. Renuncio à cidadania de Rift, de Norta e de qualquer país onde as pessoas sejam acorrentadas às circunstâncias de seu nascimento.

A caneta risca a página, quase a rasgando no meio com a força de minha assinatura floreada. O sangue corre pelo meu rosto, mas minha maquiagem é forte o bastante para esconder qualquer emoção do meu coração trovejante. Um zumbido se ergue ao meu redor, abafando o barulho das máquinas. Fico firme como me explicaram. *Mantenha contato visual. Encare. Espere pelo sinal.* A lente da câmera parece engolir o mundo; os cantos da minha visão se suavizam.

Um dos técnicos vermelhos mexe na câmera, apertando botões enquanto faz sinal para eu e Ptolemus permanecermos parados. Sinto as vibrações da máquina se desligando quando a transmissão termina, cortando para uma tela preta em todos os lugares menos aqui. O vermelho abaixa o dedo e somos liberados, expirando ao mesmo tempo.

Acabou.

Com uma rajada de concentração, estilhaço a cadeira de aço atrás de mim, fazendo meu trono cair em uma pilha de agulhas. Não preciso de muita energia — aço é pouco para mim —, mas me sinto exausta depois e me inclino para a frente apoiada nos cotovelos.

Os vermelhos e a Guarda Escarlate se encolhem um pouco, ressabiados com o meu surto. Os nobres prateados parecem enojados, embora nenhum tenha coragem de dizer isso na nossa cara. Com um riso de escárnio, Jerald vai em direção à filha, mas Elane o evita habilmente.

Ela é rápida para pegar meu ombro, e sua mão treme contra minha pele.

— Obrigada — murmura, para que só eu possa ouvir. — Obrigada, meu amor. Meu coração de ferro.

As luzes da sala parecem se acumular em sua pele. Ela está deslumbrante, reluzente, um farol me chamando para casa.

*Não foi apenas por você*, quero dizer, mas minha boca não se abre. *Foi por mim.*

Na janela, a mariposa foi embora.

*E por ela.*

Como o resto da propriedade, o jardim de esculturas está abandonado, tomado pela vegetação sem o toque de um verde. Carmadon faria maravilhas aqui. Um lado oferece uma visão imponente do vale, até o Devoto. As estátuas parecem maiores e mais agourentas do que me lembro, paradas em arcos de aço e cromo, ferro resoluto, cobre orgulhoso, até prata e ouro polidos. Passo os dedos por elas enquanto caminhamos, fazendo cada uma reverberar. Algumas dançam sob meu comando, mudando de forma em curvas sinuosas ou eixos finos como barbante. Usar minha habilidade para a arte é catártico, um escape para a tensão que só costumo encontrar na arena de treinamento. Passo longos minutos sozinha, moldando tudo conforme meu gosto. Preciso relaxar o máximo que posso, se quiser enfrentar o próximo obstáculo.

Devo fazê-lo sozinha. Sem nenhuma muleta. Sem Elane, sem Ptolemus. Seria tentador demais deixar que lutassem essa batalha por mim. Mas não é um hábito que quero criar.

Ela está esperando por mim em um lugar que amo. Para maculá-lo. Para me ferir. Parece pequena sem suas criaturas de sempre, quase escondida sob as sombras de um arco de aço. Sem panteras, sem lobos. Sem a mariposa. Quer me enfrentar sozinha. Até suas roupas parecem sem brilho, um eco comparado às joias, sedas e peles de que me lembro. Seu vestido é simples, um verde-escuro elegante, e entrevejo uma calça justa por baixo. Larentia Viper está de partida. Imagino que tenha se aliado a Jerald e aos demais prateados, opondo-se a nós, mas sem poder fazer isso abertamente.

O vento sopra seu cabelo preto e noto fios grisalhos que nunca vi antes.

— Você sabia o que fariam com ele.

A acusação me atinge como uma marreta. Mantenho distância.

— Sabia que aquela mulher e aquele fracote, o covarde daquele livreiro, matariam seu pai. — Os dentes dela cintilam, o rosnado de um predador. Sem os animais sob seu controle, minha mãe é bastante vulnerável. Impotente contra mim, em um jardim cheio de armas metálicas. Isso não a intimida nem um pouco. Ela se move rápido, quase silvando ao parar a centímetros da minha cara. — Tem algo a dizer para se defender, Evangeline?

Minha voz é rouca.

— Dei uma chance a vocês.

É verdade. Falei que estava partindo. Falei que não queria mais participar de seus planos. Que a vida era minha e de mais ninguém. E minha mãe mandou um par de lobos para me caçar. Meu pai zombou da minha dor. Por mais que eu amasse os dois, ou por mais que me amassem, não era o suficiente.

Os lábios da minha mãe tremem, e ela crava os olhos em mim.

— Espero que a vergonha a siga até sua cova.

*Vai seguir,* penso. *Sempre.*

— Mas essa cova está distante — sussurro. Sou mais alta do que ela, mas ainda assim minha mãe faz eu me sentir pequena. — No alto de uma montanha que você nunca chegará a ver. Com Elane ao meu lado.

Seus olhos verdes estalam em fúria.

— E seu irmão também.

— Ele toma suas próprias decisões.

Por um momento, sua voz embarga.

— Você não pôde nem deixar meu filho comigo. — Queria não ouvir a voz dela nem ver seus olhos tão claramente. Há tanta raiva, tanta dor. E consciência também. Minha mãe está sozinha no mundo agora, desgarrada da matilha. Para sempre. Apesar de tudo o que fez e de toda a mágoa que me causou, não consigo evitar sentir pena.

— Um dia, torço para que consiga ver as coisas de uma maneira diferente. — Minha oferta é frágil. Sem qualquer garantia. — Então haverá um lugar para você. — Eu não conseguiria imaginá-la em Montfort nem se tentasse.

Ela acha a noção tão absurda quanto eu.

— Não naquele lugar amaldiçoado que você chama de lar — ela zomba, dando as costas. Seus ombros se erguem com a tensão, esqueléticos e pontudos sob o vestido. — Não do jeito que você é, sem orgulho, honra, e nem mesmo seu nome. Vivendo tão *abertamente*. Onde sua *vergonha* foi parar?

Perdi a conta de quantas vezes minha mãe lamentou minha *falha*. A pessoa que nasci, os sentimentos que não tenho como mudar e jamais voltarei a negar. Ainda assim, ouvir sua decepção nunca fica mais fácil. Saber que ela me vê como um fracasso — é muito difícil de suportar.

Engulo o nó na minha garganta, sem conseguir falar por medo de cair no choro. Não vou fazer isso na frente dela. Minha mãe não merece minhas lágrimas, minha piedade ou meu amor, por menor que possa ser.

Larentia ergue a cabeça, ainda de costas para mim. Seu corpo estremece enquanto ela inspira delicadamente.

— Esta é a última vez que vai me ver. — Nunca ouvi uma voz tão vazia. — Lavo minhas mãos. Meus filhos estão mortos.

Meu bracelete se contorce e estremece, ondulando sobre minha pele pálida. A distração me ajuda a pensar melhor.

— Então pare de caçar fantasmas — murmuro. E dou as costas.

Só durmo quando chego em casa, nas montanhas, em Montfort, com os braços de Elane ao meu redor e a luz vermelha do pôr do sol banhando meu rosto. Pensamentos sobre a guerra e nosso futuro vêm e vão. Podem esperar. Vamos enfrentar tudo isso juntas, Elane e eu. Vamos encontrar um meio-termo e nos entender.

Por enquanto, posso descansar, e curar meu coração de ferro.

# LUZ DO FOGO

# UM

*Mare*

⚜

Eu tinha minhas opções, mas no fim foi a neve que tomou a decisão por mim.

Melhor assim. Tira a escolha das minhas mãos. Quanto tempo ficar, quando voltar para a capital de Montfort: essas perguntas desapareceram quando o tempo virou. Apenas uns quinze centímetros de neve, pouca coisa para um lugar como Vale do Paraíso, só que havia mais a caminho. Me disseram que os invernos aqui são bem mais rigorosos do que eu estava acostumada, ainda piores do que aquele que encaramos no Furo. Aqui, a neve vai se acumulando em pilhas que chegam a três metros; os rios congelam por inteiro; as nevascas duram dias e dias. É perigoso demais para veículos e jatos cargueiros. Poderíamos passar a estação inteira aqui se quiséssemos, claro. Davidson deixou claro no seu último comunicado que essa cabana estava à nossa disposição por quanto tempo precisássemos, mas nem mencionei o assunto com o resto da minha família. Nenhum de nós, muito menos eu, sente a menor vontade de passar o inverno enterrado na neve tendo somente gêiseres e bisões por companhia.

Do lado de fora da cabana, Bree faz todo um espetáculo para tirar a neve da frente da porta enquanto nosso pai observa, com o queixo e as mãos apoiados na pá. Eles passaram a manhã inteira abrindo caminho na neve até a pista de aterrissagem dos jatos cargueiros, e os dois estão com o rosto vermelho por baixo do cachecol e da touca. Tramy ajuda minha mãe a arrumar as malas para o voo rumo ao sul, seguindo-a de um cômodo a outro. Ela joga as roupas e ele pega, dobrando-as sem parar de andar. Gisa e eu apenas observamos, na cozinha com paredes de pedra, pois nossas malas já estão prontas. Vestimos casacos de lã grossa combinando e nos encolhemos em torno das canecas quentes para nos esquentar. Gisa toma um chocolate grosso que nem pudim, com o mesmo nível de doçura. Embora o cheiro seja divino, me atenho ao chá com mel. Estou me recuperando de uma gripe e não quero voltar para Montfort com a garganta arranhando.

Com certeza vou ter que cumprir minha cota de socialização assim que chegarmos. Embora eu esteja feliz de voltar a Ascendant, a capital, partir hoje significa chegar a tempo do caos crescente que é uma festa de gala com os membros da aliança. E é melhor que eu esteja com força total.

*Especialmente se Cal for*, penso enquanto dou mais um gole. O calor me faz arrepiar da cabeça aos pés.

Gisa me lança um olhar sagaz por trás da caneca e mexe o chocolate com uma colher. Seus lábios se curvam num sorrisinho malicioso.

— Contando os segundos? — ela pergunta, em voz baixa o suficiente para não ser ouvida pelo furacão no cômodo ao lado.

— Sim — respondo sem rodeios. — Já estou de luto pela perda desse pouco de paz e tranquilidade.

Ela lambe a colher até não deixar nada. Sabe-se lá como consegue ficar com um pingo de chocolate em cima da sobrancelha.

— Ah, por favor, você já está quase indo à loucura aqui no norte. Não pense que não reparei naqueles raiozinhos girando no céu durante a nevasca de ontem.

*Loucura*. Até estremeço. Conheço pouquíssimas pessoas a quem a palavra poderia ser aplicada com propriedade, e uma delas em especial me abala até o íntimo do meu ser. O chá parece congelar no meu estômago.

Quando chegamos aqui, disse a mim mesma que tínhamos vindo para nos curar e superar o luto juntos. E para que eu conseguisse esquecer. Deixar de lado tudo o que Maven fez comigo e o que eu fiz com ele. Mas praticamente não há um dia em que eu não me angustie com ele e seu destino. Se mereceu ou não. Se fiz a escolha certa. Se havia salvação para ele.

Ainda lembro da pequena adaga na mão dele, da pressão com que me mantinha no chão. *Era você ou ele*, digo a mim mesma pela milésima vez esta manhã. Mas sempre soa como uma mentira. *Você ou ele.*

Minha irmã lê meu silêncio com um olhar afiado. Ela é boa em decifrar minhas emoções, por mais que eu tente esconder. Sabe quando me perguntar delas e quando me deixar em paz. Hoje deve ter escolhido a segunda opção.

— Terminou? — pergunta, apontando para minha caneca.

Faço que sim e tomo de uma vez o resto da bebida. O chá desce ardendo pela garganta.

— Obrigada.

Ela vai até a pia funda e começa a lavar a louça pela última vez ali. Um segundo depois, vou ajudar, e começo a guardar os pratos de cerâmica do café da manhã. Fico imaginando se mais alguém vai vir aqui nos próximos meses ou se somos os últimos rostos que esta cabana verá até a primavera. Deve ser lindo o inverno aqui, apesar da dificuldade para chegar. E para ir embora.

— Alguém viu minhas meias? — Bree berra da sala de estar, ignorando o coral de protestos da nossa mãe e de Tramy. Deve estar deixando um rastro de neve pelo piso todo.

Gisa ri na pia cheia de sabão.

— Eu queimei suas meias — ela grita de volta. — Pelo bem da humanidade!

Minha risada tem saído silenciosa estes dias, um pouco mais que um sopro e um sorriso tenso que repuxa minhas cicatrizes. Ainda assim, minha barriga endurece quando solto um riso baixo e quase me inclino para a frente com uma dorzinha gostosa. Foi bom termos vindo para cá. Para nos reconstruir, para descobrir quem somos agora, apesar das nossas peças faltantes.

Shade pode estar enterrado a milhares de quilômetros de distância, mas o sinto aqui conosco. E, pela primeira vez, isso não me deixa triste por completo.

Não havia muito o que botar nas malas. Roupa de cama e banho, rações, até o sabonete dos banheiros ficam na cabana. Só precisamos nos preocupar com nossas roupas e outros itens pessoais. Gisa é de longe a que tem mais tralha. Seu material de arte e seus utensílios de costura provavelmente serão a carga mais pesada no jato que nos espera à beira da clareira. Ela se preocupa como uma mãe ansiosa, e não tira os olhos do piloto de Montfort que encaixa suas coisas com o resto da bagagem. Fico surpresa por não ter insistido em levar no colo. Minha mãe e os rapazes já estão lá dentro, apertando os cintos longe do frio.

Meu pai está comigo, um pouco afastado da aeronave. Inspeciona o chão congelado sob nós, meio que esperando um gêiser explodir sob nossos pés e mandar o jato pelos ares. Não é uma ideia completamente ridícula. Muitas das clareiras e depressões pelo Vale do Paraíso estão pontilhadas de gêiseres e fontes termais que fervilham mesmo debaixo da neve.

Nossa respiração forma nuvenzinhas no ar, prova do frio. Me pergunto se Ascendant vai estar congelante assim. *Ainda é outubro.*

— Está pronta? — meu pai pergunta, a voz como um burburinho baixo quase inaudível perto dos motores do jato, que começam a girar. Acima do compartimento de carga, hélices enormes rodam em um ritmo cada vez mais rápido.

Quero dizer que sim, que estou pronta para voltar. Pronta para voltar a ser Mare Barrow, onde todo mundo pode ver. Pronta para voltar à luta. Nosso trabalho está longe de terminar, e não posso passar o resto da vida rodeada por nada além de árvores. Seria desperdiçar meu talento, minha força e minha influência. Posso fazer mais, e quero mais de mim mesma.

Mas isso não significa que estou pronta. Nem um pouco.

O piloto acena para nós antes que eu possa falar, poupando-me da dor de mentir para meu pai.

Não importa muito, na verdade. Ele sabe a verdade. Sinto isso no jeito como me apoia enquanto caminhamos, embora seja ele quem tenha uma perna regenerada.

A sensação é de que cada passo é mais pesado do que o anterior, e de que o cinto de segurança é uma corrente à minha volta. E então começamos a voar, o chão desaparece sob as nuvens cinza e tudo se torna brilhante e vazio.

Encosto o queixo sobre o peito e finjo dormir. Mesmo de olhos fechados, consigo sentir todos me observando. Avaliando meu estado mental e físico pela disposição dos meus ombros ou do meu maxilar. Ainda tenho problemas para falar sobre as preocupações que dão voltas na minha cabeça, de modo que minha família precisa improvisar. Isso deu margem a perguntas bem idiotas de Bree, que é desprovido de qualquer sensibilidade emocional. Mas os outros encontram um jeito, principalmente Gisa e meu pai.

O ronco do jato atrapalha a conversa, e só consigo captar trechos do diálogo deles. A maior parte é inócua. Vamos ficar nos mesmos aposentos da propriedade do primeiro-ministro antes de nos mudarmos para uma casa nova? Gisa vai apresentar aquela vendedora para todo mundo? Ela não quer falar a respeito, e Tramy tem a bondade de mudar de assunto. Ele cutuca nossa irmã, dizendo que quer um paletó novo para a festa. Gisa bufa, mas concorda em fazer um novo. Algo com as flores silvestres que pontilhavam o Vale do Paraíso — roxas, amarelas e verdes — bordadas.

*A festa de gala.* Nem comecei a pensar nos detalhes. É evidente que não sou a única retornando à capital esta semana. Parte de mim está quase se perguntando se Davidson não mandou um tempestuoso para cá só para me forçar a voltar para a cidade. Não ficaria brava se ele tivesse feito isso. Me deu uma boa desculpa para retornar a tempo de uma reunião com tantas pessoas.

Foi a neve que escolheu, não eu.

Não foi a festa.

E com certeza não foi o fascínio por um jovem com olhos de bronze e um trono destruído.

Kilorn está à nossa espera quando aterrissamos em Ascendant, o que não é surpresa. Não sei se é possível, mas ele parece mais alto do que da última vez que o vi, dois meses atrás. Disse que ia nos visitar no norte, mas nunca teve chance em meio a suas tarefas em Montfort e à construção da sua própria vida aqui. Cameron talvez tenha algo a ver com isso também. Ao lado do pai, ela tem sido uma espécie de intermediária, e fica pulando entre a Guarda Escarlate, Montfort e seu próprio lar nos Estados de Norta, representando os vermelhos e vermelhas da sua cidade de técnicos. Ambos têm prestado um serviço inestimável para a construção do país e para o apaziguamento das relações com a República. Como Kilorn espera sozinho, Cameron não deve estar aqui ainda, se é que vai vir. Por mais que eu queira vê-la e ouvir tudo o que está acontecendo no leste, fico feliz de ter meu amigo um pouquinho para mim.

Ele abre um sorriso largo ao nos ver, sua figura surgindo alta na pista de pouso. Os propulsores do jato lançam um vento furioso que faz seu cabelo castanho-avermelhado sacudir. Tento não correr até ele e inflar seu ego ainda mais, mas não consigo evitar. Estou ansiosa para vê-lo. E ansiosa para sair dessa caixa de metal apertada em que passamos três horas presos.

Kilorn abraça primeiro a minha mãe, sempre um cavalheiro com ela. Ela é mais sua mãe do que aquela mulher que o abandonou anos atrás.

— Você não está pulando nenhuma refeição — minha mãe brinca enquanto lhe dá uns tapinhas na barriga. Kilorn sorri e cora. De fato, parece mais robusto, preenchido pela comida de Montfort e um estilo de vida menos letal. Mantive minha rotina de corrida na cabana, mas acho que ele não pode dizer o mesmo. Parece saudável, normal. Confortável.

— Você não devia chamar Kilorn de gordo, mãe — Gisa diz para provocar, cutucando-o com um sorriso. — Apesar de ser verdade.

Qualquer queda que ela tivesse por ele — fosse por causa da proximidade, do ciúme ou de pura e simples atração — desapareceu.

Minha mãe a afasta com um gesto e dá uma bronca:

— Gisa! Finalmente parece que o menino comeu uma refeição decente.

Para não deixar por menos, Kilorn bagunça o cabelo da minha irmã, soltando os cachos ruivos do coque perfeito dela.

— E eu que achava que você era a educada da família... — ele retruca.

Bree pendura a mochila no ombro e dá uma cotovelada de brincadeira em Gisa.

— Experimente passar meses com ela numa cabana isolada. Vai perder qualquer ilusão de que é uma dama.

Nossa irmã não se dá ao trabalho de devolver o empurrão. Bree tem quase duas vezes seu tamanho. Ela só cruza os braços, levanta o nariz e sai andando.

— Sabe — ela diz sobre o ombro —, eu *ia* fazer um paletó novo para você também. Mas acho que não preciso me preocupar com isso!

Bree corre atrás dela feito um tiro, já reclamando, e Tramy os segue com um sorriso no rosto. Não ousa arriscar seu próprio traje, por isso fica de boca fechada. Meus pais vão atrás, dando de ombros, contentes de ver todos em disparada na frente. Fico com Kilorn.

Felizmente, ninguém comenta que agora *eu* sou a pessoa educada da família, por causa do treinamento na corte, do tempo que passei fingindo ser princesa e da minha nova afinidade pelo silêncio. Bem diferente da ladra de Palafitas, sempre mal-humorada, coberta de lama e suor. Kilorn sabe. Ele me encara pensativo, correndo os olhos pelas minhas roupas, meu cabelo, meu rosto. Pareço mais saudável do que quando parti, assim como ele.

— E aí? — Abro os braços e dou uma voltinha sobre o asfalto da pista. Meu casaco, minha jaqueta, minha calça: tudo em tons de cinza ou verde, cores discretas. Não quero atrair mais atenção do que o necessário. — Terminou a avaliação?

— Sim.

— E qual é o veredito?

Ele gesticula para que eu caminhe a seu lado.

— Ainda parece um pé no saco — diz quando o alcanço.

Não consigo evitar a rajada de calor no peito.

— Ótimo.

Palafitas não era o lugar ideal para crescer, mas isso não significa que não havia partes boas. Tenho a sorte de poder dizer que elas ainda estão comigo. Andar ao lado de Kilorn, fazendo o caminho até a cidade e a propriedade do primeiro-ministro, me faz lembrar do passado e das pequenas coisas que o tornavam suportável.

Nosso percurso passa por um ponto mais elevado do que quase todo o resto de Ascendant, e a sombra dos dias mais curtos começa a cair sobre a cidade. Luzes despontam encosta abaixo, algumas se movendo de um lado para o outro, marcando as principais estradas. O lago ao pé da cidade reflete tudo como se fosse outro céu, de um azul profundo com estrelas amarelas e vermelhas. Nos movemos lentamente, deixando meus pais e irmãos irem na frente. Vejo-os olhar para os lados como eu. Tínhamos esquecido de como era bonito aqui, essa cidade impossível num país impossível.

Por mais que eu queira parar e contemplar tudo, preciso me concentrar na minha respiração. A eletricidade que pulsa na capital é maior do que senti em meses, mesmo quando nos víamos debaixo de uma trovoada. Ela roça meus sentidos, pedindo para entrar. Em vez de me fechar à sensação, deixo-a fluir através de mim, até os pés. É algo que os eletricons me ensinaram meses atrás, em outro país, numa época que até parece outra vida. É mais fácil deixar fluir do que lutar contra.

Kilorn me observa o tempo todo, seus olhos verdes dançando. Mas não me sinto invadida. Não olha para ter certeza de que vou me controlar. Sabe que não preciso dele para fazer isso. Nem dele nem de ninguém. Eu me garanto.

— Então, onde estou me metendo? — cochicho ao notar as luzes da cidade. Algumas são veículos costurando pelas ruas. Outras são janelas, lâmpadas, lanternas, acendendo à medida que a tarde abre caminho para o lilás do crepúsculo. Quantas delas pertencem a funcionários, soldados do governo, diplomatas? E a visitantes?

A propriedade do primeiro-ministro está adiante, no alto, como eu me lembrava. *Será que ele já está lá?*

— As coisas andam agitadas na casa do primeiro-ministro — Kilorn responde, seguindo meu olhar. — E na Assembleia do Povo. Não moro mais aqui no alto, consegui um canto montanha abaixo, na cidade, mas notamos o fluxo de carros subindo o tempo todo. A maior parte são representantes, com seus funcionários, uns poucos militares. Os porta-vozes da Guarda Escarlate chegaram ontem.

*E ele?*

Mas é um nome diferente que me sai da boca. Com gosto de alívio.

— Farley?

Ela é o mais próximo de uma irmã mais velha que eu tenho. Começo a me perguntar se vai ficar na casa conosco, ou se vai se hospedar em outro lugar na cidade. Espero que seja a primeira opção, por mim e pela minha mãe. Ela está morrendo de vontade de ver a neta e vai acabar dormindo onde Clara estiver.

— Ela já está aqui, mandando em todo mundo. Eu te levaria até ela, mas está em reunião agora.

*Com a bebê no colo, sem dúvida*, penso ao me lembrar de Farley com minha sobrinha nos conselhos de guerra.

— E o que está acontecendo em Lakeland? A guerra continua?

*Continua aqui, lá, em toda parte.* É impossível ignorar a ameaça que ainda paira sobre nossas cabeças.

— Está mais para suspensa. — Kilorn lança um olhar para mim e percebe minha confusão. — Não leu os relatórios que Davidson mandou?

Cerro os dentes. Lembro dos pacotes, das páginas datilografadas com informações que chegavam todas as semanas à cabana. Meu pai passava mais tempo com elas do que eu, que só corria os olhos por elas à procura de nomes conhecidos.

— Li alguns — respondo.

Ele abre um sorrisinho e balança a cabeça.

— Você não mudou nada — diz, um pouco orgulhoso.

*Mudei, sim*, quero responder. Mal consigo começar a listar todas as mudanças pelos quais passei, mas deixo para lá. Acabei de chegar. Posso dar um tempinho a Kilorn antes de inundá-lo com meus problemas.

Ele não me dá nem chance de lamentar.

— Basicamente, a guerra continua. — Ele estende a mão e começa a contar os nomes nos dedos. — Lakeland e Piedmont, contra a República, a Guarda Escarlate e os novos Estados de Norta. Mas por enquanto estamos num impasse. Lakeland ainda se reagrupa depois do que aconteceu em Archeon, Piedmont não quer atacar sozinho e os Estados de Norta não têm a menor condição de fazer uma ofensiva por enquanto. Estamos todos na defensiva, à espera de um movimento do outro lado.

Enquanto caminhamos, faço um mapa do continente na cabeça, com as peças sobre ele em movimento. Divisões claramente definidas, exércitos esperando para marchar. *Esperando, esperando, esperando*. Lá na cabana eu podia dar um jeito de fingir que o mundo também estava seguindo em frente. Se recuperando da violência como eu. Se ignorasse os relatórios, evitasse as notícias do sul e do leste, talvez as coisas se resolvessem sozinhas. Parte de mim achava que a guerra acabaria longe de mim. Mas ela também estava escondida, recuperando o fôlego, como eu. *A desgraçada estava me esperando.*

— Ótimo — murmuro, arrastando as sílabas. Sob a sombra dos pinheiros à beira do asfalto, alguns pontos de gelo perduram, escondidos do sol. — Então não houve progresso.

Kilorn balança a cabeça, rindo.

— Não foi o que eu disse.

— Tudo bem. — Dou de ombros com um gesto teatral. — Não esperava que você soubesse nada importante.

Ele solta um suspiro e leva a mão ao peito, a imagem perfeita do orgulho ferido. Seu queixo cai para esconder um sorriso.

— Desculpe, mas sou incrivelmente importante para a causa. Quem você acha que ajuda Carmadon a pegar os peixes para o jantar?

*Quem organiza campanhas de caridade para os refugiados dos Estados de Norta? Quem pede que o governo de Montfort ajude os órfãos de guer-*

ra espalhados pelos campos de batalha que criamos? Quem praticamente dorme no escritório do representante Radis trabalhando com autoridades vermelhas e prateadas? Kilorn, claro, embora ele não seja do tipo que se gaba, por mais admirável que seja seu trabalho. É estranho, as pessoas mais valorosas são as menos dispostas a se autopromover.

— E nesses jantares, por acaso você às vezes se vê... em companhia feminina?

Um rubor vermelho sobe pelo pescoço dele até as bochechas, mas Kilorn não foge do assunto. Não precisa fazer isso comigo.

— Cam não é fã de festas — murmura.

*Não a culpo.*

— Então, vocês...?

— A gente passa um tempo juntos quando dá, e é isso. Ela tem prioridades maiores e mais importantes do que eu. Mas trocamos cartas. Ela é melhor nisso do que eu. — Kilorn explica tudo num tom factual, sem nenhum pingo de ciúmes ou irritação pelo tempo que ela passa em outros lugares. Ele sabe que Cameron está mais do que ocupada com a reconstrução dos Estados de Norta. — E nenhum de nós é soldado. Não precisamos tomar nenhuma decisão apressada para a qual não estamos prontos.

Ele não quis fazer uma crítica. Ainda assim, é impossível não traçar paralelos com a minha própria vida. Todos os romances em que me envolvi aconteceram à sombra de uma espada. Às vezes quase que literalmente. Cal me beijou quando eu era noiva do irmão dele, antes de ser mandado para a guerra. Quando eu era um segredo mortal que escondiam à vista de todos. Maven me amava do jeito que conseguia em circunstâncias terríveis: eu ameaçada de morte, ele sendo a maior das ameaças. A verdade é que não sei o que é amar sem estar debaixo de uma nuvem escura prestes a explodir em tempestade. Acho que o mais perto que cheguei disso foi o tempo na base de Piedmont, nos dias de treinamento ao lado de Cal. Treinamento para a guerra, claro, mas pelo menos não tínhamos medo de morrer durante o sono.

Solto uma risada seca ao pensar nisso. Minha definição de normalidade é completamente distorcida.

O caminho faz uma curva para baixo e se divide em degraus que serpenteiam pela campina no alto da cidade. A casa do primeiro-ministro está logo à frente, banhada pela luz dourada do sol. Os pinheiros parecem se curvar sobre a mansão, mais altos do que a torre mais alta.

As janelas estão bem fechadas por causa do ar frio do outono, cada uma polida até tinir. Estamos longe demais para ver dentro, mas forço a vista mesmo assim, à procura de um rosto conhecido através das dezenas de vidraças.

— Você vai me perguntar dele ou vai dar voltas ao redor do assunto até eu quebrar o silêncio? — Kilorn solta afinal.

Não me abalo nem um pouco.

— Parece que você já quebrou.

Ele bufa de novo.

— Cal deve chegar amanhã de manhã no máximo — ele diz, apontando vagamente para a casa. *Amanhã de manhã.* Meu coração bate feito louco no peito. — Com Julian e a avó a tiracolo, além de outros membros da delegação nortana. Vermelhos, prateados, sanguenovos. Uma composição igualitária.

Com membros das antigas Grandes Casas, lordes e ladies que prefeririam esfolar um vermelho a sentar ao lado deles. *Se não fosse Cal, se não fosse Montfort.* Não consigo imaginar como é essa delegação, nem a abundância de caos e conflitos que deve haver nela.

Com Cal no centro de tudo, sem ser rei. Ele é pouco mais do que um observador, um soldado, uma voz a mais na multidão. Tampouco consigo imaginá-lo nessa posição.

— Acho que você vai querer conversar com ele.

Sinto um leve enjoo. É claro que quero. E é claro que estou morrendo de medo.

— Sim.

Da última vez que o vi, estávamos à sombra fria de um jato, nos despedindo. Com raiva, exaustos e magoados, em luto, doloridos. Ou pelo menos eu estava. Precisava ir. *Não vou pedir para me esperar*, eu disse a ele. Naquele momento, senti que era a coisa certa a fazer. Senti que era justo. Mas, quando as palavras saíram da minha boca, a expressão dele foi horrível. Foi como se eu tivesse matado seu irmão de novo. Cal me beijou, e senti como era profunda a ferida em nós dois.

— Alguma ideia do que vai dizer? — Kilorn pergunta, me olhando de soslaio. Faço uma cara séria, tentando esconder a tormenta dentro de mim. Minha mente dá voltas, um furacão com todos os pensamentos que tive ao longo dos últimos meses. Tudo o que quis dizer a ele.

*Senti sua falta. Foi bom eu ter ido embora. Foi um erro ir embora. Foi a coisa certa a fazer. Desculpe ter matado seu irmão. Eu faria de novo se fosse preciso. Preciso de você agora. Quero mais tempo. Te amo. Te amo.*

— Não sei ao certo — murmuro finalmente, forçando as palavras a sair.

Kilorn estala a língua como um professor frustrado. Irritado.

— Está dizendo isso porque não sabe mesmo ou só porque não quer me contar?

— Mal consigo ter essa conversa na minha cabeça, muito menos em voz alta — respondo logo antes de perder a coragem. — Não sei o que vou dizer porque ainda não sei... o que quero.

— Ah. — Ele faz uma pausa, pensativo. Sempre é estranho ver Kilorn Warren pensativo. — Bom, não tem problema nenhum se sentir assim.

Uma coisa tão simples não devia me trazer tanto alívio, mas traz. Levo a mão ao braço dele, só por um instante, e o aperto. Kilorn retribui.

— Obrigada. Eu precisava ouvir isso — sussurro.

— Eu sei — ele sussurra de volta.

— A festa é só no fim da semana. — Conto as horas na minha cabeça. *Hoje à noite, amanhã o dia inteiro, o dia seguinte...* — Os visitantes de Norta precisam de tanto tempo assim para se aprontar?

Ou querem passar mais tempo aqui? Será que *alguém* queria chegar antes? E será que vai ficar muito tempo depois? *Controle-se, Mare Barrow.* Uma única menção a Cal, umas poucas horas entre mim e ele, e já estou enlouquecendo. E por qual motivo? Só faz dois meses que o vi. Não é tanto tempo assim, afinal.

*Será que foi tempo suficiente? Para nos curarmos, para esquecer, para chorar?*

*Ou foi tempo demais? Será que ele seguiu em frente? Esperou? E eu?* Ambas as possibilidades me enchem de um pavor congelante.

— Se você tivesse se dado ao trabalho de ler os relatórios, já teria percebido que a festa de gala está mais para uma cortina de fumaça — Kilorn diz, e sua voz me traz de volta à realidade. — Uma desculpa para juntar as peças-chave da aliança no mesmo lugar sem causar muito alarde. Houve outros encontros entre delegações, mas só agora teremos a chance de reunir todo mundo ao mesmo tempo. Os Estados de Norta, a Guarda, a República. A turma toda.

Olho bem para Kilorn.

— As pessoas de Lakeland não são burras. Observam nossos movimentos. Provavelmente têm espiões entre nós. Iris e Cenra vão descobrir que não estamos só comendo e dançando a semana inteira.

— Como você disse, não sei nada importante — ele fala, radiante. Sou forçada a fechar a cara, e Kilorn continua a falar: — Farley acha que é um álibi plausível. Se nos reunirmos para um conselho de guerra, deixamos nossas intenções claras, e Lakeland e Piedmont não vão ter escolha senão atacar primeiro. Aí as coisas ficariam mais intensas.

A lógica não me parece muito boa, mas quando foi que isso nos impediu?

— Então a festa é para ganhar tempo? — murmuro.

— E um pouco de bebida e dança nunca fez mal a ninguém — Kilorn diz enquanto dá um giro para enfatizar seu ponto, as botas deslizando sobre o asfalto.

Pela minha experiência, bailes, festas e eventos de gala não são motivo de comemoração, mas não é do meu feitio estragar o divertimento dele. Dá para ver que está empolgado, e imagino que a minha família também esteja. Em Palafitas, o máximo que conseguíamos era ouvir rabecas na praça ou em algum celeiro. Eles nunca viram do que a outra parte é capaz de fazer para se divertir.

Tiro o pó não existente do ombro da jaqueta dele. Está pequena, embora uns meses atrás servisse.

— Espero que tenha um terno à mão.

Ele afasta meus dedos do ombro.

— Achei que Gisa pudesse me ajudar.

Ao longe, ouço Bree ainda amolando nossa irmã, provavelmente pedindo a mesma coisa. Abro um sorriso quando penso em como ela vai ser requisitada. Com certeza vai gostar de dispensar os garotos ou de obrigá-los a usar trajes cada vez mais extravagantes.

Fico imaginando o que minha irmã reserva para mim. De novo, meu coração bate forte. Não tive muitos motivos para me embelezar nos últimos meses. Acho que vou precisar caprichar para essa reunião tão importante e parecer a heroína que todo mundo pensa que sou.

E, se fizer Cal corar, melhor ainda.

— Gisa vai ajudar, não é? — Kilorn balbucia com um olhar apreensivo na direção da minha irmã.

— É melhor você entrar na fila.

# DOIS

## *Cal*

❦

O sol acabou de se pôr nas montanhas; os picos nevados ainda estão tingidos de vermelho. É uma cor apropriada para o lugar. Olho pela janela do jato, que manobra na direção desse já conhecido vale perto de Ascendant. Como um dos representantes que viaja de lá para cá entre os Estados de Norta e a República, tenho a sensação de ter feito esse trajeto mil vezes. Há sempre bastante movimentação na aliança, com Montfort no centro de tudo. Já fui e voltei vezes o suficiente para saber o que esperar ao me aproximar. A nave chacoalha ao passar por uma área de turbulência acima dos picos. Mal se nota. As correntes ascendentes do ar das montanhas tornam o pouso um pouco instável, e eu sou jogado contra a fivela do cinto quando tocamos a pista.

Apesar de aterrissarmos em segurança, meu coração dispara e minhas mãos tremem quando solto o cinto. Preciso de mais força de vontade do que deveria para não sair correndo do jato.

Minha avó não tem pressa de sair. Interpreta o papel de anciã, se apoiando no encosto dos assentos enquanto caminha pelo corredor.

— Não sei como você consegue fazer isso tantas vezes, Cal — ela resmunga. Sua voz sai mais alta do que o necessário, mesmo com o zumbido da turbina. — Estou toda travada.

Faço uma cara de tédio atrás dela. É tudo encenação — sei bem como ela é ativa. Minha avó não é nenhuma coitadinha. Só quer me desacelerar, evitar que eu pareça ansioso demais. *Como um cachorrinho à espera de um petisco*, ela sussurrou para mim quando me voluntariei para ir à abdicação dos Samos. Não fui para ver Evangeline ou Ptolemus, nem mesmo para dar apoio aos prateados que fizeram a mesma escolha que eu. Ela sabia que eu pensava que Mare podia estar lá. E só a probabilidade já me bastava.

Mas Mare não apareceu, para minha frustração.

*Não seja injusto*, digo a mim mesmo. Ela não tinha motivo para ir a Rift. Já teve mais do que sua cota de prateados sofrendo para abrir mão da coroa.

Tio Julian tem a bondade de tomar minha avó pelo braço, ajudando-a a acelerar o passo. Ela abre um sorriso descolorido em agradecimento, agarrando-se a ele com mãos fortes e perigosas. Meu tio empalidece ao toque dela, ciente de como as mãos de uma oblívia podem ser letais.

*Obrigado*, digo sem emitir som, e ele responde com um aceno de cabeça.

Julian também está empolgado por ter vindo, embora seus motivos sejam bem diferentes. Ele desfruta da República à maneira dos estudiosos e está ansioso para mostrar o país a Sara. Ela caminha à frente dele, ditando um passo firme com uma determinação silenciosa. Como eu, os dois pararam de usar as cores de sua Casa. Ainda não estou acostumado a ver meu tio vestir qualquer coisa que não seja em tons dourados desbotados, nem Sara sem vermelho e prata.

Minha avó, claro, mantém a tradição. Não sei se possui alguma peça que não seja vermelha, laranja ou preta. Seu casaco comprido de seda começa a esvoaçar quando saímos do jato, exibindo o bordado vermelho com detalhes em pedras pretas. Ninguém saberia que não somos mais da nobreza se visse seu armário.

E ela não é a única vestida como nos velhos tempos. Hoje, a delegação dos Estados de Norta tem mais quatro prateados, dois deles das Grandes Casas. Uma é da Casa Laris, representante nossa e da agora devolvida região de Rift. Seus trajes amarelos parecem berrantes para tempos de guerra. O outro representante, Cyrus Welle, ex-governador e agora um ancião esfarrapado e abatido pela guerra. Sua roupa verde está limpa, mas parece desbotada. Seu medalhão, uma árvore cravejada de joias, mal reflete as luzes dentro do jato enquanto caminha. Welle me pega olhando e abre um sorriso frágil. *Pelo menos ele está aqui*, lembro a mim mesmo.

Os outros dois prateados não são nobres, tendo sido selecionados entre comerciantes, artesãos, soldados de carreira e outros profissionais das Casas baixas que se voluntariaram. Naturalmente, opõem-se menos à restruturação do que qualquer nobre.

O resto da delegação dos Estados de Norta faz fila para sair do jato conosco, alguns já tremendo por causa do frio. Nunca faz frio de verdade na nossa terra natal, e a maior parte da delegação, sobretudo os vermelhos, nunca esteve em tamanha altitude.

Ada Wallace passa costurando por eles, falando em voz baixa. Provavelmente está explicando a altura em que estamos, por que o ar é tão rarefeito e o que isso causa no corpo humano. Com um sorriso animador, não para de mandar que bebam mais água. Embora só a conheça há um ano, tenho a sensação de que é uma velha amiga, relíquia de uma vida diferente. Como Mare, é sanguenova, uma das muitas recrutadas tantos meses atrás. É mais valiosa do que nunca agora, talvez a integrante mais valiosa do esforço de reconstrução. E um verdadeiro consolo. Alguém que sabe que sou mais do que um rei que abdicou.

O mesmo não vale para os prateados. Embora esteja feliz por ter alguns nobres das Grandes Casas trabalhando conosco, nunca baixo a guarda perto deles. Nem de Welle, nem de Laris, nem de

Rhambos, nem de nenhum outro. Nem mesmo perto dos meus primos da Casa Lerolan. Eu seria um idiota se acreditasse que se juntaram a nós porque acreditam na igualdade entre os sangues e não porque sabem que vão ser derrotados em qualquer esforço de fazer Norta voltar a ser o que era antes. Esta é a única forma de salvarem o pescoço.

O mesmo não pode ser dito da Secessão, dos prateados de Norta e Rift que se recusam a participar da reconstrução. Sinto uma pontada de dor familiar atrás dos olhos quando penso neles, tantos nobres poderosos alinhados contra nós. Podem não estar bem organizados ou em vantagem numérica, mas são fortes, e têm recursos e Lakeland para apoiá-los. O perigo que representam só pode crescer, e sei que isso certamente vai acontecer quando se acertarem.

*A guerra está longe de terminar, e ainda tenho muito trabalho pela frente.*

A dura verdade me deixa exausto, mesmo depois da soneca durante o voo. Apesar da chance de ver Mare de novo, de repente só sinto vontade de desabar em qualquer quarto que me derem e dormir até amanhã de manhã. Não que seja capaz de fazer isso.

Não durmo bem. Desde que meu pai morreu. *Morreu.* Ainda tenho que lembrar de dizer "morreu" em vez de "desde que o matei". Foi Elara, não eu. Sei disso, mas não muda o que vejo na minha cabeça à noite. Não existe cura para o que me aflige. Não sou igual a Mare. Ter outra pessoa no quarto não me acalma. Não importa quem esteja na minha cama: os pesadelos vêm mesmo assim.

*Este foi o último lugar em que a vi*, minha mente sussurra. Tento não lembrar. Mare se despediu de mim nesta pista. Me disse para não esperar, porque precisava de tempo. E, apesar de entender o que quis dizer, ainda me parte o coração pensar nisso.

Por sorte, o comitê de boas-vindas da República se aproxima, uma distração fácil das lembranças que me assombram.

Um olhar basta para saber que o primeiro-ministro não veio à base aérea nos cumprimentar. Não me surpreende. Os representantes da Guarda Escarlate já estão na cidade, e ele deve estar enterrado em reuniões com quem tiverem mandado. Farley com certeza veio. Não acredito que vá perder toda a agitação que teremos por aqui nos próximos dias. Ultimamente, ela luta com as palavras além de lutar com armas.

Em vez de Davidson, o representante Radis, um dos prateados de Montfort, nos espera perto dos veículos prontos para nos levar à cidade. Está acompanhado por meia dúzia de outras pessoas da Assembleia do Povo, tanto vermelhos como prateados e provavelmente sanguenovos também.

Ele me cumprimenta com um aperto de mão firme, e então me lembro de suas unhas afiadas. Como era um dos antigos lordes de Montfort, antes que as monarquias dali fossem derrubadas para a criação da República, pode ter grande influência sobre os prateados do meu país. Tenho o cuidado de apresentá-lo a todos e deixo que os encante. *Que os outros vejam que o futuro não é tão sombrio quanto pensam.*

Há meses é assim. Sorrisos e amabilidades forçadas, tentando mudar a opinião de homens e mulheres que prefeririam morrer a se sentir inferiores num possível acordo. Em certo sentido, essa encenação é mais cansativa do que a batalha. Eu costumava treinar para permanecer afiado, concentrado e em forma. Agora, é um descanso, e cada vez mais raro. Por mais idiota que pareça, me pego quase desejando que tudo fervilhe de novo e volte para a guerra declarada. Pelo menos disso eu entendo.

Eu deveria ser bom de diplomacia. Fui educado para ser governante. Fui rei. Mas quase tudo a esse respeito está além da minha compreensão e da minha vontade.

Enquanto as apresentações se dão, Julian deve perceber meus olhos baços e minha energia se esvaindo. Ele põe a mão no meu ombro e assume meu lugar para me dar um descanso. E permissão para me retirar.

Recuo um pouco, escuto de vez em quando, sorrio quando necessário. Meu estômago ronca, aparentemente mais alto do que o motor do jato, e trocamos risadas fáceis e contidas. Até os vermelhos, ainda compreensivelmente desconfiados na nossa presença, sorriem.

— Receio que você tenha perdido o jantar espetacular de Carmadon esta noite — Radis comenta. Seu cabelo ralo, loiro-esbranquiçado, reflete a iluminação do campo de pouso.

A menção à comida de Carmadon me deixa ainda mais faminto. Não consigo comer tanto quanto gostaria, não por causa das rações, mas porque não dá tempo.

— Não será a primeira vez que assalto a geladeira, representante — respondo com um sorriso falso.

Radis inclina a cabeça e aponta para os veículos à espera.

— Vamos então? Tenho certeza de que estão todos ansiosos para se acomodar — Radis convida, para depois olhar para trás e falar aos outros: — Para quem tiver interesse, preparamos um passeio pela cidade para amanhã cedo, seguido de um conselho...

Deixo de prestar atenção. Essa parte do teatro não é para mim. *Um passeio*. Assim como Radis, é outro argumento convincente, sobretudo para os prateados. Os montforteanos querem mostrar como a reconstrução pode ser. Mostrar a beleza que pode vir depois de alguns anos de dificuldade.

Quanto a mim, minha expectativa para o dia seguinte é de reuniões, reuniões, almoço durante mais uma reunião, reuniões, jantar e cama. A Guarda Escarlate, a República, os Estados de Norta. O primeiro-ministro Davidson e a Assembleia do Povo, Farley e seus oficiais. Apresentações e pedidos por parte de todos, inclusive minha. Vêm-me à cabeça as imagens das visitas anteriores, quando vivíamos de café e olhares furtivos por cima da mesa de carvalho.

Discutíamos sobre tudo, de auxílio para refugiados a treinamento de sanguenovos. *Agora multiplique isso pelas dezenas de pessoas que estão aqui. Some Mare à equação.*

A dor de cabeça explode com toda força ao mesmo tempo que meu estômago desaba.

*Comida primeiro, Calore. Um passo de cada vez.*

O céu já está completamente escuro quando chegamos ao destino, depois de um trajeto tortuoso até a casa do primeiro-ministro, na parte mais alta de Ascendant. Com certeza Radis e a equipe de transporte receberam instruções para exibir a cidade ao cair da noite: as luzes, o lago, as montanhas altas recortadas contra o brilho das estrelas. Em comparação a Norta, com cidades rodeadas de favelas de técnicos afogadas em poluição, propriedades prateadas separadas do mundo, vilarejos vermelhos miseráveis, isto aqui deve parecer um sonho. Quando os veículos param no pátio do complexo, noto os olhos arregalados, em especial os dos delegados vermelhos, que contemplam a imponência das colunas e do granito branco. Até os nobres prateados parecem impressionados, embora minha avó mantenha os olhos fixos no próprio colo. Está fazendo o máximo para se comportar.

Quando saio do veículo, o ar frio é um chacoalhão bem-vindo no meu juízo. Evita que eu agarre a primeira pessoa que aparecer para perguntar sobre certa eletricon que pode ou não estar lá dentro. Dessa vez, tomo minha avó pelo braço, não para apressá-la, mas para me desacelerar.

Ela acaricia de leve minha mão. Apesar de tudo o que fiz, de toda a frustração que causei, minha avó ainda me ama.

— Vamos alimentar você — diz baixinho. — E arrumar uma bebida para mim.

— Sim para as duas coisas — sussurro de volta.

O salão de recepção da propriedade fervilha de atividade, e não é para menos. A casa do primeiro-ministro estará cheia até o teto com gente da Guarda Escarlate, Norta, e todos os demais. Imagino que vai ser preciso hospedar alguns na cidade. O lugar aqui não é tão grande quanto o Palácio de Whitefire, e nem mesmo ele era capaz de hospedar a corte de toda a Norta.

A lembrança repentina da minha antiga casa arde, mas não tanto quanto antes. Pelo menos agora estou fazendo algo mais importante do que preservar a monarquia.

Uma representante da Assembleia do Povo se junta a Radis no centro do salão, seu traje de um verde tão intenso que poderia passar por preto. Seu cabelo é branco como um osso, sua pele é escura e seu sangue é vermelho, a julgar pela cor quente nas bochechas. Enquanto se apresenta como representante Shiren e se desculpa pela reunião de última hora do primeiro-ministro, tento me lembrar do caminho mais rápido para a cozinha de Carmadon.

Os criados começam a mostrar os quartos à nossa delegação, conduzindo-nos em grupos bem específicos. Fecho a cara quando percebo que os vermelhos e os prateados estão sendo separados, por motivos óbvios. É uma manobra tola, na minha opinião. Se queremos que a reconstrução funcione, se queremos que a igualdade entre os sangues se torne realidade em Norta, temos que fazer todo o possível para torná-la a regra entre nós. Talvez os montforteanos pensem que essa separação será menos chocante para meus nobres, mas discordo completamente. Suprimo o impulso de reclamar. O dia foi longo. Depois encontrarei alguém com quem discutir a respeito.

— Soldado Calore, madame. — Um dos criados inclina a cabeça para mim e para minha avó. O título, apesar de novo, não me incomoda nem um pouco. Já me chamaram de coisa bem pior.

*Tiberias*, por exemplo. E soa bem. Combina muito mais comigo do que *majestade*.

Aceno com a cabeça em resposta ao criado. Ele retribui.

— Ficarei feliz em lhes mostrar seus quartos.

Inclino o pescoço para poder falar melhor com esse homem mais velho de uniforme verde-acinzentado.

— Posso ir sozinho se você me disser onde é. Eu estava com esperança de encontrar alguma coisa para comer...

— Não será necessário — ele diz, me interrompendo educadamente. — O primeiro-ministro e seu marido cuidaram para que o jantar fosse trazido quando todos estivessem instalados. O sr. Carmadon não é de deixar suas finas refeições se perderem.

— Ah, claro.

*Claro que eles não querem nenhum de nós xeretando por aqui. Nem mesmo eu.*

Minha avó fica tensa ao meu lado e levanta o queixo. Não me espantaria se ela se recusasse. Ninguém dá ordens a uma rainha, quer ela reine ou não. Em vez disso, aperta os lábios num sorriso estreito e amargo.

— Obrigada. Pode nos conduzir então.

O criado inclina a cabeça em agradecimento e gesticula para que o sigamos, estendendo o convite a Julian e Sara. Fico na expectativa de ver meu tio protestar também, por querer visitar primeiro a biblioteca. Para minha surpresa, ele hesita apenas um segundo antes de caminhar ao nosso lado de braços dados com Sara. Os olhos dela se arregalam ao contemplar a ampla mansão ao redor. É sua primeira visita, e ela guarda suas opiniões para si, talvez para compartilhá-las com Julian depois. É difícil quebrar o hábito de longos anos de silêncio.

Embora minha avó e eu não sejamos mais da realeza, embora eu mal passe de um simples soldado, o primeiro-ministro hospeda todos nós na área principal da casa, em gloriosos aposentos com cômodos em verde e dourado em torno de um salão privado. Suponho que queira encantar minha avó a fim de mantê-la satisfeita pelos próximos dias. Como eu, ela é fundamental para o relacionamento com os nobres prateados que tentam ajudar na reconstrução. Se a bela vista e os sofás forrados de seda a ajudarem a fazer isso, que seja.

A verdade é que eu preferiria ficar hospedado nos alojamentos, enfiado num beliche com um refeitório por perto. Mas não vou negar uma cama de plumas.

— O jantar será servido dentro de alguns minutos — o criado diz antes de sair e fechar a porta, deixando-nos por conta própria.

Atravesso o salão até a janela e abro as cortinas para descobrir que, para além da varanda e da encosta, dá para ver a escuridão profunda da floresta de pinheiros. O ronco dos veículos ecoa em meus ouvidos enquanto as lembranças de escalar até o topo pulsam dentro de mim.

Minha avó dirige um olhar de aprovação à decoração, sobretudo ao belo e bem abastecido bar debaixo de um espelho de moldura dourada. Sem perder tempo, serve-se de uma dose pesada de uísque. Dá um gole e põe-se a preparar mais três copos.

— Fiquei surpresa de seu amigo não aparecer para nos cumprimentar — diz ao entregar um copo a Sara e outro a Julian. Seu olhar se detém no meu tio. — Vocês trocaram tantas cartas que achei que tiraria um tempo para nos receber.

Meu tio é um homem que dificilmente morde esse tipo de isca, de modo que apenas sorri para o copo antes de sentar no sofá maior e se aninhar com Sara.

— O primeiro-ministro Davidson é um homem ocupado. Além disso, vamos ter muito tempo para conversas acadêmicas depois da festa de gala.

Dou as costas para a janela, com o cenho franzido. Sinto um frio na barriga diante da perspectiva de deixar Julian aqui, ainda que por pouco tempo. Pego o último copo sobre o bar e dou um gole cuidadoso. Tem gosto de fumaça líquida.

— Por quanto tempo pretendem ficar aqui? — pergunto, batucando com o dedo no copo de cristal.

Ao lado de Julian, Sara se ajeita no assento e toma sua bebida devagar. Já aturou sua cota de rainhas prateadas dominadoras e não treme sob o olhar imperioso da minha avó.

— Ainda não decidimos — responde.

Minha avó funga e torce o nariz:

— Que época estranha para tirar férias.

— Creio que o termo seja "lua de mel" — Julian diz. Num gesto deliberado, ele busca a mão livre de Sara e ambos enlaçam os dedos. — Gostaríamos de nos casar aqui em breve e de maneira discreta. Se estiver tudo bem para todos.

*Se estiver tudo bem para todos.* Primeiro minha avó desdenha, mas depois seus lábios se abrem num sorriso verdadeiro.

Quanto a mim, tenho a sensação de que meu rosto vai se desintegrar. Quase me *dói* um sorriso assim, tão largo e sincero. A felicidade tem sido uma desconhecida nos últimos meses, mas agora volta a correr pelo meu corpo. Atravesso o cômodo rápido e abraço os dois, quase derrubando toda a nossa bebida.

— Já era hora — digo no ouvido de Julian, rindo.

— Concordo — Sara murmura, com os olhos brilhando.

O jantar chega e, para surpresa de ninguém, está maravilhoso, mais uma demonstração da bondade da República Livre de Montfort. Servem carne de bisão, claro, além de trutas frescas, salmão, batatas fritas, três tipos de verdura, sopa de queijo e pão quentinho, seguido por amoras com creme de sobremesa e chá de madressilva. A comida deve ter sido trazida de todos os cantos da República, desde Ascendant até a costa noroeste salpicada de montanhas e banhada por um oceano estrangeiro. Tudo preparado com perfeição. Com certeza o resto da delegação nortana recebeu o mesmo tratamento em seus aposentos, sobretudo os nobres prateados. Durante o voo, reclamavam abertamente das refeições em casa, agora que os vermelhos estão livres para trabalhar onde quiserem e ainda perdura o racionamento por causa da guerra. Um punhado de boas refeições em Montfort talvez seja o tipo de convencimento de que precisam.

Depois do uísque e da refeição farta, Julian, Sara e minha avó tratam logo de se retirar para o quarto, me deixando a olhar para a mesa agora desordenada. Trata-se de um campo de batalha de pratos usados, migalhas de pão, xícaras vazias, garfos e facas manchados de molho parecendo espadas sujas de sangue. Fico de cabelo em pé. Embora um criado certamente vá limpar a sujeira em algum momento da noite, não consigo me segurar e começo a botar tudo em ordem. Tento fazer silêncio enquanto empilho pratos e taças, o que torna o processo lento.

Isso dá às minhas mãos algo para fazer e à minha mente algo em que se concentrar que não seja *ela*.

Julian quer se casar aqui porque é onde estão todos que ele estima. Eu, o primeiro-ministro e Mare. Com certeza sabe que ela voltará para a festa, se já não tiver voltado. Davidson deve ter comentado em suas cartas, entre as prolixas ruminações sobre os arquivos de Montfort em Vale ou na Montanha do Chifre. *Aliás, sua ex-aluna voltará à cidade. É melhor encontrá-la logo, antes que volte a se isolar na natureza selvagem.*

O último prato solta um estalo quando o deixo cair um centímetro, mas não quebra.

Eu deveria dormir. Estou morto de cansaço e preciso estar afiado nos próximos dias. Mas, em vez de partir para o quarto, me pego de pé na varanda, vendo meu hálito formar nuvens no frio. Sou naturalmente quente, e minha respiração sai em forma de vapor.

*Se Davidson quer mesmo impressionar os nobres, devia apenas lhes dizer para olhar para cima.*

De fato, as estrelas acima das montanhas não parecem com nada que eu tenha visto em meu país ou em qualquer outro. Mesmo com as luzes da cidade abaixo, são magníficas, brilhantes e enormes. Apoiado na balaustrada da varanda, estico o pescoço para tentar ver além das árvores. As luzes da propriedade não penetram muito na floresta, iluminando somente as primeiras fileiras de pinheiros antes de seus galhos se esvaírem na escuridão. O céu parece ainda mais impressionante contra os picos sem vegetação, e os primeiros montes de neve rebrilham sob a luz das estrelas.

Compreendo o motivo de as pessoas quererem ficar aqui. Apesar de colaborar tanto no esforço de guerra no leste, Montfort ainda aparenta estar intocada por toda a devastação que testemunhei. Um paraíso, se comparado com o inferno de onde vim. *Mas um paraíso comprado com outra guerra, com o mesmo derramamento de sangue e com mais esforço do que posso imaginar.* Esta república nem sempre foi livre, e ainda está repleta de defeitos, por mais escondidos que estejam.

Se eu fosse de Lakeland, talvez obtivesse algum consolo ao pedir orientações a algum deus distante, sua bênção, força para fazer todos enxergarem o que podemos construir se tivermos vontade e oportunidade. Mas não acredito em deus nenhum, e não rezo para nada.

Minhas mãos nuas começam a formigar; o frio afeta mesmo alguém como eu. Não me dou ao trabalho de acender o bracelete para fazer fogo. Vou entrar num segundo e tentar dormir. Só preciso de mais um bocado de ar frio e de mais uma olhada para as estrelas no alto, infinitas como o futuro.

Dois andares abaixo e talvez uns vinte metros para o lado, alguém tem a mesma ideia.

A porta range um pouco nas dobradiças velhas quando ela sai ao ar frio, já tremendo. Tem o cuidado de fechá-la de leve para não acordar ninguém. A varanda é maior do que a minha, fazendo a curva no canto e dando vista para a cidade. Ela não sai dos cantos mais escuros, olhando para as árvores enquanto fecha mais o cobertor à sua volta. Sua silhueta é esbelta e pequena, seus movimentos delicados têm uma graça letal. Mais guerreira do que dançarina. A luz fraca da mansão adormecida não basta para iluminar seu rosto. Mas não preciso dela para enxergar. Apesar da distância e da escuridão, eu sei.

Mesmo sem sua eletricidade, Mare Barrow me atinge como um raio.

Ela levanta o queixo para o céu, e a vejo como estava quando a encontramos naquela sala asquerosa, rodeada de sangue, tanto prateado quanto vermelho. Pedra Silenciosa por todos os lados. Mare estatelada, o cabelo emaranhado e molhado, os olhos fechados na penumbra. Ao lado dela, os olhos abertos de Maven. Tão azuis, tão grandes. Tão vazios. Ele estava morto, e achei que ela também estivesse. Pensei que tinha perdido os dois, perdido um para o outro pela última vez. Meu irmão teria gostado. Ele já a tinha levado uma vez, e levaria sempre, quantas vezes pudesse.

Tenho vergonha de admitir que fui até ele primeiro. Pus as mãos no punho, no pescoço, em busca de um batimento que não existia. Ele já estava frio.

Ela estava viva, com a respiração curta, o fôlego mais fraco a cada segundo.

Dá para ver que sua respiração está estável agora, pelas nuvenzinhas ritmadas que formam no ar. Forço a vista na esperança de ver mais dela. Será que está bem? Será que está diferente? Será que está *pronta*?

O ato é inútil. Mare está longe demais, e as luzes do palácio são fracas demais para mostrar mais do que os contornos do seu corpo envolto pela coberta. Não está longe demais para me ouvir gritar, e não ligo de acordar metade da casa. Ainda assim, minha voz morre na garganta, minha língua fica pesada. Permaneço em silêncio.

Dois meses atrás, ela me disse para não esperar. Com a voz se desmanchando, junto com meu coração. Eu não teria sentido tanto a partida se ela não tivesse me dito aquilo. *Não vou pedir para me esperar.* A mensagem era clara. *Siga em frente, se quiser. Procure outra, se quiser.* Doeu na hora, como dói agora. Não consigo me imaginar dizendo uma coisa dessas a alguém que amo e de quem preciso. Não a ela.

A balaustrada esquenta sob minhas mãos, agora tensas e transbordando calor.

Antes de fazer alguma bobagem, dou meia-volta e abro a porta com força, só para fechá-la com cuidado depois, sem fazer qualquer ruído.

Deixo-a com as estrelas.

# TRÊS

*Mare*

Antes de abrir os olhos, esqueço de mim por um instante. De onde estamos, do que viemos fazer. Mas tudo volta. As pessoas ao redor — e a pessoa que não falou comigo na noite passada. *Ele me viu, sei que viu. Estava na varanda, que nem eu, olhando as estrelas e as montanhas.*

*E não disse nem uma palavra.*

A mágoa me acerta o peito feito um martelo. Tantas possibilidades se confundem na minha cabeça, rápidas demais para minha mente recém-desperta acompanhar. E todas voltam para sua silhueta, uma sombra em retirada contra o céu noturno. *Ele não disse uma palavra.*

Nem eu.

Forço os olhos a abrir, bocejando e me espreguiçando de propósito. Minha irmã já se preocupa demais comigo. Não precisa acrescentar meu coração partido à sua lista de apreensões. Ainda dividimos o quarto, a meu pedido. Faz meses que não tento dormir sozinha, e não pretendo começar agora.

Pela primeira vez, ela não está me vigiando. Gisa se debruça sobre seu material de costura, contemplando-o com um olhar severo.

— Por acaso a linha ofendeu você? — pergunto em meio a um bocejo.

Ela volta o olhar severo para mim, e isso me assusta tanto que deixo as preocupações de lado.

— Estou tentando me adiantar — ela diz. — A festa vai consumir a maior parte do meu tempo, entre Bree, Tramy, Kilorn, você, Farley e metade das pessoas que conheci na vida implorando por algo para vestir.

Abro um sorriso, apesar de tentar me segurar. Eu sabia que ela não ia abandonar Bree. Gisa late, mas não morde.

— Ótimo, diga como posso ajudar — falo ao jogar os pés para fora da cama. O chão frio de madeira logo me obriga a caçar as meias enterradas entre os cobertores.

Só vamos nos mudar para nossa casa permanente daqui a uma ou duas semanas, mas Gisa insiste para que já façamos as malas. Ou melhor, para que reorganizemos a parca quantidade de coisas que já pusemos nas malas.

Ela geme, balançando a cabeça:

— Você não é lá muito famosa pela capacidade de organização.

Respondo com um muxoxo, mas Gisa não se dá ao trabalho de argumentar. Apenas aponta para minhas meias diferentes. Uma é verde e surrada; a outra é de lã preta e grossa. Minha boca se fecha com uma batida dos dentes.

— Além disso... — ela continua, ainda sorrindo em direção aos meus pés. Balanço o dedão para ela. — Você tem suas próprias preocupações, e uma agenda bem mais apertada do que a minha. Não sinto a menor inveja das suas reuniões — acrescenta, apontando com a cabeça a pilha de papéis na minha cabeceira.

Caí no sono enquanto lia o resumo da agenda da delegação, a cabeça em parafuso com os detalhes do comércio de Montfort, das movimentações da Guarda Escarlate, da reconstrução de Norta, e das questões internas da aliança. Tento não pensar nisso agora. Não preciso de dor de cabeça logo cedo, embora com certeza vá ter uma ao fim da primeira reunião da manhã.

— Deixe a roupa e os preparativos para a mudança com a gente. — Gisa sinaliza os aposentos como um todo. A mensagem é clara: os Barrow vão cuidar de tudo o que puderem aqui e me dar o espaço de que preciso para sobreviver aos próximos dias.

Mal sabe ela que o pior já começou.

Com o casaco vestido pela metade, puxo minha irmã num abraço apertado. Ela resiste de leve, sorrindo.

— Podemos trocar? — lamento. — Eu faço as camisas e você atura horas de discussão?

— Nem pensar — ela dispara, se afastando de mim. — Agora tente se vestir direito. Farley está esperando você na sala de estar. Já está de uniforme e tudo.

— Nada de uniforme para mim — comento, vestindo uma calça escura sem nem me preocupar em caçar um uniforme enterrado no armário. Minhas lembranças do tecido vermelho apertado e rígido já são castigo suficiente. Sem falar que eu parecia uma idiota vestindo aquilo. Definitivamente não é o que quero estar usando quando estiver frente a frente com Cal. *Se é que ele vai querer me ver.*

Gisa não lê pensamentos, mas não é difícil saber o que se passa na minha cabeça. Ela me encara com a sobrancelha arqueada, então me chama para perto com a mão.

— Não, não e não. O primeiro-ministro te deixou roupas exatamente para você não voltar a parecer uma ratazana de rio.

Caio na gargalhada porque sei exatamente como uma ratazana de rio é. Estou longe de ser aquela garota agora.

— Gisa, essa blusa nem tem buracos!

Ela não se comove nem um pouco. Começa a tirar roupas do nosso armário compartilhado. Para meu alívio, são peças bem mais simples do que eu imaginava, e não há nenhum vestido à vista. Apesar de estar empolgada para me vestir para a festa de gala, passar o dia inteiro de reuniões apertada dentro de um vestido de baile não é um sofrimento que eu esteja a fim de suportar.

Gisa manuseia as peças com olhos de costureira, procurando conjuntos em tons escuros de vermelho, verde, azul, roxo e cinza. Diante do que escolheu para mim, começo a me perguntar se não teria talento para a política também.

— Roxo é neutro — ela diz ao entregar um conjunto. — Mostra que você é aliada de todos sem pertencer a ninguém.

Escolha perfeita. Embora ainda esteja presa à Guarda Escarlate por um juramento, tenho motivos para apoiar tanto Montfort como os Estados de Norta. Meu novo lar e o antigo.

Meu peito transborda de orgulho por minha irmã. Corro o dedo pelo veludo macio da jaqueta roxa com bordas douradas:

— Tenho um histórico com essa cor — balbucio ao me lembrar de Mareena Titanos e da máscara de uma Casa prateada.

Gisa faz que sim, e seus olhos passam de mim para a roupa.

— Então que bom que ela serve em você.

Minha irmã age rápido, me ajudando a vestir a calça de veludo, as botas e a camisa de gola alta antes de enfiar a jaqueta pelos meus braços; foi tudo feito sob medida. Ela só estala a língua ao notar as mangas, um pouquinho compridas para mim, mas de resto não percebe qualquer defeito. Por fim, escova e ajeita meu cabelo numa longa trança que vai passando do castanho para o roxo e cinza.

Quando ela lambe o dedo e começa a pentear minhas sobrancelhas, sou forçada a recuar.

— Está bem, Gisa, acho que você já fez tudo o que podia — digo, levantando a mão entre nós duas. Aguentar Gisa não é tão ruim quanto aguentar as exigências da antiga corte de Norta, mas tampouco é agradável. Principalmente quando sinto que estou a ponto de explodir de tanto medo e nervosismo.

Ela faz um bico e estende uma paleta de pós coloridos.

— E a maquiagem?

— Farley está maquiada? — suspiro, cruzando os braços na defensiva.

Gisa não deixa passar nada.

— Farley precisa?

— Não... — começo a responder, lembrando-me de como ela é linda, até perceber as consequências da pergunta. — Ei!

Gisa não se abala e simplesmente aponta para a porta do quarto. Deve estar ansiosa para se livrar de mim.

— Certo, pode ir. Já está atrasada.

— Não estaria se você tivesse me deixado escolher a roupa — digo enquanto saio correndo.

Ela me lança um olhar sarcástico.

— Que irmã eu seria se deixasse você encarar um rei abdicado como se tivesse saído do lixo dos becos de Palafitas?

Já com a mão na maçaneta, sinto o conhecido frio na barriga.

— Nossas vidas seriam muito diferentes se ele não gostasse secretamente de lixo dos becos de Palafitas — rebato sem pensar.

*Mas ele não disse uma palavra.*

Fico com a cara no chão. Por sorte, Gisa não vê, ocupada demais em abafar as gargalhadas.

Na sala de estar, Farley se põe de pé e ajeita o uniforme com a mão. Ela ainda o detesta, preferindo um colete à prova de balas a colarinhos apertados.

— Estamos atrasadas. — São suas primeiras palavras para mim desde que fomos para o norte. Escreveu um monte de cartas, mas é a primeira vez que nos vemos. Para minha alegria, seus modos frios não chegam aos olhos, que vibram com um sorriso oculto. — Está tentando escapar de um dia que vai ser super-revigorante e relaxante?

Eu me aproximo com poucas passadas curtas, e ela abre os braços para mim. Farley me aperta com força, um conforto como poucos neste mundo. Eu me aninho nela para pegar para mim um pouco de sua determinação incansável.

— Existe essa opção? — pergunto ao me afastar, correndo os olhos pela jovem general. Ela está exatamente como me lembro, linda e destemida. Talvez até mais determinada do que o normal.

— Você poderia ficar de fora, pedindo encarecidamente. Se quisesse — ela responde. — Mas duvido que queira.

Fico corada. Ela tem razão, claro. Um bisão selvagem não conseguiria me impedir de participar das reuniões com as delegações.

Seu cabelo está comprido o suficiente para ficar numa só trança, ajeitada sobre a cabeça como uma coroa. Isso lhe dá uma aparência mais doce, mas não menos intimidante. Como Gisa previu, Diana Farley não se deu ao trabalho de passar maquiagem, até porque não precisa. Ela se destaca, seja no campo de batalha, seja na sala de estar.

— Sem Clara hoje? — pergunto, olhando em volta à procura da minha sobrinha. Meu coração se parte quando não vejo nenhum vestígio da pequena.

— Eu poderia ter trazido, mas duvido que eu mesma vá conseguir me manter acordada nas reuniões, quanto mais um bebê. Além do mais, seus pais iam me matar se eu não a deixasse. Eles a levaram para o jardim lá embaixo depois do café.

— Ótimo.

Meu corpo se enche de ternura quando imagino meus pais brincando com a filha de Shade. Passeando com ela em meio às árvores do outono, deixando que estrague os meticulosos canteiros de flores de Carmadon.

— O coronel também está lá, acho — Farley acrescenta em voz baixa mas firme. É tudo o que ela deseja dizer.

E não cabe a mim forçar. A relação de Farley com o pai não é assunto meu, a não ser que ela queira. Ele deve estar fazendo um esforço monumental se optou por passar o tempo com a neta em vez de participar das reuniões.

— Vamos? — suspiro, apontando para a porta. Já sinto meus nervos à flor da pele e o tradicional frio na barriga diante das perspectivas do dia.

Farley é boa em liderar. Não sabe fazer outra coisa.

— Vamos.

A primeira reunião é a maior, e mal pode ser chamada assim. Está mais para um circo.

A assembleia de delegados de todos os cantos da aliança toma lugar na grandiosa biblioteca da casa do primeiro-ministro, único cômodo espaçoso o bastante para abrigar todos confortavelmente. Além da Galeria do Povo, claro, mas Davidson achou que não ficaria bem usar a câmara do seu país para esse tipo de reunião. Acho que não quis intimidar os prateados dos Estados de Norta. O grupo se assusta fácil, pelos poucos relatórios que li. Temos que tomar cuidado com os nobres para não afastá-los e acabarmos mandando todos direto para os braços de Lakeland e da Secessão Prateada.

De fato, imagino que esse vai ser o ponto mais quente dos próximos dias: a posição precária dos Estados de Norta e a ameaça perene das líderes ninfoides Iris e Cenra. Não pensei muito nelas na cabana. Era fácil tirar as duas e seu reino da cabeça enquanto estava isolada na natureza. Mas não aqui. Consigo quase senti-las pairando sobre mim, à espera de uma chance para atacar.

Fico desconcertada ao entrar na biblioteca. Ainda não está cheia. Não somos as únicas atrasadas. Um olhar basta para notar que a delegação de Norta ainda não chegou. *Bom.* Quero estar pronta quando Cal chegar, com aquela neutralidade perfeita que tanto ensaiei. No momento, dezenas de olhos passam por mim, e murmúrios parecem me seguir. A maior parte deles é inofensiva, palavras a que estou acostumada. *Mare Barrow, a garota elétrica, voltou.* A galeria no andar de cima está vazia, diferente da outra vez, quando transbordava de soldados da Guarda Escarlate. Três meses atrás, o primeiro-ministro e o Comando da Guarda planejaram o ataque e a defesa de Archeon aqui.

Maven foi interrogado neste lugar. Foi uma das últimas vezes que o vi com vida. Tremo ao pisar no trecho do carpete onde ele esteve, destilando seu veneno mesmo durante o interrogatório. Ainda o ouço na minha cabeça. *Acham que não consigo mentir sentindo dor?*, ele disse quando Tyton chegou perto demais. *Acham que já não fiz isso milhares de vezes?*

Era uma referência ao sofrimento que sua mãe havia lhe causado. Percebi na hora e isso ainda me assombra. Seja lá o que ela tenha feito com sua cabeça, foi tortura. Dor. E o corrompeu para além de qualquer cura.

*Eu acho.* Ainda assim, me pergunto. Se podia ter feito mais por ele. Se eu, Cal ou *alguém* poderia ter salvado Maven do monstro criado pela rainha. Como sempre, o pensamento arde e deixa um gosto ruim na boca. Cerro os dentes. Me recuso a vomitar na frente de tanta gente. Faço um esforço para esvaziar minha expressão e erguer os olhos.

Do outro lado da biblioteca, um oficial militar de Montfort está sentado calado em sua poltrona, de costas para a janela. Seu cabelo branco parece brilhar à luz da manhã.

Os olhos de Tyton me acompanham durante a minha passagem, e inclino a cabeça em saudação. Os outros eletricons não têm patente tão alta quanto ele, por isso não vão participar da reunião. Duvido que Ella fosse capaz de aturar dez minutos de conversa sobre amenidades, quanto mais uma hora de debates complicados. Lembro a mim mesma de perguntar deles mais tarde. Temos coisas para pôr em dia, conversas e treino. Não importa o quanto me exercitei na cabana, com certeza enfraqueci no tempo que fiquei longe.

Há três mesas compridas na biblioteca, dispostas uma de frente para a outra formando uma espécie de triângulo. O primeiro-ministro já está sentado à sua, ladeado por militares e autoridades de Montfort. Mais deles chegam a cada minuto, adentrando a biblioteca em grupos de dois ou três. Fico com a sensação de que alguns não vieram fazer nada, estão apenas curiosos para assistir às discussões. A quantidade com certeza impressiona, todos em fila com uniforme verde militar ou trajes de político. Assessores e assistentes se apressam entre eles, distribuindo papéis e pastas com informações. A maior parte das páginas está empilhada diante do primeiro-ministro, que as organiza cuidadosamente com um sorriso estreito nos lábios.

O representante Radis está à direita dele, sussurrando algo em seu ouvido por trás da mão de dedos compridos. Meu olhar cruza com o do primeiro-ministro quando passo por ele e trocamos um aceno de cabeça. Ele parece mais sereno do que da última vez que o vi, apesar do caos borbulhando ao redor. Fico com a sensação de que a zona de guerra não é sua especialidade, apesar do seu poder de sanguenovo. Davidson prefere lutar com a caneta em vez da pólvora.

Não vou sentar com a delegação de Montfort, pelo menos não hoje. Embora minha família more aqui e eu vá acabar me tornando cidadã também, sou antes de tudo da Guarda Escarlate. Fiz meu juramento diante de Farley antes mesmo de saber que Montfort existia, e tenho orgulho em tomar um assento ao lado dela na mesa da Guarda. Atrás de nós vão chegando vários militares e diplomatas, de todos os cantos da região leste do continente. Quatro generais do Comando, incluindo Farley, estão no centro da mesa, iguais no uniforme e na postura grave. São uma imagem intimidante.

Com uma pontada de constrangimento, começo a desejar que tivesse vestido a porcaria do uniforme vermelho.

Um calafrio me desce pelo corpo quando vejo Evangeline Samos sentada tranquilamente na segunda fileira, resignada com seu lugar. Não a tinha notado antes. Apesar do cabelo prateado, ela dá um jeito de se misturar com o resto da delegação de Montfort. Suas roupas não reluzem nem brilham como antes. Evangeline traja um uniforme verde-escuro e simples, sem medalhas ou insígnias. O mesmo vale para seu irmão, sentado ao lado de cabeça baixa.

Ela me observa, com as mãos letais apoiadas sobre o colo.

Quase abro um sorriso ao ver seus dedos.

Embora a roupa seja bem comum, suas mãos estão carregadas de anéis de metal de todos os tipos, afiados e prontos para fazer o que ela quiser. Conhecendo Evangeline, sei que deve ter outros metais escondidos pelo corpo inteiro. Até aqui, num encontro de diplomatas, está pronta para cortar a garganta de alguém se preciso.

Encaro seus olhos cinzentos e ela sorri maliciosa, sem nunca baixar a cabeça. Em outra época, isso teria me amedrontado. Agora só me dá segurança. Evangeline é uma aliada poderosa, apesar do nosso histórico. Embora ela nunca vá retribuir o gesto, curvo o pescoço na direção dela. Ptolemus tem a bondade de manter a cabeça baixa, de desviar o olhar. Não quero nada com o assassino do meu irmão, ainda que ele se arrependa desse e de tantos outros pecados.

Enquanto ainda estou olhando para os dois, Radis se vira no assento e cochicha algo para Evangeline e Ptolemus por cima do ombro. Ouço os sussurros, mas as palavras são ininteligíveis. Os três prateados continuam com as confidências, mas o primeiro-ministro não se aborrece nem um pouco. A aliança entre eles está firme: até eu fiquei sabendo da abdicação dos Samos e do juramento de Evangeline a Montfort.

Continuo voltada para eles quando a última delegação entra na biblioteca, de forma organizada e ritmada. Ada Wallace vem na frente, correndo os olhos pelo espaço. Sua vista vai de um lado para outro, registrando cada rosto em sua memória perfeita. Está igual a como lembro. A pele de um dourado intenso, o cabelo castanho-escuro, olhos doces demais para tudo o que já viu e tudo de que se lembra. Como uma das representantes dos Estados de Norta, veste um uniforme preto impecável e um broche no colarinho. É fácil decifrar os três anéis interligados: a cor vermelha representa os vermelhos; a branca, os sanguenovos, e o prata, os prateados. Não consigo pensar em pessoa melhor para servir os Estados de Norta e ajudar em sua campanha. Seguro firme a beirada da mesa para me manter parada. Se estivesse em qualquer outro lugar, levantaria para lhe dar um abraço.

Julian Jacos vem logo atrás, em trajes módicos, mas bonitos. Vê-lo aqui alivia um pouco a tensão em meu peito. Ele fica estranho sem suas cores, vestindo preto em vez do amarelo de costume. Pela primeira vez, aparenta estar bem animado, mais jovem. Sem peso nas costas. Feliz até. O visual lhe cai bem.

Os ditos prateados comuns também vestem o uniforme, diferenciando-se dos vermelhos e sanguenovos apenas pela cor fria de sua pele. Para minha agradável surpresa, caminham bem perto dos nortanos de sangue vermelho. Por serem comerciantes, negociantes, soldados e artesãos, não estão tão separados dos vermelhos como os nobres.

Evidentemente, os trajes dos nobres dos Estados de Norta não são tão modernos assim, embora também usem o broche. Conheço tanto seus rostos como suas cores: verde para Welle, amarelo para Laris. O conhecimento a respeito de suas Casas foi martelado na minha cabeça muito tempo atrás, e fico pensando no que terei esquecido para memorizar tamanha idiotice.

A cor das Casas já é sinal suficiente. Os nobres não vão sair de cena nem em paz nem com facilidade. Vão se apegar ao poder — e ao orgulho — por quanto tempo conseguirem.

Principalmente Anabel Lerolan. Ela deve ter desfalcado o cofre de joias para a ocasião. Pescoço, pulsos e dedos reluzem com pedras cor de fogo, uma mais brilhante do que a outra, ofuscando seu broche dos Estados de Norta. Quase fico na expectativa de ver uma coroa sobre sua cabeça grisalha. Mas não é tão corajosa. Em vez disso, ela se agarra à coisa mais parecida com uma coroa que lhe restou.

Anda de braços dados com Cal.

Como Julian, ele combina com o novo visual. Sem capa, sem coroa, sem algazarra de medalhas e insígnias. Apenas o uniforme preto, o broche circular e um quadrado vermelho em seu peito para identificá-lo com militar. Seu cabelo preto está curto de novo, no estilo militar de que tanto gosta, e ele deve ter se barbeado hoje de manhã. Dá para ver um corte recente em seu pescoço, despontando um pouco acima da gola. Mal coagulou ainda, com pintinhas de sangue prateado.

Círculos negros rodeiam seus olhos. Parece exausto e sobrecarregado, mas como Julian transparece felicidade. Sinto um ímpeto ciumento de ir perguntar por quê.

Ele não olha para mim. *E não disse nem uma palavra.*

Debaixo da mesa, Farley aperta minha mão para me consolar.

O toque me sobressalta, e quase dou um choque nela.

— Calma — Farley diz discretamente.

Balbucio um pedido de desculpas, minhas palavras perdidas em meio ao burburinho que a nova delegação cria enquanto toma seu lugar.

Como eu, Cal se senta à mesa, ao lado de Ada, no centro. Ele sempre gostou de estar na linha de frente.

A avó e o tio não são diferentes. O resto da delegação se divide igualmente num misto de vermelhos e prateados, nobres que reconheço e plebeus que desconheço. Estes últimos ficam boquiabertos com a biblioteca. Os nobres se impressionam com menos facilidade, e fazem o máximo para não demonstrar admiração.

O primeiro-ministro não se importa com nenhuma das reações. Simplesmente bate palmas num sinal para todos.

— Podemos começar?

# QUATRO

*Cal*

❦

NÃO OLHE PARA ELA, *não olhe para ela, não olhe para ela. Foco, foco, foco.*
  Estou tão nervoso que quase boto fogo na cadeira. Até minha avó, mais resistente ao fogo do que a maioria das pessoas, se afasta, para que eu não chamusque sua preciosa seda. Não é como se pudesse arranjar outra, ou pelo menos não tão fácil como quando era rainha.
  Se os outros membros da delegação notam meu desconforto por causa de Mare, têm a bondade de não dizer nada. Ada age sem hesitar, pondo a papelada na sua frente. Está coberta de anotações organizadas e meticulosas — desde o número de tropas até a distância entre cidades. Não que ela precise disso. Está tudo em sua cabeça. Minha impressão é de que só não quer constranger ninguém. Afinal, seu poder é raro, mesmo entre os sanguenovos, e pouquíssimo estudado.
  Houve um pouco de reclamação entre os nobres, mas ela era a escolha óbvia para nos representar na primeira reunião. Ada Wallace viu esta guerra de muitos ângulos e entende perfeitamente os demais, sem falar do seu conhecimento sobre toda e qualquer história de revolução e reconstrução em que conseguiu pôr as mãos. A maioria, ela disse, teve problemas, isso quando não falhou completamente. Tremo ao pensar no que pode nos acontecer se formos pelo mesmo caminho.

— Minhas boas-vindas às honradas delegações dos Estados de Norta e da Guarda Escarlate — o primeiro-ministro diz antes de curvar a cabeça para ambas as mesas. Ele junta as mãos na frente do corpo e assume uma postura aberta e convidativa. Tudo nesse homem é calculado. — A delegação de Montfort e meu governo agradecem por fazerem a jornada para estar aqui conosco.

— Essa *longa* jornada — um dos nobres de Norta resmunga, mas é educadamente ignorado por todos. Resisto ao impulso monárquico de mandá-lo sair do recinto. Já não tenho poder de fazer isso. Somos todos iguais aqui, mesmo os que não merecem. Mesmo os que merecem mais do que os outros.

Firmo o queixo. Ainda é um esforço não olhar para ela. Consigo ao menos lançar um olhar para suas mãos, escondidas debaixo da mesa. Farley é um território mais seguro. Ela está sentada resoluta ao lado de Mare, sua atenção e concentração de ferro no primeiro-ministro. Está usando o uniforme que odeia. Mare não; deixou as vestes escarlates e rígidas de lado em favor do veludo roxo. Era sua cor como Mareena Titanos. A irmã deve ter escolhido a roupa, já que ela não tem nem gosto nem talento para moda. Se não fossem as circunstâncias, eu riria só de pensar nas broncas de Gisa para fazê-la se vestir direito e botar um casaco.

Coro ao pensar em como seria tirar aquelas roupas dela.

*Concentre-se*, minha mente grita, e sinto o calor à minha volta.

— Pode parar? — Julian murmura através dos dentes cerrados. O canto da boca dele treme, demonstrando que acha graça na situação.

— Desculpe — murmuro de volta.

Uma general do Comando da Guarda Escarlate fala em nome de sua delegação em resposta a Davidson:

— Claro, primeiro-ministro — ela diz com a voz arrastada. Reconheço a general Cisne. A Guarda Escarlate insiste em usar codinomes, mesmo agora. — E somos gratos ao seu país por nos receber.

*Não que houvesse outra opção*, penso. *A Guarda Escarlate possui um território, mas não um governo central próprio, e os Estados de Norta ainda estão em reconstrução. E sediar reuniões sobre a democracia no antigo palácio de um rei pode passar a mensagem errada. De que só se trocou um rei por outro.*

— A delegação dos Estados de Norta também — Ada diz de queixo erguido para o primeiro-ministro.

Tio Julian se inclina para a frente ao lado dela e se dirige a todos:

— Estamos felizes por estar aqui e ver pessoalmente o que um antigo reino prateado pode vir a ser.

Minha avó não tem muita paciência com a troca de elogios. Ela torce os lábios, mas segura a língua. Não posso dizer que discordo dela. Deveríamos partir logo para os negócios, em vez de ficar jogando confete uns nos outros.

O primeiro-ministro Davidson continua, em ritmo glacial. Aponta para os papéis à sua frente, que também estão em todas as outras mesas.

— Todos devem ter uma cópia da pauta, como concordamos nos comunicados prévios.

Quase faço cara de tédio. Quem poderia esquecer dos *comunicados prévios*, um vai e volta praticamente inútil entre os membros da aliança, a respeito de ninharias? Houve discussões sobre tudo, desde a duração até a disposição dos assentos. De fato, o único ponto em que todos concordaram foi a necessidade de sintetizar os avanços ocorridos em cada delegação. E mesmo com isso a Guarda Escarlate não se mostrou muito animada. Eles escondem o jogo demais para o meu gosto. Embora não possa culpá-los. Sei o que é a traição de prateados. Mas a falta de transparência deles só deixa tudo ainda mais complicado.

— A delegação da Guarda Escarlate gostaria de começar? — Davidson sugere, estendendo a mão para a mesa deles. Seus lábios se curvam num sorriso inescrutável. — O que podem dizer sobre seu progresso no leste?

Farley se inclina para a frente, o rosto tenso. Está incomodada também.

— Houve avanços — ela diz, falando pela Guarda. Os outros generais apenas olham, satisfeitos.

O restante de nós fica na expectativa de uma explicação, mas Farley volta a se recostar na cadeira, com a boca bem fechada. Ao lado dela, Mare morde o lábio, lutando para não rir.

Meus dentes rangem. *Farley...*

Davidson apenas pisca, inabalado.

— Poderia dizer mais, general?

Ela não deixa passar um segundo.

— Não em um fórum aberto.

— Isto aqui não é um fórum aberto — minha avó diz, apoiando as mãos na mesa. Ela se levanta um pouco, pronta para lutar. Só para garantir, agarro a lateral de seu vestido de seda por baixo da mesa. Ela é uma senhora de idade, mas vou puxá-la se precisar. Do meu outro lado, Julian fica tenso e assume uma postura rija.

Minha avó continua, com voz ponderada:

— Como podemos ter a esperança de conquistar qualquer coisa se vocês se recusam a dar uma informação que seja? Nossas delegações foram escolhidas a dedo, cada um de nós é dedicado a esta aliança e às nossas nações.

Do outro lado da biblioteca, a Guarda Escarlate permanece irredutível. A general Cisne e os outros não tremem sob o olhar de uma ex-rainha e oblívia poderosa. Farley consegue responder sem falar. Seus olhos se voltam só por um instante para os outros nobres prateados da nossa mesa. Eles ficam duros como pedra, aceitando de bom grado o desafio. Eu me pergunto se só devo me preocupar com minha avó. Apartar uma briga entre Diana Farley e um nobre prateado não está no topo da minha lista para hoje.

A mensagem de Farley é clara como um diamante. Ela desconfia dos prateados da nossa delegação, dos nobres que a teriam executado meses antes se tivessem a chance. Alguns parecem ainda querer fazê-lo, de tão afiados que são seus olhares.

Para minha surpresa, Ada faz o primeiro movimento. Ela puxa uma única folha da pilha de papéis e a percorre do começo ao fim com os olhos.

— Um relatório de avanços da Guarda Escarlate não é necessário. Temos mais informações do que precisamos para prosseguir.

Na outra mesa, o queixo de Mare cai.

— Ada...?

Ada simplesmente continua falando, suas palavras como uma rajada de metralhadora.

— Com base nas flutuações de navegação e nas movimentações não programadas de tropas em Lakeland, podemos dizer que vocês têm combatido ao longo da fronteira com o rio Ohius. Se tomarmos como indícios os padrões recentes de comércio entre os contrabandistas, vocês têm se valido deles para transportar recursos e pessoal para dentro e fora de Sanctum. Há um tráfego intenso de membros da Guarda, muito acima do habitual em outras cidades. Se compara apenas aos padrões que observei na base de Piedmont, que vocês tinham tomado. Creio que a Guarda tomou essa cidade de Lakeland há aproximadamente três semanas e que a está usando como base de operações na região sudeste do país, o que facilita a colaboração com os balseiros nas Terras Disputadas. Isso sem falar das notícias que chegam da Cidadela dos Rios.

O silêncio que se segue é ensurdecedor. Ada simplesmente vira a página, o movimento do papel suave como o bater de asas de um pássaro.

— Essa fortaleza de Lakeland se situa na confluência do Ohius com o Grande Rio, e tem fácil acesso ao Tanasian, em Piedmont. É uma instalação militar muito importante, que serve tanto a Marinha como o Exército de Lakeland. Ou pelo menos era importante, até vocês a ocuparem... dois dias atrás, talvez? Foi o que concluí do fluxo repentino de soldados de Lakeland rio acima, bem como do fim da comunicação entre a Cidadela e o resto de Lakeland.

O calor que emana de mim agora nasce do orgulho, não da raiva.

Eu seria capaz de dar um abraço em Ada. De verdade. Claro que tudo estava nos relatórios, nas informações compartilhadas por Montfort, nos relatos dos nossos próprios agentes na região e mesmo nas reles notícias dos cidadãos que vivem na fronteira. Mas apenas Ada seria capaz de ligar os pontos com tamanha profundidade e perfeição. Ela é brilhante. Se eu ainda acreditasse na monarquia, Ada daria uma rainha temível.

E, embora não estejamos na corte, me esforço para julgar o clima na biblioteca como julgaria o da sala do trono. Os generais da Guarda permanecem calados, mas seus assistentes trocam olhares preocupados e até cochichos. Eu me forço a olhar para Mare, para a máscara que ela sustenta tão bem. Seu rosto não se mexe, mas ela lança um olhar de esguelha para Farley. Claramente não faz ideia se o que Ada disse é verdade. Acho que não passou muito tempo debruçada sobre relatórios enquanto esteve longe. *Típico*. Quase rio sozinho.

A jovem general é muito mais fácil de decifrar. Farley estreita os olhos e sua testa se franze, em sua costumeira expressão de irritação. Ada evita com maestria o olhar severo, mas suas bochechas coram bastante. Custou-lhe muito dizer aquilo. Provavelmente tem a sensação de que cometeu uma pequena traição.

— Não a ocupamos — Farley diz friamente. — Nós a destruímos.

Outra fortaleza prateada ardendo me vem à mente. As chamas são minhas, consumindo tudo e deixando para trás apenas cinzas. Retribuo o olhar de Farley. Sei como é destruir uma cidade pedaço por pedaço.

— Como em Corvium — suspiro.

— Uma fortaleza a menos para defendermos e para eles tentarem reconquistar. — As palavras saem como facas em todas as direções. — E menos um monumento prateado à morte de vermelhos.

Farley sempre foi o cão de briga da Guarda Escarlate, e desempenha bem o papel hoje. Os vermelhos da minha delegação olham para ela orgulhosos. Os nobres prateados deixariam o recinto em protesto se pudessem.

— Me permita lembrar que há prateados na delegação de Montfort. — De novo, minha avó morde a isca de Farley, ansiosa por um bate-boca. Ela estende a mão enrugada para a mesa do primeiro-ministro e para os dois irmãos de cabelo de aço sentados atrás.

Evangeline e Ptolemus estão com a mesma aparência do dia da abdicação, com o nervosismo escondido pelo distanciamento frio. Ambos vestem trajes verdes com faixas metálicas — a de Evangeline é de ferro, e a do irmão é de cromo.

Na frente deles, o representante Radis se ajeita no assento a fim de desviar a atenção de todos dos líderes da Casa Samos. Ele batuca os longos dedos na mesa. Um dos cantos da boca se contrai num sorriso ferino que mostra a ponta dos dentes.

— E nós provamos nossa lealdade à República, Anabel — ele diz em voz baixa. Esse homem também já foi da realeza, anos atrás. Jogou fora sua coroa como tantos outros aqui. — Vocês ainda estão no processo de fazer o mesmo.

Sob a mesa, cerro o punho e cravo as unhas na palma da mão. Já aguentei demais essa mesura toda vinda dos quatro cantos da sala. Não passa de desperdício de tempo e energia.

— Me perdoem — começo de repente, meio levantado do assento. O mínimo que posso fazer é interromper Radis e minha avó antes que comecem a debater as minúcias do sacrifício dos prateados. — Sei que vou sair da pauta, mas temos apenas esta semana, e acho que precisamos focar no assunto mais urgente.

Radis volta seu sorriso de desdém para mim. Não é nada comparado ao que estou acostumado.

— E qual seria, soldado Calore?

Se a ideia era me machucar com o título, Radis fracassou. *É melhor do que "majestade".*

Endireito o corpo diante do olhar dele, ficando de pé por completo. Sou mais útil no campo de batalha ou na arena de treinamento, mas estou acostumado a falar para um salão lotado.

— Montfort tem boas defesas; a Guarda Escarlate tem mobilidade e preparo militar. Na atual conjuntura, os Estados de Norta são o elo mais fraco da aliança. A ferida exposta. Estamos tentando nos construir o mais rápido possível, mas mesmo na melhor das circunstâncias vai levar anos. Vocês sabem disso — digo, apontando delicadamente para a delegação montforteana. — Já passaram pela mesma situação, e se saíram bem.

O primeiro-ministro concorda.

— Sempre dá para melhorar, mas sim, fizemos o possível para construir a República.

Davidson é um homem razoável e amigo de Julian. Se existe alguém capaz de entender nosso sofrimento, é ele.

— Estamos tentando fazer tudo isso com um machado pendendo sob nossas cabeças — disparo. Mesmo aqui, nesta biblioteca austera, sinto a ameaça de outra guerra se aproximando. Bufa no meu pescoço como um fantasma. — Lakeland está se reagrupando. As rainhas ninfoides voltarão e, quando o fizerem, vão encontrar um país quase incapaz de alimentar a si mesmo, muito menos lutar durante o inverno.

Sem olhar, Davidson repassa a papelada e puxa uma página que não consigo ler dessa distância. Não parece surpreso.

— Você tem alguma sugestão?

*Até demais.* A lista gira na minha cabeça, rápida como uma metralhadora.

— Precisamos estabilizar a economia o quanto antes, o Tesouro...

Radis cruza os braços:

— Tesouro de quem? Do seu irmão?

Faço o possível para moderar minha reação e manter o rosto impassível e vazio. Por dentro, meu coração ainda sangra por meu irmão perdido. Do outro lado da biblioteca, Mare se ajeita na cadeira, com o olhar distante.

— Do meu país — respondo em tom pétreo. Não sei em que corte Radis foi criado, mas ela não era tão apegada à etiqueta quanto a minha. — Qualquer coisa que ainda esteja nos cofres de Archeon pertence ao nosso povo agora.

Na mesa da Guarda Escarlate, o general Batedor solta uma risada cruel. Seu rosto cheio fica vermelho pelo esforço.

— Então, vocês estão distribuindo tudo igualitariamente entre os vermelhos? Que lindo.

Meu queixo fica tenso.

— Estamos usando para reconstruir...

— Cidades *prateadas* — Batedor murmura para si no meio da minha fala.

— ... a nação, para aumentar os salários, para melhorar as condições dos soldados vermelhos, melhorar as cidades de técnicos, manter a colheita...

Com as duas mãos enlaçadas diante do rosto e um sorriso tenso, a general Cisne me lança um olhar.

— Então parece que estão se saindo muito bem.

Preciso usar toda a minha força para não rir na cara dela.

— Vamos instituir um controle em todos os estados, para evitar cobranças abusivas no preço da comida e de outros recursos...

Conheço a voz seguinte até a medula. É um trovão em plena luz do dia.

— Controle sobre os vermelhos, que agora detêm o que produzem. Fazendeiros, operários.

Mare cruza os braços com força, até com dor, num esforço para se blindar dos olhares inquisidores da biblioteca. Ela não gosta de coisas assim. Nunca gostou. Apesar de ser boa nisso, de nunca recuar. Retribuo seu olhar do outro lado da biblioteca. Parecemos estar ao mesmo tempo a um cânion e a um centímetro de distância. Longe demais e perto demais.

Não tenho resposta rápida para ela. As palavras morrem na minha garganta.

Um dos prateados à minha esquerda fala no meu lugar. Welle, ex-governador, tem uma voz de mel, doce e pegajosa demais.

— As ferramentas que eles usam não são deles, srta. Barrow — diz com uma arrogância que merecia um soco.

Mare não hesita.

— Pois os donos estão mais do que convidados a usá-las. — O prateado costumava comandar o vilarejo onde Mare morava, e toda terra que ela via. — O que mais? — Mare acrescenta, os olhos saltando para me desafiar de novo.

A sensação é quase a mesma dos treinamentos com ela. Preciso admitir que me empolga.

— A riqueza das famílias prateadas nobres...

— Deveria ser usada para igualar as oportunidades — Mare dispara de novo, mas eu nem me importo. Aguentaria tudo só para falar com ela. Sinto uma onda de calor quando me dou conta de que é nossa primeira conversa em meses. Mesmo que eu mal consiga falar. — Esse dinheiro foi ganho à custa de gerações de trabalhadores vermelhos. Dezenas de gerações.

*Você não está errada*, quero dizer. *Mas o que pede não pode ser feito.*

Ainda em seu assento, Julian põe a mão no meu braço, para que me sente.

— Temos que aplacar os nobres prateados — ele diz. Mare e a Guarda Escarlate voltam sua agressividade para ele, cada um como uma brasa acesa. — Precisamos que fiquem do nosso lado. Com uma tentativa de tomar seus bens agora, receio que perderíamos nosso chão e os Estados de Norta morreriam antes mesmo de nascer.

Farley gira o punho como se afastasse um inseto impertinente.

— Só porque um punhado de nobres prateados perderiam suas joias? Por favor.

— Fazemos fronteira com Piedmont e Lakeland, general — respondo, fazendo o máximo para não soar arrogante.

— Estão cercados por inimigos prateados, que coisa mais estranha — Farley rebate.

Suspiro, exasperado.

— Não consigo controlar a geografia do *mundo*, Farley — respondo, então ouço o chiado baixo de sussurros impressionados.

Meu tio aperta mais meu braço.

— Passar para o lado dos príncipes do sul ou da rainha de Lakeland ainda é uma opção para muitas famílias nobres — Julian diz, com um tom de desculpas na voz. — Algumas delas fizeram isso na guerra, outras jamais voltaram, e outras ainda estão à espera de um motivo para fazer de novo. E não podemos dar esse motivo.

— Vai haver um reajuste nos impostos — acrescento rapidamente. — Já concordamos. Os nobres pagarão o que é justo.

A resposta de Farley é ácida:

— Acho que o justo para eles é *tudo*.

De novo, gostaria de poder concordar. Gostaria que aquilo que os vermelhos merecem de nós estivesse dentro das possibilidades.

Para minha surpresa, Radis vem em minha defesa.

— A delegação de Norta não está errada — ele diz enquanto ajeita a já impecável gola do traje verde e branco. Se Davidson é todo silêncio indecifrável, Radis gosta dos holofotes. Ambos são artistas, ilusionistas, com o intuito de conquistar corações e votos. Nenhum rei jamais precisou ser tão hábil e carismático com tantas pessoas. — É preciso tolerar certas coisas. Fizemos o mesmo aqui, muitos anos atrás.

— Um sacrifício pequeno por tanto — Davidson concorda, quebrando o silêncio afinal. Ele se vira para ficar de frente para a Guarda Escarlate, tendo a bondade de explicar: — Quando a República Livre de Montfort foi formada, todos os prateados que juraram lealdade ao novo governo foram perdoados por seus crimes contra a população vermelha e sanguenova. Os que não juraram foram exilados e tiveram os bens confiscados. Eu sugeriria o mesmo, só que os Estados de Norta estão à beira de mais uma guerra e precisam de todos os soldados disponíveis. Tanto para proteger seu país nascente como para garantir que a Guarda Escarlate não derrame o próprio sangue sem necessidade.

A Guarda Escarlate não gosta nada de ouvir isso. Tanto os generais como os outros militares reagem como se Davidson tivesse lhes pedido para tomar veneno. Eu já esperava. Embora seja apenas a primeira de muitas reuniões, a semana inteira já parece um fracasso.

*Ponha isso na lista, Calore.*

— Se nos ajudarem a ficar de pé, se nos derem o espaço de que precisamos... — digo, quase suplicando às outras delegações. Entendo por que não querem mover um dedo, mas eles *precisam* enxergar. *É assim que vencemos, é a única forma de vencer.* — Vai ser melhor para todos a longo prazo.

Os lábios de Mare se contorcem numa careta. Seu olhar corta feito uma bela lâmina, e a sensação é de que somos as únicas pessoas na biblioteca.

— A ideia de que os fins justificam os meios já foi usada para defender muitas, muitas atrocidades, Cal.

*Cal.* Ela passou tanto tempo se negando a me chamar assim; ainda me arrepio ao ouvir. Embora não concordemos, embora mais uma vez pareçamos estar em cantos opostos da terra, quero tanto estender a mão para tocá-la que meus joelhos quase se dobram. Os pelos do meu braço ficam de pé, como se reagissem à corrente elétrica.

— Você tem minha palavra de que não vai ser o caso — digo desajeitado, com a sensação de que minha língua é maior do que a boca.

Algo amolece em seu olhar, ou talvez seja apenas um truque da estranha luz das montanhas. Ainda é cedo, e as janelas brilham douradas. Mare fica linda nesse cenário.

Evangeline faz questão de ser barulhenta ao levantar, arrastando a cadeira no chão e batendo os anéis uns nos outros. Quase vira os olhos de tédio. Então diz devagar:

— *Eu* tenho alguns avanços para informar.

# CINCO

*Mare*

※

— Soldado Samos?

Um dos muitos assistentes de Davidson se vira na cadeira e estica o pescoço para olhar para Evangeline.

*Soldado.*

O título fica estranho em Cal, que só vi ser chamado de príncipe e rei, mas em *Evangeline* parece contra a natureza. É impossível imaginá-la subordinada a alguém, quanto mais agindo como soldado. Imagino o que o pobre capitão montforteano tem que aguentar quando lhe dá ordens. Ou se ela se dá ao trabalho de chegar pontualmente aonde quer que seja. Se eu não estivesse sentada à frente da minha delegação, não pensaria duas vezes em conferir o dossiê para descobrir quem é. Nele há uma lista dos delegados, com fotos e descrições breves de cada um dos presentes. Sinto pena de quem tem de lidar com ela.

Evangeline tem o ar de realeza de sempre, com ou sem coroa. Até faz uma pausa longa o bastante para assegurar a atenção exclusiva de todos. Ela joga a única trança por cima do ombro, e seu cabelo prateado brilha à luz das janelas da biblioteca.

Depois de um instante, começa a falar com as mãos unidas na frente do corpo.

— Minha correspondência com a princesa Iris de Lakeland foi das mais informativas — diz, com um sorriso despontando nos lábios enquanto o ambiente explode em caos. Ela deixa tudo recair sobre si, aproveitando cada segundo.

A Guarda Escarlate se agita ao meu redor, sem se dar ao trabalho de disfarçar os sussurros. Capto apenas trechos, a maioria envolvendo a palavra *traição*.

Farley se inclina para mim, a voz áspera, os movimentos bruscos.

— Você sabia... — começa, mas é interrompida pelo meu olhar furioso.

— Como eu ia saber? — rosno em resposta. — Não somos do tipo que troca cartinhas.

Não tenho a menor ideia de onde Evangeline quer chegar, ou o que pretende se comunicando com Iris. Quero pensar o melhor dela — que o fez pela causa —, mas minha intuição me diz para me preparar para o pior.

À sua mesa, a delegação de Cal está tão confusa quanto nós, com as cabeças baixas enquanto sussurros voam. Julian e Cal viram um para o outro. Os lábios do meu antigo mentor se mexem furiosamente, dizendo algo que só Cal consegue escutar. Ada se volta para eles e acrescenta suas próprias suposições às de Julian. Eles ouvem atentamente, de olhos acesos. Anabel se levanta de um salto de novo. Aparentemente, a perda da coroa a transformou num coelho.

— Evangeline, o que isso significa? — dispara, quase dando bronca. — Primeiro-ministro?

Davidson não reage, estoico como sempre. Sou obrigada a supor que já sabia: nada acontece na República sem que saiba. Evangeline é esperta o bastante para não arriscar seu lugar aqui, ou a segurança das pessoas que ama.

A delegação de Montfort é a que reage mais forte, sussurrando como o restante de nós. Um assistente cochicha com Ptolemus, que o dispensa com um gesto.

O medo toma conta de mim. Cerro os dentes.

Evangeline levanta o queixo, aguentando os burburinhos de especulação com facilidade.

— Estamos trocando cartas há algumas semanas. Iris tem reagido muito bem.

*Argh, ela está adorando isso.*

— A quê? — solto.

Evangeline sorri para mim com uma sobrancelha prateada arqueada.

— Você mais do que ninguém deveria saber como dou conselhos maravilhosos — ela diz, fingindo timidez, antes de nos dar as costas. Sinto a vontade familiar de cuspir nela. Esquecendo tudo, lanço um olhar para Cal, apenas para descobrir que ele já estava me olhando. Apesar da nossa troca de farpas instantes atrás, compartilhamos um suspiro de frustração.

— Falei com ela de princesa para princesa — Evangeline diz à biblioteca. — Vi meu reino se levantar e cair, nascer da guerra e terminar nela. Meu pai se recusou a adaptar nosso país, e jamais passaria pelos tormentos que o soldado Calore enfrenta no seu antigo reino.

— Um reino que ele perdeu antes mesmo de concordar com nossos termos. — Farley só falta rugir.

Em seu assento, Cal cerra o maxilar e fixa os olhos na papelada à sua frente.

Ponho a mão no pulso dela por baixo da mesa.

— Calma — murmuro baixinho. Cal já tem carga demais nas costas. Não adianta bater nele ainda mais.

Mas Evangeline concorda com Farley e estende a mão.

— Exatamente. Ele tampouco foi capaz de se adaptar, e perdeu a coroa por isso. Eu disse a Iris que ela pode evitar o mesmo destino.

A general Cisne, fria como sempre, inspeciona a antiga princesa com olhos semicerrados.

— Você não tem o direito nem o poder de prometer nada. Primeiro-ministro, controle sua gente.

Fico na expectativa de que Evangeline ataque a general pelas palavras tão afiadas. Para minha surpresa, ela dá de ombros. As montanhas lhe fizeram bem.

— Não fiz nada disso.

— Você disse a ela para ser mais flexível — Cal arrisca.

O sorriso afiado dela assume um ar frio e amargo.

— Sim, eu disse.

Meus pensamentos vêm mais rápido do que consigo expressar. Tento juntar as peças do plano de Evangeline.

— Torne os vermelhos iguais aos prateados, todos súditos da coroa de Lakeland — balbucio, enxergando a lógica assim como o perigo... e a derrota.

— Com um pouco de representação no governo para garantir — ela diz, acenando para mim com a cabeça. — Não posso falar pela mãe, mas Iris parece receptiva. Viu o que está acontecendo nos Estados de Norta. Se Lakeland tem que mudar, ela prefere uma mudança gradual a um salto.

Cal balança a cabeça, seu cenho moreno profundamente franzido.

— Por que ela pensaria nisso? Lakeland é forte, bem mais que Norta.

— É, mas não são mais fortes do que *esta* aliança, ou pelo menos sabem que a briga vai ser dura. — Evangeline corre os olhos pela biblioteca, como que se maravilhando com nossos números. Com nossa força e nosso poder. — Eles com certeza não são mais fortes que os vermelhos de Lakeland, milhões deles. Se o pavio acender de verdade, também vão perder o país. — Os olhos dela pousam na Guarda Escarlate. Os generais retribuem o olhar, e tento imaginar o que Evangeline vê. Terroristas para uns, libertadores para outros. Rebeldes e revolucionários com chances reais de vitória. Gente desesperada disposta a fazer tudo pela causa. — É um risco continuar a lutar, um risco verdadeiro. Iris é esperta o suficiente para enxergar isso.

— Ou ela está apenas tentando enganar você — Farley diz, dessa vez mantendo o controle, com a voz ponderada e estável. Debaixo da mesa, contorce os dedos. — Nos acalmando com uma falsa sensação de segurança antes de outro ataque. Nossos soldados têm lutado com unhas e dentes nas margens dos rios e no norte. Se a princesa deles hesita, o resto não demonstra.

— Não espero que você confie em prateados, general — Evangeline diz devagar, pela primeira vez sem a agressividade de sempre. — Imagino que nunca vai confiar. Mas pode ao menos confiar na nossa capacidade de sobrevivência. É algo que a maioria de nós faz muito bem.

E assim, desse jeito simples, a agressividade retorna, quer ela perceba, quer não. Sinto o golpe profundamente, como se as presas de um animal tivessem se fechado na minha garganta. *A maioria de nós.* Muitos prateados morreram desde o começo de tudo isso. O pai dela, o pai de Cal — e Maven.

Um olhar para Cal me diz que não estou só.

Ele está tentando esquecer, como eu.

E fracassando, como eu.

*Foi por isso que não disse nada?*

Sou muitas coisas, muitas pessoas. Também sou a assassina de Maven Calore. É isso que vem à tona quando ele me olha? Será que vê o irmão morrendo de olhos abertos? Será que me vê com as mãos cobertas de sangue prateado?

Só tem uma maneira de descobrir.

Por mais que me assuste, por mais dor que cause, preciso conversar com ele. E logo.

★

Graças à rapidez com que Cal nos desviou da programação, as delegações abandonam completamente a pauta e passam as duas horas seguintes num vaivém de discussões sobre cada assunto que aparece. Eu devia ter imaginado que ele ia querer partir logo para o que interessa, inflamando todo mundo no processo. Passamos de assunto em assunto, e cada um se dividindo em outros. *Para alimentar os militares de Norta, vamos racionar a comida de quem? Como os fazendeiros vão receber? O que podemos vender através dos balseiros? E comprar? Por que as taxas de transporte são tão caras?* A maioria das pessoas que conheço aqui são apenas guerreiros, com pouco talento para economia e logística. Julian e Ada são os que mais falam pelos Estados de Norta, enquanto Davidson, Radis e alguns ministros do governo representam Montfort. O general Batedor, que coordena os assobiadores para a Guarda, tem coisas até demais a dizer sobre as rotas de navegação e as antigas trilhas de contrabando ainda em uso. Farley fica o tempo todo curvada numa posição desconfortável, talvez para não cair no sono. Solta uma interjeição quando pode, assim como Anabel. A antiga rainha parece fazer o máximo para aplacar os prateados de Norta. No mínimo, parecem sobressaltados, capazes de abandonar o recinto e a aliança no primeiro sinal de instabilidade. Permaneço em silêncio quase o tempo todo. Minha especialidade está longe de ser essa.

O relógio soa, sinalizando que já se passaram duas horas, e eu solto um suspiro longo. Este foi apenas o *panorama*. Era para ser a parte fácil. Mal posso imaginar no que vão se transformar as reuniões menores e mais específicas.

Todos os outros parecem espelhar minha exaustão, ansiosos para sair da biblioteca e passar para o resto da programação. Mal tenho energia para pensar na reunião sobre comércio de que preciso participar depois, em que demonstrarei não ter serventia nenhuma no tema. Cadeiras são arrastadas por toda parte, e as delegações se misturam. Os prateados de Norta logo se fecham, atrás de consolo e segurança. Alguns se aproximam de outros grupos para falar algo. Julian chega a Davidson depois de um longo esforço, e os dois trocam um aperto de mão demorado. Não consigo imaginar alguém querendo conversar depois de tudo isso, mas os dois o fazem sem hesitar.

Cal permanece sentado o tempo todo, organizando em silêncio suas folhas numa pilha perfeita. Anabel fica em cima dele, como babá e escudo. Ela põe a mão no ombro do neto e cochicha algo para convencê-lo a levantar.

Eu permaneço no meu assento, incapaz de me mexer. Enraizada no lugar apesar do turbilhão de pessoas ao meu redor. Ele não olha para mim. Não dá um passo sequer na minha direção. Mas vira o corpo de lado, ficando de peito aberto para mim por um longo segundo. Até que dá as costas e deixa a avó acompanhá-lo para fora da biblioteca, sendo logo seguido pelo resto da delegação.

É impossível, mas acho que ele está mais bonito do que me lembro.

Farley passa num borrão de cabelo loiro e uniforme vermelho para agarrar Ada pelo cotovelo antes que saia. A sanguenova abre um sorriso frágil até a general puxá-la num abraço carinhoso. As duas trocam um olhar de familiaridade, algo que todos ganhamos naquelas semanas no Furo. Ada agora trabalha diretamente para os Estados de Norta, mas isso não importa.

Ainda assim, não consigo me mexer. É melhor observar. Mais fácil, até. Meu cérebro talvez esteja sobrecarregado depois de duas longas horas de discussões não tão educadas.

E eu só conheço um jeito de clarear as ideias.

*Na verdade, dois*, uma voz sussurra, *mas parece que ele está ocupado.*

Pulo da cadeira antes que essa voz me traia e me faça vasculhar os corredores à procura de um certo rei caído.

Tyton ainda não saiu da biblioteca, e olha para o teto enquanto alguns soldados da Guarda Escarlate conversam com ele. Consigo chamar sua atenção quando passo, apontando para a porta. Felizmente, ele capta o que quero dizer e se desembaraça educadamente dos rebeldes.

— Obrigado — diz baixo ao chegar ao meu lado.

Fazemos o máximo para navegar pelo mar de delegados. Tomo o cuidado de manter a cabeça baixa.

— Acha que consegue ir para a área de treinamento com Ella e Rafe? — pergunto. Decido rapidamente que a reunião sobre comércio pode sobreviver sem mim.

Ele abre um sorriso.

— Não podemos treinar lá, Barrow.

Retribuo o sorriso, lembrando das semanas na base de Piedmont. Eletricons precisam de muito mais espaço para treinar, já que podemos causar destruição demais com o nosso poder. Lá, usávamos um lugar chamado Colina da Tempestade, longe das arenas, com espaço aberto suficiente para até Ella forçar a mão. Fico imaginando ao que teremos de recorrer aqui.

Há alguma comoção no corredor, onde mais delegados param para conversar ou cochichar. Eles fazem promessas, propõem acordos. É política demais para mim. O espaço estreito dificulta ainda mais minha passagem, e fico com vontade de soltar umas faíscas, mesmo que poucas, para avançar mais rápido.

— Com licença — resmungo seca enquanto tento abrir caminho dando cotoveladas em uma representante lerda e magrela de Montfort. Ela nem me nota, absorvida na conversa com um delegado vermelho de Norta.

Tyton põe a mão nas minhas costas para me conduzir, e provavelmente para evitar que eu dê um choque em alguém. O gesto me acalma, a eletricidade dele roça de leve na minha.

Relaxo um pouco, mas só até um muro de calor me atingir. Meu corpo sabe o que significa, mesmo que a cabeça não.

Quase bato com tudo em seu ombro; minha testa fica a centímetros dele.

— Desculpa... — começo, a boca mais rápida que o cérebro.

Ele se vira, o rosto sem expressão, me olhando daquela altura que me é tão familiar. Tudo nele é familiar e convidativo. O calor, o cheiro, a sombra da barba no queixo e nas bochechas, o bronze reluzente dos olhos. Cada pedaço dele ameaça me puxar para perto. Resisto, fazendo o máximo para ignorar o quanto me afeta. Endireito os ombros, firmo o queixo e inclino a cabeça da maneira mais educada possível. A combinação deve ter ficado assustadora, porque ele recua, e o começo de sorriso morre em seus lábios.

— É bom ver você, Cal — digo, com a cortesia dos nobres que ele conhece. Ele parece achar graça.

Cal quase se curva, mas muda de ideia.

— Digo o mesmo, Mare. Olá, Tyton — ele acrescenta ao passar o braço por trás de mim para dar a mão ao meu companheiro. — Sem Kilorn hoje?

Aqui está longe de ser o lugar ideal para uma conversa, quanto mais uma importante. Cerro os dentes. Metade de mim quer sair correndo enquanto a outra quer se prender a ele sem a menor intenção de largar.

— Está preparando a reunião sobre os refugiados, já que é assistente de Radis — respondo, ansiosa por um assunto fácil. Qualquer coisa que nos distraia do elefante enorme no corredor estreito.

Cal levanta a sobrancelha, um pouco surpreso. Como nós todos, Kilorn mudou.

— Suponho que vou vê-lo na minha próxima reunião, então.

Só consigo concordar com a cabeça e engolir em seco, apesar do nó na garganta.

— Que bom.

— Que bom — Cal repete, quase rápido demais. Seus olhos não desgrudam do meu rosto.

— Vejo você... por aí?

— É, estou por aí.

*Como é possível alguém soar tão idiota em tão poucas palavras?*

Incapaz de ficar mais um segundo ali, aceno com a cabeça pela última vez e aproveito a chance para avançar pelo corredor lotado, deixando Cal para trás. Ele não reclama nem tenta me seguir. Tyton diz algo para ele, provavelmente em uma despedida decente, mas não paro de andar. Ele me alcança.

Escapo para um corredor mais largo, com menos gente e mais espaço para respirar. Tyton se aproxima com um ar de quem está prestes a rir, as mãos enfiadas no bolso:

— Vocês dois precisam de ajuda para falar ou coisa assim? — cochicha quando chega ao meu lado.

Respondo na hora, fulminante:

— Como se você pudesse ensinar alguém.

Ele apenas me olha, em silêncio, com uma mecha de cabelo branco sobre os olhos.

— Entendi o recado.

Parece que Tyton não foi o único a me seguir. O barulho dos saltos metálicos de um par de botas batendo contra o chão a cada passo me faz virar para trás.

— Em que posso ajudar, Evangeline? — rosno.

Ela não diminui as passadas, avançando com sua graciosidade letal e sua indiferença preguiçosa. Montfort conferiu um brilho frio à sua pele e uma luz nova e maliciosa a seus olhos. Não gosto nem um pouco disso.

— Ah, querida — ela ronrona. — Estou longe de precisar de alguma coisa sua. Mas concordo com ele: você precisa de ajuda com Cal. Como sabe, fico feliz em ser útil.

Não seria a primeira vez. Meu coração fica apertado ao lembrar de Ocean Hill e suas passagens secretas. As escolhas que Cal e eu não pudemos fazer lá — e a escolha que fizemos mais tarde, depois de Archeon. A escolha que ainda estou tentando compreender.

Evangeline apenas me observa, esperando.

— Não estou aqui para divertir você — resmungo, dando-lhe as costas. Ela pode encontrar outras maneiras de passar o tempo.

Evangeline não se abala nem um pouco, nem mesmo quando Tyton a fulmina com um olhar que faria a maioria das pessoas sair correndo.

— E eu não estou aqui para perturbar você — ela diz. — Não muito.

Continuo a caminhar, e os dois acompanham meus passos.

— Mas essa não é sua função principal?

— Caso não tenha notado, precisei arranjar uma profissão — Evangeline responde com uma careta enquanto aponta para o próprio uniforme sem graça. Bom, sem graça *para ela*. De perto, consigo ver que incluiu detalhes em metal por todo o tecido verde, deixando as costuras mais afiadas. Fez o mesmo no cabelo, colocando pedacinhos de metal em meio à trança, como se fossem estilhaços. — Depois de abdicar e me tornar cidadã daqui, me alistei no Exército. Fui designada à segurança, sobretudo da residência do primeiro-ministro.

Imaginar Evangeline Samos de pé na frente de uma porta ou atrás de dignitários vermelhos é especialmente prazeroso. Um sorriso de maldade se desenha no meu rosto.

— Quer que eu sinta pena de você?

— Quero que sinta pena de *você*, Barrow. Sou a sua guarda-costas.

Quase engasgo. Ao meu lado, Tyton pigarreia.

— Como é? — gaguejo.

Ela joga a trança por cima do ombro e gesticula para que continuemos andando.

— Sou tão boa em salvar sua vida que achei melhor ser paga para isso.

Três horas depois, o sol começa a descer cedo por trás das montanhas, logo se esvanecendo a oeste. Sinto arrepios com o suor frio na pele enquanto passo a toalha no corpo e caminho de volta para o palácio do primeiro-ministro. Evangeline lança um olhar irritado por cima do ombro, querendo que eu me apresse. Ela a princípio nem ligou para a sessão de treino entre eletricons, porque sabe como enfrentar um de nós, mas ver o poder combinado de quatro talvez tenha sido um choque. Rafe e Tyton conversam enquanto me seguem a um ritmo mais lento. As vozes deles ecoam pela encosta, longe da arena dos eletricons montanha acima. Ella fica perto de mim, com a toalha no ombro e um sorriso nos lábios. No céu, uma tempestade elétrica gira e se agita, mais fraca a cada segundo. Logo será apenas um suspiro, uma sombra contra o céu rosa-claro.

— Quando você se muda daqui? — Ella pergunta, o cabelo azul vibrando contra a luz do sol. Ela o tingiu recentemente. Não posso dizer o mesmo. As pontas roxas do meu cabelo estão opacas, com fios cinza aparecendo.

— Depois da festa de gala — respondo, com um entusiasmo verdadeiro na voz. — Vai ser bom finalmente termos um espaço só nosso.

Depois de quase um ano de alojamentos e cômodos emprestados, sei que minha família está ansiosa para voltar a ter um lar.

Ella sorri docemente.

— Vai viver perto do lago ou na encosta?

Enrolo os cabelos no dedo, desfrutando da dorzinha que vem depois de um bom treinamento. Músculos doloridos, sangue cantando.

— Na encosta. A casa que nos ofereceram no lago era linda, mas gosto de ficar no alto.

*Onde consigo enxergar, onde ninguém consegue chegar sem que eu perceba.* Ela faz que sim, pensativa.

— E como sua família está se adaptando?

— Melhor do que o esperado. Eles gostam daqui. E qual é a alternativa? — *Palafitas?* Quase rio. Nada faria minha família voltar para aquela lixeira. A não ser o retorno de Shade. A ideia esquisita me deixa séria, e todo o prazer do treino se desfaz.

Ella percebe minha mudança repentina de humor. Sua empolgação vai embora junto com a minha felicidade, e nós duas caímos num silêncio agradável.

Apesar da ameaça das lembranças sempre querendo ressurgir, gosto de estar aqui. Com minha família, com sanguenovos como eu. Com pessoas que acreditam que este mundo pode mudar, porque já conseguiram isso. O futuro parece menos assustador assim.

Nos portões de trás do palácio, nos separamos. Rafe acena primeiro, a pele morena assumindo um tom dourado no sol.

— Mesmo horário amanhã?

— Se nossa agenda permitir — Tyton murmura.

Ella dá uma cotovelada nas costelas dele para tentar arrancar um sorriso.

— Claro, Ty, como pudemos esquecer? Você e suas reuniões importantes na semana inteira, sussurrando e negociando...

— Tomando vinho e jantando! — Rafe acrescenta, mandando um beijo para Tyton. Seu cabelo verde também foi tingindo recentemente. — Até amanhã, amores!

— Até! — respondo enquanto os observo se afastar. Juro que vou arranjar um tempo amanhã. Se não, acho que não vou manter minha sanidade mental.

Evangeline bate o pé no chão com força, impaciente como sempre. Confere as unhas, uma vez ao menos sem as garras de metal.

— Vermelhos são tão sentimentais.

— Você devia experimentar — digo, com cara de tédio, antes de passar por ela e seguir pelo gramado ainda verdejante. Carmadon não descuidou de nenhum milímetro da residência oficial do marido. Os guardas nos saúdam com a cabeça pelo caminho, todos incríveis em seus casacos verde-escuros e botas lustradas. Evangeline até cumprimenta alguns, tanto vermelhos como prateados. Pergunto-me se ela está começando a fazer amigos em seu novo lar. Se é capaz de fazer amigos.

— Bom, pelo menos você se sente melhor? — ela pergunta. Seu hálito sai como fumaça no ar fresco. Folhas estalam sob nossos pés.

— Você é minha guarda-costas ou minha mãe? — reclamo, e recebo em troca apenas um sorriso torto. — Sim, me sinto melhor.

— Ótimo. É mais difícil proteger pessoas que estão com a cabeça quente. — Ela junta as mãos e faz seus anéis tilintarem feito sinos. — Faz um tempo, não é?

— Dois meses — digo apenas, sem saber o que mais falar.

— Você parecia mesmo estar precisando de uma folga.

Seus olhos me inspecionam de cima a baixo, como se ela pudesse enxergar através das minhas roupas até meus ossos. Evangeline lembra como eu estava antes, na última vez em que a vi. Fazia poucos dias que ela estava em Montfort, depois de ter fugido de Archeon e da mão de ferro do pai. Pensei que ficaria só um tempo, que era só mais uma refugiada no caminho para o oeste. Nunca imaginei que permaneceria num lugar assim, um país onde é igual a qualquer vermelho. Igual a mim.

Acho que Elane valeu o sacrifício. Que o amor valeu o sacrifício.

Quando a vi, ela tinha cruzado meio mundo para chegar aqui, a pé, por barco e, finalmente, por jato. Eu conseguia estar com uma aparência ainda pior. Vazia, em choque, incapaz de parar ou desacelerar. Nós nos cruzamos no jardim de Carmadon, e mesmo ela soube me dar um espaço. Pela primeira vez, Evangeline Samos não fez comentários sarcásticos e me deixou caminhar em paz.

Talvez esse seja o custo de tamanha gentileza. Ela me seguir por toda parte agora.

— Me sinto pronta para estar de volta — confesso. Por algum motivo, é mais fácil falar para ela do que para Gisa, Farley ou Kilorn. Ela me viu no meu pior e mais sombrio momento, quando eu achava que passaria o resto da vida com Pedra Silenciosa e o amor de um rei cruel.

Geralmente, Evangeline guarda seu orgulho para si. Hoje ela me doa um pouco.

— Não gosto de você. — Sua resposta soa mais como uma confissão. Uma aceitação. Um passo em direção à amizade.

Minha reação é automática.

— Também não gosto de você — minhas palavras arrancam um raro sorriso verdadeiro dela. — Certo, qual é o próximo item na minha agenda? Sei que fugi da reunião sobre comércio, mas preciso ir a mais algum lugar antes do sol se pôr?

Ela pisca surpresa, como se eu tivesse virado um monstro de duas cabeças.

— Como vou saber?

Quase rio.

— Da última vez que tive um guarda-costas, ele me fazia seguir a agenda.

*Ele também era da Casa Samos, o que parece estranho.*

Evangeline suspira, captando meus pensamentos.

— Lucas não era de todo mal. Não merecia morrer — diz, com os olhos um pouco nublados, escurecidos pela lembrança. — E era um guarda-costas melhor do que eu. Não faço ideia de onde você tem que estar agora.

— Ótimo.

O ar de malícia retorna, mais aceso do que nunca. Ela abre um sorriso largo, mostrando os dentes.

— Mas sei onde *alguém* está agora.

Sinto um nó no estômago.

— Por que você fica nos empurrando um para o outro?

— Bom, antes era para garantir que ele não se casasse comigo. Quer dizer, dá para imaginar? Não, obrigada — ela diz, fingindo vomitar. Aperto os lábios para não rir. Chegamos à mansão. — Bom, a cada um o que é seu.

A mudança de ar, do frio lá fora para o calor dos corredores, cai sobre meus ombros como um cobertor. O cheiro, porém, não muda. Dentro e fora, o aroma tem uma nota de pinheiros frescos.

— E por que continua a empurrar *agora*? — digo em voz baixa. Ainda há várias reuniões acontecendo, e gente demais ronda a casa para o meu gosto.

Evangeline não se incomoda.

— Não há muita gente que merece ser feliz. Eu com certeza não mereço, e no entanto aqui estou. — Ela me faz dobrar uma esquina que nos conduz na direção do saguão de entrada. — Acho que você merece ser feliz, Barrow.

Fico boquiaberta. É uma das coisas mais gentis que alguém já me disse. E sabe-se lá como saiu da boca de Evangeline Samos.

Mais uma vez sinto que é mais fácil falar com ela. Talvez por não sermos amigas nem parentes. Evangeline não tem as mesmas expectativas em relação a mim do que os outros, nem os mesmos receios pelo meu bem-estar. Não tem nada a perder.

— Ele me viu ontem à noite. — As palavras chegam à força à minha boca. — E não quis falar comigo.

É vergonhoso se preocupar com uma coisa dessas. Fui eu que parti, afinal. Eu disse que Cal podia seguir em frente se quisesse. *Não vou pedir para me esperar.*

*E, contudo, ele não disse uma palavra.*

Olho para Evangeline esperando um julgamento. Mas há apenas sua displicência sarcástica de sempre.

— Por acaso você é fisicamente incapaz de falar com ele primeiro? — ela pergunta marcando as sílabas.

— Não — balbucio seca.

Evangeline dispara de novo, como se tivesse molas nos pés. Seus anéis voltam a ressoar quando ela estala os dedos num gesto para que eu a siga.

— Acho que você precisa de uma bebida, Mare.

Este setor de Ascendant ganha vida sob a luz do poente, com sua vista para o lago a partir deste rochedo feito pelo homem. Luzes espocam pelos calçadões, já acesas, brilhantes. Muitos bares e restaurantes se espraiam pelas calçadas, as mesas e cadeiras repletas de clientes que saíram do trabalho. Riso e música me inundam, ambos sons estranhos. Parte de mim quer dar as costas e voltar para algum canto silencioso da casa. O ruído é quase demasiado, me afeta os nervos. Cada exclamação de alegria poderia ser um grito de terror; o barulho de um copo quebrando em algum lugar faz meu corpo todo estremecer.

Evangeline põe a mão fria no meu braço, me trazendo de volta à realidade. Isto aqui não é um campo de batalha. Tampouco é um palácio prateado.

Eu me lembro de Summerton, de Archeon, de cidades prateadas onde lugares assim jamais deixariam vermelhos entrar e muito menos os atenderiam. Mas ambos os tipos de sangue estão aqui, como é evidente pela variação nos tons de pele. Bronze frio, marfim cálido, porcelana gélida, cobre brilhante. Muitos ainda vestem o uniforme militar; acabaram de deixar seu turno ou estão aproveitando uma pausa no trabalho. Também noto o branco e verde dos políticos, se refugiando das delegações.

Um dos bares está mais silencioso que os outros e é mais escuro, cheio de alcovas agrupadas em torno de um balcão central. Parece mais uma taverna do que um ponto de encontro cosmopolita. Eu me lembro bem das tavernas que tínhamos em Palafitas. Foi onde conheci o príncipe de Norta, embora na época não soubesse.

E, claro, é aqui que Cal está sentado, no balcão central, de costas para a rua, com o copo pela metade na mão. Eu reconheceria sua silhueta larga em qualquer lugar.

Corro os olhos pela minha roupa, tendo trocado o veludo pelo uniforme de treino. O corpo coberto de suor seco, o cabelo provavelmente ainda arrepiado por causa de toda aquela eletricidade estática.

— Você está ótima — Evangeline diz.

Respondo bufando:

— Você costumava mentir melhor.

Ela levanta o punho e finge bocejar.

— Vigiar você é uma missão muito cansativa.

— Bom, mas você acaba de ganhar um intervalo — digo com a mão apontada para outro bar. — Posso me virar por uma hora e pouco.

Felizmente ela não discute e parte para o bar mais barulhento, brilhante e badalado da rua. Um lampejo escarlate ondula numa mesa aparentemente vazia na calçada, e de repente Elane está ali sentada, com uma taça de vinho na mão. Evangeline faz gestos para que eu prossiga sem nem olhar para trás. Acho graça: a magnetron enxerida provavelmente fez a namorada sombria seguir Cal para poder me empurrar para ele quando estivesse sozinho.

De repente, quero mais tempo. Para pensar em algo a fazer, para ensaiar. Para descobrir o que eu quero. Mal consegui falar com ele hoje cedo, e vê-lo ontem à noite me deixou atormentada. O que isso vai causar a nós dois?

*Só há um jeito de descobrir.*

A banqueta ao lado dele está vazia, e é bem alta. Sento, agradecendo ao meu corpo por lembrar como ser ágil. Se cair na frente dele, sou bem capaz de morrer de vergonha. Mas não perco o equilíbrio, e antes que ele seja capaz de olhar para mim, já estou com seu copo na mão. Não ligo para o que tem dentro. Só bebo para acalmar os nervos. Meu coração dispara no peito.

O líquido é um pouco amargo, mas frio e refrescante, com um toque de canela. Tem gosto de inverno.

Cal me olha como se visse um fantasma, os olhos de bronze arregalados. Observo suas pupilas dilatarem, consumindo toda aquela cor. O casaco do uniforme está desabotoado, deixando o ar fresco entrar. Ele não precisa de cachecol nem de jaqueta para se aquecer agora; seu poder basta. Sinto-o na superfície da pele, pronto para me inundar.

— Ladra — diz apenas, com a voz grave.

Retribuo seu olhar por cima da borda do copo enquanto termino a bebida.

— Claro.

As palavras conhecidas pairam entre nós, significando mais do que deveriam. Dando a sensação de ser um final e um começo. Do que, não sei dizer.

— Por acaso o grande Tiberias Calore está fugindo de sua delegação?

Devolvo o copo a seu lugar. Cal não se mexe, então acabo roçando no braço dele. O simples toque me faz explodir por dentro, da cabeça aos pés.

O atendente passa, e Cal faz o número dois com os dedos para pedir uma rodada para nós.

— Já não sou rei. Posso fazer o que quiser — ele diz. — Às vezes. Além disso, eles estão em outra discussão sobre comércio. Não sirvo para nada.

— Nem eu.

É um alívio saber que, por ora, ninguém precisa de mim. Nem para falar, nem para me levantar, nem para carregar a bandeira dos outros. Quando o atendente põe o copo cheio na minha frente, bebo metade num gole só.

Cal observa cada movimento meu, como um soldado que inspeciona o campo de batalha. Ou um inimigo.

— Parece que seus irmãos te ensinaram a beber.

Abro um sorriso e dou de ombros.

— Eu precisava fazer alguma coisa para passar o tempo lá no norte.

Cal bebe com mais educação e limpa a espuma dos lábios.

— E como foi lá?

O Vale do Paraíso me é convidativo, mesmo agora. O vazio selvagem, as montanhas, o cair silencioso da neve sob a lua cheia. É um bom lugar para se esquecer de si mesma, se perder. Mas já não posso fazer isso.

— Foi bom. Eu precisava… — Mordo o lábio. — Precisava ficar longe.

Ele franze a testa, observando cada movimento do meu rosto.

— E como você está?

— Melhor — respondo. Não perfeita. Não completa. Jamais serei completa de novo. Os olhos dele escurecem, e sei que enxergam isso em mim. Cal sente o mesmo em si. — Ainda não durmo direito.

— Nem eu — ele responde, forçando mais um gole de cerveja. Lembro de seus pesadelos, alguns silenciosos, outros agitados. Sobre o pai morrendo por suas mãos. Até hoje não sou capaz de imaginar como deve ser isso. E aposto que agora Cal sonha com Maven também. O corpo que encontrou, a ferida que abri na barriga dele. Também sonho.

— Tento não pensar nele — sussurro, abraçando a mim mesma. Um frio repentino me atinge. Vindo de Cal ou da montanha, não sei dizer. — Não adianta.

Outro gole da bebida. Ele é o primeiro a quebrar o contato visual. Desvia os olhos, acesos como brasas.

— Eu sei. — Depois de um longo momento, volta a me olhar. O rosto livre da dor. — E o que vem agora?

Não sei bem a que ele se refere, então respondo partindo da interpretação mais fácil da pergunta.

— Me instalar direito aqui. Gisa está supervisionando nossa mudança do palácio para uma casa própria na cidade, no alto da encosta — digo, apontando por cima do ombro dele na direção do nosso novo lar. — Ela disse que a vista é linda, e acho que é perto de onde os eletricons podem treinar.

Um lado da boca de Cal se curva num sorriso.

— Imaginei que aquela tempestade na montanha não era natural.

Retribuo o sorriso e aponto para minha aparência surrada, suada e tudo mais.

— Pois é.

— Você está linda. Sempre está — ele diz em tom indiferente, para em seguida tomar outro gole da bebida, sem piscar nem desviar o olhar.

Ar frio passa pelos meus dentes quando tomo fôlego, o último antes do mergulho. Aperto mais o copo na mão, a ponto de ter medo de quebrá-lo.

— Você me viu ontem à noite — sussurro, a voz quase se perdendo na taverna.

Uma emoção que não consigo nomear escurece seu rosto.

— Vi.

Eu esperava por algum indício em sua voz ou seu rosto, mas fico apalpando o escuro na tentativa de entender.

— Por que não disse nada? — pergunto, tentando não soar desesperada. Não sei se funcionou.

Ele força o sorriso de sempre, fácil e meio torto.

— Você queria que eu acordasse metade do palácio, inclusive seu pai?

— Não foi isso — respondo. A essa altura, já sei enxergar por trás de seu charme.

Suas bochechas coram. Eu o desconcerto tanto quanto ele me desconcerta. Com a testa franzida, Cal dá mais um gole na cerveja. Demorado, como se fosse me fazer deixar a pergunta para lá. *Sem chance, Calore.*

Não desisto. Encaro até ele não poder mais evitar a pergunta.

— Imaginei que você precisasse de cada segundo que pudesse ter — ele admite. Como se fosse vergonhoso dizer isso. — Não queria te apressar.

O calor dele me perpassa, incerto e inquieto.

— Apressar para quê?

— Para tomar uma decisão, Mare. — Cal bufa impaciente, jogando a mão para o alto. Como se fosse a coisa mais óbvia do mundo.

Engulo em seco, mordo o lábio, sinto um nó na garganta. Ele registra cada movimento meu, observando meu rosto como se estivesse numa batalha. À procura de alguma vantagem, de alguma oportunidade.

— Pensei muito no Vale do Paraíso — digo. A sensação é de estar me equilibrando à beira de um abismo, prestes a cair, sem fazer ideia da altura da queda.

*Ele não disse uma palavra. Não vou pedir para me esperar.* As palavras me assombram.

— Imaginei — ele diz com um riso amargo. Então balança a cabeça e toma mais um gole. Sua frustração não dura muito e logo se desfaz em apreensão. Tremo quando seus olhos se cravam em mim e seus lábios se abrem. — E? — ele acrescenta baixinho, como se prendesse a respiração.

— Não sei. Ainda não sei.

Antes que Cal possa reagir, baixo a cabeça e olho para minhas mãos inquietas no meu colo. Nem reparo se alguém na taverna nos escuta ou olha na nossa direção. De novo, o mundo se reduziu a ele. No começo, cerro os dentes, para conter as palavras que vibram na minha garganta. *Não*, penso. *Você não precisa fazer isso com ele.*

— Senti uma saudade terrível — sussurro. — Tive tanto medo de conversar com você hoje cedo.

O calor dele aumenta, me protegendo do ar frio da montanha.

— Tive medo ontem à noite — ele balbucia.

Quando levanto a cabeça, dou com Cal se inclinando para mim. Os cantos da minha visão ficam embaçados.

— E agora? — pergunto, me sentindo sem ar.

Ele não se abala. Rosto de pedra, olhos de fogo.

— Estou aterrorizado.

Sou toda eletricidade. Meus nervos estalam sob a pele.

— Eu também.

— E como fica a nossa situação?

Uma das mãos dele roça na minha sobre o balcão, mas não por muito tempo.

Só consigo balançar a cabeça. *Não sei.*

— Me permita simplificar as coisas — Cal diz, umedecendo os lábios, assumindo um tom de guerreiro, decidido e inflexível. — Num mundo perfeito, sem guerra, sem reconstrução, sem Lakeland, Guarda ou qualquer outro obstáculo imaginável, o que você faria? O que ia *querer* para nós?

Solto um suspiro e faço um gesto de desdém.

— Não é assim que funciona, Cal.

Ele não desiste. Se inclina mais na minha direção, até nossos narizes ficarem a centímetros de distância.

— Tente imaginar — Cal diz com a voz articulada, como se esculpisse cada letra.

Sinto um aperto no peito.

— Acho que pediria para você ficar.

Os olhos dele lampejam.

— Certo.

— E esperaria que, num mundo perfeito, você não visse o cadáver do seu irmão toda vez que me olhasse. — As palavras "cadáver" e "irmão" saem roucas, entrecortadas. Baixo a cabeça, olho para qualquer lugar que não seja seu rosto. Foco em seus dedos tensos, que revelam sua dor. — E que eu não visse seu irmão sempre que olhasse para você, que não pensasse no que poderia ter sido. Se eu não poderia ter... feito mais.

De repente, a mão dele está no meu queixo, me forçando a olhá-lo nos olhos. A pele como chamas, quase quente demais para aguentar.

— Num mundo perfeito, quem você teria escolhido? — ele pergunta com aspereza.

Sei o que está perguntando. Quem eu escolheria entre ele e Maven tempos atrás, antes de descobrirmos quem seu irmão era, quão fundo havia caído. Parece uma pergunta impossível. Comparar duas pessoas que não existem de verdade.

— Não posso responder isso — balbucio enquanto tiro sua mão do meu rosto devagar. Mas não a solto depois. — Não porque não quero, mas porque simplesmente não consigo. É algo que jamais vou saber.

Ele me aperta mais firme.

— Não o vejo sempre que olho para você — diz. — Você vê mesmo Maven quando olha para mim?

*Às vezes, sim.*

*Sempre? Agora?*

Olho bem para Cal, passo os olhos uma e outra vez sobre cada milímetro de pele que consigo encontrar. Mãos firmes, calosas. As veias do pescoço exposto. A sombra da barba por fazer já cobrindo as bochechas. Sobrancelhas fortes, nariz reto, sorriso eternamente torto. Olhos que nunca foram como os de Maven.

— Não — digo, com sinceridade. — Você esperou, Cal?

Ele enlaça os dedos nos meus e abre um sorriso.

— Ainda estou esperando.

Essa deve ser a sensação que um gravitron tem ao voar. Não sei como, mas meu estômago sobe e desce ao mesmo tempo. Apesar de estar cercada pelo calor dele, começo a me arrepiar.

— Não posso prometer nada — gaguejo, apressada, já numa tentativa de deixar para trás nossa confissão. — Não sabemos para onde o mundo vai. Minha família está aqui, e você tem tanto para fazer no leste...

— Tenho — ele diz, confirmando com a cabeça. — Também sou muito bom pilotando jatos.

Não consigo conter o riso.

— Nós dois sabemos que você não pode simplesmente solicitar um jato quando quiser me ver — comento, apesar de a ideia fazer meu coração bater um pouco mais forte.

— Nós dois sabemos que você não vai sossegar aqui — ele replica, enquanto leva a mão livre de volta ao meu queixo. Não a afasto. — O futuro não vai deixar. E acredito que você não vai se aguentar quieta por muito tempo.

As palavras continuam a jorrar, a sair tão rapidamente quanto me surgem na cabeça. Obstáculos no nosso caminho, problemas a resolver.

— Isso não quer dizer que eu vá estar perto dos Estados de Norta, se e quando decidir me envolver em tudo isso de novo.

O sorriso de Cal só se alarga. Por um instante, ele é como um segundo sol, irradiando seu calor para todo o meu corpo. Desmanchando e refazendo meu coração.

— Se a geografia é a única coisa no nosso caminho, considero a questão encerrada.

Com um suspiro, me permito liberar um pouco da tensão. Apoio a cabeça em sua mão, olho para ele. *Pode ser tão fácil assim?*

— Você me perdoa? — pergunto.

Seus olhos escurecem, seu sorriso parece se desfazer.

— Você já se perdoou?

De novo ele me encara em busca de uma resposta. Pronto para ouvir uma mentira.

Preciso de toda a minha força para não mentir.

— Não — sussurro, à espera de que ele se afaste, me dê as costas. — Não sei se consigo.

Ele tem seus próprios demônios, tantos quanto eu. Não o culparia caso não quisesse carregar meu fardo. Mas Cal aperta ainda mais minha mão, a ponto de eu não poder distinguir o fim dos meus dedos e o começo dos seus.

— Está tudo bem — diz apenas, como se fosse muito óbvio. — Temos tempo.

Pisco. Me sinto caindo no abismo depois de finalmente perder o equilíbrio.

— Temos tempo — repito.

Meu coração dispara num ritmo constante. A eletricidade nas paredes, nas luzes, atende ao meu chamado e vibra de energia. E, em seguida, simplesmente desligo tudo, mergulhando a taverna e a rua em vasta escuridão. Fácil como respirar. Vozes se levantam alarmadas ao redor, mas ignoro para me concentrar em Cal. Ninguém pode nos ver agora.

Os lábios dele encontram os meus devagar, num convite. Ele sempre me deixa determinar o passo, sempre me dá a chance de recuar. Não tenho a intenção de desacelerar ou parar. Os sons da taverna desaparecem ao meu redor e meus olhos se fecham, até a única sensação ser o toque dele. E os estalos da eletricidade sob minha pele imploram para voltar a seu lugar.

Se pudesse segurá-la para sempre, seguraria.

Quando as luzes voltam e tudo retorna à vida num zumbido, encerro o beijo.

Ele se demora, relutante, para depois sorrir enquanto pega o dinheiro para a conta. Mas já deixei um valor no balcão; minhas mãos são mais rápidas do que as dele jamais serão. Trocamos um sorriso malicioso. Gostaria de ainda ter a moeda que ele me deu, quando estava escondida nas sombras e esperava que alguém enxergasse quem eu era de verdade.

Tomo a mão de Cal e o conduzo de volta para a encosta. Para o quarto dele ou o meu, para a floresta. Para o fogo ou o relâmpago. Não importa.

Estou com quase dezenove anos. Não tenho nada além de tempo. Para escolher, para sarar.

Para viver.

# SEIS

*Cal*

❦

Quando finalmente chega o dia da festa, eu já gostaria de poder dormir a noite inteira. E a sensação é a mesma de estar diante de um predador, à espreita no fim da semana, pronto para dar o bote. Já superei em muito a minha cota de bailes, festas e comemorações exageradas na vida. Sei como é, e sei como a noite pode ser chata, exaustiva e, no geral, nauseante. Depois de dias cheios de reuniões e debates, o papo furado com os delegados será como sal sobre uma ferida aberta que ainda sangra.

Pelo menos não estou sozinho nisso. Mare odeia a ideia tanto quanto eu, mas quando sugeri que nós dois ficássemos convenientemente doentes, ela não quis. Passamos bastante tempo juntos. As pessoas iam acreditar.

Mas ela tem razão. Pela aliança, por nossas delegações e por nós mesmos, precisamos transformar isso num espetáculo. No fim das contas, é só uma festa, e talvez possamos nos divertir um pouco em meio a tudo. Isso para não mencionar Carmadon, que tem feito a cozinha trabalhar a semana inteira. Pelo menos vou encerrar a noite bem alimentado. Além disso, não quero me expor à ira de minha avó nem à doce frustração de Julian. Ambos trabalharam duro demais esta semana, principalmente ela. Minha avó se acalmou depois da primeira reunião e começou a dar o seu melhor para diminuir a distância entre os prateados de Norta e o resto da aliança.

Sem o trabalho dela e o de Radis, poderíamos ter outra rebelião nas mãos, com mais nobres dispostos a se juntar à Secessão. Em vez disso, temos aliados.

Hoje, minha avó pretende desfrutar de suas pequenas vitórias e se enfeitar com as velhas joias que usava nos tempos de rainha. Enquanto esperamos Julian e Sara, ela se olha nos espelhos da nossa sala, virando e se revirando para fazer suas joias cor de fogo cintilarem à luz. Seu vestido longo e laranja parece dançar conforme ela gira. Minha avó não é tola, e teve o cuidado de não usar coroa, ainda que continue a se vestir como rainha.

— Julian me disse que você ainda vai ficar uns dias aqui depois do casamento dele — ela diz para seu reflexo, embora as palavras sejam destinadas a mim.

Faz uma hora e meia que estou pronto. Já estou quase dormindo no sofá quando ela fala. Sua voz me puxa de volta e me endireito no assento, elegante como sempre no meu terno preto básico. No broche preso ao colarinho, os círculos unidos em vermelho, branco e prata.

— Vou — respondo depois de me recompor. Os olhos dela me seguem pelo espelho. — Umas semanas, acho. Em seguida volto para Archeon e para o trabalho.

Endureço o corpo, preparado para um comentário mordaz ou uma bronca. Em vez disso, minha avó ajeita o cabelo, prendendo as mechas grisalhas atrás da orelha. Ela adia sua réplica e me faz esperar.

— Ótimo — diz finalmente, e quase caio do sofá. — Você merece uma pausa.

— É... acho que sim — gaguejo surpreso. Ela sabe com quem vou ficar e o porquê. Mare Barrow não é a pessoa de quem mais gosta neste mundo. — Obrigado.

— Claro. — Ela abre um sorriso largo ao se virar, achando graça no meu choque. — Talvez pense que não, Cal, mas tenho orgulho de você. O que fez, o que continua a fazer. Você é jovem, mas já conseguiu tanta coisa.

Os passos dela saem macios, abafados pelo luxuoso carpete da sala. O sofá afunda quando ela senta ao meu lado e pega minha mão.

— Você é forte, meu querido — ela continua. — Forte demais. Merece momentos felizes quando os encontra. E tudo o que quero, mais do que qualquer coisa, mais do que uma coroa ou um país, é que você *viva*.

Minha garganta ameaça fechar, e sou forçado a desviar os olhos para disfarçar as lágrimas que começam a despontar. Ela firma o maxilar, também desconcertada pela emoção.

— Obrigado — digo com esforço, os olhos cravados num ponto qualquer do carpete. Por mais que quisesse tais palavras dela, não é fácil ouvir nem aceitar.

Minha avó aperta mais meus dedos, me forçando a encará-la. Temos os mesmos olhos. Bronze ardente.

— Vivi sob quatro reis. Reconheço grandeza e sacrifício quando vejo — ela diz. — Seu pai estaria orgulhoso de você. No final.

Quando Julian e Sara finalmente aparecem, têm a bondade de ignorar meus olhos vermelhos.

Com as delegações sem uniforme, vestindo seus melhores trajes, é fácil fingir que é só uma festa, e não apenas outra reunião oculta sob sedas, álcool e travessas passando, repletas de comidas ridiculamente minúsculas. Pelo menos Montfort não tem a rigidez do antigo reino de Norta e sua corte. Não preciso esperar para ser anunciado, e desço para o grande salão de festas com o restante dos delegados, todos nos movendo como um cardume de peixes coloridos.

O espaço não pode ser comparado a Whitefire, nem mesmo com o Palacete do Sol. A nobreza leva vantagem quando o assunto é esplendor, mas não me importo. Em vez de cornijas brancas e frisos dourados, o salão possui arcadas de madeira polida e janelas de vidro reluzentes que dão para o anoitecer do vale. O fogo do poente cintila em espelhos que fazem o lugar parecer maior e mais imponente. Acima, lustres de ferro fundido sustentam mil velas e suas chamas trêmulas e douradas. Nada menos do que seis lareiras, todas em pedra rústica, emanam um calor agradável para aquecer o amplo salão. Sinto cada uma delas na superfície dos meus sentidos e corro os olhos pelo espaço à procura de rostos conhecidos.

Kilorn e os irmãos de Mare seriam os mais fáceis de enxergar, altos como são. Não estão aqui ainda, então é provável que ela tampouco esteja. O primeiro-ministro cumprimenta os delegados que vão chegando. Carmadon, orgulhoso ao seu lado, gesticula para chamar os criados que passam. Observo-o quase obrigar um nobre de Norta a comer uma minúscula porção de salmão.

Evangeline deve estar de folga dos deveres de guarda-costas. Está de braços dados com Elane, ambas perto de um conjunto de cordas que se aquece. Quando o violinista levanta o instrumento, as duas começam a dançar num ritmo perfeito. Como sempre, Evangeline consegue brilhar da maneira mais ameaçadora. Seu vestido é feito de folhas de bronze batidas — moldadas às suas curvas, mas ao mesmo tempo flexíveis. A cor cai bem nela, aquecendo sua aparência geralmente fria. Elane, por outro lado, parece interpretar o papel de rainha do inverno. Seu cabelo vermelho flameja como sempre, ainda mais intensamente por conta da pele pálida, do vestido azul-claro e do batom prateado. Ptolemus está perto, com um traje mais discreto, de braços dados com Wren Skonos. Ambos preferem o verde-escuro, símbolo de sua nova aliança com Montfort.

Se há alguma prova do novo mundo, das possibilidades que temos adiante, são os irmãos Samos. Primeiro Evangeline, antes destinada a ser minha rainha e meu fardo, depois princesa de um reino hostil, agora soldado de uma nação igualitária, com a mulher que ama ao lado. O irmão, Ptolemus — herdeiro de um trono como eu, quase esmagado pelas expectativas de um pai parecido —, está aqui também, tendo jurado defender tudo o que foi criado para destruir um dia. Ambos carregam tantos pecados nas costas; não têm direito a perdão nem a uma segunda chance. Mas ainda assim a acharam, e o mundo ficou melhor com eles.

Como Mare, não consigo deixar de pensar em Shade quando os vejo. Ele era meu amigo e sinto saudades, mas não posso odiar Ptolemus pelo que fez. Afinal, fiz o mesmo. Tirei a vida de irmãos e entes queridos, matei pelo que me ensinaram a acreditar. Como poderia condená-lo sem condenar a mim mesmo?

Atrás de mim, Julian e Sara ficam de olho, já na metade da primeira bebida.

— Só estamos cumprindo nosso dever — ela brinca quando nossos olhares se cruzam.

— Obrigado — respondo com um sorriso.

Eles se comprometeram a manter os delegados longe de mim por quanto tempo eu quisesse, para me deixar respirar um pouco. Hoje foi o pior dia de todos: passei a maior parte dele administrando uma disputa de berros entre um general da Guarda Escarlate e o ministro dos Transportes de Montfort.

Minha avó não precisa dessa proteção e já está costurando pelo salão rumo à roda de diplomatas em torno do primeiro-ministro. Ao final da festa, ou jamais vão se falar de novo ou serão amigos íntimos. Não sei dizer o que seria mais assustador.

— Atrás de você, Cal — Julian diz, e aponta com o queixo para as escadas. Do nosso lugar temos uma excelente vista do grupo que desce para o salão. Não demoro muito para identificar todos.

Gisa realmente se superou com a família toda, até no traje do pai. Daniel não aparenta estar muito confortável no seu terno de gala verde-escuro, mas ostenta certo orgulho ao caminhar sem auxílio. A seu lado, a esposa, Ruth, tem ar de realeza: o cabelo grisalho arranjado numa trança complexa presa no alto da cabeça com presilhas verdes que combinam com seu vestido com estampa de libélula. O paletó de Tramy se destaca de maneira especial, com bordados de flores e vinhas sobre a seda amarela. Bree faz par com ele, embora maior e de paletó laranja-claro. Kilorn é o último homem, com seu sorriso largo e seu paletó azul com ramos dourados. Até Farley ganhou um traje original de Gisa Barrow: está vestida da cabeça aos pés com um conjunto de seda branca e vermelha com detalhes dourados e bordados de flores. Veio sem Clara, já que a festa começava tarde demais para a bebê. Me pergunto o que a jovem general vai abandonar primeiro: o casaquinho brilhante ou a celebração.

A própria Gisa vem um pouco atrás, com o ar satisfeito de uma gata que pegou um rato. De braços dados com ela, está uma garota que não conheço, ambas de vestido rosa-claro com bordados intrincados.

Mais uma vez escolheu roxo para Mare, seda com detalhes dourados em forma de ramos, e prateados em forma de flores. Não é difícil captar o significado. Toda a família Barrow e Farley trazem na roupa uma planta florescente: rosas, lírios, magnólias, folhas novas. Embora o inverno se aproxime, eles são a primavera. Renasceram.

Mare abre um sorriso só para mim enquanto caminha, tomando cuidado para não tropeçar na barra da saia nas escadas. As muitas velas dançam sobre ela, fazendo-a brilhar. Espero pacientemente, deixando o resto da festa fluir por mim como um rio. Nem reparo se alguém tenta falar comigo. Meu foco está numa única pessoa no salão.

Suas bochechas coradas são um complemento perfeito ao tom avermelhado de seus lábios. E às ondas do seu cabelo recém-tingido, roxo nas pontas. Não consigo deixar de sorrir feito idiota, especialmente quando ela põe uma mecha atrás da orelha. As pedrinhas que brilham ali... para seus irmãos, para Kilorn, para mim. A joia vermelha que cintila do outro lado do salão é uma estrela que eu seguiria para qualquer lugar.

Nem me mexo quando ela pisa no salão. Deixo-a desviar cuidadosamente da muralha de irmãos. Eles me veem e me cumprimentam com breves acenos de cabeça, o que é bem mais do que mereço. A mãe de Mare é mais educada, me oferecendo um sorriso, enquanto o pai crava os olhos no teto. Não me importo. Tenho tempo com eles. Tenho tempo com ela.

— Preciso dizer que esperava mais de você — Mare diz ao se aproximar de mim. Ela corre a mão pela lapela do meu paletó, contornando os botões com o dedo antes de pousá-los na insígnia no colarinho. O toque dela, mesmo através das roupas, me deixa arrepiado. — Parece que está vestido para uma noite tranquila em casa.

— Bem que eu gostaria — sussurro enquanto fecho a mão dela na minha.

Mare aperta meus dedos.

— Aposto que aguentamos mais ou menos meia hora.

Por mais que me agrade a ideia de escapar com ela, meu estômago ronca em desacordo. Poderíamos pedir para servirem a comida no meu quarto, mas seria uma grosseria, e com certeza Carmadon cuidaria para que recebêssemos as piores sobras da cozinha.

— E perder o jantar? — reclamo. — Não, obrigado. Se é para sofrer, pelo menos vamos tirar algum proveito.

Ela fecha a cara, mas concorda com a cabeça.

— É verdade. Mas se ficarem de novo sem bife, vou embora.

Rio baixo, querendo puxá-la para mais perto, independente de ser ou não apropriado. Mas já há línguas se agitando a nosso respeito, e a última coisa de que precisamos são fofocas sobre a nossa *situação*. Não que a gente saiba qual é. Nada de promessas, Mare disse. Só aceitamos as coisas conforme elas vêm, com nossas prioridades e limites bem definidos.

— Está pronto para a semana que vem? Anabel vai se importar? — Mare olha para mim com os dentes cerrados, à espera do pior. Fica atenta a qualquer hesitação na minha resposta, já que conhece todos os meus trejeitos.

Alargo o sorriso.

— Por incrível que pareça, ela me deu sua bênção.

— Para ir até a cabana no norte quando o clima melhorar? — Mare pergunta, pálida, vasculhando o salão com o olhar à procura da minha avó. — Estou impressionada.

— Não falei do Paraíso para ela, mas duvido que vá se importar. Não sou do tipo que sofre muito com o frio.

— A não ser que me irrite demais e acabe trancado do lado de fora.

Antes que eu ria, Bree e Tramy surgem cada um de um lado.

— Não pense que ela não é capaz disso — Bree avisa com a testa franzida.

Tramy concorda com a cabeça.

— Quase perdi um dedo do pé.

— E seria merecido — Mare dispara para em seguida fazer os dois se calarem com um sorriso impaciente. — E então, vai me fazer dançar?

Em outro canto do salão, o conjunto de cordas está a todo vapor, embalando a dança de casais com diferentes níveis de destreza. Lanço um olhar para eles e me lembro da última vez que fiz isso. Mare estava lá, nos braços de Maven, fazendo os passos que eu havia ensinado.

Mare também se lembra, e ambos nos perdemos observando a pista de dança. O sorriso dela se desfaz, como o meu, enquanto enfrentamos juntos a tempestade de perdas e arrependimentos. É a única maneira de atravessá-la.

— Não — dizemos em uníssono e damos meia-volta.

Não ficamos grudados. Não é o jeito dela nem o meu. Mare vai aonde quer durante a festa, assim como eu. Por mais que deteste, faço meu dever e vou agradecer aos membros da delegação o tempo e a contribuição. Pelo menos Julian vai comigo com seu sorriso incansável. Uma ou duas vezes, penso que poderíamos usar seu poder de cantor para nos desvencilhar de um delegado especialmente odioso ou falador, mas ele sempre consegue conduzir a conversa sem recorrer a isso. Apesar de tanto treinamento para a batalha, das corridas com Mare todas as manhãs e dos rigorosos exercícios, peço arrego bem antes dela.

— A não ser que você tenha um interesse especial pela sobremesa, acho que pode encerrar a noite — meu tio cochicha com a mão de leve no meu ombro. — Parece prestes a desabar.

— É assim que me sinto — cochicho de volta. Como nos treinos, a dor, a exaustão, é do tipo bom. É a dor depois de uma conquista. — Onde está Mare?

— Acho que dando uma bronca no irmão por ter rasgado o paletó. Ao contrário de você, ela ainda tem um pouco de gás.

*Sempre tem.*

— Quer que eu a chame para você? — ele acrescenta, me olhando de alto a baixo com preocupação. — Posso avisar que você subiu mais cedo para o quarto...

Dispenso a ajuda com um gesto.

— Não, está tudo bem. Posso esperar Mare terminar. Bree merece, depois de todo o duro que Gisa deu.

Julian e eu temos o mesmo sorriso, um risco torto de uma ponta a outra do rosto. Ele me encara, seus olhos buscando os meus. Agora me dou conta de como se parece com minha mãe, e por um instante meu coração dói com a vontade de conhecê-la.

— É bom ver você assim — Julian diz, botando as duas mãos nos meus ombros e me forçando a ficar de frente para ele. — Sabia que você ia conseguir se acertar com Mare, mas tive minhas dúvidas por um tempo.

Olho para os pés, suspirando.

— Eu também — digo, mordendo o lábio. — E você? Por que esperou tanto tempo com Sara?

Julian pisca. É raro pegá-lo com a guarda baixa ou surpreendê-lo com uma pergunta.

— Planejávamos nos casar — ele diz, à procura de uma resposta. — Antes de meu pai...

— Sei disso. Estava no diário. Quero dizer depois. — Minha voz vacila, e Julian empalidece. — Depois do que Elara fez.

Os lábios dele se reduzem a uma linha triste. Quando começa a falar, seus olhos perdem o foco e ele mergulha em suas lembranças.

— Eu queria. Teria casado. Mas Sara não queria que eu unisse meu destino ao dela de maneira tão definitiva. Não sabia o que Elara faria, se terminaria o serviço. Se a executaria. Sara não conseguia suportar a ideia de que eu morreria com ela. — Os olhos dele marejam, e desvio os meus para lhe dar um tempo para se recompor. Quando o encaro de novo, Julian força um sorriso vazio. — E depois, bem, estávamos no meio de uma guerra, não é?

Tento abrir um sorriso para ele, mas sem sucesso.

— Há um tempo para tudo, não é?

— É. Mas sempre temos a escolha. Deixar as coisas atrapalharem, ou buscar o que realmente queremos — ele diz com fervor. — Estou feliz por você ter lido o diário. Sei que não deve ter sido fácil.

Não consigo dizer nada a respeito. Minha sensação ao ler o diário da minha mãe era de ter minha carne rasgada e depois costurada. Quase não consegui terminar. Mas vislumbrá-la ao menos um pouco, não importava quão dolorido fosse... Eu devia isso a ela.

As mãos de Julian ficam mais leves sobre meus ombros. Ele recua, voltando a ser o tio doce que conheço, e não o homem atormentado que é.

— Tenho mais coisas para passar para você, claro. Não da sua mãe, mas outros escritos, documentos, coisas que consegui juntar nos Arquivos Reais. Vão te ajudar a compreender de onde veio, tanto para o bem como para o mal.

Parte de mim estremece ao pensar na pilha de papéis que Julian pode jogar em cima de mim, mas não deixo transparecer.

— Obrigado. Vou gostar.

— Cal, é raro um homem que queira olhar para si e ver o que é verdadeiro. Raro mesmo. — Tento em vão não corar, e o calor faz minhas bochechas arderem. Julian não repara no meu constrangimento ou simplesmente não liga, e continua: — Você seria um bom rei, mas sem grandeza. Não como a que tem agora. É um grande homem, que não precisa de coroa.

Sinto um nó no estômago. *Como ele pode saber quem sou? O que posso ser no futuro? No que poderia me tornar?*

É uma preocupação que, imagino, todos carregamos. Eu, Mare, até meu tio. Somos escolhidos para algum tipo de grandeza, que é também nossa maldição.

— Obrigado, Julian — digo com dificuldade, mais uma vez emocionado.

Ele me dá um tapinha no ombro e baixa a voz.

— Ainda não acabou, você sabe, não é? Vai levar anos para acabar. Décadas talvez.

— Sei — respondo, sentindo essa verdade nas entranhas. Lakeland, a Secessão Prateada. Não importa a força desta aliança, sempre haverá alguém para desafiá-la, ou para desafiar o mundo que estamos lutando para construir.

— A história vai se lembrar de você, grave minhas palavras — Julian diz, agora me conduzindo na direção da varanda. Lá fora, Mare agarra Bree pelo colarinho, puxando-o para baixo para poder gritar com ele.

— Cuide para que seja uma boa lembrança.

# ADEUS

## *Maven*

Eu reduziria este quartinho horrendo a cinzas se pudesse, mas a Pedra Silenciosa é um veneno e uma âncora. Sinto-a agir em mim, se espalhando sob minha pele numa podridão negra. Meus membros doem, vergados pela sensação. Tudo parece errado em mim, minha própria natureza me é negada. A chama se extinguiu, ou pelo menos está bem além do meu alcance.

Foi isso que fiz com ela. É justo que façam comigo. Ela ficou num cômodo diferente, mas a sinto aqui mesmo assim. Quase acho graça na ideia de justa punição, de pagar pelos meus pecados. Mas seria impossível. Não há penitência que me purifique. Estou manchado para sempre, além de qualquer redenção ou cura. O que torna as coisas mais fáceis. Posso fazer o que for preciso para sobreviver, sem pensar, sem me restringir. Para fazer meus atos passados valerem a pena. Nada está fora das possibilidades.

As duas cadeiras no meu exuberante arremedo de cela foram postas perto das janelas, uma em frente à outra como se preparadas para um encontro. Desdenho delas e me esparramo no sofá comprido, desfrutando do toque fresco da seda na minha pele. O lugar é decente, uma sala de estar esquecida em vez do calabouço que mereço. Como Cal é tolo. Tenta demonstrar misericórdia comigo — ou demonstrar para os outros como é misericordioso, como é diferente de mim. É previsível como o nascer do sol.

Me concentro na suavidade do tecido em vez de pensar no peso morto da Pedra Silenciosa, me pressionando a cada fôlego. O teto é decorado com gesso, esculpido em formas intrincadas de chamas envoltas em ramos. Desconheço esta parte de Ocean Hill. Era uma das preferidas da mãe de Cal, e meu pai não trazia a corte para cá com frequência.

Me pergunto se vou viver o bastante para voltar a Whitefire. Cerro os punhos ao pensar em meu irmão invadindo meu quarto lá. Não porque é meu, mas porque verá muito de mim nele. A pequenez do meu dormitório, o vazio do único lugar em que fico sozinho. É como lhe expor uma fraqueza — e Cal é bom demais em se aproveitar das fraquezas que descobre. Geralmente, leva muito tempo para fazê-lo, mas facilitei as coisas. Talvez finalmente descubra o abismo que existe em mim, o penhasco em que estou e do qual me jogo.

Mas talvez não veja nada. Cal sempre teve um ponto cego no que diz respeito a mim, para o bem e para o mal. Pode continuar o mesmo tonto, míope, cabeça-dura e preocupado com a honra que sempre foi. Há uma chance de a guerra não o ter transformado, ou sua capacidade de me enxergar como sou. Uma boa chance.

Consolo a mim mesmo com esses pensamentos: meu irmão idiota, o filho de ouro cego pela própria luz. Não é culpa dele, na verdade. Os Calore são reis guerreiros, herdeiros criados para a batalha e o sangue. Não são exatamente reconhecidos pela inteligência e perspicácia. E ele não teve uma mãe vigilante para equilibrar o que nosso pai queria de um filho. Não como eu. A minha mãe fez questão de que eu aprendesse a lutar além do campo de batalha, tanto no trono quanto na arena.

*E veja onde você está agora. Veja onde ele está.*

Rosnando para mim mesmo, sento e agarro a coisa mais próxima, para logo arremessar contra a parede. Vidro, água e flores se esmigalham, um bálsamo temporário à dor que sinto por dentro. *Não à toa Mare fazia tanto isso*, penso, lembrando das tantas vezes em que ela atirava as refeições contra as paredes da cela. Jogo o outro vaso decorativo da sala para completar, dessa vez contra a janela. A vidraça nem mesmo racha, mas me sinto um pouco melhor.

    O alívio não dura. Nunca dura. Primeiro penso nela, minha mãe. Como sempre, sua voz me surge em momentos de silêncio, um sussurro, um fantasma. Há muito aprendi a não tentar bloqueá-la, porque não adianta. Na verdade, só piora.

    *Golpe por golpe*, ela me diz, um eco de palavras pronunciadas antes de sua morte. *Corte por corte*. Se vão me ferir, devo feri-los também. Devo fazer *pior*.

    Se ao menos minha mãe tivesse conselhos melhores. Estou realmente impotente, preso por um irmão que não tem escolha senão me executar. E não vejo saída desse destino. Se a decisão fosse apenas de Cal, então eu sobreviveria. Não precisaria me preocupar nem um pouco. Ainda agora, ele não tem coragem de me matar. Mas está de novo com a coroa, e tem um reino a convencer. Não pode demonstrar fraqueza, especialmente em relação a mim. Mais: não mereço sua misericórdia. Mas farei como diz minha mãe. Vou feri-lo o mais que puder, o mais profundo que conseguir, antes de meu tempo acabar. Será um pequeno consolo saber que ele sangra junto comigo.

    Mare também. Ainda há feridas nela, feridas que eu fiz, que sempre podem ser reabertas. Dizem que os animais são mais perigosos perto do fim, mais agressivos, violentos. Serei assim, se conseguir vê-la antes de cumprirem minha sentença. Espero desesperadamente que consiga.

    Iris não falava muito de seus deuses, e eu não perguntava. Mas fiz uma breve pesquisa. Ela acredita num lugar além da morte, para onde vamos depois. No começo, quis acreditar também. Significaria ver minha mãe de novo — e ver Thomas. Mas o pós-vida de Iris é dividido em dois, separado em paraíso e punição. Eu certamente mereceria o último.

E Thomas, meu querido Thomas, certamente não.

Se existe algo depois da morte, não será para nós dois.

Volto para o que sempre soube, o fardo que carreguei comigo, o fim sempre à espera. Nunca vou vê-lo de novo. Nem mesmo em sonhos.

Minha mãe me deu tanto, mas tirou na mesma medida. Na tentativa de me livrar dos pesadelos, extraiu meus sonhos. Às vezes, prefiro assim. Mas agora, nesta sala, gostaria de poder dormir e escapar, ver o rosto dele mais uma vez. Sentir o que senti com ele uma vez mais. Em vez dessa raiva corrompida, dessa mistura de dor e ira que ameaça me destruir sempre que penso nele e no seu corpo, queimado até ficar irreconhecível, queimado pelos meus malditos dedos.

Me pergunto se lamento tanto sua morte por não saber o que poderia ter acontecido com Thomas. Ou será porque minha mãe nunca corrompeu o que eu sentia por ele? Não enquanto Thomas vivia, pelo menos. Com certeza tentou mais tarde, quando a lembrança dele destruía meus dias. Fez o mesmo com Mare, arrancando cada nova pulsão de sentimento como um jardineiro puxa ervas daninhas pela raiz.

Mas nem mesmo Mare me faz desabar como ele ainda faz. Nem mesmo ela me faz sangrar assim.

Só uma pessoa ainda viva consegue. E terei de encará-la em breve.

Volto a deitar e solto um suspiro. Vou fazê-lo sangrar junto comigo.


Ainda estou deitado, com o braço sobre os olhos, quando a porta se abre e fecha. Ouço passadas pesadas. Não preciso olhar para saber quem é. Sua respiração, entrecortada e grosseiramente alta, basta.

— Se está à procura de absolvição, acho que Iris tem um santuariozinho besta nos seus aposentos. Vá incomodar os deuses dela, não a mim — resmungo.

Não viro para ele. Mantenho os olhos bem fechados. Vê-lo me faz arder de ódio e inveja. E angustia também, pelo que ele era, o irmão que não sou mais capaz de amar. Eu incineraria minhas roupas se não fosse a Pedra Silenciosa. E mais: ele é tão traidor quanto eu, mas ninguém parece se importar. Não é *justo*.

— Absolvição — Cal desdenha de pé em algum lugar da sala. Não o ouço sentar. — É você quem precisa disso, Maven. Não eu.

Bufando, tiro o braço de cima dos olhos e sento para olhá-lo por inteiro. Meu irmão se encolhe sob meu olhar e dá um passo para trás no outro lado da sala. Parece um rei, mesmo sem a coroa. Mais rei do que eu jamais poderia ser. A inveja volta a vibrar em mim.

— Nós dois sabemos que você não acredita nisso — disparo. — Acredita, irmão? Acha mesmo que não tem culpa nenhuma?

Cal baixa os olhos e sua determinação vacila por um segundo. Em seguida cerra os dentes, todo chamas novamente.

— Foi sua mãe, Maven. Não eu — ele diz com dificuldade. — Não o matei.

Dispenso sua resposta com um gesto.

— Ah, pouco me importa o que aconteceu com nosso pai. Embora tenha certeza de que você vai ser assombrado por isso pelo resto da vida, mesmo que seja curta.

Ele desvia os olhos de novo. *Decifrar você é tão fácil que quase me dá raiva*, penso.

— Estou falando de mim — rosno, dando início ao jogo. A confusão se esgueira em seu rosto; fico quase entediado. Cal precisa ser conduzido por meu raciocínio, quase como uma mula precisa ser levada até a água.

*Corte por corte*, sussurra minha mãe.

— Nem sempre fui assim, fui? — continuo, levantando devagar. Ele é mais alto do que eu, sempre foi, e isso me machuca. Ainda assim, dou um passo em sua direção, avançando ansioso sobre sua sombra. Estou acostumado com ela. — Você lembra melhor do que eu. Quando eu era pequeno, seu irmão mais novo. Sempre seguindo seus passos, ansioso por passar todos os momentos possíveis com você. Eu costumava pedir para dormir no seu quarto, não era?

Cal aperta os olhos.

— Você tinha medo do escuro.

— E depois parei de ter. Simples assim — digo, estalando os dedos na expectativa de fazê-lo tremer, o que não acontece. — Culpa dela, claro. Não podia ser mãe de um chorão, de um fracote com medo das sombras.

Começo a andar de um lado para o outro, a rodeá-lo. Cal não me dá a satisfação de se mover; permanece firme no lugar. Não teme um ataque físico vindo de mim. Mesmo sem suas chamas, não teria problemas para me subjugar. Sou pouco mais do que uma mariposa voando em torno da luz. Ou pelo menos é assim que ele me vê. É uma vantagem que usei muitas e muitas vezes.

— Você nunca percebia quando ela tirava coisas de mim — continuo. — Coisas pequenas. Não notava a mudança.

Cal encolhe os ombros quando passo por trás dele, todo tenso.

— A culpa não é minha, Maven — murmura num tom enfurecido. Ele não acredita nisso. *Muito fácil de decifrar*. Quase começo a rir. Não é difícil fazê-lo sangrar.

— Por isso, quando ela te cortou de vez, quando arrancou meu amor por você, distorceu tudo, você nem notou. Nem ligou.

Dou uma pausa nos passos e ficamos ombro a ombro. Ele precisa virar a cabeça para me ver, para me observar enquanto forço meu rosto a não expressar nada.

— Sempre quis saber o porquê — concluo.

Cal não tem resposta, ou não consegue juntar coragem para falar. Lido melhor com a dor do que ele. Sempre lidei.

— Isso não importa agora, claro — digo. — Minha mãe não foi a única a tirar coisas de mim. Você também me tirou algo.

Mesmo uma simples alusão a ela o deixa eriçado.

— Não tirei Mare de você — ele rebate, virando para mim. Desvio antes que possa agarrar meu braço, e seus dedos mal roçam a manga do meu casaco.

Abro um sorriso malicioso para ele e começo a falar com doçura, a voz macia e provocante.

— Não me surpreendeu. Você já estava acostumado a isso, a ter tudo o que quisesse. A ver só o que queria. No fim das contas, cheguei à conclusão de que via o que estava acontecendo comigo, o que minha mãe estava fazendo. Foi por partes, em fases demoradas, mas mesmo assim você via. E não fez nada para detê-la. — Com um muxoxo de professor decepcionado, balanço a cabeça. — Bem antes de descobrir o monstro que eu era, você também fez coisas monstruosas.

Cal me encara, seus olhos repletos de acusação. E saudade. Dessa vez ele me pega de surpresa, e quase caio para trás.

— Sua mãe destruiu você por inteiro? Sobrou alguma coisa? — ele pergunta, inspecionando meu rosto. — Alguma coisa que não seja dela?

Ele não vai me dizer o que está procurando, mas eu sei. Apesar das muralhas que minha mãe construiu ao meu redor, Cal sempre consegue cavar uma passagem. Seus olhos inquisidores me enchem de tristeza. Ele ainda acha que resta em mim algo a ser salvo... e lamentado. Não há como escapar do nosso destino, nenhum de nós dois conseguirá. Ele deve me sentenciar à morte. E eu devo aceitar a morte. Mas Cal quer saber se vai matar o irmão junto com o monstro... ou se o irmão já está morto há muito tempo.

*Corte por corte*, minha mãe sussurra, mais alto agora, mais provocadora. As palavras cortam como navalhas.

Eu poderia magoá-lo profundamente, feri-lo para sempre, se o deixasse vislumbrar o pouco que restou de mim. Vislumbrar que ainda estou presente, num canto esquecido, apenas à espera de ser encontrado. Poderia acabar com ele com um único olhar, com um eco do irmão de que se lembra. Ou poderia livrá-lo de mim. Fazer a escolha por Cal. Dar a meu irmão uma última prova do amor que já não posso sentir, ainda que ele jamais saiba.

Pondero as escolhas no coração, e cada lado parece pesado e impossível. Por um instante terrível, não sei o que fazer.

Apesar do magnífico trabalho de minha mãe, não tenho coragem de desferir o golpe de misericórdia.

Baixo a vista e forço um sorriso ardiloso e frio nos lábios.

— Eu faria tudo de novo, Cal — digo, mentindo graciosamente. Parece fácil, depois de tantos anos atrás da máscara. — Se fosse possível voltar atrás, eu deixaria que ela me mudasse. Veria você matar nosso pai. Mandaria você para a arena. Mas direito. Daria o que você merece. Mataria você agora se pudesse. Faria isso mil vezes.

Meu irmão é simples, fácil de manipular. Enxerga apenas o que tem diante dos olhos, apenas o que consegue compreender. A mentira cumpre bem sua função. Seus olhos endurecem, sua brasa perene está praticamente toda extinta. Uma mão se contrai, querendo se fechar. Mas a Pedra Silenciosa também o afeta, e mesmo que tivesse forças para me queimar não conseguiria.

— Adeus, Maven — Cal diz com a voz alquebrada. Não está falando comigo.

O adeus é para outro garoto, perdido anos atrás, antes de se tornar o que sou agora. Cal o abandona, o Maven que fui. O Maven que ainda sou, em algum lugar dentro de mim, sem capacidade ou vontade de vir à luz.

Esta será a última vez que conversaremos a sós. Sinto dentro de mim. Se o vir de novo, será diante do trono, ou sob o metal frio da lâmina do carrasco.

— Não vejo a hora da condenação — respondo com a voz arrastada enquanto o observo fugir da sala. Ele sai batendo a porta, fazendo os quadros balançarem na parede.

Apesar de nossas diferenças, temos isso em comum. Usamos nossa dor para destruir.

— Adeus, Cal — digo para ninguém.

*Fraqueza*, minha mãe responde.

*Cal*

Julian diz que não preciso começar com "querido diário" ou com alguma frase oficial. Ainda assim, isto aqui parece besteira. Uma perda de tempo. E não tenho muito tempo sobrando.

Sem falar que é um completo risco para a segurança.

Mas Julian sabe ser insistente.

Sabe que não estou falando o bastante sobre, bem, qualquer coisa. Nem com ele nem com Mare. Ela tampouco é um livro aberto, mas pelo menos tem a irmã, a família, Farley, Kilorn, e quem mais quiser quando finalmente decide falar alguma coisa. Estou longe de ter essa sorte. Só tenho Mare e Julian, e acho que minha avó. Não que eu queira conversar com ela sobre meu estado mental, sobre minha namorada ou sobre os traumas do ano passado.

Minha mãe também tinha um diário. Não impediu Elara de fazer... o que fez. Mas parecia lhe servir de apoio, no começo. Talvez me ajude também.

Não sou bom em escrever. Leio muito, mas não tenho talento para a escrita. E não quero ser outro risco para os Estados de Norta. As coisas já estão precárias o bastante.

Ou será que é só vaidade minha pensar que qualquer

coisa que eu rascunhe aqui será uma ameaça para a reconstrução? *Provavelmente*.

Como as pessoas fazem isso? Diários são *impossíveis*. Me sinto um *idiota*.

---

Mare não estava brincando quando falou do Vale do Paraíso. É bonito e perigoso. Tivemos de esperar uma tempestade passar para podermos vir. Precisei derreter um monte de neve para chegar à porta da cabana. E ouvimos lobos a noite inteira. Fico imaginando se dá para atraí-los até a cabana com sobras de jantar...

---

Não atraia um lobo com as sobras do jantar.

---

Os Estados de Norta e a Guarda Escarlate estão cooperando, mesmo sem minha intermediação. Eu esperava que minha avó viesse me arrancar da cabana depois de 24 horas, mas parece que vamos poder ficar aqui por todo o tempo planejado. E conseguimos comemorar meu aniversário direito, apesar da interrupção dos bisões. Eles são muito barulhentos.

---

É nosso terceiro dia seguido dentro da cabana. Normalmente eu não me importaria, mas Mare só quer montar quebra-cabeças, e eu acho que faltam peças em todos. Parece até simbólico.

---

Caí dentro de um gêiser. Fiquei muito feliz por ser à prova de calor. Já minhas roupas... Foi um espetáculo para o bisão que me viu correr de volta para a cabana.

Houve outra nevasca na noite passada. Mare não se segurou e quis participar. Relâmpagos em meio à neve são incríveis. E ela é uma exibida.

---

Convenci os pilotos que trazem suprimentos a nos levar para um rápido passeio pelo vale. Toda a região fica no topo da caldeira de um vulcão adormecido. É um pouco perturbador. Mesmo para mim.

---

Não tive pesadelos nas duas últimas semanas. Geralmente eu diria que é por conta do cansaço, mas não estamos fazendo muita coisa além de ficar deitados ou dar um passeio pelas redondezas. Acho que alguma coisa na natureza está me estabilizando. A pergunta é: será que estou sarando ou é só uma pausa? Os sonhos ruins vão voltar quando formos embora? Ficarão piores?

---

Pioraram.
É sempre a mesma coisa.
Maven, sozinho naquela ilha, fora do meu alcance por poucos centímetros, não importa o quanto eu tente me mover.

---

Ela não quer vir comigo. E prefiro que não venha.
Tenho que fazer isso sozinho.

## *Cal*

A NEBLINA SE DISSIPA DEVAGAR. Gostaria que não se dissipasse. Gostaria que a visibilidade fosse insuficiente e eu tivesse que retornar ao continente.

Em todo caso, sempre poderia mentir e voltar atrás. Ninguém questionaria. Ninguém ligaria se eu chegasse ou não a Tuck. Ninguém nem saberia.

Ninguém além de mim.

A ilha fica cinza nessa época do ano, à medida que os dias de outono vão dando lugar aos de inverno. Quase não se destaca no mar cor de aço, não passa de uma manchinha contra o sol nascente. Ladeio os penhascos ao norte, manobrando o pequeno jato com movimentos fáceis dos controles. Parece igual a quando a vi ano passado. Tento não pensar, não lembrar. Olho para baixo, para a paisagem, tento focar nela. Um punhado de árvores, as dunas, encostas de mato amarelado, os cais da pequena baía, a base abandonada: tudo se desfralda sob mim num segundo. A pista de pouso corta a ilha ao meio e é fácil de identificar. Tento não olhar para os alojamentos compactos enquanto manobro o jato na posição correta e os propulsores levantam uma nuvem de areia e mato. Este lugar abriga muitas lembranças ruins: não sou capaz de lidar com tantas ao mesmo tempo.

Antes de mudar de ideia, reduzo a altitude. O pouso é mais áspero do que deveria, e o avião estremece ao tocar a terra. Mas estou ansioso para acabar com isso, e minhas mãos tremem até quando aciono as chaves e alavancas necessárias. O rugido dos propulsores diminui com a velocidade, mas não para. Não ficarei aqui por muito tempo. Não consigo suportar.

Julian se ofereceu para vir, assim como minha avó. Disse não aos dois.

A ilha não tem qualquer som além do vento no mato e das aves piando sobre a água. Sinto vontade de assoviar, apenas para produzir algum ruído humano. É estranho saber que sou a única pessoa viva nesta ilha. Sobretudo porque ainda há alojamentos, e as lembranças estão por toda parte.

Tuck não abriga pessoas desde que a Guarda Escarlate a abandonou por temer um ataque após a captura de Mare. Ninguém voltou ainda. Embora a base tenha sofrido a erosão do vento e a mudança de estações, o resto da ilha parece se virar bem sozinho.

Meus pés seguem a trilha que começa na pista de pouso, adentra o mato alto e sobe as colinas amenas. O caminho logo desaparece, e a brita dá lugar ao solo arenoso. Não há sinais que apontem a direção: só quem souber o que está procurando pode encontrá-lo.

Shade está do outro lado da ilha, num túmulo que dá vista para a aurora. Foi o pedido de Mare quando chegou a hora. Para garantir que *ele* ficasse o mais longe possível de seu irmão, à maior distância que a ilha permitisse.

Falaram de enterrá-lo em outro lugar. Ele mesmo tinha pedido para ser enterrado com a mãe, mas não especificou o lugar. Elara está em Tuck, numa cova rasa. Mesmo em estado de decomposição, seria fácil desenterrá-la e levá-la para o continente. Houve oposição à ideia, claro. Não apenas pela natureza repugnante da coisa, mas porque, como Julian nos fez enxergar, o túmulo de Maven não devia ser muito conhecido ou acessível. Poderia se converter num ponto de encontro, num monumento que fortaleceria qualquer um que assumisse sua causa.

No final, decidimos que Tuck era o melhor lugar. Uma ilha no meio do oceano, tão isolada que até Maven poderia encontrar a paz ali.

A terra solta se espalha sob mim, engolindo minhas botas. Os passos ficam mais difíceis, e não só por causa do terreno. Faço mais esforço nos últimos metros e atinjo o topo da colina sob a luz cinzenta do outono. Sinto cheiro de chuva, mas a tempestade ainda não desatou.

A área está vazia. Nem mesmo os pássaros vêm aqui.

Ao primeiro brilho das pedras, baixo os olhos, me concentrando nos meus pés. Acho que não serei capaz de continuar a caminhada se tiver que vê-lo se aproximar a cada passo. O sonho se agita na minha cabeça, assombroso. Vou contando os últimos passos e só levanto o olhar quando necessário.

Não há silhueta, não há qualquer sombra impossível de um garoto esperando ser encontrado.

A lápide de Elara não tem marcação; consiste apenas num bloco cinza já gasto pelo vento. Não há qualquer registro da presença dela aqui. Nem seu nome nem sua Casa. Nem uma palavra de quem era em vida. Não merece lembrança aquela que roubou tantas lembranças dos outros.

Recusei-me a dar o mesmo tratamento a Maven. Ele merece ao menos alguma coisa.

As arestas da pedra de um branco leitoso são arredondadas. As letras foram gravadas em profundidade, e algumas já estão cheias de terra e pedaços de folhas mortas. Limpo-as com algumas passadas de dedo, sentindo calafrios ao tocar a lápide fria e úmida.

### MAVEN CALORE
*Filho e irmão amado.*
*Que ninguém o siga.*

Ele está sem seu título; há pouco mais que seu nome na inscrição. Mas cada palavra na pedra é verdadeira. Nós o amávamos — e ele se extraviou por um caminho que ninguém mais deve seguir.

Embora eu seja a única pessoa na ilha, a única em quilômetros e quilômetros, não consigo reunir forças para falar. Minha voz morre; minha garganta enrijece. Seria incapaz de lhe dizer adeus ainda que minha vida dependesse disso. As palavras simplesmente não saem.

Sinto um aperto no peito quando dobro o joelho e me abaixo diante de seu túmulo. Mantenho a mão sobre a pedra; deixo que me inunde com seu frio doentio. Eu esperava sentir medo — estou entre dois cadáveres —, mas em vez disso só estou em luto.

"Desculpe" é o que me vem à cabeça, cem vezes, mil vezes. Lembranças dele lampejam na mesma velocidade, desde que era criança até a última vez que o vi e o condenei à morte. *Eu deveria ter encontrado outra maneira.* Xingo a mim mesmo, e não é a primeira vez que o faço nesta manhã. *Eu poderia ter dado um jeito de mantê-lo vivo. Havia uma chance.* Mesmo em Archeon, durante o cerco. Poderia ter feito algo. Devia haver um jeito, mas fui incapaz de encontrá-lo.

Há dias em que Mare me diz para deixar isso para trás. Não para esquecer, mas para aceitar o que aconteceu. Há dias em que ela sangra comigo, culpando-se assim como eu. E há dias em que só consigo culpar meu irmão, Elara, meu pai. Eu também era apenas um garoto. *O que poderia ter feito?*

O vento se torna gélido, e uma rajada repentina silva pela minha jaqueta. Enrijeço o corpo contra o frio e deixo o calor inundar meu peito.

Talvez eu devesse ter queimado Maven. Entregado seu corpo às chamas, deixado os vestígios irem para onde quisessem, carregados pelo vento.

Mas, como sempre, não consegui deixá-lo partir. Mesmo agora não consigo.

Jamais conseguirei.

Meu rosto já está molhado quando a chuva começa a cair.

Embora a Guerra Civil de Norta tenha acabado oficialmente após a abdicação do rei Tiberias VII, dissolvendo o reino de Norta como era conhecido, o fim das hostilidades só veio a acontecer muitos anos depois. O conflito que se seguiu ficou conhecido como Guerra Dançante, já que cada lado se movia junto com o outro, e cada passo coincidia de maneira afetada e hesitante.

Foi apenas graças aos esforços de Montfort e da Guarda Escarlate que os Estados de Norta, recém-formados, conseguiram conter as tentativas de invasão de Lakeland e de Piedmont. Aparentemente, foi uma guerra defensiva, em que os Estados de Norta mantiveram suas fronteiras. No entanto, a Guarda Escarlate e a general Farley em particular foram várias vezes acusadas de infiltração e interferência em nações soberanas na tentativa de encorajar revoltas entre vermelhos e sanguenovos contra os governos prateados. A Guerra do Trovão Vermelho, duas décadas depois, ia se tornar o ápice dessas campanhas.

Manobras diplomáticas também foram fundamentais para manter uma paz instável entre as nações do leste. A antiga rainha de Rift, Evangeline Samos, conseguiu intervir em nome de Montfort e dos Estados de Norta. Ela tratou com a rainha Cenra e sua sucessora, a rainha Tiora, diversas vezes no decorrer da Guerra Dançante. Junto com o antigo rei de Norta, Tiberias Calore, também conseguiu negociar a paz entre as antigas Casas prateadas que ainda estavam em atrito sob a reconstrução. O primeiro-ministro Leonide Radis, um prateado de Montfort eleito depois do primeiro-ministro Dane Davidson, foi um forte aliado para os prateados de Norta que abandonaram seus títulos.

Na época do Trovão Vermelho, os Estados de Norta já estavam praticamente estabelecidos e, portanto, escaparam de grande parte da turbulência que tomou conta de Lakeland, Piedmont e dos territórios de vários chefes militares de Prairie. Mais proeminente no Trovão Vermelho foi, claro, a Tempestade da Cidadela, uma missão eletricon para destruir a maior instalação militar de Lakeland. Em um ataque liderado por Mare Barrow e Tyton Jesper, a fortaleza foi destruída por raios.

Os Estados de Norta também sofreram seus percalços antes e durante o Trovão Vermelho. Houve várias tentativas lideradas por prateados de colocar um Calore de volta no trono de Norta, a maioria em apoio aos dois filhos de Tiberias Calore conforme cresciam. Tanto Shade Calore como Coriane Calore manifestaram sua abdicação, sua renúncia de direitos e sua promessa de lealdade a Montfort diversas vezes, na esperança de reprimir quaisquer conflitos de sucessão ao antigo reino de Norta. Ironicamente, Tiberias foi um general no Trovão Vermelho, assim como Mare Barrow, e ambos derrotaram as forças que tinham esperanças de levar os filhos do casal ao antigo trono. No momento, os Estados são governados por um conselho misto de representantes eleitos e oficiais militares. Ao contrário de Montfort, os Estados de Norta também utilizam porta-vozes de sangue — um indivíduo eleito de cada tipo sanguíneo para representar os seus. Atualmente, eles são Jemma Harper, de Delphie; Cameron Cole, de Harbor Bay; e Julian Jacos, de Archeon, representando, respectivamente, vermelhos, sanguenovos e prateados.

As pesquisas sobre as habilidades de prateados e sanguenovos prosseguem em laboratórios por todo o continente, lideradas por Montfort. O primeiro-ministro atual, Kilorn Warren, natural de Norta, prioriza a educação e, por conseguinte, a história e a ciência. Os esforços de pesquisa de Montfort são os mais bem financiados entre as nações organizadas. Fundamentais têm sido os sujeitos estudados, em particular os sanguenovos de segunda geração que se voluntariaram para a testagem sanguínea. Clara Farley-Barrow é um nome bastante conhecido entre os cientistas, pois foi uma meio sanguenova, meio vermelha observada desde o nascimento. Sua capacidade de se teletransportar foi revelada na adolescência, uma idade de descoberta comum para os sanguenovos.

Houve muitos avanços na última década. É consenso que a radiação resultante das Calamidades levou muitos humanos a mutarem, enquanto a maioria deles foi aniquilada. Os sobreviventes desenvolveram habilidades no decorrer das gerações e se tornaram os prateados que conhecemos hoje. Os cientistas também cogitam a hipótese de evolução competitiva. Acredita-se que os vermelhos estavam evoluindo ao lado dos prateados e que as habilidades dos segundos forçaram alguns a desenvolverem habilidades próprias a fim de sobreviver.

No momento, os Estados de Norta, a União dos Lagos e a Federação de Piedmont formam uma aliança com a República Livre de Montfort. Todos têm por base governos democráticos com igualdade entre os sangues, ao contrário das nações de Tiraxes e Ciron e dos muitos feudos de Prairie, todos governados por prateados. Alguns detratores acusam Montfort de construir um império, visto que o país parece exercer influência sobre os demais governos. O equilíbrio de poder certamente foi alterado, e as nações prateadas que restam lutam para manter a paz com a Aliança Igualitária. Algumas estão dando passos rumo à sua própria transformação. Tiraxes, por exemplo, está introduzindo leis de igualdade e representação política para seus cidadãos vermelhos, ao passo que a chefe militar de Quatro Crânios, em Prairie, recentemente se casou com um vermelho.

*Quem pode dizer aonde os caminhos levam, ou como a balança pode se equilibrar em outra década? Creio que eu posso, mas essa é minha maldição. Observar, ver, até o fim de todas as coisas. Destruímos. Reconstruímos. Destruímos de novo. É a constante de nosso povo. Fomos todos escolhidos e amaldiçoados.*

JON

# AGRADECIMENTOS

Não sou conhecida por agradecimentos breves, mas vou fazer meu melhor. Estes foram escritos em um avião durante uma viagem de férias, portanto sob grande pressão.

Obrigada aos de sempre, as pessoas que tornam isso possível. Mãe, pai, Andy, Morgan, Tori, Jenny, Indy. A última é um cachorro, mas ela fez por merecer. Muito obrigada a toda a minha família e aos meus amigos que me apoiaram durante essa loucura maravilhosa. Tenho um trabalho e uma vida em que seria muito fácil me perder, e vocês garantem que isso não aconteça.

À minha equipe guerreira — Suzie, Pouya, Veronica, Mia, Cassie, Hilary, Jo e todos da New Leaf Literary. A Steve Younger, que me guia pelos contratos e por uma vida cada vez mais adulta. A Alice Jerman, Kristen Pettit, Erica Sussman, Jen Klonsky, Kari Sutherland e Kate Morgan Jackson, que levaram a série desde um primeiro manuscrito hesitante e palavroso até uma coletânea de contos fechando toda uma franquia. À família da HarperTeen por seu apoio, amor e talento. Sarah Kaufman, mais uma vez, pelas capas imbatíveis. Gina Rizzo, Ro Romanello e todo o esquadrão que garante que o mundo possa ver o que nós vemos. Esse universo não existiria sem vocês.

Também preciso lembrar dos meus queridos amigos do mercado editorial, sempre me ensinando, me encorajando e me dando bronca quando mais preciso. Obrigada por sua bondade e paciência enquanto planejo retiros de escrita — Alex, Susan, Leigh, Soman, Brendan, Ally, Jenny, Morgan, Adam, Renee, Veronica, Sarah Enni, Maurene e minha querida Emma. Sabaa, uma constante desde que tudo começou, temos sorte de contar com você e seu talento. Fico muito feliz por estarmos nessa juntas. E a qualquer autor que já tenha me aguentado em uma mesa: te devo uma bebida.

Um agradecimento especial aos meus agentes e editores no mundo todo. São literalmente pessoas demais para listar aqui, o que parece grosseria, mas é verdade. Nunca nem sonhei que seria publicada mundo afora; muito obrigada por tornarem isso realidade. Tive a sorte de fazer turnês internacionais, e as equipes do Reino Unido, do Canadá, da Alemanha, da Polônia, do Brasil, das Filipinas e da Austrália foram sempre incríveis. Muito amor a Andrew, JB, Alex, Lauren, Ulrike, Ewa, Ashley e Diana. Vocês são todos incríveis e muito acolhedores.

A minhas constantes inspirações criativas: George Lucas, Steven Spielberg, Kathleen Kennedy, Peter Jackson, Fran Walsh, Philippa Boyens, J.R.R. Tolkien, J.K. Rowling, C. S. Lewis, Mindy Kaling, George R.R. Martin e Suzanne Collins. Não teria chegado onde cheguei sem vocês.

Obviamente, preciso terminar agradecendo aos leitores que vieram tão longe comigo. Fico perplexa que as pessoas leiam algo que escrevi, que dirá uma coletânea de contos. Não tenho palavras para demonstrar minha gratidão. Não sei como expressar o que vocês fizeram por mim ou, mais importante, o que fizeram pela menina desajustada, mal-humorada, apavorada e sonhadora que eu era aos treze anos. Ela não fazia ideia do que a esperava. Escrevo para ela e para vocês.

Vão lá destruir alguns tronos.

SÉRIE A RAINHA VERMELHA

vol. 1: *A rainha vermelha*
vol. 2: *Espada de vidro*
vol. 3: *A prisão do rei*
vol. 4: *Tempestade de guerra*
extra: *Trono destruído*

CONTOS DIGITAIS
*Canção da rainha*
*Cicatrizes de aço*

1ª EDIÇÃO [2019] 9 reimpressões

ESTA OBRA FOI COMPOSTA POR OSMANE GARCIA FILHO EM BEMBO
E IMPRESSA PELA GEOGRÁFICA EM OFSETE SOBRE PAPEL PÓLEN NATURAL DA
SUZANO S.A. PARA A EDITORA SCHWARCZ EM MARÇO DE 2023

A marca FSC® é a garantia de que a madeira utilizada na fabricação do papel deste livro provém de florestas que foram gerenciadas de maneira ambientalmente correta, socialmente justa e economicamente viável, além de outras fontes de origem controlada.

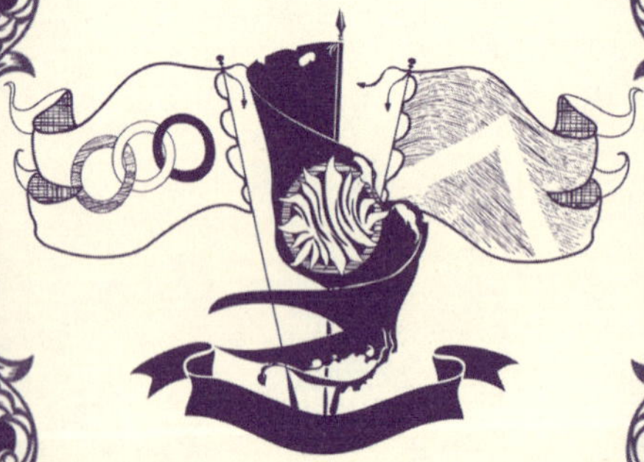

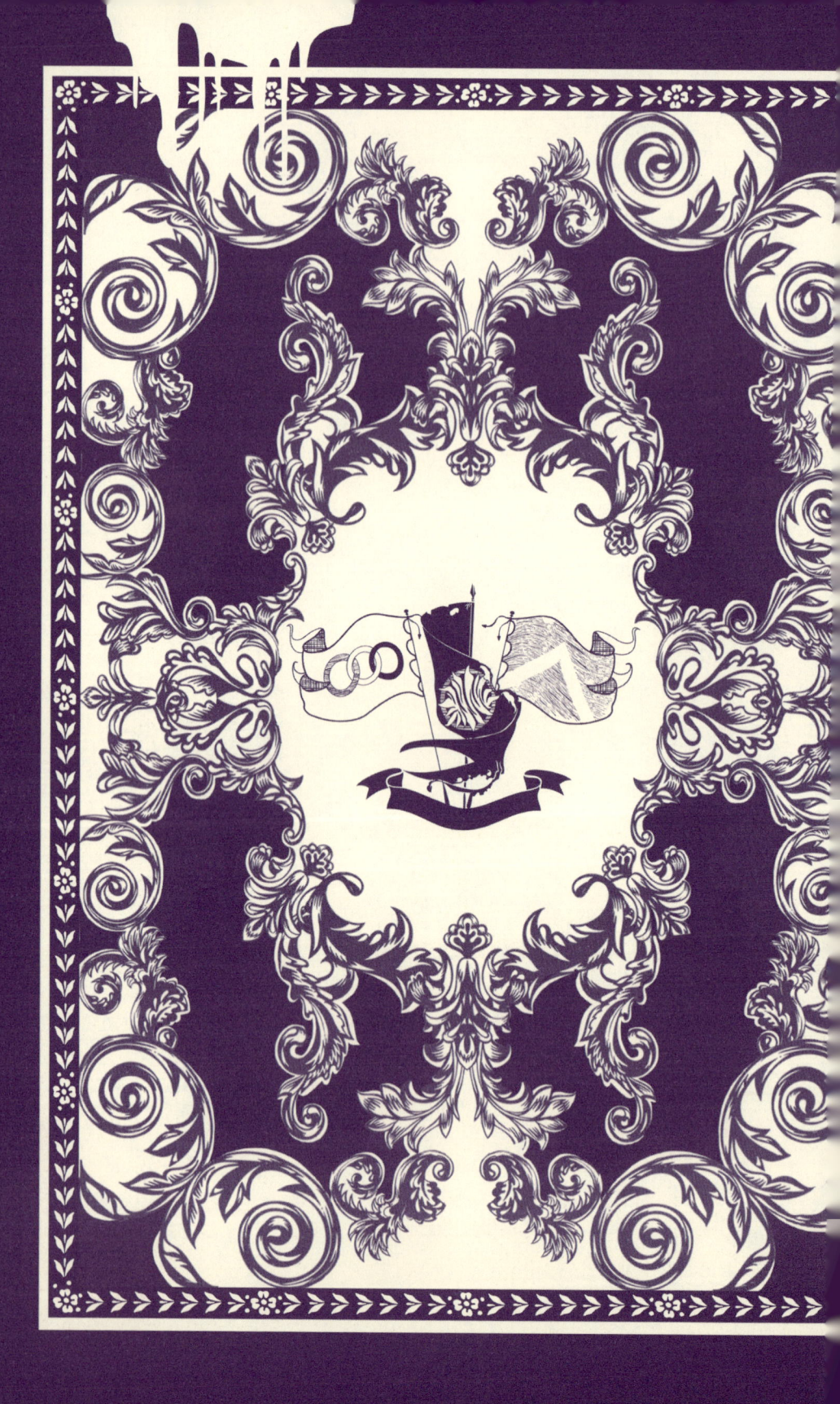